Familienbande. Johan Steenkamer, charmant-bestrickender Narziß und erfolgreicher Maler, will anläßlich seiner großen Ausstellung alle um sich versammeln: Alma, die herrische und etwas verwahrloste Mutter, Ellen, seine Ex-Frau, Zina, seine derzeitige Geliebte – und natürlich Oscar, den vor Neid auf seinen Bruder zerfressenen Kunsthistoriker. Daß Johan angeblich auch seinen Vater Charles eingeladen hat, der die Familie vor Jahrzehnten sitzenließ, sorgt besonders bei Alma für einige Aufregung. Und während die Vorbereitungen zur Ausstellung laufen, tauchen wir ein in die Lebens- und Liebesgeschichten der Protagonisten... »Anna Enquist erzählt von einer Familie, bei der es nicht nur moralisch um Kopf und Kragen geht. Sie kann Gefühl und genauen Blick fabelhaft kombinieren, und es gelingen ihr wunderbare Portraits und eine unheimliche Stimmung.« (Het Parool)

Anna Enquist, geboren 1945, lebt als Schriftstellerin in Amsterdam. Sie veröffentlichte drei sehr erfolgreiche Gedichtbände (›Soldatenliederen‹, 1991, ›Jachtscènes‹, 1992, und ›Een nieuw afscheid‹, 1994). Der Roman ›Das Meisterstück‹ stand wochenlang auf den niederländischen Bestsellerlisten und erhielt 1995 den Preis für den besten Erstlingsroman.

Anna Enquist

Das Meisterstück

Roman

Deutsch von Hanni Ehlers

Deutscher Taschenbuch Verlag

Ungekürzte Ausgabe
Oktober 1997
Deutscher Taschenbuch Verlag GmbH & Co. KG,
München
© 1994 Anna Enquist
Titel der niederländischen Originalausgabe:
›Het meesterstuk‹ (Uitgeverij de Arbeiderspers, Amsterdam)
© 1995 der deutschsprachigen Ausgabe:
Luchterhand Literaturverlag, München
ISBN 3-630-86857-6
Umschlagkonzept: Balk & Brumshagen
Umschlagbild: Ausschnitt des Gemäldes
›Ovale Schachtel mit Schale und Karpfen‹
Pierre Nichon zugeschrieben
Satz: Fotosatz Amann, Aichstetten
Druck und Bindung: C. H. Beck'sche Buchdruckerei,
Nördlingen
Gedruckt auf säurefreiem, chlorfrei gebleichtem Papier
Printed in Germany · ISBN 3-423-12423-7

*Erster
Teil*

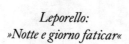

*Leporello:
»Notte e giorno faticar«*

Dienstbarkeit

Die Goldfische haben ihre Jungen aufgefressen. Im warmen, windstillen Sommer waren sie tagelang mit Laichen beschäftigt. Der kleine mit den schwarzen Flecken im Gesicht setzte der großen Behäbigen unermüdlich nach und stieß ihr wie besessen gegen den angeschwollenen Hinterleib, bis sie ihre Eier zwischen den Wasserpflanzen von sich gab. Er stob spritzend darüber hinweg – eine Paarung auf Distanz, bei der zwar viele Elemente des Aktes vorhanden sind, jedoch voneinander losgelöst und in sinnlose Rituale verkehrt, in Arbeit, die im Zuge der Fortpflanzung verrichtet werden muß, sobald die Wassertemperatur steigt und der Wind sich legt.

Denkt der Schwarze je: O du süßes, behäbiges Geschöpf mit deinen runden Flanken, du bist die Liebe meines Lebens, ich will dich, ich will dich? Er will Eier, er will besamen, damit die befruchteten Eizellen in dem kleinen Reich aus Eichenholzdauben als weiße Miniaturperlen an den Wasserpflanzen haftenbleiben.

Lisa hockt neben der Tonne und schaut. Im Innern der kleinen Perlen vollzieht sich die Zellteilung in rasendem Tempo, bis die Fische stark genug sind, um sich aus dem zähen Häutchen zu befreien. Zu Dutzenden treiben sie durch das warme Wasser.

Sie werden nicht vom Elternpaar versorgt, das kein Paar mehr ist, sondern schlürfen selbst unaufhörlich Wasser mit unsichtbarem Futter in sich hinein. Sie fressen das Element, in dem sie leben, wie schon im Ei. Wenn sie das Pech haben, ihren Eltern ins Gehege zu kommen, stülpen diese das Maul zu einem fingerdicken Trichter vor, in den tote Mücken, Birkensamen und kleine Fische gesogen werden. Die Birkensamen spuckt die Behäbige beiläufig wieder aus.

Ich hätte sie beschützen müssen, sagt Lisa. Vorige Woche wimmelte es noch von Fischen, durchsichtigen, einen Zentimeter langen Tierchen mit einem Vorder- und einem Hinterteil, einer Fahrtrichtung und einem dunklen Kern im Leib. Und jetzt ist es still. Verdammt, hätte ich sie doch in die Salatschüssel getan, gefüttert, wohlbehütet großgezogen!

In Wahrheit hat sie keine Lust dazu. In Wahrheit mag sie, die mühsam, zähneknirschend, wider Willen zu akzeptieren gelernt hat, daß das Leben ist, wie es ist, sich keine Gedanken wegen ihrer Goldfische machen. Morgens, bevor ihr Arbeitstag beginnt, und abends, wenn sie ihn hinter sich hat, sitzt sie eine Weile an der Tonne, um fasziniert in das grausame Universum zu schauen. Manchmal ist sie versucht, den Fischen eine faire Chance zu geben (aber wem hilft man damit, und wozu?), indem sie zum Beispiel bei strengem Frost mit dem Beil einen Spalt ins Eis hackt, aber ebensooft hat sie das Eis Eis sein lassen, und im Frühjahr trieben dann die verfärbten kleinen Kadaver reglos an der Wasseroberfläche. Einmal war ein leuchtend orangefarbener Fisch völlig im Eis eingeschlossen wie in einem kitschigen gläsernen Briefbeschwerer, taute aber im Frühjahr wieder auf, bewegte träge und ungelenk den Schwanz und pumpte mit den Kiemen. Siehst du, sagt Lisa, es geht, Überleben im Eis.

Lisa wohnt rund zehn Kilometer außerhalb der Stadt in einem von Pendlern in Besitz genommenen Dorf. Vormittags praktiziert sie zu Hause, nachmittags arbeitet sie in der Psychiatrischen Universitätsklinik. Sie hält Seminare für angehende Fachärzte ab, unterrichtet Pflegepersonal und ist in bescheidenem Umfang an der Patientenversorgung beteiligt. Das Haus, in dem sie wohnt, ist ein altes Patrizierhaus, zu beiden Seiten der graublauen Eingangstür absolut symmetrisch. Hinter dem Haus erstreckt sich der Obstgarten (Apfel- und Pflaumenbäume) bis hinunter zum Fluß. Die Tonne mit den Fischen steht neben der Küchentür.

Auf der Vorderseite links die Praxis: Lisas Arbeitszimmer mit großen Fenstern nach zwei Seiten. Unterhalb der Treppe, hinter einem Wandschirm, ist ein bescheidenes Wartezimmer eingerichtet. Selten, daß dort jemand sitzt, denn Lisa gestattet sich zwischen ihren Terminen eine Viertelstunde Pause, und die Patienten aus der Stadt warten meist in ihren am Straßenrand geparkten Autos.

Eine Stunde frei wegen eines erkrankten Patienten – Radfahren! Kein Wind, mildes Spätsommerwetter, keine Parkplatzsucherei vor der Klinik. Am Fluß entlang, wo versteckt unter ihren grünen Schirmen die Angler sitzen, durch den Stadtpark und die breite Geschäftsstraße zur Klinik. Lisa hat teure Jeans und einen noch teureren cremeweißen Pullover an. Im letzten Moment hat sie ihre Tennisschuhe noch gegen blaue Stiefeletten ausgetauscht. Sie ist eine schöne Frau, der die Jahre nichts haben anhaben können. Sie kleidet sich gut, aber unauffällig.

Lisa ist fünfundvierzig und menstruiert noch etwa dreimal im Jahr.

Als sie ihre Tasche für die Arbeit packt, läutet das Telefon. »Hannaston?«

Lisa experimentiert damit, sich am Telefon immer wieder anders zu melden. Früher hat sie bedenkenlos ihren Vornamen genannt, gefolgt von verschiedenen Nachnamen (Blech, Bleeker, wieder Blech, Hannaston). Seit sie vierzig ist, findet sie, daß sie es anders machen müßte – aber wie? Ein Mann kann sich und sogar seine Freunde beim Nachnamen nennen, ohne ungehobelt zu erscheinen. Eine Frau nicht. Aber sich selbst als

»Frau Hannaston« zu melden, findet sie zickig, »Doktor Hannaston« klingt, als wolle sie sich aufspielen, und einfach nur »Hallo« ist unhöflich. Sie nennt ihren Nachnamen in fragendem, fast entschuldigendem Ton.

»Lisa, hier ist Johan. Schön, daß ich dich erreiche. Mußt du heute nicht zu deinen Irren?«

»Ich bin gerade im Begriff zu gehen.«

An der Pinnwand über dem Telefon hängt eine Einladung zur Eröffnung von Johans Ausstellung: Johan Steenkamer, Ölgemälde, Radierungen, Aquarelle, Vernissage Sonntag von vier bis sechs im Städtischen Museum. Sie sind herzlich eingeladen. Dunkler Anzug. Dunkler Anzug? Ja, dunkler Anzug. Sponsoren: Staatsfonds für Bildende Kunst, die Post, Holzhandel Nicolaas Bijl.

Ein Foto von Johan im Halbprofil: markante Nase, unnatürlich zusammengekniffener Mund, Augen von jemandem, der zum Zeitpunkt der Aufnahme intensiv an sich selbst denkt. Schulterpartie in dunklem Anzug, der ihm gut steht.

»Hör zu, wir gehen hinterher mit der Familie essen. Alma möchte das so. Das ist zwar alles etwas neumodisch, aber es müßte machbar sein.«

Die Familie, das ist zuallererst Johans Mutter Alma, die Anstifterin; dann Johans Bruder Oscar und die Söhne Peter und Paul. Ist Johans Freundin Zina das Neumodische?

»Kommt Ellen auch?«

»Alma hat sie angerufen. Sie hat zugesagt.«

Ellen, die Mutter seiner Söhne, an einem Tisch mit der neuen Frau.

»Ich komme gern, Johan«, sagt Lisa. Sie will ihre Freundin in dieser Situation nicht allein lassen, und die komplizierten Familienverhältnisse üben eine gewisse Faszination auf sie aus.

»Und Lawrence, den will ich auch dabeihaben, ist er schon zurück?«

»Er ist gerade erst nach England gefahren und kommt

nicht vor Ende nächster Woche zurück. Wenn die Kinder wieder zur Schule müssen.«

»Ich möchte aber gern alle dabeihaben. Was macht er in England, hat er einen Auftrag?«

»Nein, noch nicht. Er macht vielleicht für seinen Vater einen Entwurf für den Ausbau des Hotels. Und besucht einfach die Familie. Ich muß weg, Johan, danke für die Einladung.«

Johan klingt bei der Verabschiedung leicht verärgert.

Beim Radfahren läßt sich gut nachdenken. Zu Fuß fängt man schnell an zu träumen, aber das Quentchen Aufmerksamkeit, das man beim Radfahren braucht, sorgt für die nötige Hinwendung zur Realität. Agieren. Lisa hat Lawrence' Fahrrad genommen, auch auf die Gefahr hin, binnen einer Stunde ein taubes Gefühl zwischen den Beinen zu haben; dafür hat das Rad eine Gangschaltung. Sie tritt in die Pedale, surrt zwischen den dicken Alleebäumen über den grauen Asphalt und schaltet in die größte Übersetzung. Die Straße nähert sich dem Fluß: verblühter Bärenklau, müde Haubentaucher auf dem Wasser.

Eigenartig, daß sie Freunde sind, Johan und Lawrence. Worüber sie sich wohl unterhalten? Malerei? Die Zukunft der dörflichen Architektur? Bestimmt nicht über Eltern oder Besuche bei der Familie.

Lawrence stammt aus York. Seine Eltern besitzen ein großes Hotel an der Ostküste Englands. Gigantische Fensterfronten gewähren Aussicht auf das Meer; die traditionellen Räumlichkeiten, die Engländer offenbar zu ihrem Wohlbefinden benötigen (Lounge, Dining Room, Tea Room, Morning Room), haben die Ausmaße von halben Fußballplätzen. Die wirtschaftliche Talfahrt hat die Zahl der Gäste dezimiert. Wer jetzt noch kommt, ist reich und alt und tut es aus Gewohnheit. Auf einer Tür in einem der langen, krankenhausähnlichen Gänge steht

»Emergency Room«. Dahinter wird in einem schmalen Schrank eine Tragbahre versteckt. Lisa durfte während eines Aufenthalts bei ihren Schwiegereltern miterleben, wie ein betagter Gast nach dem Abendessen das Zeitliche segnete (blaurot, Schaum vor dem Mund, Yorkshire Pudding) und von Koch und Empfangsdame im Laufschritt zum Hinterausgang gefahren wurde, wo diskret der von Lawrence' Mutter eilends herbeigerufene Krankenwagen wartete. Im Dining Room dauerte es ein Weilchen, bis die Stimmung wiederhergestellt war.

Eine Anzeigenkampagne in Amerika brachte noch mehr ältere Gäste, die obendrein im Morning Room Gin trinken wollten. Die Schließung drohte. Lawrence' Mutter erwog kurzzeitig, ein richtiges Altersheim daraus zu machen, schreckte aber vor Szenen wie der mit der Tragbahre zurück.

Opa England, wie Lisas Kinder Kay und Ashley sagen, hatte schließlich einen rettenden Einfall und schloß eine ganze Reihe von Verträgen mit Firmen, die ihrem Personal einen Ferienaufenthalt oder ein erholsames Wochenende offerieren wollten. Zu stark ermäßigten Preisen reisen jetzt große Gruppen an und füllen die Säle, spielen Minigolf (auf dem Hotelgelände angelegt) und wandern den Küstenpfad hinauf und hinunter.

Manchmal finden Konferenzen und Wochenendseminare statt, und der Morning Room fungiert als Tagungsraum. Der Anbau eines überdachten Schwimmbads mit Sauna und Gymnastikhalle ist im Gespräch. Lawrence soll seine Eltern baulich beraten. Die Tragbahre ist noch da.

Ein Hotelkind. In einem kahlen Zimmer am Ende eines Ganges schlafen. Mutter am Ausschank, Vater in dem kleinen Büro mit der Buchhaltung oder am Empfangsschalter vor den an großen, mit »Sea Residence« beschrifteten Holzkugeln hängenden Schlüsseln. Miterleben, wie DER GAST, der den

Lebensrhythmus des Hotels bestimmt und das Maß aller Dinge ist, während des hastigen und frühen Abendessens in der Küche von den Eltern als alter Nörgler oder Geizkragen beschimpft wird.

Lawrence ging nach London und studierte Architektur (Linien, Gewichte, Baustoffe, alles, was man berechnen kann) an der Kunsthochschule. Dort lernte er Johan kennen, der an der Akademie mit einem spärlichen Stipendium ein Jahr lang Malerei studierte. Nach diesem Jahr begleitete der vernünftige und vorsichtige Lawrence seinen neuen Freund in die Niederlande und blieb dort.

»Bist du vor ihnen geflohen«, fragte Lisa, »vor ihren Ansprüchen und Erwartungen, hattest du eine solche Wut, daß du ein ganzes Meer zwischen euch bringen mußtest?«

»Nein, was mich vertrieben hat, war der Wind. Dieser ewige Sturm.«

»Und hier? Die Hälfte des Jahres werden einem die Ohren vom Kopf geweht, die Bäume wachsen schief, und nicht einmal abends ist Ruhe! Und was ist mit den Sturmfluten?«

»Hier ist sogar der Wind gemütlich. Alles ist flach und überschaubar. Aber dort stehst du auf den Klippen. Unaufhörlich donnert das Wasser gegen das Land und nagt daran, bis das Hotel ins Meer stürzt. Als Kind hatte ich eine Heidenangst davor. Es wird sicher irgendwann passieren.«

Alles wahr und zugleich absoluter Unsinn. Er haßt seine Eltern nicht, sondern flieht vor dem Wind!

Lisa hat keine Eltern mehr. Ihr Vater ist im Krieg umgekommen. Nicht als Held, sondern als ängstlicher Junge, der nach der Sperrstunde in der stockfinsteren Stadt in eine Gracht fiel und ertrank, weil er sich nicht traute, zu schreien. Ihre Mutter, die Lebenstüchtigkeit und Realitätssinn hinter dauerndem Beleidigt- und Gekränktsein verbarg, starb unter höllischen Schmerzen an einem zu spät entdeckten Krebs. Vor vier Jahren. Lisa, einziges Kind, besuchte sie in wohldosierten

Abständen. So gut ich konnte, habe ich meiner Mutter beigestanden. Viel war nicht drin, und das wenige, was mir möglich war, hat viel Kraft gekostet. Lisa versucht sich nicht vorzumachen, daß die hohe Arbeitsbelastung und die Nöte ihrer Kinder ein größeres Mitgefühl für ihre sterbende Mutter verhindert hätten. Im Gegensatz zu Lawrence ist sie durchaus imstande, ihre Beweggründe zu erkennen. Sie kann in sich hineinschauen und dort ein zielstrebiges Kind sehen, das für seine Interessen kämpft, eine Egoistin mit schlechtem Charakter. Das Spiegelbild richtet sich nach dem Spiegel, das Kind entspricht den Erwartungen der Mutter.

In dieser trüben Kindheitsbrühe wird Lisa nicht mehr ertrinken. Weil sie es sich zugestanden hat, den Kopf über Wasser zu halten, war es ihr auch möglich, den grauen Vogelkopf an ihre Brust zu drücken, als das Ende nahte, den gepeinigten Körper in die Arme zu schließen und aus Mitleid über das einsame und verpfuschte Leben dieser Frau zu weinen. Wenn die zur häuslichen Pflege eingestellte Krankenschwester ihr freies Wochenende hatte, wusch Lisa den Körper ihrer Mutter. Die Pobacken hingen herab wie schrumpelige Beutel. Behutsam betupfte sie die großen Narben an den Stellen, wo die Brüste gewesen waren.

Woraus ich trank, das ist verschwunden, im Krankenhausofen verbrannt. In diesen spindeldürren Armen, an diesen kümmerlichen Brüsten muß ich es gut gehabt haben, sonst stünde ich nicht hier, aber der Beweis ist verschwunden, an diesen Brunnen kann ich nicht zurück. Graues Schamhaar über dem Geschlecht, aus dem ich kam. Ich sehe es an, ich sehe es.

Lisas Unfähigkeit, von sich selbst zu erzählen, macht sie zu einer guten Zuhörerin. Altersgenossen schütten ihr ihr Herz aus und vertrauen ihr Geheimnisse an. Lisa hört zu, faßt zusammen, stellt eine wohlüberlegte Frage. Sie hilft und erhält dafür Dankbarkeit und Anerkennung. Sie baut ihre Helferrolle aus und arbeitet während der Ferien im örtlichen Krankenhaus. Auch dort sind die Rollen klar definiert, und sie braucht nichts von sich preiszugeben. Die väterlichen Ärzte werden zum Bestandteil ihrer nächtlichen Wunschträume und ahnen nicht, daß ihnen die Praktikantin nachts auf den Schoß kriecht und in ihren Armen Zuflucht sucht.

Trotz all dieser Beschränkungen und Defizite hat Lisa sich ihre Neugier bewahrt, und die wird sie bald aus ihrer Abkapselung befreien. Zitternd vor Angst, was sie vorfinden wird, und schlecht gewappnet gegen das, was sie entdecken wird, will sie es dennoch mit aller Macht wissen. Im vierten Jahr ihres Medizinstudiums kreuzt ihr Blick an einem regnerischen Wintermorgen den ihres Pathologiedozenten. Sie schaut nicht weg.

Einen zeitlosen Moment lang bleiben ihre Blicke ineinander verhakt. Das zuletzt gesprochene Wort hallt noch durch den Raum: »*Mitralis-Stenose*«. Die lange Pause verleiht dem Begriff Gewicht; die Studenten beugen sich über ihre Aufzeichnungen, notieren das Wort in Großbuchstaben, unterstreichen es. Lisa sitzt aufrecht da und schaut in die Augen des fünfundvierzigjährigen Mannes. In ihrem Blick liegt ihre ganze Sehnsucht, ihre ganze Leidenschaft. Zum erstenmal in ihrem Leben öffnet sie sich.

Gerard Bleeker (verheiratet, Hypothek, Segelboot) ist heiser, als er weiterspricht. Nach dem Fakultätsumtrunk, schon leicht angesäuselt, zwischen den stinkenden Mänteln in der Garderobe mit der kumpelhaften Sekretärin herumknutschen, die so frech ihren Hintern zur Schau stellt, wenn sie seine Akten einsammelt; nach der letzten Vorlesung in der Kneipe an der Ecke ein Glas sauren Wein trinken mit der einzigen interessanten Studentin, die in diesem Semester dabei ist, ein gutes Gespräch, eine Hand auf ihrem Knie – das kennt er, da weiß er, wann er auf die Bremse treten muß.

Lisas Hingabe jedoch ruft alte Jugendträume in ihm wach und bringt ihn eine Zeitlang völlig um den Verstand. Er verliert den Bezug zur Realität, er vergißt, daß es in seinem Leben auch noch andere Menschen gibt, er will nicht wahrhaben, daß er sich in eine unmögliche Situation hineinmanövriert hat. Ein halbes Jahr lang geben sich beide einem glückseligen Wahn hin. Sobald es Frühling wird, bringt Gerard sein Boot auf Vordermann und richtet es zu ihrem Haus, zu ihrem Nest her. Um im Heimathafen keinen Verdacht aufkommen zu lassen, verabreden sie sich an entfernten Orten; Lisa nimmt umständliche Anreisen auf sich, nach Medemblik, nach Hindeloopen. Sie lieben sich auf dem Boden des Bootes, vom Wasser gewiegt. Sie liegen im Gras am Flußufer nackt in der prallen Sonne, vögeln, bis sie untergeht, und sind so sehr aufeinander konzentriert, daß sie die vorüberfahrenden Schiffe (»Gut so, weitermachen!«) und die neugierig näher gekommenen Kühe nicht bemerken. Abends essen sie fettigen Fisch in der Hafenkneipe, bevor sie, befriedigt und eng umschlungen, unter dem Großsegel einschlafen.

Die Sommerferien sind eine Katastrophe. Gerard hockt drei Wochen mit seiner Frau auf einer Alm und unternimmt trübsinnige, einsame Wanderungen. Lisa hockt verzweifelt in ihrem Zimmer und holt den vernachlässigten Examensstoff nach, während sie zwischendurch lange Briefe an ihren Geliebten schreibt – postlagernd.

Er ist nicht der erste Mann für sie. Aber er ist der erste, mit dem sie es aus schier endlosem Verlangen und mit ganzem Einsatz tut. Sein Glied tief in ihrer Scheide zu fühlen, ist ihr ganzer Lebenszweck. Sie ist mit netten Kommilitonen ins Bett gegangen, aus Sympathie nach einem schönen Gespräch; sie hat mit einem in der Kneipe aufgegabelten Piloten geschlafen, aus Neugier. In der Nacht vor seiner definitiven Abreise auf die Antillen hat sie es mit einem frischgebackenen Juristen getrieben, um es ihm beizubringen.

Sie haben Glück, der Herbst in den Dünen und Parks ist mild, aber als das Boot dann im November in den Schuppen kommt, wird die Ehefrau mißtrauisch. Gerard bezieht eine Wohnung in einem Neubauviertel, seiner Frau läßt er das Haus und zahlt eine großzügige Abfindung. Zwischen den kahlen Wänden empfindet er eine neue Freiheit. Er schläft mit Lisa auf einer Matratze auf dem Fußboden. Sie heiraten im Frühjahr, nach Lisas Staatsexamen.

Doch Gerard ist nicht der Vater, der Lisas Sehnsüchte stillen kann. Und Lisa nicht das Allheilmittel, mit dem Gerard den Kummer über seine mißglückte erste Lebenshälfte betäuben kann. Das Leben nimmt seinen gewohnten Gang. Lisa kommt aufgekratzt von ihren Praktika nach Hause. Gerards Situation ist aussichtslos wie eh und je. Mit einem Mal wird der Altersunterschied von zwanzig Jahren deutlich. Wenn sie mit unerschöpflicher Energie Abend für Abend mit ihm vögeln will, ist er müde und fürchtet, nicht genügend Schlaf zu bekommen. Am Wochenende, wenn Lisa die Fachliteratur studiert und in ihren Lehrbüchern die Krankheiten nachschlägt, mit denen sie auf der Station konfrontiert wird, trauert er dem verkauften Segelboot nach. Wegen der Unterhaltszahlungen fehlt das Geld, um ein Haus zu kaufen.

Dann kommt die Zeit, da Gerard in seinem Auditorium wieder interessante Studentinnen entdeckt. Lisa ist zutiefst verletzt. Irgend etwas in ihrem Innern zerbricht und läßt sich nicht mehr reparieren, sosehr Gerard auch in ihren Armen weint, sosehr er ihr auf immer und ewig absolute Treue gelobt. Lisa erschrickt über ihre Kälte und Enttäuschung, bekommt Kopfschmerzen und leidet unter unerklärlichen Anfällen von Niedergeschlagenheit.

Sie stürzt sich in die Arbeit und absolviert ihre ärztliche Prüfung mit Auszeichnung. Drei verschiedene Fachrichtungen bieten ihr einen Ausbildungsplatz an. Sie entscheidet sich für die Psychiatrie, für sich, auch wenn sie noch nicht genau weiß, warum.

Gerard will ein Kind, will seine ihm allmählich entgleitende Frau an sich binden, sie zwingen, sich über etwas zu beugen, was sein Samen zustande gebracht hat, sie zu der Einsicht bewegen, daß sie wieder etwas gemeinsam haben. Lisa ist entsetzt.

»Ich kann das nicht.«

»Vertraust du mir nicht?«

Nein, denkt Lisa, ich vertraue dir nicht, das stimmt. Und ich denke nicht daran, meine Zukunft an einen fünfzigjährigen, na ja, fast fünfzigjährigen Mann zu binden. Aber das ist es nicht, es ist viel schlimmer.

»Ich kann es einfach nicht.«

Frau sein, das hab ich gelernt, bei dir, von dir. Im Meer vögeln, Sand und Salz in der Scheide. Mit nichts drunter zum Krankenhausball, rundherum zufrieden mit meinem Körper, danke, vielen vielen Dank. Aber ein Kind, das in mir wächst? Das ich aus mir herauspressen und dem ich vorspiegeln soll, hier sei alles schön und in bester Ordnung? Ich würde mein Kind schon vor seiner Geburt vergiften, ich würde mein Kind töten, bevor es überhaupt zu leben begänne.

Gerard tobt vor Wut. Lisa weint über ihren Entschluß, aber sie bleibt dabei: Niemals.

Als ihre Psychiatrieausbildung beginnt, hat sie Gerard verlassen. Lisa Blech, alleinstehend, wie eine wohlhabende Studentin in einer Stadtwohnung lebend. Eine hartnäckige Depression treibt sie in die Analyse; die Neugier, die sie nie verlassen hat, wird ihre Rettung. Die Sehnsucht nach einem Vater darf sie behalten, aber die Aussicht auf Erfüllung dieser Sehnsucht muß sie aufgeben, sosehr sie sich auch sträubt und ihren Analytiker belügt.

Über ihre Freundin Ellen lernt sie Lawrence kennen, mit

dem sie eine angenehme, liebevolle Beziehung zustande bringt. Ihr Verhältnis ist eher kühl, basiert aber auf der starken Verbundenheit zweier Menschen, die sie selbst sein dürfen und einander nicht zuviel abverlangen.

Ganz selbstverständlich wird Lisa Mutter. Zu ihrer eigenen Überraschung und Freude eine gute. Sie kaufen das Haus am Fluß. Eines Tages radelt Lisa am Wasser entlang, ein Kind vorn, ein Kind hintendrauf, sie riecht die nach Heu duftenden Haare ihres Sohnes, spürt die Hände ihrer Tochter um ihre Mitte, und sie singen lauthals das Lied von den drei Tambouren. Ja, das ist es, denkt Lisa, das ist das Leben, das ich wollte. Und während sie singt, laufen ihr Tränen über die Wangen.

»Alles ist vergänglich, Giesendam«, steht auf dem vorübergleitenden Frachtkahn. An Deck fährt ein kleiner Junge mit einem Plastiktrecker in einem Gatter hin und her. Der hat Glück, denkt Lisa. Der Kahn macht Wellen, die träge ans Ufer schlagen und das lange Gras, das ins Wasser hängt, in wirre Bewegung versetzen. Die Wasserstraße ist ein Muster an Mildtätigkeit. Sie schiebt die seltsamsten Vertreter behutsam dem Meer entgegen, umspült alles, was in ihr wachsen will, und ihr Vermögen, giftigen Unrat in sich aufzunehmen, kennt keine Grenzen.

Lisa kurvt in die Stadt. Die Geschäftsstraße, quer über die Straßenbahnschienen, linksab, rechtsab, haarscharf um die in Zweierreihen geparkten Autos herum, ohne abzusteigen durch das Eingangstor in den Fahrradschuppen der Klinik, wo Bertus mit dem einen Zahn auf Fahrräder wartet. Sie schwingt das rechte Bein über Stange und Sattel und löst die Tasche vom Gepäckträger. Bertus taucht auf wie ein Geist.

»Tolle Kiste, Frau Doktor, wohl von Ihrem Mann, was?« Er schlurft mit dem Rad nach hinten, zwischen Zweierreihen von Holzständern hindurch. Lisa sieht nichts, ihre Augen sind noch auf das Außenlicht eingestellt. Dafür riecht sie um so mehr: Öl, Eisen, schwarzen Zigarettentabak, alten Mann. Aus seinem kleinen Büro plärrt das Radio, zweistimmig und in Terzen: »Rosen, Rosinen und roter Wein ...«

Lisa läuft die Eingangstreppe hinauf, stößt die schwere Glastür auf und klappert mit ihren Absätzen rhythmisch über den Marmorboden der Halle, sehr in Versuchung, noch eine Extrarunde zu drehen. Am hinteren Ende der Halle führt eine zweiarmige Treppe nach oben, wo links und rechts hinter verriegelten Türen die geschlossenen Abteilungen liegen.

Im Erdgeschoß ist links die Verwaltung und rechts die kümmerliche kleine Aula, die sonntags als Kirche und wochentags als Unterrichtsraum fungiert. Als Lisa die Tür öffnet, fühlt sie sich wie immer unangenehm berührt von der Bleiglasmalerei in dem hohen Fenster an der Rückseite des Saales: Jesus, eingerahmt von breiten Lakritzschlangen. Er sieht etwas betreten aus und hält unbeholfen ein Schaf vor dem Bauch. Die langen Beine hängen kerzengerade herab.

Lisa setzt sich hinter den Altar, mit dem Rücken zum Bildnis des Guten Hirten. Sonnenlicht wirft blaue und gelbe Flecken auf ihre Unterrichtsvorlagen. Die angehenden Psychiater kommen in kleinen Grüppchen herein. Einmal in der Woche haben sie Unterricht. Sechzehn Leute, darunter vier Frauen, ein Schwarzer und vermutlich zwei Homosexuelle. Alle um die Dreißig, erschöpft von ihrem anstrengenden Arbeitspensum in diversen regionalen Lehrkrankenhäusern und verwirrt über die Ambivalenz ihrer Situation. In den Krankenhäusern, in denen sie eingesetzt sind, tragen sie die Verantwortung für ihre Patienten. Sie werden mit Suiziden, mit heftigen Aggressionen und ohnmächtig machenden sozialen Verhältnissen konfrontiert. In der Supervision und beim Unterricht müssen sie sich dann wie Schüler verhalten, werden abgefragt und bevormundet. An manchen Unterrichtstagen wird Unmut über die Abfragerei laut: Es wird gemeckert, geschimpft, gestänkert und vor allem viel geklagt. Der Dozent tut gut daran, sich nicht zur Zielscheibe zu machen und, wenn möglich, nicht Partei zu ergreifen.

Die Assistenten aus dem Haus kommen als letzte herein: eine stämmige Lesbe, die ihre Unsicherheit durch forschen Tatendrang überspielt und mit der Lisa in der Supervision die größte Mühe hat; ein magerer, etwas jungenhafter Mann mit nettem Gesicht, den Lisa irgendwie mag.

Lisa spielt die Marktfrau. Gut sichtbar stellt sie ihre Waren aus, preist sie an und versucht, die Leute an ihrem schwachen Punkt zu packen. Jeder – insbesondere natürlich diejenigen, die diesen Beruf gewählt haben und in Lehrtherapie sind – interessiert sich für die eigene Person, vorausgesetzt, die Einsichten sind nicht zu schwer zu verkraften. Ein behutsames Vorgehen ist geboten; wenn die Studenten sich zu sehr persönlich betroffen fühlen, sperren sie sich und fangen an zu murren, und das kann Lisa nicht vertragen.

Lisa macht den Mund auf, die Sätze folgen ganz von allein den Gedanken, die sie entwickelt. Das Denken ist immer eine Spur voraus. Auf ihrem Notizblock hat sie nur Stichpunkte notiert.

»Immer auf der Suche nach Selbstbestätigung, der Hunger nach Bewunderung ist ein Faß ohne Boden.«

Der junge Mann mit dem netten Gesicht versteinert. »Partner, Freunde dienen als *need-satisfying objects*, als Automaten zur Befriedigung des Liebeshungers. Wenn sie dem nicht gerecht werden, wird die narzißtische Persönlichkeit von primitiver Wut ergriffen. Man nennt das *narcissistic rage*.«

Der junge Mann hat den Kopf über seine Aufzeichnungen gesenkt. Lisa geht zu den produktiven Aspekten des Narzißmus über, sie erzählt nuanciert von der Notwendigkeit der Selbstliebe, führt genetische Zusammenhänge auf und bekommt Blickkontakt zu ihrem verletzten Studenten. Noch eine kleine Steigerung: die Bindungsangst, das durch diese frühe Verletzung bedingte Unvermögen, sich jemandem wirklich anzuvertrauen. Und der Charme des Narzißten: Wenn sie dich einspannen, um ihr Selbstwertgefühl aufzumöbeln, kann daraus ein höchst gelungener Abend werden. Aber welche Erleichterung, daß man nicht mit so jemandem liiert ist!

Ich rede von Johan, denkt Lisa auf einmal und verstummt kurz vor Schreck.

»Wie verhält sich der Narzißmus zum Ödipuskomplex?«, fragt ein strenger blonder Mann in Cordjacke.

Ach du Schande, *der* nun wieder! Lisa ist überrumpelt und muß sich erst fangen. Was weiß denn ich, Ödipuskomplex, Narzißmus, was soll das überhaupt, was machen wir hier eigentlich? Was *will* der bloß?

Der Gedanke an Johan hilft ihr, wieder ins Gleis zu kommen.

»Wer auf gesunde Art und Weise mit seinem Vater zu rivalisieren wagt und um seine Mutter werben kann, der hat schon eine gehörige Portion Selbstachtung, da kann keine Rede mehr sein von einem Faß ohne Boden. Der echte Narzißt aber ist bereits in einer früheren Phase so sehr zu kurz gekommen und verletzt worden, vielleicht sogar traumatisiert, daß er das Ödipusproblem niemals in angemessener Weise bewältigen kann. Er hat seinen Vater bitter nötig, um Boden unter die Füße zu bekommen, während die erfahrenen Defizite ihn gleichzeitig mit unbändiger Wut erfüllen.«

Komisch, daß ich so kühl und sachlich von etwas so Schrecklichem reden kann. Johan als vierjähriger Junge, der nicht begreifen kann, daß sein Vater weg ist und nie mehr zurückkommen wird. Der jeden Tag ein Bild für ihn malt, mit dem Alma abends den Ofen anzündet.

Jetzt rührt sich die stämmige Lesbe: undurchsichtiges Gewächs und bloße Spekulation, was bringt das, was beweist, daß Menschen wirklich so sind?

»Nichts«, sagt Lisa. »Zumindest nicht viel. Es geht um eine

Theorie, die sich gut als Denkmodell eignet. Alles, was wir haben, sind Erkenntnisse und Überlegungen. Daß wir die mit ›Libido‹ oder ›Gewissen‹ überschreiben, ist ein Kunstgriff. Man kann auch eine andere Theorie zu Hilfe nehmen, vor dreihundert Jahren waren eure Patienten eben vom Teufel besessen, das ging natürlich auch.«

So, das hat gesessen. Die stämmige junge Frau ist verdattert, der gestrenge blonde Mann lacht, der Rest der Klasse schaut eher verblüfft drein. Der Gute Hirte, der das Schaf immer noch nicht hat fallen lassen, blickt auf die Klasse herab. Ein schöner Moment, um die Stunde zu beenden.

In der Raucherecke beim Kaffeeautomaten trifft Lisa auf Daniel, den Chefarzt. Sein rotes Haar steht nach allen Seiten ab, eigentlich ist er ein Typ, zu dem eher Latzhose und Bart passen würden. Er raucht eine dicke Zigarre, mit der er eifrig herumfuchtelt, sobald er Lisa entdeckt hat. Ein Terrorist mit Bombe, ein Aktivist mit Banner auf den Barrikaden. Daniel leidet an Überschwang und Gutgläubigkeit. Zwanghaft schmiedet er Pläne und hat schon Gruppentherapie gemacht, bevor überhaupt jemand davon gehört hatte. Sein letztes Projekt war ein Lauftraining für Melancholiker; laut schreiend trabte er vor einem Grüppchen grauer Männer auf dem Sportplatz her, mit behaarten Beinen barfuß in Turnschuhen.

»Und es hilft! Es hilft!«

»Alles hilft, Daniel. Weißt du noch, die Fabrik in Amerika, wo sie mit unterschiedlichen Arbeitsbedingungen herumexperimentierten? Was sie auch machten, grelles Licht am Arbeitsplatz oder totale Finsternis, angenehme Temperaturen oder eisige Kälte, immer kam es zu einer Produktivitätssteigerung.«

»Das war mit Sicherheit ein Meßfehler!«

»Nein, die Arbeiter machten begeistert mit, weil immer

ein paar Herren um sie herum waren, die Interesse für sie zeigten. Sobald das Experiment vorüber war, ging die Produktivität wieder zurück.«

»Was willst du damit sagen?«

»Daß ich meine Depression vielleicht auch vorübergehend vergessen würde, wenn so ein schreiender Fanatiker um mich herumspringen würde.«

»Oh. Da fällt mir etwas ein: Wir müssen alles ganz anders machen.«

Lisa lacht, und Daniel lacht mit. Sie sitzen in den traurigen Korbsesseln und trinken bitteren Pulverkaffee aus Plastikbechern in einem Gebäude voller Menschen, die sich in einer extremen Notsituation befinden. Wir müssen alles ganz anders machen. Menschen wie Daniel werden vor lauter Ohnmacht einfallsreich.

»Die ZEIT, Lisa, denk an die ZEIT!«

Lisa schaut verstohlen auf die Armbanduhr im offenstehenden Seitenfach ihrer Tasche. Als hätte ihr Kollege sie ermahnen wollen, ihren Terminplan einzuhalten. Aber Daniel hat anderes im Sinn. Fast prophetisch deutet er mit der Zigarre auf die große Uhr über dem Kaffeeautomaten. Halb vier.

»Jeder Mensch ist in das gleiche Korsett aus Minuten und Stunden gezwängt – versuch dir mal vorzustellen, was das heißt! Jung oder alt, klein oder groß, mit schnellem oder langsamem Stoffwechsel, mit raschem oder trägem Herzschlag, im Sommer, im Winter, bei der Arbeit oder im Urlaub: immer geben diese Zeiger dasselbe Tempo vor. Zum Verrücktwerden!«

Daniel ist aufgesprungen und tigert auf dem verschlissenen Teppichboden hin und her. Alles ist vergänglich, denkt Lisa, Giesendam. Der Fluß. Die Zeit beiseiteschieben. Nie mehr Krieg.

Daniel doziert weiter. Er ist beflügelt. Seine Zigarre ist ausgegangen.

»Die Langeweile! Das Eingezwängtsein! Wenn dein eigener Rhythmus schneller ist als diese verdammte Uhr und du immer warten mußt, dich immer zurückhalten mußt: hoher Blutdruck, Kollegin, Hirninfarkte!«

Lisa sieht ein wildes Pferd vor sich, das sich wiehernd zügeln läßt. Vielleicht auch ein beruhigendes Gefühl?

»Wenn du der Uhr hinterherhinkst, hast du nie genügend Zeit, alles rennt, und du schlurfst hinterher, immer zu spät, um Übersicht und Durchblick zu bekommen, hilflos. Was resultiert daraus? Eine Depression, meine Liebe, eine Depression, die womöglich sogar vital ist. Ich werde das herausfinden, die Pläne liegen schon bereit!«

In schalldichten Räumen ohne Tageslicht wird Daniel seine Patienten einsperren. Kein Kontakt zur Außenwelt, denn es darf nicht sein, daß ein Betroffener zu Hause anruft und einen gähnenden Partner an den Apparat bekommt, während im Hintergrund die Fernsehnachrichten zu hören sind.

»Tag und Nacht ein Hiwi in der Zentrale. Der muß auf Gleichmäßigkeit getrimmt werden. Muß Kaffee, Essen oder was auch immer herbeischaffen, sobald darum gebeten wird. Endlich kann der Patient nach seinem eigenen Rhythmus leben. Zeitlose Verhältnisse, die ihn gesund machen, Lisa, zeitlose Verhältnisse!«

Er hat sogar recht, in gewissem Sinne. Die Zeit ist ein Tyrann, der mit seinem Messer Furchen in mein Gesicht zieht, der mir alles nehmen wird, was mir lieb ist: mein Sehvermögen, mein Denkvermögen, mein Gehvermögen. Er entreißt mir meine Kinder. Er vernichtet meine Freunde. Er wird mich umbringen.

»Wenn es überhaupt keine Zeit mehr gäbe, könnte der Mensch das ertragen?«

»Du denkst zuviel darüber nach, was Menschen fühlen. Du mußt den Apparat im Blick haben! Die Maschine ist aus dem Takt geraten, das hat nichts mit Kummer oder Protest zu tun.

Das Zahnrad paßt nicht in die Kette. In meinen unterirdischen, zeitlosen Gewölben wird die Maschine geschmiert und überholt. Du wirst sehen! Sag mal, du kennst doch diesen Steenkamer, den Maler?«

Lisa will weg, sie muß auf Station und hat danach noch eine Supervision.

»Er war mit meiner Freundin verheiratet. Sie sind seit Jahren getrennt, aber ich habe schon noch Kontakt zu ihm. Wieso?«

»Ich habe mich gefragt, ob der Mann noch ganz richtig im Kopf ist. Heute in der Morgenzeitung war ein ganzer Artikel, in dem er die gegenständliche Malerei niedermachte, daß das ein Zeichen von Schwäche sei und so. Wo er doch selbst ganz schöne Bilder malt, die einen wirklichen Gegenstand haben! Diese Serie von Radierungen über die Zeit zum Beispiel, deswegen kam ich jetzt drauf. Phantastisch, große Klasse! Und dann mit so einem Artikel die eigene Arbeit abqualifizieren, wie geht das zusammen?«

»Ich glaube, du irrst dich.«

Lisa seufzt und erhebt sich.

»Er hat einen älteren Bruder, Oscar, der Kunsthistoriker ist. Er arbeitet beim Nationalmuseum und veröffentlicht gelegentlich mal was in der Zeitung. Der wird es gewesen sein. Hast du die Zeitung noch?«

Daniel kramt in seinem Jutebeutel und fischt den Feuilletonteil hervor. Unter dem ganzseitigen Artikel steht: O. Steenkamer.

Es hat Jahre gedauert, bevor Lisa dahinterkam, daß Johan einen Bruder hat. Der Mann, der so gern und unterhaltsam von sich und seinen Angelegenheiten spricht, verschwieg den eigenen Bruder. Warum, das begriff sie sofort, als sie die beiden bei einem Essen bei Alma erstmals gemeinsam erlebte. Sechs

Personen am ovalen Tisch in dem dunklen Wohnzimmer der alten Dame: Alma aristokratisch am Kopf des Tisches, auch damals schon mit dem Stock neben ihrem Stuhl; zu ihrer Rechten Johan und Ellen, zu ihrer Linken Oscar, daneben Lawrence. Lisa sitzt Alma gegenüber. Wo sind die Kinder? Wahrscheinlich zu Hause, beim Babysitter. Das Essen ist widerwärtig: Dosensuppe, verbrannte und obendrein halbgare Roulade mit zerkochten Kartoffeln und tiefgefrorenen Erbsen; der Nachtisch blieb in der Küche. Alma bildet sich etwas darauf ein, nicht kochen zu können, und ist bei der Zubereitung und beim Auftragen des Essens langsam und zerstreut. Sitzt man dann endlich am Tisch, eine Stunde später als erwartet, muß immer noch jemand aufstehen, um das Salz, ein paar Messer, einen Schöpflöffel zu holen. In der Küche ein einziges dampfendes Chaos. Für kleine Kinder eine Katastrophe: lange warten und dann doch nichts bekommen. Um die Kinder entbrannte auch der Streit: Johan wollte ein paar Tage mit Ellen nach Brüssel, zu einer Ausstellung, und die Kinder solange bei Alma unterbringen.

»Das läßt sich ganz schlecht einrichten, Johan. Ich fahre diese Woche drei Tage nach Bergen, mein alljährlicher Besuch bei Tante Janna, wie du weißt – nein, das paßt mir leider überhaupt nicht.«

»Dann sagst du eben ab! Ich möchte Ellen gern dabeihaben, und die Kinder sind gern hier. Du kannst sie doch bei McDonald's abfüttern, wenn du nicht kochen möchtest. Und es ist während der Woche, sie sind in der Schule – sie müssen nur geholt und gebracht werden.«

Ellen schaltet sich ein: »Ich finde nicht, daß wir das von Alma verlangen können, zweimal pro Tag zur Schule und zurück. Nein, wenn es nicht geht, bleibe ich zu Hause.«

Johan fährt sie an: »*Wir* verlangen gar nichts. Halt dich da bitte raus! Ich kann doch verdammt noch mal meine Mutter um etwas bitten, ohne daß sich jeder gleich einmischt!«

Lisa, strategisch günstig plaziert, sieht zu ihrer Verwunderung, daß Alma sich jetzt so richtig in ihrem Element zu fühlen scheint. Ihre Wangen röten sich, und sie verfolgt mit lebhaften Augen, wie ihr Jüngster seine Frau abkanzelt.

»Janna wäre sehr enttäuscht, Johan. Und ich selbst lege großen Wert auf eine gute Planung. Ich habe dich und Oscar allein großgezogen, ganz auf mich gestellt, wie du weißt.« Alma läßt eine kleine Pause entstehen. »Jetzt seid ihr erwachsen, und ich will meine Ruhe haben. Schluß jetzt mit der Rennerei und dem Herumgeschleppe. Ich habe die Kinder wirklich sehr gern, aber es wird mir zuviel. Freitags kommt ja auch immer Oscar zum Essen. Du darfst ruhig ein bißchen mehr Rücksicht auf mein Alter nehmen, wirklich!«

»Oscar, Oscar, was hat denn der damit zu tun? Dann kommt er eben das eine Mal nicht, ist das denn so schlimm? Warum hat Oscar immer Vorrang, warum hast du für mich nichts übrig? Ihr gluckt jeden Freitag zusammen und lästert und tratscht, die Lahme und der Blinde.«

»Johan, es reicht!«

Alma schnaubt, aber wie Lisa feststellt, durchaus genüßlich. Johan ist aufgesprungen, seine Serviette liegt auf dem Boden, er stapft auf dem kleinen Raum zwischen seinem Stuhl und der Tür hin und her. Nun gibt auch Oscar Laute von sich, wie eine Wasserleitung, die lange nicht benutzt worden ist. Bis jetzt hat er nur leichenblaß dagesessen, die dicken Brillengläser dicht über seinem Teller. Er schaut zu seinem Bruder hoch. Sein Mund zittert.

»Es ist ziemlich mies, sich über die körperlichen Gebrechen anderer lustig zu machen, um selbst besser dazustehen. Außerdem verstehe ich nicht, wieso du dich über meine Verabredungen mit Mutter aufregst. Du hast deine Familie, du bist verheiratet, und du hast deine Kunst. Du hast alles, und jetzt willst du auch noch bei anderen Unruhe stiften. Ich möchte doch sehr bitten: Laß uns in Ruhe.«

Oscar bebt. Er schaut auf seine Hände und legt sie zu beiden Seiten seines Tellers auf den Tisch. Ellen versucht, Johans Aufmerksamkeit auf sich zu lenken; wenn er sich nur wieder hinsetzen würde, wäre die Situation vielleicht noch zu retten, könnten vielleicht Lawrence und Lisa, die in Bereitschaft stehen wie die Feuerwehr, den Brand noch eindämmen. Aber Johan ist nicht mehr zu bremsen. Er versteigt sich zu einem wütenden Resümee: Oscar hat sich mit Alma gegen ihn verschworen, Oscar gönnt ihm nicht das Weiße im Auge (der blinde Wicht, denkt Lisa) und ist neidisch auf sein Talent.

»Und immer an allem herummäkeln. Und in deinem Labor Mäuse melken. Aber selbst keinen Pinsel anzufassen wagen. Promoviert! Und über was, über was? Wie viele Haare Frans Hals an seinem Pinsel hatte! Biopsien von der Farbschicht hat der Herr Doktor gemacht. Die Kunst unter dein Mikroskop legen, das ist das einzige, was du kannst. Selber nichts zuwege bringen, aber alles besser wissen. Rutscht mir doch den Buckel runter, zum Teufel mit euren Farbproben, eurem Freitagsplausch bei einem Gläschen Port. Ich gehe!«

Ein gelungener Auftritt. Schwungvolles Öffnen der Tür, das das Tischtuch hochwehen läßt. Johan von der Bühne ab. Seine hohen schwarzen Stiefel – Ellen hat sie nachmittags noch geputzt – klacken entschlossen durch den Flur. Am Tisch bleibt es still, bis das Zuschlagen der Haustür verklungen ist.

Bildet Lisa es sich nur ein, oder sackt Alma jetzt tatsächlich in sich zusammen? Oscar legt seine Hand auf die ihre, sie schüttelt sie unwirsch ab. Endlich richtet sie das Wort an das Publikum.

»Bitte nehmt es uns nicht übel, aber in unserer Familie haben wir nun einmal viel Temperament. Meine Jungen sind nie gut miteinander ausgekommen, mehr Mißgunst als Spaß. Ich bin froh, Ellen, daß das bei Peter und Paul anders ist. Ich habe mir alle Mühe gegeben, aber wie ich gesagt habe, ich war ganz auf mich allein gestellt. Jetzt ist es, glaube ich, das beste, wenn wir die Tafel aufheben. Ich möchte mich gern zurückziehen. Oscar, bleibst du bitte noch?«

Alma erhebt sich wie die Königin der Nacht, schlank und würdevoll stützt sie sich auf ihren Stock. Lisa und Lawrence verabschieden sich hastig (kann man sich, ohne rot zu werden, für so ein Essen bedanken?) und begleiten Ellen nach Hause, wo Johan bereits bei einem Whisky sitzt.

Haben sie dann noch zu viert Brote mit geräuchertem Lachs gegessen und bis tief in die Nacht geredet? Johan, froh, daß er den Fängen seiner Mutter entronnen war, und befreit durch seinen Wutanfall, war in blendender Stimmung.

Ihre Gespräche damals drehten sich um Arbeit, Pläne, Leben. Der bebende Bruder mit den dicken Brillengläsern kam nicht vor.

Gegen sechs radelt Lisa durch die lebendig werdende Stadt. Die Pflastersteine und die Häuser strahlen Wärme ab, die kein Lüftchen vertreibt. Die Leute sitzen in Straßencafés, haben Stühle und Autositze auf den Gehsteig gestellt, der Sommer wird mit aller Macht noch eine Weile festgehalten. An den Bäumen hängt schon vergilbtes Laub, aber noch trinkt man Bier unter freiem Himmel.

Das Restaurant, in dem Lisa mit Ellen verabredet ist, hat eine auf dem Wasser liegende Terrasse. Nachdem Lisa ihr Rad mit dem Stahlschloß an einem Brückengeländer angekettet hat, läuft sie quer durch das laute Lokal nach draußen. Das Wasser riecht nach Wasser. Eigenartig, wie schwer es ist, einen Geruch einzuordnen. Etwas von Eisen ist darin, aber auch der Duft von Wildrosen – oder kommt das nur, weil sie die Nase so weit geöffnet hat, als würde sie an einer Blüte riechen? Lisa lehnt sich über die Reling und schnuppert, spürt die vom Wasser kommende Kühle auf ihrem erhitzten Gesicht und freut sich. Sie freut sich aufs Essen, und sie freut sich darauf, Ellen zu sehen. Sie wählt einen Tisch in einer Ecke der Plattform, direkt am Wasser, und bestellt bei dem urplötzlich aufgetauchten Kellner, einem Studenten mit großer weißer Schürze und knochigem Hintern in Jeans, der sie ironisch mit »Mevrouw« anspricht, eine Flasche Weißwein.

Ein Sommerwein, frisch und trocken. Der Student stellt die beschlagene Flasche in einen Kühler und nickt Lisa etwas verlegen zu, als sie das Glas hebt.

Er denkt, daß ich eine einsame Frau bin, die sich betrinken will, so wie ich hier sitze, mit meiner Tasche auf dem anderen Stuhl. Ob er mich wohl bemitleidet? Wahrscheinlich ist es ihm egal. Welche Gedanken sollte so ein Knabe schon an Frauen jenseits der Vierzig verschwenden? Zu denen fällt ihm bestenfalls das Wort »mütterlich« ein.

Lisa sieht sich die Leute an, die auf die Terrasse kommen. Ehepaare, Touristen, ein Grüppchen gutgekleideter Männer mit Aktenkoffern, eine Familie mit fröhlichen Kindern.

Wie es wohl ist, wenn man immer allein ist? So wie jetzt ist es herrlich. Allein im Haus, keine störenden Geräusche, nach meiner eigenen Tageseinteilung leben, nicht kochen, allein im Bett, so daß ich rauchen und lesen kann, solange ich will.

Sie fürchtet, daß dieses Zufriedensein mit der Einsamkeit einem Trick zu verdanken ist, daß die Geborgenheit in der Familie, in die sie gehört, und die Festigkeit dieser Bande es ihr ermöglichen, die Freiheit in vollen Zügen zu genießen. Mit unwillkürlichem Schulterzucken erinnert sie sich daran, wie unendlich elend sie sich nach ihrer Scheidung gefühlt hat, wie sehr sie davon überzeugt war, daß sie nicht allein sein könnte.

Aber ich *war* es, ich habe es durchgezogen. Ich habe mich gezwungen, abends allein zu Hause zu sitzen und niemanden anzurufen. Ich habe die Wochenenden mit Verabredungen vollgestopft und meine freien Tage verplant. Aber ich hatte meine Analyse, da war immer ein offenes Ohr, immer jemand, der sich dafür interessierte, was ich dachte. Herrje, wieso muß ich das ausgerechnet jetzt wieder aufwärmen?

Noch etwas Wein. Denk nach. Woran hapert's? Auf dem Flughafen, erst ein paar Tage ist das her. Abschied von Lawrence, kurz in seinen Armen, die Kinder johlend um sie herum.

»Rufst du an, wenn ihr da seid? Nicht von den Klippen fallen, Grüße an Oma und Opa. Und racker dich nicht so ab, laß deine Mutter mal was mit den Kindern unternehmen und besuch deine Freunde, ja?«

Kay und Ashley aufgekratzt, beide mit ihrem Rucksack voll unverzichtbarer Dinge für unterwegs: »Mama, denkst du an die Fische? Wir werden mit Opa Minigolf spielen! Jetzt müssen wir aber los, steigen wir jetzt ins Flugzeug?«

Sie küßt ihre Kinder. Sie sieht die ihr liebsten Menschen hinter der Paßkontrolle verschwinden, sie drehen sich um, winken noch einmal und rennen dann zu den Läden und zum Laufband, das sie zu den Flugsteigen trägt.

Auch unter Lisa bewegt sich der Boden, für einen Augenblick wird ihr schwarz vor Augen, aber sie hat sich gleich wieder im Griff, läuft mit großen Schritten zum Parkplatz und steuert das Auto mit Verve durch den Verkehr. Schön. Allein. Nach ihrem eigenen Rhythmus.

Ellen ist tatsächlich allein. Vor zehn Jahren ist sie von Johan geschieden worden und lebt seither in einer Wohnung im Stadtzentrum, ohne Garten, aber mit Dachterrasse. Zuerst wohnten die Zwillinge noch bei ihr; Peter und Paul waren sechzehn und blieben beide sitzen. Mit neunzehn zogen sie endlich aus. Ellen ließ ihr Zimmer, wie es war, die Jungen kommen oft nach Hause. Ist Lisa eifersüchtig auf ihre Freundin? Nein, es ist eher eine nicht ganz neidlose Bewunderung. Und Neugier: Wie macht Ellen das bloß?

Auf der Plattform ist es inzwischen voll geworden. Eine schon leicht angetrunkene Gesellschaft kommt mit einem Boot herangefahren, macht neben den essenden Gästen fest und wird von dem kellnernden Studenten unter kreischendem Gelächter an Land gehievt. Lisa schaut zu und bemerkt Ellen erst, als die ihre Tasche vom Stuhl nimmt.

Ein Treffen mit der besten Freundin, egal unter welchen Umständen, hat immer etwas Beruhigendes: Jetzt ist alles gut; das wird immer so bleiben; sei ganz ruhig. Sie stehen auf und sehen sich an, die Blonde und die Grauhaarige. Ellen ist im Jahr ihrer Scheidung ganz grau geworden. Es steht ihr hervorragend.

»Entschuldige, ich bin zu spät. Ich kam einfach nicht weg.«

»Ich bin hier gerade mal zwei Gläser lang. Und es gibt einiges zu beobachten.«

So leicht dahinreden, witzeln. Das mag ich. Ein Begrüßungskuß. Gut siehst du aus. Ein Segen, daß es Abend ist. Hast du auch so einen Hunger?

Ellen trägt einen hübschen Leinenblazer.

Sie hat Lisas Tasche auf den Boden gestellt, ihre eigene daneben. Der Kellner bringt die Karte, Lisa schenkt Wein ein, über die Terrasse weht der Duft von gegrillten Scampi, die Sonne ist hinter den Häusern verschwunden.

»Hast du was von Lawrence gehört? Gefällt's dir, mal so ganz allein?«

»Ich glaub schon, bis jetzt jedenfalls. Ich hab gerade über dich nachgedacht, bevor du kamst, wie du es wohl findest, allein zu sein.«

Ellen trinkt einen Schluck, zündet sich eine Zigarette an und denkt nach, ohne den Blick von ihrer Freundin zu wenden.

»Ich hab mich erst dran gewöhnen müssen. Bei uns zu Hause waren wir immer viele, ein Mordslärm und Geschrei, und Essen gab's aus Töpfen, in denen du gut ein Baby hättest baden können. Die Jahre mit Johan waren auch nicht gerade ruhig; ich wußte einfach nicht, was mir fehlte. Ich kannte das ja gar nicht, eine Situation, in der du nicht fortwährend von irgend jemandem angebrüllt und von deinen eigenen Sachen abgehalten wirst. Ich habe das zu schätzen gelernt. Inzwischen kann ich gut stillsitzen. Einfach auf dem Dach sitzen, ohne etwas zu tun. Ich weiß nicht, wie es wäre, wenn mir meine Arbeit nicht so viel Spaß machen würde. Ein Glück, daß ich das Studium gemacht habe. So hatte ich einiges um die Ohren, als die Jungs weggingen, das hat viel ausgemacht.«

Lisa bewundert Ellen, die in reifem Alter noch Soziologie studiert und als eine der wenigen ihres Examenssemesters eine Anstellung bekommen hat. Ihre Examensarbeit über die Bedürftigenhilfe, eine vergleichende Studie über die städtischen Einrichtungen für Alte, Obdachlose und Geistesschwache, schickte sie dem Bürgermeister höchstpersönlich. In der darauffolgenden Woche hatte sie einen Posten im Planungsstab für die sozialen Einrichtungen. Ellen teilt die Haushaltsgelder zu, sie hat entscheidendes Mitspracherecht bei der Planung neuer Einrichtungen, und sie überwacht die Verwendung der zugeteilten Gelder. Besuche im Obdachlosenasyl, Konferenzen mit der ambulanten Altenhilfe, turbulente Nachmittage in der Tagesklinik für Geistesschwache. Und dabei nie selbst mit Hand anlegen müssen: Sie sagt, wie es gemacht werden soll, und andere führen es aus. Wenn alles gut läuft.

Salat aus geräuchertem Heilbutt mit Pinienkernen und rotem, gekräuseltem Blattsalat. Auf der Butter stehen Tropfen, das Brot ist perfekt.

Nach dem Heilbutt eine Rauchpause; die Beine ausgestreckt, Blick über das Wasser, in dem sich die gerade angezündeten Laternen spiegeln.

»Und was macht die Liebe?« fragt Lisa. »Triffst du dich noch mit ihm?«

Ellen singt in einem Chor, einem guten Chor, der im vergangenen Winter in der Grote Kerk ein Konzert gab, begleitet von einem auswärtigen Orchester. Es wurde eine überzeugende Aufführung des *Requiems* von Brahms, ein klarer, ergreifender Sopran sang die Trost-Arie, und der Baß war schlichtweg überwältigend. Er hatte eine Stimme, die sowohl bei Ellen als auch bei Lisa direkt in den Bauch fuhr, der Text besorgte den Rest.

»Herr, lehre doch mich,
daß ein Ende mit mir haben muß,
und mein Leben ein Ziel hat,
und ich davon muß,
und ich davon muß.«

Der gesetzte, stattliche Mann, der diese Worte sang, schien zu begreifen, worum es ging. Lisa weinte ganz ungeniert, Ellen verliebte sich auf der Stelle.

»Und trotzdem ist etwas im Text falsch«, sagt Lisa, der das Thema Vergänglichkeit noch immer im Kopf herumgeht, »man denkt an ein Ziel, aber das ist nicht gemeint, gemeint ist ein Ende, daß es vorbei ist.«

»*Eine Handbreit von Tagen*«, sagt Ellen. »Meine Güte, wie mir das reingefahren ist. Und es hat ganz konkrete Auswirkungen gehabt, ich dachte: Mach's! Nachher bin ich tot, oder er. Wir lagen noch in der gleichen Nacht zusammen im Bett. Natürlich hatte ich Johan gegenüber Gewissensbisse, nach all den Jahren noch.«

Gegrillter Lachs mit Quark und Kartöffelchen. Eine zweite Flasche Wein. Leise Musik über dem Wasser.

Ellens holder Sänger ist verheiratet und lebt mit seiner Frau in einem Auf und Ab von Zank und Versöhnung. Kinder hat er auch, zum Glück schon erwachsen.

»Weißt du, daß er in der Oper gesungen hat, für die Johan damals die Dekoration gemacht hat? Johan kannte ihn schon lange, bevor ich etwas mit ihm zu tun bekam.«

Der junge Kellner fragt nach, ob alles zu ihrer Zufriedenheit ist; die Bootsgesellschaft geht wieder an Bord, macht die Leinen los und entfernt sich unter leiser werdendem Festgetöse langsam von der Terrasse.

»Wenn er nicht verheiratet wäre, würdest du mit ihm zusammenziehen?«

»Vor kurzem hat er einen Monat lang bei mir gewohnt. Krach zu Hause. Es war, ehrlich gesagt, nicht gerade berauschend. Gut, am Sonntagmorgen gemütlich im Bett frühstücken und noch den ganzen Tag vor sich haben, das war schon ein herrliches Gefühl. Aber dieses Gejammere, dieses ewige Gejammere! Über seine Ehe, die Karriere, die Vaterpflichten. Ehe du dich versiehst, bist du wieder dabei zu trösten und Beistand zu leisten. Wenn wir jeder unser eigenes Leben leben, ist alles irgendwie ausgewogener. Vielleicht macht die Ehe Männer zu Kindern.«

»Nicht nur die Männer. Du machst dich abhängig, du überläßt viel dem anderen. Lawrence kümmert sich um mein Auto. Und den Mülleimer.«

»Ich stand plötzlich wieder da und hab Oberhemden gebügelt. Und er hockte Trübsal blasend im Zimmer, vergrub seinen Prachtschopf in die Hände und trauerte um seine mißglückte Ehe. Ich hab eine richtige Wut gekriegt. Ein gutes Gefühl, ihn einfach rauszuschmeißen mit seinen Oberhemden und seinen Stimmübungen. Hab's aber sofort wieder bereut und bin gleich am darauffolgenden Wochenende zu einem Konzert von ihm gegangen. Nein, am Wochenende, wenn möglich, nichts dagegen, ansonsten lieber nicht. Sein Arbeitsrhythmus hat mich wahnsinnig gemacht. Spät nachts kam er nach Hause, total aufgedreht von seinem Konzert; so'n Ständer im Rücken, wenn du schon tief geschlafen hast, ist vielleicht zweimal ganz nett, dann aber nur noch nervig. Schlimm, was?«

»Sehr schlimm«, sagt Lisa, »wie kannst du nur!«

Johannisbeer-, Himbeer- oder Zitronensorbet? Oder Birnenkuchen? Nein, lieber ein Schokoladeneis mit marinierten Kirschen und großen, leicht bitteren Kringeln drauf. Den Rest Wein, und dann Kaffee. Ellen geht aufs Klo, Lisa raucht.

»Johan hat heute morgen angerufen, wegen Sonntag. Dem Festessen.«

»Ja, Alma zieht das ganz groß auf. Sie will sich im Erfolg ihres Sohnes sonnen. Und Johan möchte gern alle seine Frauen um sich geschart sehen, damit sie ihn bewundern. Diesmal gehen wir aber wirklich *gut* essen, sie hat im ›Verlorenen Karpfen‹ reservieren lassen. Fünfundsiebzig und ein eiserner Wille. Sie kann sich kaum noch bewegen bei dem Verschleiß in der Hüfte, aber sie kommt überall hin. Ich verstehe mich besser mit ihr seit der Scheidung; ich hatte früher immer das Gefühl, sie nimmt es mir übel, daß ich was mit ihrem Sohn habe. Vielleicht bin ich ja auch umgänglicher geworden, kann durchaus sein. Wie sie ihre Söhne gegeneinander aufhetzen kann, wie sie an Johan zerrt und ihn wegstößt – früher konnte ich das nicht mitansehen, aber jetzt macht es mir nichts mehr aus.«

»Was ich so faszinierend fand, schon damals, bei diesen schrecklichen Essen mit Oscar, war ihr Vergnügen an diesen Hexenstreichen. Und daß sie kein Opfer ist. Sie stellt sich zwar so dar, muß immerzu betonen, wie allein sie war, schimpft auf Charles, der sie im Stich gelassen hat, aber im Grunde gefällt sie sich in ihrer Rolle als gefährliche Heldin, das hat mich schon sehr beeindruckt.«

Ellen sieht das anders. Alma unterhält seit fast dreißig Jahren eine fiktive Beziehung zu dem Mann, der nach Amerika abgehauen ist, seine Bilder und seine Familie verlassen und noch einmal von vorn angefangen hat, als Opernregisseur.

Aus der *Zeitschrift für Opernfreunde* weiß Alma, daß er noch dreimal wieder geheiratet hat, sie hat von den Frauen, hat sie Oscar erzählt, Fotos gesehen. Sie wettert über Charles, als sei das alles erst vor einem Monat geschehen, und hat ihren Kindern verboten, über ihren Vater zu sprechen, ja, auch nur an ihn zu denken.

»Weißt du«, sagt Ellen, »daß sie einen wirklich guten Draht zu Paul und Peter hat? Schon als sie noch klein waren, hat sie sich immer etwas Besonderes für sie ausgedacht und mit ihnen unternommen. Mittwoch nachmittags ins Kino, in wunderliche kleine Museen, über die sie tolle Geschichten erzählte. Die Jungs besuchen sie noch oft. Von dem Unfug, den sie sich mit Oscar und Johan leistet, keine Spur.«

Lisa sinniert vor sich hin: Wie mag das sein mit so einem alten Körper? Ob sie wohl noch masturbiert? Eine schöne gerade Haltung hat sie ja, und dick ist sie auch nicht. Aber trotzdem kriechen einem die Hüften unter die Achseln, wenn man alt wird. Wann wird das wohl bei uns anfangen? So ein formloser Körper, ganz ohne Taille. Schmerzen in den Gelenken. Schlaflosigkeit. *Und ich davon muß.* Mein Gott. In dem Alter ist beinahe alles vorbei.

»Das weckt ihre Lebensgeister. Und Johans Ausstellung bringt sie richtig in Fahrt. Es ist, als würde Charles wiederauferstehen, Johan hat den Erfolg, den Charles mit seiner Malerei nie gehabt hat. Es wird spannend am Sonntag. Und ordentlich krachen.«

Ellen fröstelt in ihrer Leinenjacke. Lisa hat so viel getrunken, daß sie die Kälte nicht spürt. Sie schaut auf den schwebenden, fast durchsichtigen Dunst über der stillen Wasseroberfläche.

»Schlaf doch bei mir, Lisa, dann können wir noch ein bißchen weiterreden. Morgen kannst du dann in aller Frühe nach Hause radeln, dann bist du gleich richtig wach.«

Langsam fahren die Frauen die Gracht entlang. In ihrer Wohnung macht Ellen Lisa auf dem großen Ledersofa das Bett. Ein kleiner Whisky, eine letzte Zigarette, Licht aus, Türen zur Dachterrasse weit geöffnet. Sie sitzen sich gegenüber, die Armlehnen des Sofas im Rücken, die Beine angezogen.

Als Lisa sich schließlich hinlegen will, fällt ihr der Zeitungsartikel ein, den Daniel ihr gegeben hat, ein plumper Versuch des Brudermords. Ellen hat ihn nicht gelesen, glaubt Lisa aber jedes Wort; Johans Erfolg läßt Oscar schier platzen vor Mißgunst. Lisa hat Oscar einmal im Nuttenviertel herumlungern sehen:

»Es regnete, er trug eine Öljacke und Gummiüberschuhe über den Straßenschuhen. Ich habe ihn gegrüßt, aber er hat mich nicht erkannt. Weil seine Brille beschlagen war, dachte ich damals. Aber vielleicht war er nur gerade etwas aus dem Gleis geraten.«

»Er ist kein Frauentyp«, findet Ellen, »obwohl ich ihn mag. Er hat sich sehr um mich gekümmert, wenn auch nur, um Johan zu ärgern. Eigentlich habe ich ihn immer für asexuell gehalten. Johan dagegen stellt wirklich zu jeder Frau eine erotische Beziehung her. Ich habe mich bei niemandem je so sehr als Frau gefühlt wie bei ihm. Und das ist keineswegs vorbei und macht mir immer noch Angst.«

Ellen flüstert fast und spricht mehr zu sich selbst als zu Lisa.

»Vorige Woche war er hier, er besucht mich manchmal, wenn es wegen der Jungs etwas zu bereden gibt. Manchmal ist er lieb, fragt mich, ob ich Geld brauche. Aber dann auch wieder der alte Johan, ziemlich grob und direkt: Wie es mit meinem Gesangsunterricht geht, ob der Dickwanst überhaupt noch einen hochkriegt, diese Tour. Er kam, um über die Ausstellung zu reden. Daß ein Fernsehteam kommt, Interviews, Journalisten, sein ganzes Leben zusammengeballt in einem Saal mit Leinwänden und Menschen, und so weiter. Und plötzlich erzählt er, daß er seinem Vater geschrieben hat. Über die Oper hat er ausfindig gemacht, bei welchem Agenten Charles ist. Irgendeine Agentur in Los Angeles, Johan hat dort angerufen. Sie wollten Charles' Privatadresse nicht herausrücken, aber er könne an die Geschäftsstelle schreiben, dann würden sie dafür sorgen, daß Charles den Brief bekäme. Und Johan total aufgebracht. Er hat monatelang gewartet, das Ganze spielte sich im Januar ab. Aber als die Einladungskarten gedruckt waren, hat er eine hingeschickt, mit einem Begleitbrief. Er saß hier und erzählte das alles ganz ruhig. Daß er nun endlich Kontakt zu seinem Vater aufgenommen habe. Daß er ihn gern sehen würde. Trotz allem. Und ich, auf einmal liebte ich ihn wieder genauso wie damals, als ich ihn kennenlernte, wir haben miteinander geschlafen. Es hat Tage gedauert, bis ich mich wieder im Griff hatte.«

Die Mutter und die Söhne

Um sieben, kurz bevor das diskrete Signal ertönt, stellt Johan den Digitalwecker ab. Er wird immer kurz vorher wach, aus Gewohnheit. Oder macht die Uhr ein leises einleitendes Geräusch, einen tiefen Atemzug vor dem Schrei, der nie folgt?

Johan dreht sich auf den Rücken, schiebt die Hände unter den Kopf und befreit die Füße von der Bettdecke. Er bewegt die Zehen. Zu seiner Rechten liegen die gewaltigen Hügel von Zina, ein Bergrücken mit einem großen Hintern als Gipfel und sanften Hängen nach allen Seiten. Sie hat sich ganz unter der Decke zusammengerollt, nur ein Büschel rötlicher Haare lugt hervor.

Durch das hohe, vorhanglose Fenster fällt das Morgenlicht ins Schlafzimmer. Der Himmel ist bleich zu dieser frühen Stunde, aber wolkenlos. Johan spürt, daß er sich auf irgend etwas freut, aber auf was? Ein Gefühl wie früher am Geburtstag, daß sich etwas Schönes ereignen wird, etwas, dem er lange entgegengefiebert hat. Einen Augenblick noch, und er gleitet in sein Alltagsleben hinüber: Heute nachmittag kommen die Tischler vom Museum, um seine Bilder einzupacken!

Er schlägt die Bettdecke zurück, spannt die Pobacken an, stemmt den Bauch mit dem erigierten Geschlecht kurz in die Höhe: Er ist bereit! Raus aus dem Bett, ans Fenster, ja, kein Wölkchen am Himmel, weithin grünendes Land, hurra, hinaus, hinaus, das Leben ruft.

Das Badezimmer ist quadratisch und schwarz gefliest. Dank einer ausgeklügelten Anordnung der Heizelemente beschlägt der große Spiegel gegenüber der Tür nie.

Johan betrachtet sich: Größe etwas über dem Durchschnitt, Haltung gerade, Körperbau eher athletisch als leptosom. Hängt der Hintern? Ein bißchen. Brusthaar vorerst noch schwarz, zu viel Grau dazwischen, als daß man es noch auszupfen könnte. Kein Fett.

Ein Schritt näher heran: der Kopf. Das dunkle Haar mit zwei Fingern teilen, um die Kopfhaut zu inspizieren: Schuppen. Kritische Begutachtung der Gesichtszüge: schon mal schlimmer gewesen. Zum Glück noch kein aufgedunsenes Schweinsgesicht, aber er muß aufpassen. Noch zwei Tage Abstinenz. Die Falten könnte man Furchen nennen, das Gesicht vom Leben gezeichnet, nicht vom Alter. Johan trinkt ein Glas Leitungswasser, putzt sich die Zähne, um den vom Schlaf nachgebliebenen schalen Geschmack zu vertreiben.

Über dem Waschbecken ein zweiter Spiegel. Mit dem Gesicht ganz nah heran. Helle Lampen, nie und nimmer eine Brille.

Dieses Gesicht wird von der nächsten Woche an in allen Zeitungen sein. Welchen Blick aufsetzen?

Gesichter schneiden wie früher. Ausdrucksübungen, diesmal mit seriösem Unterton. Streng; hochmütig; nachsichtig; abwesend; leicht erstaunt; gelangweilt. Ernst ist am besten, wenngleich er daran denken muß, die Lippen geschlossen zu halten, um nicht dümmlich zu wirken. Die Wangenmuskulatur oben etwas anspannen, um die Ringe unter den Augen zu überspielen? Lieber nicht, die Augen werden dadurch kleiner, unscheinbarer. Möglichst noch ein paar Nächte gut schlafen.

Das ist der Maler. Das wird der Durchbruch.

Johan nickt sich zu und erkennt Almas Haltung: der gleiche stolz gereckte Hals, der Kopf hoch erhoben. Mit einem

Mal fragt er sich, woher der Rest stammt, er betrachtet sein Gesicht auf eine neue Art, mit unruhigem Blick.

Ähnele ich meinem Vater? Laufe ich mit einem Kopf herum, den ich für den meinen halte, obwohl er von ihm ist? Hat er solche vollen Lippen? Alma hat einen schmalen Strich, Oscar auch. Die dichten Augenbrauen? Die unbestimmbare Augenfarbe? Alma hat blaue Augen. Bei mir ist Braun mit drin. Braun ist doch dominant? Dann *muß* er braune Augen haben. Die markante Nase ist von Alma, die kenne ich.

Johan versucht sich das Gesicht von Charles zu vergegenwärtigen, tappt aber im dunkeln. Von Fotos, die er in Zeitungen und Zeitschriften gesehen haben muß, ist nur die Erinnerung an einen vagen Schrecken geblieben und an den Wunsch, schnell weiterzublättern. Charles hat in Amerika seinen Namen geändert, bei der Agentur wußte man nicht, wen Johan meinte, als er kurz angebunden und mit etwas zu hoher Stimme nach Charles Steenkamer fragte. Sein Vater ist zu »Mister Stone« geworden, sogar den Namen hat er achtlos zurückgelassen.

In die schwarze Kloschüssel pinkeln, Spritzer auf der Brille. Der Geruch des konzentrierten Morgenurins steigt unangenehm in die Nase – was für ein Pesthauch, ein Altmännergestank, ein olfaktorischer Bericht aus der Hölle.

Anziehen: die Unterhose von gestern, eine alte Trainingshose, T-Shirt, Laufschuhe. An der Küchentür dehnt Johan seine Wadenmuskulatur bis zum äußersten, erst rechts, dann links. Mit kleinen, lockeren Schritten trabt er ums Haus, über den Rasen, der ihm schnell nasse Schuhe beschert, am hohen Atelier vorbei auf die Straße hinaus. Nach ein paar Metern führt ein kleiner Weg zwischen den Gärten hindurch zu dem Waldstück, das sich hinter den Häusern erstreckt. Johan legt seit Jahren dieselbe Route zurück, bei jedem Wetter, außer bei Schnee. Er joggt nicht, weil alle Männer in seinem Alter das tun, oder zumindest denken, daß sie es tun müßten. Abgesehen von seinen fast wie von selbst laufenden Schuhen hat er keine teure Joggingmontur. Und er läuft auch nicht am frühen Abend, wenn es im Wald von schwitzenden Menschen wimmelt. Er wählt eine Zeit und eine Strecke, die größtmögliche Einsamkeit versprechen. Weil er nicht mit den rot angelaufenen Keuchern und den sehnigen, zu alten Männern mit den ausgezehrten Gesichtern über einen Kamm geschoren werden will? Sicher, jede Vergleichsmöglichkeit mit mittelalterlichen und älteren Herren muß vermieden werden. Aber der eigentliche Grund für Johans Joggingrunde liegt in seinem Bedürfnis, den Tag auf rituelle Weise zu beginnen. Er markiert den Beginn des Arbeitstages mit seinem gesamten Körper und macht daraus eine Demonstration der Macht.

Macht über die Zeit, über die uferlosen, unstrukturierten Tage. Er unterwirft die Stunden seinem Regiment: sieben Uhr, laufen; acht Uhr, duschen und frühstücken; neun Uhr, im Atelier herumräumen, Schreibkram erledigen, sich einstimmen; zehn Uhr, anfangen. Immer. Ob erkältet, unwohl, verkatert, unausgeschlafen: immer.

Macht über den Raum. Jeden Morgen erobert Johan das Land. So, wie ein Tier sein Territorium markiert, läuft er um sein Grundstück herum, in einem weiten Kreis. Er eignet sich den Wald, die Wiese an; er inspiziert die Wasserläufe: den großen Abflußgraben, den breiten Kanal; auf dem Rückweg drückt er den kleinen Deichen des alten Polder seine Fußspuren auf, und zum Abschluß berührt er den Asphalt der Straße, die sich durch das Villenviertel schlängelt.

Die tiefste Befriedigung gibt die Macht über den Körper. Johan zwingt seine siebenundvierzigjährigen Sehnen und Muskeln zum Gehorsam, er gibt den Rhythmus vor, dem seine Füße zu gehorchen haben, viele tausend Male zwingt er seine Knie, im steten Wechsel sein Gewicht aufzufangen. Am Kanal entlang, auf dem ebenen Stück, beschleunigt er das Tempo. Das Blut pulsiert in seinem Kopf, Schweiß strömt ihm über Schultern und Rücken. Wichtig ist vor allem, daß die Atmung unter Kontrolle bleibt. Hier wird nicht gekeucht. Wenn es schwarz vor den Augen wird, wenn die Lungen nach Luft schreien und pfeifen, möglichst weiterlaufen. Manchmal hat er Glück und es setzt gerade zum Zeitpunkt der Beinahe-Aufgabe ein traumähnlicher Zustand ein, in dem der Körper keine Schmerz- oder Müdigkeitssignale mehr weitergibt, sondern nur noch Informationen über Richtung und Gewichtsverlagerung. So muß es sein: eine gut funktionierende Maschine, die nicht von Empfindungen und Bedürfnissen beeinträchtigt wird.

Der Zustand glückseliger Betäubung wird nicht immer erreicht, leider. Aber gelaufen wird immer.

Leider sind nicht alle Teile des Körpers gleichermaßen zu beeinflussen. Das Gebiß spielt nicht mit, es macht sich bei Erhöhung der Blutzirkulation deutlicher bemerkbar als im Ruhezustand. Das Gebiß ist Johans wunder Punkt. Dieser Mann, der dem Tag so gern die Zähne zeigt und sich wie ein Raubtier von der Unversehrtheit seiner Beißwerkzeuge abhängig fühlt, hat Kriegszähne.

Mit Oscar im Wartezimmer des Zahnarztes. Die Holzbank scheuert an den bloßen Beinen. Johan hat keine Angst, sondern Magenschmerzen, und starrt unverwandt auf die schwarze Tür, wartet auf den gellenden Summer und atmet schnell.

»Os, mir ist so schwindlig! Gehst du zuerst?«

Oscar hat nie Löcher. Er nascht nicht und putzt sich als Zwölfjähriger schon zwanghaft die Zähne. Oscar traut sich, die Instrumente anzusehen, die auf einem Glastisch neben dem Behandlungsstuhl ausgelegt sind. Oscar traut sich, mit dem Zahnarzt zu reden, stellt Fragen zu den verschiedenen Zangen, zu Bohrerdrehzahlen und Zahnprothesen.

»Gut, ich geh zuerst. Mit dir hat er sowieso lange zu tun. Denk dran, wenn du heulst, sticht er dir mit einer langen Nadel in die Kehle! Und du darfst dich nicht bewegen. Dann rutscht der Bohrer aus, deine Zunge wird zerfetzt, und du erstickst an deinem eigenen Blut. In der Zunge ist ganz viel Blut. Eine Zunge kann nicht heilen, denn man kann kein Pflaster drauf kleben. Wenn deine Zunge kaputt ist, kannst du nie mehr sprechen. Und nicht essen. Wenn du dich bewegst, mußt du sterben, das steht fest.«

Der Summer gellt durch den Raum und Oscar verschwindet. Johan sitzt auf der Bank wie ein kleines Standbild. Die weißen Wände sind kahl, das Fenster durch eine Jalousie verdeckt. Leere.

Als Johan erwachsen ist, geht er zu einem anderen Zahnarzt, einem Altersgenossen, mit dem er den Stand der Dinge, die Prognose und das weitere Vorgehen bespricht. In einer Reihe kostspieliger und schmerzhafter Behandlungen wird sein ramponiertes Gebiß instand gesetzt, ohne daß Teile davon geopfert werden müssen. Danach geht es jahrelang gut.

Als sich um Johans vierzigsten Geburtstag herum das Zahnfleisch zurückzuziehen beginnt, werden die Zahnhälse freigelegt. Im Spiegel ein Pferdegebiß. Zu beiden Seiten des Oberkiefers hat Johan zwischen den Zähnen und dem widerspenstigen Gewebe, das sie umgibt, tiefe Hohlräume. Darin nisten sich Himbeerkerne ein, die heftige Entzündungen hervorrufen. Johan versucht es auszublenden. Mit geschwollenen Wangen steht er vor der Leinwand; er schluckt Unmengen von Schmerzmitteln, kann aber die durchdringenden Stiche nicht unterdrücken. Der Zahnarzt schüttelt den Kopf und überweist ihn zu einem Spezialisten.

Eine Horde von Parodontologen und Kiefernchirurgen beugt sich über seinen aufgesperrten Mund. Lang ausgestreckt, die Füße ein wenig höher, liegt Johan auf dem hohen

Foltertisch. Grelles Licht aus mit Rosten versehenen Lampen. Es soll operiert werden, das Zahnfleisch muß entfernt werden, damit die gefährlichen, schmalen Grotten beim abendlichen Reinigungsritual Zahnstochern und Bürste Zugang gewähren. Johan wird mit grünen Tüchern abgedeckt, scharfkantige Klammern werden zwischen seine Kiefer geklemmt, ein Übelkeit verursachendes Betäubungsmittel wird gespritzt. (Wenn du heulst, stechen sie dir tief in die Kehle.)

Die Chirurgen tänzeln in Turnschuhen herum, sie scheren sich nicht um den Menschen unter den Tüchern, sondern unterhalten sich angeregt über die interessanten Funde, die sie in der feuchten, rosigen Höhle machen.

»Mein Gott, diese Tasche ist bestimmt zwei Zentimeter groß!«

»Merkwürdig, daß die Aberrationen so lokal begrenzt sind. Zwei Bakterienherde?«

»Hier ist doch Hopfen und Malz verloren, das bringt doch alles nichts mehr.«

»Die Elemente sind beweglich geworden, merkst du das?«

»Der Knochen ist sichtbar in Mitleidenschaft gezogen. Sanieren, und später vielleicht eine Transplantation, aber in was? Man müßte wohl erst ein Knochenfragment transplantieren. Und ob das in dem Alter noch anwächst?«

»Extrahieren. Eine Brücke. Vielleicht am Caninus verankern, den Zähnen darum herum kann man nicht trauen. Hast du dein Boot schon wieder zu Wasser gelassen?«

»Nein, ich hatte blöderweise Dienst letztes Wochenende.«

Johan läuft hinaus ins rettende Sonnenlicht. Über den Nähten kleben gummiartige Pfropfen anstelle von Pflaster. Er ist verletzt und fest entschlossen, nie mehr hierher zurückzukehren. Lieber ewig Schmerzen als diese ohnmächtig machende Erniedrigung. Im Dental Drugstore legt er sich ein komplettes Säuberungsinstrumentarium zu, mit dem er die Abgründe und

Fallgruben zwischen den Zähnen bakterienfrei zu halten versucht. Zweimal im Jahr, auffallend häufig simultan mit Enttäuschungen beruflicher Art oder im Liebesleben, entzündet sich sein Oberkiefer, erst links, dann rechts. Der Zahnarzt spritzt die Bifurkationen aus und brummt, daß es so nicht weitergehe.

Mit halb geschlossenen Augen trabt Johan über die Polderdeiche. Fühlt er es klopfen in den Kiefern? Vorsichtig zubeißen. Es geht. Kein Druckschmerz. Sprinten, beschleunigen, es geht nach Hause.

Zina hat Kaffee gemacht. Sie sitzt an dem großen Tisch in der Küche und lackiert sich die Nägel, die Zungenspitze gegen die Oberlippe gepreßt. Sie trägt Johans dunkelgrünen Bademantel, der gut zur Hennafarbe ihres Haares paßt. Johan stellt sich hinter sie, bläst über ihre Schulter hinweg auf die funkelnden Nägel und reibt seinen schweißnassen Kopf in ihrem nach Schlaf und altem Parfüm riechenden Nacken. Zina hat nirgendwo Runzeln oder Falten, sie ist von innen mit einer einheitlichen Fettschicht ausgepolstert, die ihre Haut strafft und ihr einen schimmernden Glanz verleiht. Trotz ihres Übergewichts bewegt sie sich schnell und lebhaft. Mit den Händen wedelnd springt sie auf, reibt sich mit ihrem dicken Hintern an Johan und schenkt ihm lachend Kaffee ein. Barfuß sitzt er am Tisch und schmiert sich eine Scheibe Brot. Zuerst essen, dann die Zähne säubern.

»Hast du ein Ei gekocht?«

Aus einem gestrickten Fausthandschuh nimmt Zina zwei Eier, sie liegen warm in ihrer Hand.

»Was machst du heute, bleibst du hier, bist du eigentlich bei mir eingezogen?«

Johan findet es angenehm, daß sie da ist, sein Bett wärmt, seine Küche auf Vordermann bringt und seine Wäsche zusammenlegt. Die Tatsache, daß sie einen Freund hat, vermittelt ihm immer ein leichtes, durchaus nicht unliebsames Eroberungsgefühl. Es kommt ihm nicht ungelegen, er will keine feste Bindung, nur so dann und wann mal den Ton angeben, auf einem Fest quer durch den gefüllten Raum hindurch Zina ansehen, seine Augenbrauen hochziehen, fragend, und wissen, daß sie kommt, daß sie Mats diese Nacht allein lassen wird, um bei ihm unter die Decke zu schlüpfen.

Auch will er, wenn ihm ihr Aufenthalt in seinem Haus zu lang wird, sagen können, daß sie gehen soll. Am schwersten ist ihre Loyalität gegenüber Mats zu ertragen. Wenn Zina von ihren Abenteuern nach Hause zurückkehrt, gibt es Szenen; Mats rennt durch das Zimmer – ein hoher, ausgebauter Dachboden, der so groß ist, daß es darin weht – und beschimpft sie als Hure, als gewissenlose Verführerin. Tränen, wütende Proteste. Sie muß erzählen: wie oft, wie lange, wie? Sie kosten das beide aus, Zina durchlebt ihre Liebesnächte mit Johan noch einmal, und Mats bekommt im Namen der Eifersucht einen erotischen Film serviert, in dem der von ihm bewunderte Lehrer eine Hauptrolle spielt. Danach findet er Trost, liebevolle Zuwendung und Ruhe in Zinas festen Armen.

Johan weiß das alles, denkt aber nie daran. Allerdings kann er sich darüber ereifern, daß Mats mit seinen blödsinnigen selbstgeschmiedeten Silberobjekten einen ständigen Ausstellungsplatz in Zinas Galerie hat, obwohl selten etwas verkauft wird.

»Na und?« sagt Zina. »Ich verkaufe genug andere Sachen, und für Mats ist es gut. Worüber regst du dich eigentlich auf, es ist schließlich mein Laden!«

Nein, sie bleibt heute nicht, in der Galerie stehen Büroarbeiten an, und am Nachmittag muß die Post für die nächste Ausstellung raus. Aber abends kommt sie wieder, wenn Johan möchte. Sie hat völlig freie Hand, Mats ist nach Afrika, wo er primitive Schmiedetechniken studieren will. Er will sich davon inspirieren lassen, und was dabei herauskommt, wird Zina in ihrer bescheidenen Galerie ausstellen.

»Und was kriegst du dann für ein Volk rein? Multikulturell angehauchte Sozialarbeiter, Öko-Trampel in selbstgestrickten Schlabbergewändern, die wissen wollen, ob das auch mit einem Emaillierofen geht, Grünschnäbel auf dem Ganzheitstrip, die sich mit der Erde im Einklang fühlen wollen – Mensch, gebrauch doch mal deinen Verstand, da steckt doch überhaupt kein Verdienst drin!«

»Ich weiß nicht. Vielleicht wird Mats ja entdeckt, ich habe viele Kontakte im kunsthandwerklichen Bereich. Er macht wirklich ganz hübsche Sachen, manchmal. Laß mich nur machen, mein Laden läuft gut. Von den Objekten aus gespaltenen Steinen habe ich neulich eine ganze Menge verkauft.«

Johan schnaubt. Granitmösen, die die Leute als Briefständer benutzen. Und sich auch noch was drauf einbilden, daß sie Kunst im Haus haben.

»Ich gehe zu Alma, ihr Bild holen. Heute nachmittag bin ich wieder hier, dann kommen die Leute vom Museum, um das Meisterwerk einzupacken und ein paar andere Sachen. Almas ›Briefträger‹ können sie dann auch gleich mitnehmen. Fährst du nachher mit?«

Nach der Reinigung der Zähne die Rasur mit der Klinge. Aufs Klo. Unter den dreifachen Wasserstrahl. Haare waschen. Das Wasser auf die Augenlider prasseln lassen. Sich gut fühlen, und stark: ein Sieger. Das Ausstellen der Bilder als Gnadenstoß für jeden, der ihn jemals verkannt oder sich ihm in den Weg gestellt hat. Jetzt werden sie sehen, wer er ist: Steenkamer, Johan, Maler. Ob sein Vater unerkannt auf der Bildfläche erscheinen, ernst die Wände betrachten, sich dann dem Künstler zuwenden wird, mein Sohn, mein Sohn, endlich?

Und wird Johan dann hochmütig sagen: Wie meinen Sie, ich kenne Sie nicht? Oder mit mühsam unterdrückten Tränen seinen Vater umarmen, endlich?

Er hebt die Arme mit den geballten Fäusten in Richtung Duschwand zu einer Siegerpose und geht sich anziehen. Lautloses Jubeln.

Alma wohnt im Südteil der Stadt, wo man noch einen Platz zum Parken findet. Sie hat das Haus, in dem die Jungen aufgewachsen sind, nach deren Auszug gelassen, wie es war, nutzt das Obergeschoß, in dem sie ihre Zimmer hatten, aber kaum noch. Manchmal schleppt sie sich die Treppe hinauf, um in dem altmodischen Badezimmer ein Bad zu nehmen. Meistens benutzt sie die Dusche, die Johan in der großen Toilette für sie hat einbauen lassen. Sie schläft unten, in einem winzigen, zur Straße gelegenen Zimmerchen mit vergitterten Fenstern. Tagsüber hält sie sich in dem geräumigen Wohnzimmer auf, das für einen Menschen ihres Alters sehr leer ist. Um sich mit Stock oder Gehgestell fortbewegen zu können, hat sie alles, was an Sesseln oder Nippes herumstand, durch Oscar nach oben schaffen lassen. Der Garten hinter den ungeputzten Terrassentüren wuchert zu mit wilden Sträuchern und prunksüchtigem Bärenklau. Man sieht, daß in diesem Haus eine Frau wohnt, die weiß, was sie will, und die alles, was ihr nichts bedeutet, sich selbst überlassen kann.

Sie sitzt auf einem Stuhl am Tisch und wartet auf das Eintreffen ihres jüngsten Sohnes. In den ersten Jahren nach Charles' Verschwinden hat sie mit Entsetzen gesehen, wie sich Johans Talent entfaltete. Als der Junge durchblicken ließ, daß er (fünfzehn-, sechzehnjährig?) Maler werden wollte und nichts anderes, hat sie ihm erzählt, daß sein Vater als Maler angefangen habe.

»Und dann, ist er Maler geblieben? Was macht er jetzt? Wo wohnt er? Lebt er noch?«

Verbotene, nie gestellte Fragen, losgetreten durch die Emotionen eines Augenblicks. Almas Mund schließt sich zum Strich, durch den nichts mehr nach außen dringt.

Als sie sich vom ersten Schrecken erholt hat, segelt sie mit dem Wind und fördert die Begabung ihres Sohnes. Er bekommt alles, was er an Material haben will, und sie zeigt ein ausgeprägtes Interesse für seine Produkte. Als Johan das nicht mehr genügt, bezahlt sie ihm Privatstunden bei einem Dozenten der Akademie und hält sich etwas mehr zurück, auch wenn ihr Interesse keineswegs nachgelassen hat. Sie zwingt Johan, das Gymnasium abzuschließen, bevor er auf die Akademie geht. Er gehorcht.

Johan hat das Malen nie mit seinem Vater verknüpft. Als Alma Ellen einmal, nach vier Whiskys, anvertraut, daß ihr die Bilder, die der Vierjährige für seinen gerade verschwundenen Vater gemalt hat, unerträglich gewesen seien und sie in den Ofen geworfen habe, erzählt Ellen die Geschichte Johan, doch der kann sich weder an einen solchen Vorfall noch an ein Gefühl erinnern, das man damit in Zusammenhang bringen könnte.

Zwar hat er immer das Empfinden gehabt, daß Alma sein Talent sehr am Herzen lag, aber er hat nie verstanden, warum. Ihre Anteilnahme macht ihn zu ihrem ganz persönlichen Paladin, seine Begabung schafft ein großes Einvernehmen zwischen ihnen. Fragen hinsichtlich seines Vaters, die in bestimmten Phasen in ihm aufkamen, je nachdem, was er gerade las oder mitmachte, hat er sich, nachdem Alma einmal die Antwort verweigert hat, bald nicht mehr gestellt. Sie sind übereingekommen, Charles totzuschweigen; die Einhaltung dieser Übereinkunft ist die einzige Möglichkeit, zu überleben. Johan hat sich nie den Kopf darüber zerbrochen, zumal der tagtägliche erbitterte Kleinkrieg mit Oscar die Frage nach einer möglichen Rivalität zwischen ihm und seinem abwesenden Vater kaum wirklich aufkommen läßt.

Obwohl Johan als der Jüngere, Kleinere, Naivere in dieser verzweifelten Schlacht ganz offensichtlich das Opfer war, hat er nie wirklich an seine Opferrolle geglaubt, als wäre das Einvernehmen mit Alma eine schützende Rüstung für ihn gewesen. Alma verteilt und herrscht. Die Brücken zwischen ihren Kindern hat sie von Anfang an systematisch zerschlagen. Sie werden sich nicht zusammentun und gegen *sie* wenden, sondern versuchen, sich gegenseitig auszulöschen; Johan, weil er keine Konkurrenz erträgt, Oscar aus Bestürzung über das Erscheinen eines Brüderchens, das seine Welt und seine Sicherheit zerstört. Von ihrem Logenplatz am Rande des Schlachtfeldes aus wiegelt Alma auf und becirct.

Sie wartet auf ihren Sohn. Auf dem Tisch liegt eine Zeitung. Hinter ihrem geraden Rücken hängt das Bild, das Johan holen will, weil er ihm einen Platz an einer Seite des großen Ausstellungsraums zugedacht hat. Er hat es für sie gemalt, ein Geschenk zu ihrem sechzigsten Geburtstag.

Das Bild, das in einen einfachen schwarzen Rahmen gefaßt ist, heißt »Der Briefträger«. Es zeigt einen Mann in einer Briefträgeruniform aus den sechziger Jahren. Er trägt an einem Gurt über der linken Schulter eine schwarze Zustelltasche. In der rechten Hand hält er einen Brief, den er, so scheint es, dem Betrachter reicht. Auf dem Kopf hat er keine Uniformmütze, sondern einen altmodischen Feuerwehrhelm. Das Gesicht darunter ist ernst und strahlt eine stille Ergriffenheit aus, die stark mit der Szenerie im Hintergrund kontrastiert. Der Briefträger steht auf einer Wiese. Hinter ihm brennt der Wald, und am Horizont ist eine Stadt zu sehen, die in Flammen aufgeht. Gelbe und rote Feuerzungen lodern aus den Fenstern, sogar der Kirchturm brennt. Aber der Briefträger hält ganz ruhig seinen Brief hin. Die breiten, runzligen Finger der linken Hand mit den kurzgeschnittenen Nägeln liegen auf der Zustelltasche. Mit dem Ausdruck tiefen Mitleids überreicht der Briefträger seinen Brief. Auf dem Kuvert, das etwas größer ist als ein normaler Umschlag, ist verkehrtherum der Name des Empfängers zu lesen: Alma Hobbema.

Die Adresse ist unleserlich, weil der Daumen des Briefträgers darauf liegt. Aus der Ecke, in der die Briefmarke klebt, steigt senkrecht eine kleine, bläßliche Flamme auf, die in ein Rauchwölkchen mündet. Die Briefmarke ist so versengt, daß man sie nicht mehr identifizieren kann, nur die Zähnchen am linken Rand sind noch zu sehen.

»Mach doch mal das Fenster auf, es müffelt hier wie im Altersheim, und draußen ist strahlendes Wetter, hast du einen Kaffee für mich?«

Johan öffnet energiegeladen die Terrassentüren. Ein flauer Sommergeruch stiehlt sich ins Zimmer.

Johan bekommt einen säuerlichen Kaffee aus der Thermoskanne, setzt sich Alma gegenüber an den Tisch und betrachtet sein Gemälde. Schöne Farbkontraste, einwandfreie Technik, spannungsgeladene Atmosphäre, gut. Johan ist zufrieden. Er streckt die Beine aus, legt die Hände in den Nacken und schließt die Augen.

»Ich habe das Nebenzimmer im ›Verlorenen Karpfen‹ reserviert«, sagt Alma, »für Sonntagabend, gegen sieben. Die Zahl der Gäste habe ich noch offen gelassen, acht bis zehn, habe ich gesagt. Sie stellen ein Menü zusammen, das erspart uns die Umstände mit der Speisekarte und daß jeder was anderes will.«

»Was bieten sie denn an? Doch hoffentlich keinen Krabbencocktail?«

»Die Küche dort ist sehr erlesen, Johan. Den verlorenen Karpfen bekommen wir als Hauptgericht, in einer ganz besonderen Soße. Spezialität des Hauses. Ich habe mit dem Koch gesprochen. Als Vorspeise hatten wir uns Pfifferlinge im Teigmantel gedacht, garniert mit Sommergemüse. Dann eine klare Suppe, eine Wildbouillon. Suppe muß sein, finde ich. Als Nachspeise Zuppa Romagna. Aus eigener Herstellung, der Koch ist auch ein fabelhafter Konditor, sie haben immer wunderbare Torten, wenn ich mit Janna zum Tee dort bin.«

Johan schnauft.

»Klingt wie ein Menü für den Gabentisch, alles ist in irgend etwas anderes eingepackt. Gefährlich! Wie steht's mit den Weinen? Da kennst du dich natürlich nicht aus, haben sie einen einigermaßen gut bestückten Weinkeller?«

»Den Wein überlasse ich dir. Kannst du nicht kurz vorbeifahren und das klären? Ich würde es gern vorher wissen, denn ich möchte für jeden eine Menükarte machen, als kleines Andenken.«

»Ein leichter Roter zu den Pilzen; ja, ich sollte mich mal mit deinem Zauberkoch beraten. Pouilly Fumé zum Karpfen, das steht fest. Ein kräftiger, aber edler Tropfen. Sehr gut. Zur Torte ein Moscato d'Asti. Mmh. Hast du auch genug Geld, Alma, kannst du das alles bezahlen? Ich übernehme den Wein.«

»Kommt gar nicht in Frage. Ich lade dich und die Familie, oder was so dazu zählt, zum Abendessen ein. Du darfst mir bei der Auswahl der Weine behilflich sein, aber ich bezahle. Das ist das Vorrecht einer alten Dame.«

»Und deine Manier, alles so zu arrangieren, wie es dir paßt, die Tischordnung zu bestimmen und den Ton anzugeben.«

»So ist es. Ich dulde keine Einmischung. Du führst die Regie im Museum, und ich bei Tisch.«

Alma sieht unmöglich aus. Sie trägt eine fleckige Strickjacke über einem braunen Kleid; das graue Haar hat sie mit ihren typischen Handbewegungen zu einem unordentlichen Knoten im Nacken gedreht. Johan sieht sie mit Haarnadeln zwischen den zusammengepreßten Lippen vor dem Spiegel stehen, die Hände am Hinterkopf. Wieso können Frauen das, das Haar blind zu einem Zopf flechten, die Schürzenbänder auf dem Rücken knoten? Wie eine Schlange mit vielfach gespaltener Zunge sah sie aus; einen abwesenden Ausdruck im Blick, genau wie das Mädchen auf dem Gemälde von Vermeer, das seine Laute stimmt. Er glaubte damals, daß sie die Nadeln direkt in ihren Kopf stach, daß das bei Müttern so sei, daß sie deswegen immer Schmerzen hätten, weil sie das Haar an der Kopfhaut feststeckten. Am schlimmsten jedoch war DER HUT, wenn Alma zu einem Empfang ging. Das graublaue Kostüm wurde ausgebürstet, die Seidenbluse gebügelt (auf dem Rücken ein brauner, zeltförmiger Brandfleck, weil es klingelte und das Eisen auf der zarten Seide stehenblieb: Macht nichts, das sieht keiner, ich behalte die Jacke an – aber ich *weiß* es doch, denkt der kleine Junge, meine Mutter hat ein Feuerzeichen), und als Apotheose wurde DER HUT von der Garderobe genommen, auf Almas Kopf plaziert und mit einer dezimeterlangen Stahlnadel verankert, die am einen Ende mit einer ovalen Perle und am anderen mit einer scharfen Spitze versehen war. Grauen, Wohnzimmerhorror, Frauengeheimnis.

»Hast du etwas dabei, um den ›Briefträger‹ einzuwickeln? Du kannst die rote Decke nehmen, ich habe sie für dich bereitgelegt, fährst du gleich ins Museum?«

»Nein, ich nehme ihn mit nach Hause. Dann kann er zusammen mit den anderen Bildern verpackt werden. Sie haben eine Art Umschlag aus Holz dafür, mit Polstermaterial dazwischen. Toll. Heute wird alles abgeholt, die Leihgaben und was noch im Atelier steht. Der kleine Saal mit den Aquarellen und der Graphik ist schon fertig. Der Rahmenmacher hat alles neu gerahmt, ganz einheitlich. Morgen kommt dann der große Saal dran, da will ich selbst dabeisein.«

Johan erhebt sich und geht zu seinem Bild. Vorsichtig nimmt er den »Briefträger« von der Wand und stellt ihn mit der Bildfläche zur Wand auf den Boden. Als er hinter Alma vorbei zu seinem Stuhl zurückgeht, fällt sein Blick auf die Zeitung, die sie auf den Tisch gelegt hat, und er liest seinen Namen.

»Moment mal, was ist denn das? Oscar?! Warum hast du nichts davon gesagt? Ist das die Zeitung von heute?«

»Von gestern, Johan. Oscar hat sie mir vorbeigebracht. Es wundert mich, daß du nichts davon weißt, liest du denn keine Zeitung?«

»Nein, schon lange nicht mehr. Dieses Geseire schon am frühen Morgen macht mich krank. Ich hab auch gar keine Zeit dafür. Außerdem finde ich diese Zeitung absolut beschissen mit ihren immer nur hämischen und geschmäcklerischen Kritiken. Immer alles besser wissen, niemals etwas schön oder gut finden können – die bilden sich ein, sie hätten den Kunstkodex von Gottes Gnaden erfunden. Nein, die können mir gestohlen bleiben. Warum schreibt Oscar für dieses Schundblatt, hat das Nationalmuseum etwa vor der Redaktion bestehen können? Das würde mich wundern. Gib mal her!«

Alma reicht ihm die Zeitung. Sie setzt sich zurecht und beobachtet ihren Sohn mit aufmerksamem Blick. Mit fast gestreckten Armen hält Johan die Zeitung in die Höhe; seine Augen fliegen über die Zeilen. Langsam weicht die Farbe aus seinem Gesicht, seine Wangenmuskeln spannen sich.

Mein Sohn ist ein alter Mann, denkt Alma. Er braucht eine Lesebrille, sein Kopf ist aus der Form, dieses strahlende Kindergesichtchen ist zu einem grauen Lappen verkommen. Jetzt wird ihm ein Stoß versetzt, ich sehe ihn taumeln. Einen Rückschlag kann er nicht verkraften, es mangelt ihm an Elastizität. Was macht die Zeit aus meinem Wunderkind.

Johan verschlingt die Worte seines Bruders, ein fundiertes Plädoyer für eine nüchterne, zeitgenössische Malerei. Weiterentwicklung als beherzte Loslösung von alten Strukturen, Erforschung der einzelnen Bestandteile: Material, Licht, Farbe, Form. Musik als Vorbild: Ein zeitgenössischer Komponist, der sich der Sprache Mozarts bedient, ist undenkbar. Kitsch. Sich im Sessel Vermeers zurücklehnen. Weinender Junge mit »Träne auf der Wange«. Vor dem Förderer buckeln. Sich dem Publikumsgeschmack unterwerfen. Kniefall vor der Dummheit.

In seinem Artikel zählt Oscar zahlreiche Beispiele auf, ohne den Namen seines Bruders zu nennen. Aber das Städtische Museum wird erwähnt, das seine bedeutendste Herbstausstellung einem gegenständlichen Maler widmet.

»Ach, Johan«, meldet sich Alma mit schriller Stimme wie aus einer anderen Welt, »mir fällt gerade ein, daß Oscar heute zum Essen kommt, es ist Freitag. Könntest du für mich zum Bäcker gehen und zwei Cremeschnitten holen, ich habe keine Nachspeise, und Oscar legt immer soviel Wert darauf, daß es zwei verschiedene Gänge gibt. Wo ist mein Portemonnaie?«

Cremeschnitten! Oscar! Was denkt sich diese Frau eigentlich? Ein ganzes Restaurant für mich anmieten, Tausende von Gulden ausgeben für ein Festessen zu Ehren ihres einen Sohnes und gleichzeitig den anderen anstacheln, dessen Erfolg runterzumachen! Johans Blick irrt hilflos von Alma zur Zeitung und wieder zurück.

»Du mußt das *so* sehen«, sagt seine Mutter. »Oscar ist ein Mann der Wissenschaft, er hat das studiert, und das ist sein Beruf, seine Aufgabe. Er hat schon immer gezählt und Dinge sortiert, die zusammengehören. Erinnerst du dich noch an diese riesige Schachtel mit Buntstiften, die du zu Weihnachten bekommen hast?«

Und ob Johan sich daran erinnert, es war die Erfüllung eines Herzenswunsches. Sie war im Schaufenster des Fachgeschäfts für Zeichenbedarf ausgestellt, diese Schachtel, mit einhundert Buntstiften in zwei Reihen. Jeden Mittag nach der Schule stand Johan minutenlang vor dem Fenster, seufzend, sehnsuchtsvoll, phantasierend. Als er das flache Päckchen unter dem Christbaum liegen sah, die teuren, wunderschönen Stifte, die Alma kaum bezahlen konnte, bekam er vor Aufregung eine Erektion.

Aber es war so, er bekam die Stifte – von wem, Mama, von wem? Von Herrn Castell, sagte Alma. Das steht auf der Schachtel. Johan dachte: Herr Castell ist mein Vater. Er weiß, daß ich malen kann. Er möchte mir die Stifte schenken. Mein Vater ist Herr Castell. Verdammt. Dieses verlogene Getue. Geheimniskrämerei. Blöde Ziege.

»Abend für Abend hast du damit gemalt«, fährt Alma fort. »Wenn du fertig warst, legte Oscar sie in die Schachtel zurück, nach Farben geordnet. Du hast immer alles auf dem Tisch liegenlassen, quer durcheinander, du hast nie etwas an seinen Platz zurückgelegt. Aber Oscar konnte das. Manchmal war er eine ganze Stunde damit beschäftigt und fand dann womöglich noch einen Stift auf dem Fußboden, der irgendwo dazwischen gehörte. Dann ordnete er vierzig Stifte um, damit auch dieser noch seinen richtigen Platz bekam. Ja, Oscar lebt für die Wissenschaft. Er hat einen guten Überblick, er hat Ansichten. Und die bringt er auch in die Zeitung, wenn man ihn darum bittet. So ist das eben. Darüber brauchst du dich nun wirklich nicht so aufzuregen.«

»Und du, und du«, stottert Johan, »du kannst mir den Buckel runterrutschen mit deinen Cremeschnitten und deiner Wissenschaft. Humpel doch selbst zum Bäcker. Ich spiele nicht mehr mit. Und wenn Oscar, dieser Verräter, am Sonntag kommt, dann bin ich weg. Du kannst dir aussuchen, wen du lieber bei deinem Essen hast: ihn oder mich.«

Alma erschrickt. Ihr Festessen darf nicht in Frage gestellt werden, das geht zu weit.

»Sei doch nicht gleich eingeschnappt. Ich werde mit deinem Bruder reden, es geht mit Sicherheit nicht gegen dich, er hat bestimmt eine Erklärung dafür, ja, unbedingt, vielleicht bittet er dich auch um Entschuldigung, willst du das?«

»Ich will nicht mit ihm an einem Tisch sitzen. Basta. Jetzt nicht, und am Sonntag auch nicht.«

Johan steht auf und wickelt den »Briefträger« in die rote Decke. An der Tür dreht er sich um. Wutschnaubend.

»Ich habe eine Überraschung für dich. Einen Gast, den du anstelle dieses Intriganten an deiner Festtafel plazieren kannst. Ich habe meinem Vater geschrieben. Ich habe Charles eingeladen, Charles, Charles, hörst du?!«

Johan marschiert ab und knallt die Tür hinter sich zu. Behutsam stellt er den »Briefträger« auf den Rücksitz seines Wagens und fährt seelenruhig davon.

Die alte Frau bleibt am Tisch zurück. Ihre Atmung ist flach. Sie hat Schmerzen auf der linken Brustseite und im linken Oberarm.

Ruhig nachdenken. Einen Moment so sitzen bleiben. Ich möchte mich hinlegen, ich möchte in mein Zimmer, das ist besser. Vorsichtig aufstehen, sich auf den Tisch stützen. Zu Atem kommen. Den Stock nach rechts. Zwischen Tisch und Stock zur Tür. Wie *kann* er nur so etwas tun? Sich auf den Hocker neben der Tür setzen. Die Tür öffnen. Den linken Arm vor den Körper halten. Nach allem, was ich für ihn getan habe. Aufstehen, den Flur überqueren. Das ist die schlimmste Beleidigung, die er mir zufügen kann. Die Schlafzimmertür. Das Bett. Diese Angst im Magen, im Bauch. Ich muß mich hinlegen. Ein Weilchen liegen, eine Stunde nur. Dann Oscar anrufen. Oder Ellen. Liegen, nachdenken. Ich habe Angst, nein, ich bin wütend. Fassungslos. Ich *muß* meine Gedanken sammeln. Mit den Jungen nach Xanten, wie komme ich denn jetzt *darauf*? Vor vierzig Jahren, sie sollten einmal eine römische Siedlung sehen. Fand ich. Danach ins Städtchen, Kaffee und Kuchen in so einem abscheulichen deutschen Café. Kurz in die Kirche hineinschauen. Fand ich. Tadellos restauriert. Schautafeln mit Fotos vom Zustand direkt nach der Bombardierung: ein ramponierter Käfig ohne Dach. Die Jungen spielten im Klostergarten Fangen. Johan heulte, Oscar hatte ihn verhauen. Am Eingang zur Kirche drei Kreuze, aus grauem Stein, fast wie Beton. Denen, die daran hingen, waren die Beine gebrochen, zerschmettert. Knochensplitter. Ich übergab mich hinter den Rosensträuchern. Mein Arm schmerzt. Ich rief die Jungen, erzählte eine Geschichte, sprach leise auf sie ein, als wir an den Kreuzigungsbildern vorüber mußten, so daß sie in mein Gesicht schauten und nicht nach oben. Sie hingen hoch, die gemarterten Männer. Ich hatte solche Angst, solche Angst. Lieber nicht hinlegen. Nur ein Weilchen sitzen, wird schon wieder.

Sie hebt den rechten Arm und zieht Stück für Stück die Nadeln aus ihrem Haar. Legt sie auf das Tischchen neben dem Bett, wo Johans Einladung zur Ausstellung liegt. Das ausgelaugte Haar umhüllt die alte Frau wie ein Trauermantel. Sie öffnet den Mund, um vor Schreck und Schmerz zu weinen, aber es kommt kein Laut hervor.

Liegen, ich muß liegen. Füße hoch, Kopf nach unten, auf das Kissen. Charles. Er hat es gesagt. Nach all den Jahren. Das *kann* nicht sein.

Johan fährt langsam durch die sonnenüberflutete Stadt und fühlt sich blendend. Daß er Alma in Verwirrung bringen kann, hebt seine Stimmung. Er liest seinen Namen auf den Reklamewänden in der Hauptgeschäftsstraße und schaut im Vorbeifahren in die Auslagen. Hier ist die vornehmste Konditorei der Stadt. So vornehm, daß der Name nur in kleinen Lettern auf der schwarzen Fassade steht: MAISON DAVINA. Eine dunkelhaarige Frau im Sommermantel kommt aus dem Geschäft und läuft auf einen großen Volvo zu, der vor der Tür geparkt ist. Sie stellt die schwarze Schachtel mit der goldenen Aufschrift auf den Rücksitz, steigt ein, startet und schert direkt vor Johans Nase aus. Einer plötzlichen Eingebung folgend stößt er in die freigewordene Parklücke.

In dem Geschäft ist es dunkel und still. Von einem Podest im hinteren Teil blickt ein junger Mann im Cut herab. Hinter der Verkaufstheke, einer in schwarzglänzenden Stein gefaßten Vitrine, steht ein Mädchen in weißer Bluse und schwarzem Rock. Makellos. Im ganzen Geschäft keine einzige Torte. Nur ein paar Pralinenschachteln, eine Schale mit kunstvollen Marzipanfrüchten und Gläser mit Schokoladenstreuseln. Die Preise sind exorbitant. Johan glaubt zunächst, daß sie aus lauter Vornehmheit in französischen Francs angegeben seien, es sind aber zweifellos holländische Gulden gemeint.

Das Mädchen sieht ihn fragend an.

»Torte«, sagt Johan, »Apfeltorte?«

»Nein, damit können wir leider nicht dienen.«

Warum hat das Personal in den besseren Konditoreien nur so häufig einen leichten deutschen Akzent? Bei Johan weckt das Vertrauen in die Qualität des Gebäcks, er glaubt, daß diese Kunst in Deutschland hochentwickelt ist.

Das Mädchen vertraut ihm seine Torten nicht ohne weiteres an. Eine Torte muß bestellt werden, erfordert Planung und Überlegung. Einfach so, aus einem spontanen Impuls heraus eine Torte kaufen, nein, das geht nicht. Johan beginnt zu schwitzen.

»Liefern Sie auch ins Haus? Innerhalb der Stadt?«

»Im ganzen Land. Wir haben einen eigenen Lieferservice.«

»Können Sie heute nachmittag eine Torte für mich zustellen?«

Das Mädchen wirft einen Blick zum Podest hinüber. Der Mann im Cut schlägt ein Buch auf. Er nickt.

Johan gibt Almas Namen und Adresse an.

»Wie spät hatten Sie gedacht?«

»Um vier.«

»Und welche Torte dürfen wir für Sie liefern?«

Keine Ahnung. Das Mädchen wird jeden Vorschlag zurückweisen. Können die sich hier nicht selbst was ausdenken? Da sieht Johan unter dem Glas der Verkaufstheke einen gräulichen, mit Puderzucker bestäubten Stein liegen, einen fossilierten Baumstamm.

»Diese hier«, sagt er, ohne eine Miene zu verziehen.

Das Mädchen setzt zu einer Abhandlung über Zutaten und Herstellung des Steins an. Sie unterbricht sich, als der im Cut diskret hüstelt.

»Und welchen Absender dürfen wir vermerken?«

»Steenkamer«, sagt Johan.

Auf ein Kärtchen mit dem vergoldeten Firmennamen schreibt das Mädchen: Herr Steenkamer.

»Hundertfünfundzwanzig Gulden, bitte. Das ist einschließlich Lieferung. Vielen Dank.«

Mit federnden Schritten und fröhlich pfeifend verläßt Johan das Geschäft. Auf der gegenüberliegenden Straßenseite sieht er Lisa vorbeiradeln.

Im Straßencafé trinken sie ein Mineralwasser. Lisa bestellt sich einen Kaffee dazu. Nichts essen, das lenkt nur ab, mitten am Tag. Johan betrachtet Lisa. Sie trägt einen langen Rock mit einem cremeweißen Pullover darüber. Kann sie sich leisten, bei ihrer Figur. Glänzende, frisch rasierte Beine, die nackten Füße in hübschen Lederschuhen. Hohe Absätze. Der gebräunte Hals ist an der Grenze: sehnig, aber noch ohne Falten. Schöne braune Handgelenke. Attraktiv, eigentlich. Wie es wohl wäre, die Hände unter ihren Rockbund zu schieben und den vom Radfahren durchtrainierten Hintern zu kneten? Bestimmt nicht schlecht. Dazu ist es nie gekommen, obwohl er fühlt, daß er mit seiner Art, sie anzusehen, bei Lisa an der richtigen Adresse ist. Wie wenig ich über sie weiß. Wie lebt sie, wenn Lawrence nicht da ist? Ob sie einen anderen hat? Ob sie ihren Ex-Mann noch sieht und mit ihm schläft, aus alter Verbundenheit?

Wie leicht das doch geht, mit einem vertrauten Körper und vertrauten Bewegungen, wie neulich mit Ellen, als wäre für einen Moment wieder alles wie früher. Es zählt auch nicht wirklich, findet Johan, mit der Ex-Frau oder dem Ex-Mann zu schlafen.

Er ist sosehr vertieft in das, was er sieht, daß Lisas Erzählen gar nicht zu ihm durchdringt. Er sieht, wie sie mit ihren schönen Händen gestikuliert, wie sie die Lippen bewegt, wie ihre Augen sich weiten und verengen. Sie erzählt. Lawrence, die Kinder, hört er, als er wieder aus seiner Versenkung auftaucht.

»... sie sind ein Stück an der Küste entlanggewandert,

richtig mit Rucksack und einmal Übernachten. Hoch über dem Meer, am Rand der Klippen. Vorige Woche ist jemand hinuntergestürzt. Wer weiß, vielleicht ist er auch gesprungen. Der Abgrund hat eine unheimliche Anziehungskraft. Es muß aufregend gewesen sein, so wie sie am Telefon durcheinanderschnatterten. Lawrence erzählte, daß am Küstenpfad Kunstwerke aufgestellt wurden, stell dir vor! Metallobjekte, die im Wind Töne erzeugen, als wenn das Meer nicht schon genug Krach machen würde. Und häßlich noch dazu.«

»Das ist doch ein Witz«, sagt Johan. »All diese lokalen Kunstmatadore, die töpfern und Trinkbecher aus Wurzelholz schnitzen, das taugt doch alles nichts und bringt niemandem etwas. Man müßte sie allesamt ins Kohlenbergwerk schicken. Diese Wirrköpfe, die ›mit Metall arbeiten‹, vorneweg.«

Intolerant, aber amüsant, denkt Lisa. Mitleidlos vor Eitelkeit, aber auch, weil er was von seinem Fach versteht. Lisa kann das sehr gut nachempfinden, wenn sie sich selbst auch nie so drastisch ausdrücken würde.

»Wie laufen die Vorbereitungen?«

Johan berichtet. »Der Briefträger«, oder vielmehr die rote Decke, ist durch die Wagenfenster zu sehen. Herrje, Alma, Charles, Oscar!

»Warum schreibt er nur so etwas, gerade jetzt, verstehst du das? Du hast dich ja schließlich auf so was spezialisiert. Er will mich erledigen, niedermachen. Und ausgerechnet bei dieser Zeitung ist ihm das gelungen, da werde ich keine begeisterte Kritik bekommen. Er hat mich schon immer gepiesackt, solange ich denken kann. Dabei habe ich ihn bewundert, weil er so viel wußte, und mich vor seinen Geschichten gefürchtet. Ganz am Anfang schliefen wir zusammen in einem Zimmer, und wenn Alma nach unten gegangen war, erzählte er mir flüsternd die schlimmsten Sachen, von Ungeheuern unter dem Bett, Vampiren, die durch die Fensterritzen schlüpften – steif vor Angst lag ich stundenlang wach. Später bekam ich das große Zimmer. Das muß gewesen sein, als Charles wegging. Komisch eigentlich, daß Oscar es nicht bekommen hat. Alma schlief von da an unten, und ich bekam den großen Zeichentisch in mein Zimmer. Ob er Charles gehört hat? Ich hab mich nie getraut zu fragen.«

»Hast du je etwas von seinen Arbeiten gesehen, er hat doch gemalt, bevor er nach Amerika ging?«

»Keine Ahnung. Ich habe über die ganze Sache nie groß nachgedacht, es lief, wie es lief. Erst in letzter Zeit stelle ich mir manchmal Fragen, ich habe sogar Kontakt mit ihm aufgenommen, mit Charles, ich habe ihm eine Einladung zur Vernissage geschickt!«

»Glaubst du, daß er kommt?«

»Nein, das ist eher unwahrscheinlich.« Verdutzt hebt Johan plötzlich den Kopf. »Verdammt, ein Schiff! Jetzt erinnere ich mich wieder. Das große Schlafzimmer, das später mein Zimmer wurde, war auch Charles' Arbeitszimmer. Da standen seine Bilder. Viele wird er nicht gemalt haben, er war siebenundzwanzig, als er abgehauen ist, und damals konnte man ja nur schwer an Material herankommen. Aber ich erinnere mich noch an eine Nacht oder einen Abend, an dem er Os und mich mit in sein Zimmer nahm, ganz feierlich. Und daß er seine Bilder zeigte. Vier, glaube ich. Vielleicht, weil ein Zimmer vier Wände hat? An eines erinnere ich mich noch, ein Schiff war darauf, ein großes schwarzes Schiff. Und links unten standen vier Menschen mit ganz beklemmenden, todtraurigen Gesichtern. Ein bedrohliches, riesenhaftes Schiff mit gelben Bullaugen. Aber es kann gut sein, daß ich mir das nur einbilde, weil er mit einem Schiff weggefahren ist.«

»Sagte Alma das?«

»›Papa ist mit dem Schiff weggefahren und kommt nie mehr wieder. Wir werden jetzt ohne ihn leben.‹ Von Tante Janna habe ich später einiges erfahren, daß Charles den Auftrag für eine Operndekoration hatte und sich in die Sopranistin verliebte. Die hat ihn dann mitgenommen, von einem Tag auf den andern. Soweit ich weiß, hat er nie mehr von sich hören lassen. Mit Alma konnte man nicht darüber reden.«

»Sie muß sich doch wegen rechtlicher Angelegenheiten mit ihm verständigt haben: Besitzaufteilung, Sorgerecht und so weiter?«

»Ich weiß es nicht. Man konnte sie nichts fragen. Tat man es doch, gab sie einfach keine Antwort. Oscar hat sich schneller damit abgefunden als ich. Er wurde so etwas wie Almas Ersatzmann, und ist es noch heute. Er macht Besorgungen für sie, er ißt bei ihr, er hat bis vor kurzem sogar seine Wäsche bei ihr gewaschen. Nein, Oscar ist eher auf meinen Untergang aus als auf den seines Vaters, glaube ich.«

Lisa hat eher Mitleid mit dem geknechteten Sohn. So treuherzig darum bemüht, seiner Mutter ein guter Ersatzmann zu sein, und dann jahraus, jahrein, bis zum heutigen Tag mitansehen müssen, wie Almas Augen aufleuchten, sobald Johan in Sicht kommt, Johan, der gegen alle Regeln verstößt und ihr dennoch der Liebste ist, immer wieder.

»Und dann Kunsthistoriker werden!« sagt sie. »Ständig damit befaßt, die Art von Männern zu studieren und zu dokumentieren, unter denen er am meisten zu leiden hatte. Kein Wunder, daß er in der Zeitung Dampf abläßt.«

Johan schnaubt verächtlich.

»Na ja, von der Technik hat er wirklich Ahnung. Ich kann mich mit niemandem so gut über die rein handwerklichen Dinge unterhalten wie mit Oscar. Aber wir kriegen uns schnell in die Wolle, genau wie früher. Ich muß nach Hause, Lisa, ich will pünktlich dasein, wenn die Leute zum Einpacken kommen. Fein, daß du am Sonntag mitkommst zum Essen. Wie sieht Ellen die Sache?«

Was soll ich jetzt sagen, denkt Lisa, du und dein Vater, ihr seid die Verführer, und wer sich verführen läßt, fällt um Jahre zurück. Was ist das nur, geht das nur Frauen so? Daß ihnen die

Knie weich werden bei so einem Mann. Daß alles, was erfahrungsgemäß wichtig und gut für sie ist, seine Bedeutung verliert, sobald er den Mund aufmacht und sagt, daß er sie gerade jetzt braucht, daß er gerettet werden muß und nie mehr so verletzt werden will, und daß sie diejenige ist, die das alles kann? Und sie ihn begehrt, seinen dunklen Schopf an ihren nackten Bauch drücken möchte, und noch viel mehr, genau jetzt?

Nachdem Alma eine Stunde lang reglos auf dem Bett gesessen hat, greift sie zum Telefon und ruft das Nationalmuseum an. Oscar nimmt ab und klingt leicht irritiert über die unerwartete Kontaktaufnahme.

»Oscar, ich hätte gern, daß du heute etwas früher kommst. Es ist etwas passiert. Frag mich bitte nicht, was. Das kann ich dir am Telefon nicht sagen.«

»Was, was denn, Mutter? Bist du krank, bist du gestürzt? Ich komme sofort.«

Die Irritation ist verflogen. Oscar ist beunruhigt; er hört Almas Stimme an, daß sie verstört ist.

»Nein, ich bin nicht krank. Die Telefonistin hört mit, Oscar, das ist doch immer so bei Institutionen, wo die Leute zuwenig zu tun haben. Ich wäre dir sehr dankbar, wenn du eine Stunde früher kommen könntest, ich möchte etwas mit dir besprechen. Du brauchst deswegen aber nicht Hals über Kopf von deinem Schreibtisch wegzurennen.«

Da Oscars Lebenszweck darin besteht, Alma Halt und Stütze zu sein, kann er sich nach dem Telefongespräch nicht mehr auf seine Arbeit konzentrieren. Seine Mutter hat einen Herzinfarkt. Sie liegt mit gebrochenen Beinen am Boden. Das Haus steht in Flammen. Oder unter Wasser. Sie ist bestohlen worden. Sie stirbt. Er packt seine Tasche: ein dicker Bericht von der Direktion, ein Dossier über eine Untersuchung des Chefrestaurators, die Lesebrille, der große Schlüsselbund.

Schwitzend läuft er zum Haus seiner Mutter, die nicht sonderlich überrascht ist, ihn so prompt vor sich zu haben. Sie hat sich einigermaßen erholt; die Schmerzen im Arm und in der Brust haben sich gelegt, aber sie hat noch nicht genügend Kraft in den Armen, um die Haare hochzustecken. Über allen Stühlen hängen Kleider, Röcke, Jacken. Oscar entfernt ein silberblaues Kleid aus changierender Seide von seinem angestammten Sitzplatz. Er ist gerade im passenden Moment gekommen, denn bevor Alma sich hinsetzen kann, klingelt es, und der Lieferant von Maison Davina steht vor der Tür. Verwirrt kommt Alma ins Zimmer zurück, Stock rechts, Tortenschachtel links.

Die alte Frau mit dem offenen Haar und der bebrillte Mann mit dem Vogelhals beugen sich verwundert über die glänzende Schachtel, die mitten auf dem fleckigen Tischtuch prunkt. Alma klappt den Deckel auf: der versteinerte Baumstamm mit einem Kärtchen auf der Rinde: »Geliefert im Auftrag von Herrn Steenkamer.«

Ein rasches, erschrockenes Einatmen. Dann ein tiefer Seufzer. Alma setzt sich. Oscar bleibt verdattert stehen, nimmt das Kärtchen und hält es ganz dicht vor seine Brille, als könne er nicht begreifen, was er da liest.

»Mutter, was hat das zu bedeuten? Ich verstehe das nicht.«
»Ich glaube, mein Junge, daß es etwas mit der Angelegenheit zu tun hat, über die ich mit dir sprechen wollte. Du mußt nämlich wissen, daß Charles in der Stadt ist. Dein Vater. Johan hat es mir heute morgen gesagt. Und ich denke, daß er mir eine kleine Aufmerksamkeit geschickt hat, um das Kennenlernen, das Wiedersehen eigentlich, einzuleiten.«

Oscar ist perplex. Steenkamer? Steenkamer! Natürlich heißt sein Vater Steenkamer, zumindest hieß er früher so. Seine Mutter seufzt vor sich hin wie ein junges Mädchen und starrt mit verzücktem Blick auf den Stein in der edlen Verpackung. Das muß ein Ende haben. Das darf nicht sein.

»Mutter, du irrst dich«, sagt Oscar heiser. »Ich habe diese Torte in der Mittagspause bestellt, als festlichen Nachtisch für heute abend. Ich habe sie bringen lassen, weil ich bei dieser Hitze nicht damit herumlaufen wollte.«

»Du lügst, eine so teure Torte würdest du niemals kaufen. Du lügst, Oscar, du lügst!«

»Nein, es ist wahr. Es ist schließlich ein besonderes und bedeutsames Wochenende, mit der Eröffnung von Johans Ausstellung. Und weil es so wichtig für die Familie ist, hielt ich eine teure Torte für angebracht.«

Oscars Stimme wird leiser. Er läßt sich auf seinen Stuhl fallen und nimmt die Brille ab. Kraftlos reibt er mit einem Taschentuch über die Gläser. Verloren. Dieser Satz ging an den Gegner. Was nun? Sie ablenken. Ihr klarmachen, daß sie sich Illusionen hingibt. Daß Charles nicht existiert, jedenfalls nicht in der Stadt ist und kein Interesse an Alma hat. Aber wie?

Alma befühlt den Stoff des blauen Kleides. »Das hier wollte ich am Sonntag anziehen. Mit den blauen Schuhen. Zu dumm, daß ich mit dem Stock laufen muß, ob ihn das sehr stört?«

Ihr einfach ins Gesicht sagen: Du bist eine alte Hexe mit strähnigem Haar, dein Hals ist faltig, du bist ein formloser Sack, ein Knochengestell, aus deinem Kinn sprießen lange weiße Borsten?

Dies hier ist noch schlimmer als die endlose Lobhudelei auf Johan. Die ist er gewohnt, damit kann er umgehen, auf seine Art. Das alte Spiel des Getroffenwerdens und – nach reiflicher Überlegung – gezielten Zurückschlagens. Als Johan mit Ellen zusammen war, hatte er es leichter, da schenkte Alma ihrem Liebling weniger Aufmerksamkeit. Oscar weiß, wie schwer es für seine Mutter zu ertragen war, daß Johan in seiner Familie aufging, sich so offen für eine andere Frau entschieden hatte. Na ja, aufging? In Kunstkreisen kursierten Gerüchte über Johans Frauengeschichten, Oscar hat mehr als einmal mitbekommen, daß Johan sich an einer Schülerin oder einem Modell vergriff, während Ellen zu Hause bei den Kindern saß.

Für ihn war die Scheidung eine regelrechte Bedrohung: Kaum war Ellen umgezogen, stürzte Alma sich wie eh und je auf Johan. Oscar hatte das Nachsehen. Die Scheidung ging ihm an die Nieren, nicht nur wegen der Machtspielchen und dem sich verlagernden Zentrum in der Familie, sondern auch, weil er Ellen sehr mochte. Sie ist vielleicht die einzige Frau, in deren Gegenwart er sich wohl fühlt. Sie mokiert sich nicht über ihn, sie will nichts von ihm, und sie hat keine Hintergedanken. Es tat ihm leid damals, sie so traurig und verzweifelt zu sehen.

Doch seine Wut über das zunehmende Leuchten von Johans Stern hat noch ganz andere Dimensionen. Als er vom Vorhaben des Städtischen Museums erfuhr, eine Gesamtschau von Johans Werken zu organisieren, bekam er Magenkrämpfe. An den Freitagabenden, wenn Alma sich in höchsten Tönen über die Talente ihres Sohnes ausließ, fühlte er sich so erbärmlich, daß er keinen Bissen hinunterbrachte. Regelmäßig wurde ihm übel, und er zog sich in die ausgebaute Toilette zurück, wo er, von Brechreiz geplagt, über der Kloschüssel hing und sich neben den Badeschlappen seiner Mutter zu übergeben versuchte, ohne nennenswertes Ergebnis. Am Wochenende erholte er sich ein wenig und schmiedete Pläne. Mit bitterer Genugtuung schrieb er seinen Zeitungsartikel, den er, unter geschickter Ausnutzung eines Disputs zwischen Städtischen und Nationalmuseum, der Kunstredaktion zuspielte.

Aber jetzt ist er am Ende mit seinem Latein, gegen diese Euphorie ist er machtlos. Nie hat sie sich nach Charles erkundigt, sie hatte ihm total abgeschworen, wir durften seinen Namen nicht erwähnen, im ganzen Haus gab es kein Foto mehr von ihm. Aber er braucht nur eine Torte zu schicken, und sie verliert total den Bezug zur Realität. Das darf doch nicht wahr sein! Oder doch? Wer hat die Torte bringen lassen?

»Alma! Du weißt doch, daß Charles schon lange nicht mehr Steenkamer heißt! Er ist mit einer Amerikanerin verheiratet. Er hat Kinder. Er heißt Charles Stone. Er hat uns vergessen, Alma. Wir sind ihm gleichgültig.«

Alma wirft ihm unter ihrem beunruhigend offenen Haar hervor einen schiefen Blick zu. Oscar zittert, so erschreckend neu und anders ist das alles. Das blaue Kleid will sie anziehen, sie will sich schönmachen für ihren verlorenen Prinzen!

»Die Dinge können sich ändern, Oscar. In deiner Welt, bei deiner trockenen Wissenschaft ist dafür vielleicht kein Platz. Aber es ist mehr möglich, als du denkst.«

Sie schaut auf den Stein, als wäre der ein Beleg, ein Beweis.

Oscar beginnt in dem viel zu warmen Zimmer zu frieren. Hat sie ihn all die Jahre betrogen, hat sie sich weiterhin nach Charles gesehnt, ist Charles doch da? Was soll er glauben, wie kann er diese verrückte Welt so schnell wie möglich in den Griff bekommen, auf was soll er bauen?

»Was hältst du davon, wenn du in die Küche gehen und uns einen Tee kochen würdest, Oscar.«

Vier Uhr, Tee, gut, das ist vertraut. Oscar erhebt sich, ein wenig zuversichtlicher.

»Und nimm die Torte mit, dann kannst du uns ein Stückchen davon abschneiden. Wir müssen sie doch kosten.«

Alma kichert und schiebt Oscar über den Tisch die Schachtel zu. Das Kärtchen ist verschwunden. In ihren Ausschnitt wahrscheinlich, in ihren rosa Panzer.

Langsam streckt er seine Hände nach dem grauen Fossil aus, hebt es hoch und trägt es hinaus.

»Inzwischen mache ich mich hier ein wenig nützlich, es sieht ja aus wie auf dem Trödel mit all den Kleidern, ein bißchen aufräumen, Ordnung schaffen.«

Almas Stimme bleibt hinter zwei Türen zurück, Oscar läßt sich auf den Küchenstuhl fallen, die Hände zwischen den Knien. Auszeit.

Als Erwachsener in der Küche seiner Kindheit ist man ein Fremder auf bekanntem Terrain. Man findet sich zurecht, glaubt zumindest zu wissen, in welcher Schublade das Brotmesser und in welchem Schrank der Pfeffer ist und auf welchem Regal die Becher stehen. Aber die Wegweiser sind verschoben, und auf der Suche nach dem Sieb findet man einen Stapel unbekannter Teller. Im Schrank unter der Spüle, wo früher die Waschschüssel aus Emaille mit dem Seifenschläger und der Holzbürste stand (es brauchte Mut, die Schüssel herauszunehmen, denn vom Schrank aus bestand eine direkte Verbindung zur Kanalisation, das konnte man riechen; wenn man heftig gegen die Schüssel stieß, waren die in der Kanalisation hausenden Tiere gewarnt und blieben für einen Moment auf Abstand), ist jetzt ein Abfalleimer, der seinen Rachen aufsperrt, wenn man die Tür öffnet.

Obwohl Oscar jede Woche in Almas Küche herumhantiert und hinsichtlich der nach und nach angebrachten Neuerungen auf dem laufenden ist, überfällt ihn plötzlich eine klare Erinnerung an die Küche von früher. Der grünliche Fußbodenbelag, bei dem das Kachelmuster genau nicht aufging (vor dem Spülstein war er verschlissen, und die Dielen schauten hervor; nachts kamen die Tiere und knabberten daran), wurde durch rutschfestes dunkelgraues PVC ersetzt, die Spüle besteht jetzt aus zwei Becken und geht nahtlos in die Kunststoff-Anrichte über, auf der nun die Tortenschachtel steht. Granit, kalter, harter Stein. Ein flaches, breites Spülbecken mit kleinen schwarzweißen Kacheln. Am Ausguß (Lüftungsrost für die Tiere in der Kanalisation, wenn man das Ohr daran hielt, konnte man sie manchmal hören) hatten sich drei Kacheln gelöst. Sie wurden noch lange in einem Schüsselchen auf der Fensterbank aufbewahrt, bis sie eines Tages – wann? warum? – verschwunden waren. Der entstandene Hohlraum wurde zur Zuflucht für Spaghetti und Teeblätter, die der Abwäscher mit einem Teelöffel herausschöpfen mußte. Die

Fischschale von Tante Janna steht noch auf ihrem alten Platz im Geschirrschrank: ein Gebilde aus Steingut mit Kopf, Schwanz und Schuppen, in das der zu servierende Fisch vorsichtig gebettet wurde wie zu einer letzten Paarung.

Oscar sucht hinter den Keramikbechern nach den ausladenden Teetassen, nach dem dunkelgrünen Efeumotiv auf cremeweißem, geripptem Untergrund. Aha! Ganz oben. In der hintersten Ecke.

Er steigt mit den beiden Tassen in der Hand vom Stuhl.

Verstecke. Was hält sie sonst noch verborgen? Fünfunddreißig Jahre lang hat er die Tassen vermißt, und in einem Moment der Verwirrung, der Unbeherrschtheit steigt er auf den Küchenstuhl und findet sie. Er spürt, wie das vertraute Haus langsam zu einem trügerischen Arsenal voll drohender Schatten wird.

Auf mich kann sie sich verlassen. Ich bin absolut berechenbar. Ich suche nicht nach geheimen Schubladen, ich halte mich vom Dachboden fern, und ich steige auch nicht auf einen Stuhl, um ganz oben auf einen Schrank zu schauen.

Die Tassen absetzen. An den Fingern riechen: fettiger, abgestandener Geruch. Aber ich habe es getan, heute! Ich kann es! Wie Kapitän Cook aus dem Jugendbuch, der an den Wellen sehen, am Wind riechen konnte, daß Land in der Nähe war – so wittere ich die versteckten Liebesbriefe, die zerfallenden Oberhemden, alles, was die treulose Hexe von ihrem Liebsten aufbewahrt hat. Auf den Kopf stellen, ich werde das ganze Haus auf den Kopf stellen!

Der Wasserkessel. Sorgfältig die Teekanne mit dem heißen Wasser ausspülen. Noch einmal kurz aufs Gas zurück, den Kalk herauskochen lassen. Drei Löffel Lapsang in die Kanne. Schnuppern. Geräucherter Plantagentee. Schiffe voller Gewürze. Aufgießen. Den Ton der Teekanne ansteigen hören. Alles unter Kontrolle. Der Kapitän umklammert das Ruder und strafft die Schot. Volle Kraft voraus!

Torte aus der Schachtel, zum Anschneiden aufs Brett. Geistesabwesend das große Fleischmesser aus der Schublade nehmen. Der Eindringling liegt mit dem Kopf auf dem Hackblock, betäubt vor Angst, ein gelähmtes Opfer. Oscar fixiert den Baumstamm und sieht aus den Augenwinkeln die Nachmittagssonne in der stählernen Klinge blitzen. Er spürt Unbeschwertheit und Sorglosigkeit zurückkehren. Fast willenlos rammt er das Messer in die Torte, springt auf, als er auf den Hackblock stößt. Zack! Das Messer heben. Zack! Hochspringen. Zack! Und noch einmal. Zack! Zack!

»Junge, wo bleibst du denn?«

Betreten starrt Oscar auf das Messer in seiner Hand, auf den zerstückelten Baumstamm, auf das Dampfwölkchen, das der Tülle der Teekanne entsteigt. Fetzen der Baumrinde kleben an der Wand, in der Spüle liegt eine dunkle Kirsche, und auf der Brille sind Spritzer aus Schokoladencreme. Auch auf dem Oberhemd, sieht er, nachdem er die Brillengläser mit dem Geschirrtuch gesäubert hat. Das Messer weglegen. Das Jackett zuknöpfen. Zwei Stückchen Torte aus dem zerstückelten Kadaver herauspräparieren und auf Glasteller legen. Etwas in Form bringen. Mit dem Zeigefinger die Kirsche hineindrücken. Riechen: Luxus, Genuß, verderbte Süße. Teelöffel. Das Tablett. Voll beladen über den Flur segeln, das Zimmer ansteuern, die Ladung löschen.

»Wie ist das eigentlich hier im Haus? Wo sind die Sachen?«

Oscars Stimme ist lauter als gewöhnlich, ein unerschrockener Seemann.

»Sachen, was für Sachen? Dies ist auch dein Zuhause, du bist doch hier aufgewachsen!«

»Papas Sachen.«

Alma lehnt sich zurück, die Teetasse in der Hand. Sie hat die Tassen und die Trümmerstücke der Torte mit hochgezogenen Augenbrauen zur Kenntnis genommen. Die Schokoladenspritzer auf Oscars Hose und seine Gesichtsfarbe sind ihr nicht entgangen.

»Als Charles uns verließ«, sagt Alma mit dunkler, ruhiger Stimme, »habe ich seine gesamten Besitztümer so schnell wie möglich fortgeschafft. Ich wußte, daß er nicht mehr wiederkommen würde und auf die Sachen, die er zurückgelassen hatte, keinen Wert legte. Wenn ihr in der Schule wart, kam Janna und half mir beim Aufräumen. Das große Bett habe ich einem Auktionshaus verkauft, genauso wie die tragbare Staffelei und die anderen Malutensilien. Und seinen Sessel. Janna hat die Kleider eingepackt und zur Heilsarmee gebracht. Auch die Schuhe und die Mäntel. Alles weg, und es wird auch keinen Landstreicher mehr geben, der noch in den Stiefeln deines Vaters herumläuft. Weg, vorbei. Frag Tante Janna, wenn du mir nicht glaubst!«

Oscar läßt seinen Tee unangerührt stehen und studiert das Gesicht seiner Mutter.

»Und der Zeichentisch, den Johan ins große Zimmer stellen durfte?«

»Ja, da hast du recht, der war tatsächlich von Charles. Nagelneu, er hatte ihn gerade angeschafft, um eine Bühnendekoration darauf zu entwerfen. Ich fand, daß das nicht zählte, es war kein verseuchter Gegenstand, den er schon jahrelang benutzt hatte. Und Johan konnte ihn ja gut gebrauchen, also habe ich ihn stehenlassen.«

»Siehst du! Du verschweigst Dinge; wenn ich dich nicht frage, erzählst du auch nichts, kein Wort. Wo sind seine Briefe? Ein Fünfundzwanzigjähriger hat doch Papiere, alte Zeugnisse, Tagebücher, was weiß ich, ein Skizzenbuch? Fotos!«

»Verbrannt, Oscar. Im Ofen. Ich machte abends, wenn ihr schon im Bett wart, den Ofen an und habe alles Stück für Stück verfeuert. Du weißt, wir hatten noch den Kohleofen im Wohnzimmer.«

Oscar denkt an den Ofen mit dem glänzenden Gebiß und

das Feuer hinter dem Glimmerfenster. Abends, vor dem Zubettgehen, standen Johan und er davor, um sich zu wärmen. In ihren Schlafanzügen. Die Hitze glühte am Hintern, bis es nicht mehr zu ertragen war. Von vorn hielt man es weniger lange aus. Am Ofen stand ein großer Ledersessel mit breiten, gepolsterten Armlehnen, auf denen sie saßen, er und sein kleiner Bruder, die nackten Füße in – worin? Wozwischen?

Zwischen den Schenkeln des Vaters! Unter dem Vorlesebuch. Vorsichtig, um nicht die ekelerregende nackte Haut von Johans dicken Füßchen zu streifen, vorsichtig die Zehen bewegen in diesem herrlichen geheimen Raum; ein Duft von Tabak; ein Gefühl freudiger Erregung. Danach zwischen die eiskalten Laken, die Tür einen Spaltbreit geöffnet, weil Johan im Dunkeln Angst hatte. Lauschen, andächtig lauschen, auf was? Das verhaßte Atmen aus dem Gitterbett? Nein, das Gefühl ist voller Erwartung, froh. Vier angezupfte Töne, von oben nach unten: a, d, g, c. Dann voller, zwei zugleich angestrichen. Der tiefste Ton schwebt auf und ab, bis der Zweiklang mit einem Mal Glanz bekommt. Und dann: das Lied. Johan ist eingeschlafen. Vater spielt nur für mich, das schönste, traurigste Lied der Welt. Für mich, denn ich höre es, ich höre die Töne aufsteigen und wieder herabfallen, so traurig, daß man weinen muß; ich warte auf das Ende, auf das allerletzte Stück, wenn das Lied endlich aufsteigt und dort oben bleibt.

»Die Bratsche! Wo ist die Bratsche geblieben? Die hast du doch wohl nicht verfeuert? Oder doch? Wo ist Papas Bratsche?«

Oscar ist aufgesprungen und gestikuliert wütend gegen seine Mutter, seine Worte überschlagen sich, für ihn ist sie eine Betrügerin, eine hinterhältige Hexe, er traut ihren Geschichten nicht, sie soll den Mund halten, er wird sich auf die Suche machen, er will selbst sehen, was von seinem Vater in diesem Haus heimlich aufbewahrt wird. Blindlings stürmt er die Treppe hinauf, Tränen in den Augen. Oben ist der Fußbodenbelag noch wie früher: Sisal, der die stürmischen Schritte plötzlich dämpft.

Oscar spürt den Druck einer Eisenklammer um seinen Kopf; er fühlt sich von widerstreitenden Motiven zerrissen: Alles, was an seinen Vater erinnert, will er loswerden, seiner Mutter unzugänglich machen, er will Charles aus dem Haus fegen, damit Alma nie mehr an ihn denkt. Aber zugleich will er (und balanciert die wacklige Bodenstiege hinauf) auf dem muffigen Dachboden die Bratsche finden, das Instrument an seine Brust drücken und damit nach Hause schwimmen wie ein Schiffbrüchiger im Rettungsring.

Hinter sich hört er Alma die Treppe heraufächzen; ihr Stock poltert gegen die Wand. Sie ruft, sie schreit nach ihm, Oscar, ihrem Sohn, der mit einem Mal so unbeherrschbar geworden ist wie die Fock an einer gebrochenen Rahe.

Mit schmerzendem Kopf drückt er die Bodenluke hoch. Sie fällt mit einem Knall nach hinten. Staub wirbelt auf. Alma rüttelt an der Stiege: »Laß das! Komm herunter!« Sie bohrt ihm ihren Stock in die Pobacken, die untere Hälfte seines Körpers sucht im Chaos Halt, die obere Hälfte genießt absolute Ruhe: Als die Augen sich an das gedämpfte Licht gewöhnt haben, sieht Oscar nichts als gerade Dielen, einen leeren Fußboden mit einer dicken Staubschicht.

Fluchtwege

Noch hält das Land den Sommer fest. Das Wasser liegt spiegelglatt zwischen seinen grasigen Ufern, die Kühle der Nacht ist binnen einer halben Stunde widerstandslos verschwunden, sobald die Sonne den Nebel vertrieben hat. Alles Grün ist dunkel, und die gelblichen, silbergrauen, hellgrünen Frühlingstöne in den voll belaubten Bäumen sind längst verschwunden. Das entfaltete Blatt begnügt sich mit dem Tau und denkt noch nicht daran, zu rosten, die Säfte zurückzuziehen, sich abzustoßen.

Auch auf dem Boden herrscht ruhige Fülle: üppige Grasbüschel mit langen, fetten Halmen; große, behaarte Kriechpflanzenblätter, unter denen sich Zucchini und orangefarbene Kürbisse verbergen; der Salat ist geschossen und hat seinen Kopf aufgesprengt.

Aus dem Schlafzimmerfenster schaut Lisa über den Garten hinweg auf den Fluß, wo ein Haubentaucher still wie ein Papierschiffchen vorübergleitet, und auf das dampfende Grasland dahinter. Eine Viertelstunde lang sitzt sie so da, die Ellbogen auf die Fensterbank gestützt. Der vor ihr liegende lange, freie Tag vermittelt ihr ein Gefühl von Trägheit und Zeitlosigkeit. Kein Kleiderzwang, kein Make-up, kein Terminkalender! Das Haus in ihrem Rücken ist spürbar und wohltuend leer.

Im langen Morgenmantel geht sie nach unten, läuft barfuß durch das feuchte Gras unter den Obstbäumen, an den Fluß, am übervollen und verwahrlosten Gemüsegarten vorbei zurück zur Küchenterrasse, wo das Unkraut ungehindert zwischen den Fliesen sprießt. Über die Tonne gebeugt, sieht sie in der Tiefe die große Behäbige schwimmen, langsam, mit minimaler Bewegung des Schwanzes. Sie stellt sich einen Stuhl zwischen die Stockrosen und betrachtet den vielstämmigen Feigenbaum. Unzählige Früchte in diesem Jahr, als wäre der Fluß das Mittelmeer. Lisa pflückt sich eine ab, der Baum gibt sie nur widerstrebend her. Süß. Ferienduft.

Dasitzen mit Kaffee und der Zeitung von gestern. Es ist weder warm noch kalt, sie spürt die Temperatur des Körpers. Ruhe, Ruhe, Ruhe.

Lisa hat die Vorderseite des Hauses möglichst unzugänglich gemacht: die Vorhänge zugezogen, die Gartenpforte geschlossen. In einer Stunde werden sich die Menschenströme in Bewegung setzen, dann werden die Dorfbewohner ihre Einkäufe machen und sich, hungernd nach Zwiesprache, in ihren Vorgärten auf den Spaten stützen. Dann treffen aus der Stadt Gruppen von Männern auf Rennrädern ein, mit glänzenden schwarzen Radlerhosen über dem Hintern und Helmen auf dem Kopf. Sie stoßen Warnschreie aus, wenn sie mit Höchstgeschwindigkeit durch die Dorfstraße stieben, haarscharf vorbei an einem würdevoll dahinradelnden Ehepaar mit Einkaufstasche am Lenker, unverschämt dicht entlang an den spazierengehenden Damen in karierten Hosenröcken. Schweißgeruch, für die Damenarme fühlbare Körperwärme, drei Meter weiter ein theatralisches Ausspucken in den Straßengraben. Dann wird auch der glatte Wasserspiegel von der Flotte der Motorboote durchschnitten werden, von den ungeduldigen Seglern, die vor der Schleuse auf ihre Durchfahrt zum Meer warten müssen, und von den aufs Heck schauenden Ruderern, denen es egal ist, wohin sie fahren.

Lisa sitzt sicher in ihrem Garten. Das Telefon wagt sie nicht abzustellen: die Kinder könnten anrufen, und das ginge auch zu weit. Sie will sich nicht isolieren, aber sie will nein sagen können. Asozial, denkt sie. Bin ich menschenscheu? Ich behaupte immer, daß das mit meiner Arbeit zu tun hat, die ganze Woche lang höre ich Menschen zu, muß mich in sie hineinversetzen, mit ihnen mit- oder für sie vorausdenken, das Gespräch strukturieren, stets bedenken, welche Wirkung meine Worte haben können, ständig verfügbar sein.

Unsinn, dummes Gerede. Es *ist* zwar so, aber genausogut könnte man auch umgekehrt sagen, daß die Patienten mit allerlei interessantem Material dienlich sind, um Lisas Erfindungsgabe anzuregen.

Auf ihren Gängen durch das Dorf verschließt sich ihr Gesicht, sobald jemand Anstalten macht, sie anzusprechen. Gezwungenermaßen mit einem anderen Menschen auf kleinem Raum verkehren zu müssen, macht ihr nicht das geringste aus, wenn dieser Mensch ein Patient ist, erschöpft sie aber total, wenn es sich um jemanden handelt, der mit ihr im Fahrstuhl fährt oder beim Bäcker wartend neben ihr steht, oder wenn es ein weniger erwünschter Besucher in ihrem Wohnzimmer ist. Mit Menschen am Tisch sitzen zu müssen, die nicht zu ihren engsten Freunden zählen, ist am allerschlimmsten. Gezwungen zu sein, deren Essensgeräuschen zuzuhören – Schlürfen, Schmatzen, Kauen, Schlucken –, das erträgt sie nur, wenn sie aus sich selbst heraustritt und sich so unzugänglich macht wie die Vorderseite ihres Hauses. Die Heftigkeit dieses Abscheus ängstigt sie, aber so ist es nun einmal: Lisa muß vor allem fliehen, was auf Beißen, Zermalmen und Verschlingen hindeutet.

Um halb zehn, also zu halbwegs ziviler Zeit, ruft Ellen an. Mit ihrer Freundin zusammenzuwohnen ist ihr vorstellbar und würde ihr keine große Mühe bereiten. Weniger Mühe jedenfalls als das Zusammenleben mit einem Mann.

Ellen klingt unruhig. Es ist, als käme die Hektik des Stadtlebens durch die Telefonleitung in die stille Küche hereingeströmt.

»Hast du irgendwelche Pläne heute, irgendwas zu erledigen?«

»Nein, gar nichts. Aber ich will raus, wollen wir ein Stück laufen?«

Ellen und Lisa wandern gern. Sie legen weite Strecken zurück, manchmal im Ausland und mehrere Tage hintereinander, tragen ihre Sachen im Rucksack mit sich und übernachten in ländlichen Herbergen. Übers Jahr verteilt räumen sie sich regelmäßig einen freien Tag ein, um, unabhängig von der jeweiligen Witterung, in beängstigendem Tempo aus der Stadt hinaus zu irgendeiner rund vierzig Kilometer entfernten Bushaltestelle oder Bahnstation zu marschieren.

»Heute paßt es nicht so gut«, sagt Ellen. »Ich will nachmittags wieder zurück sein, es ist noch so viel zu tun, für morgen. Ich hab nicht die Ruhe dazu. Aber eine kleine Runde um den See, heute vormittag, das ginge.«

»Komm einfach her, dann sehen wir weiter.«

Ellen hat die Wanderschuhe hinten aufs Rad geklemmt, Lisa hat ihre schon an. Es sind Prachtkonstruktionen aus festem Leder, die so vernäht und zu verschnüren sind, daß kein Wasser eindringen kann, und sie ragen aus einer dreilagigen Sohle auf. Das Profil gibt Halt auf Gestein, auf Hängen, die mit feinen Tannennadeln übersät sind, in untiefen Bächen. In diesen Schuhen zu laufen ist das reinste Vergnügen: Jeder Schritt, den man damit macht, weckt großes Vertrauen in den nächsten, die Füße fühlen sich gut behandelt und kommen gar nicht darauf, Blasen zu entwickeln. Allein schon das Anziehen dieser Wunderwerke macht Spaß.

Lisa schließt ab. Sie stopft zwei kleine Plastikeimer in ihren Rucksack; am See wachsen Brombeeren.

Sie laufen schweigend zum Dorf hinaus und beginnen erst zu reden, als sie Gras unter den Füßen haben.

»Ich glaube, daß Alma allmählich ein bißchen überschnappt«, sagt Ellen. »Die Aufregung ist wohl zuviel für sie, sie führt sich einigermaßen merkwürdig auf.«

›Seit sie weiß, daß Johan Charles eingeladen hat, glaubt sie tatsächlich, daß er kommt. Fast fünfzig Jahre lebt sie nun schon ohne diesen Mann, und weißt du, was sie jetzt macht? Sie takelt sich auf, sie macht sich schön, sie benimmt sich wie ein verliebtes Schaf von fünfzehn.«

»Woher weißt du das, hast du mit ihr gesprochen?«

»Sie rief gestern nachmittag an. Total durcheinander. Johan ist wütend abgehauen, sie haben sich gestritten wegen des Artikels von Oscar, sie erwähnte auch noch, daß er nicht zu ihrem Essen kommen will, aber das waren alles Nebensächlichkeiten. Ansonsten war ausschließlich von Charles die Rede. Daß er in der Stadt sei und sie sehen wolle. Sie plapperte in einem fort, mit völlig überdrehter Stimme, ganz außer sich. Ich bin richtig erschrocken. Ein endloser Sermon, was sie denn nun anziehen solle, was ich ihr raten würde, ob ich noch Zeit hätte, etwas Neues mit ihr kaufen zu gehen. Und der Stock, was sie mit dem Stock machen solle. Ohne den kann sie nicht einen Schritt gehen! Was er wohl denken werde, wenn er sehe, daß sie nicht gut laufen könne, ob sie den ganzen Empfang über auf einem Stuhl sitzen könne. Es ratterte nur so in ihrem Kopf. Daß er natürlich mitkommen müsse zum Festessen, sie werde gleich im ›Verlorenen Karpfen‹ anrufen; ob er dann neben ihr sitzen müsse oder gerade nicht – und endlos so weiter.«

»Mein Gott, Ellen. Fünfundsiebzig Jahre. Man muß wohl bis zum Gehtnichtmehr auf der Hut sein. Es müßte eine Altersgrenze geben, von der ab es dir egal ist, wie du aussiehst, und du für Männersignale nicht mehr empfänglich bist. Eigentlich müßte das alles zusammen mit der Fruchtbarkeit aufhören. Dann hast du zumindest noch die Hälfte deines Lebens für dich.

»Der Friseur! Sie wollte zu meinem Friseur. Wo sie sich doch immer dagegen gesträubt hat. Der Friseur in ihrer Nachbarschaft sei gut genug, fand sie immer. Zum siebzigsten Geburtstag wollte ich ihr doch eine gründliche Haarbehandlung schenken, sie: Unsinn, ich sollte das Geld lieber für den Walfischschutz spenden! Aber jetzt soll es auf der Stelle ein guter Friseur sein, deswegen hat sie mich überhaupt angerufen.«

»Na ja, ihre Haare sehen wirklich ziemlich strohig aus«, sagt Lisa nachdenklich. »Und es wird ihr nicht unbedingt schaden, wenn sie mal zu einem richtigen Könner geht. Hat dein König der Friseure noch einen Termin für sie gehabt?«

»Er schiebt sie heute nachmittag irgendwo dazwischen. Er hat meiner Stimme wohl angehört, daß ich ziemlich bedient war. Er ist ein Schatz.«

»Hinterher ist sie mit den Jungs verabredet. Ich hab das Gefühl, daß sie ein wenig Betreuung und Aufsicht braucht von seiten der Familie.«

»Ist es immer noch deine Familie?«

»Ja, daran hat sich nichts geändert. Sie ist die Oma meiner Kinder, und Oscar ist der Onkel. Ja. Abends hat sie mich dann noch mal angerufen. Sie hatte sich mit Oscar gestritten, der war auch wütend abgedampft! Er könne es nicht ertragen, daß sie wieder Kontakt zu Charles habe. Ja, *hast* du denn Kontakt zu ihm, frag ich, denn ich möchte schon gern wissen, was nun eigentlich dran ist an all diesen Geschichten. Ja, sagte sie, Charles habe ihr mittags eine wunderbare Torte von Maison Davina bringen lassen, und darüber habe Oscar sich so aufgeregt. Er habe keinen Krümel davon gegessen. Es klang, als ob ihr das gefiele, als ob ihre Liebhaber um sie kämpften. Hoffentlich kriegt sie keinen Herzinfarkt.«

»Und Johan, hast du mit Johan gesprochen? Ich habe ihn gestern zufällig getroffen, wir haben was zusammen getrunken, er kam gerade von Alma. Ich hatte nicht den Eindruck, daß er verärgert war oder sich bei dem Festessen irgendwie querstellen würde. Wir haben uns über Charles unterhalten, über Johans Erinnerungen an ihn und seine Versuche, wieder Kontakt aufzunehmen, er war relativ ruhig. Na ja, Johan ist ja oft wieder ganz ruhig, wenn er getobt hat.«

Ellen lacht.

»Ich bin immer noch froh, daß ich diese Stimmungswechsel nicht mehr aus allernächster Nähe mitzumachen brauche. Ich glaube auch nicht, daß er quertreiben wird. Er hat zur Zeit Wichtigeres im Kopf, familiäre Reibereien sind da irrelevant. Er kommt ins Fernsehen und in die Zeitung, er ist auf einmal ein tonangebender Maler, darum dreht es sich bei ihm. Ich habe ihn seit der vergangenen Woche nicht mehr gesehen. Ich muß ein bißchen Abstand halten, sonst werde ich schwach. Und ich bin so froh über meine Ruhe.«

»Hast du eigentlich mal was mit deinem letzten Chef gehabt?« fragt Lisa. »Diesem Holzmagnaten, der immer so nett zu dir war?«

»Ich gefiel ihm, und es schmeichelte mir, daß ich ihm gefiel. Johan hat sich gerade damals so beschissen verhalten, und ich war sehr empfänglich für jemanden, der an mich dachte, der höflich und nett zu mir war. Aber körperlich ist nie richtig was draus geworden. Wir haben's zwar mal probiert, aber es war eigentlich nur zum Lachen. Ich mit nacktem Hintern auf einem Schreibtisch in einem verlassenen Büro, und er mit seiner piekfeinen grauen Anzughose um die Knöchel – wir kriegten plötzlich beide einen Lachanfall. Aber es war ernst genug, um zumindest einmal den Versuch zu wagen. Das Vögeln im Büro haben wir seinlassen, aber wir haben später noch oft darüber lachen müssen. Nein, wirklich Schwachwerden war nicht drin.«

Sie wandern. Durch Uferlandschaften, durch Schilf und über hohe Holzbrücken mit Hühnerleitern. Auf ausgebreiteten

Decken haben sich Leute zum Picknick niedergelassen, andere sitzen lesend in mitgebrachten Klappstühlen oder stehen angelnd auf einem Steg. Kinder plantschen herum und schubsen sich gegenseitig von Autoschläuchen ins Wasser, entschlossen dreinblickende Männer sind mit Surfbrettern zugange, in der Mitte des Sees wimmelt es von Segelbooten.

Niemand sonst wandert. Der Pfad weitet sich zu einem Streifen Grasland zwischen zwei Wasserläufen. Er ist von hohen Brombeersträuchern gesäumt. Die Zweige hängen unter der Last der schwarzen Beeren tief herab.

»Wollen wir?« fragt Lisa.

Die schönsten Brombeeren hängen an den im Gras liegenden untersten Zweigen. Die beiden Frauen knien sich hin, kämmen das Gras auseinander, heben vorsichtig den Zweig an und nehmen die Brombeeren ab, die so reif sind, daß sie ihnen in die Hand fallen. Sammeln. Nur an diesen Zweig denken und an den dort. Dann zum nächsten Strauch. Ellen spürt, wie sie ruhiger wird, Lisa hört auf zu denken. Da ist nur noch die Sonne, die ihnen den Rücken wärmt, der süße Brombeerduft, das Schimmern der schwarzen Flecken vor ihren Augen und die sich allmählich füllenden Eimer.

Dann mit blauverschmierten Mündern und verschrammten Armen nach Hause. Schwitzen. Die Hitze wahrnehmen. Die Ernte auf dem Gartentisch. Zufrieden mit einer Zigarette danebensitzen. Schuhe aus.

»Ich mache heute nachmittag Marmelade für dich«, sagt Lisa. »Ich bringe sie dir nächste Woche, wenn alles vorüber ist.«

Beide denken an den kommenden Tag. Lieber noch nicht. Lieber noch eben so zusammen im Garten sitzen, keine Familie haben, keine Angehörigen, keine Pflichten, keine Arbeit. Und trotzdem: Ob ich Strümpfe anziehen muß, habe ich noch eine heile Strumpfhose, so mitten im Sommer? Einen Parkplatz suchen, denken an das Wiespät und Wielange, wer wohl dort sein wird, was eigentlich ausgestellt ist, und wie die ausgerasteten Familienmitglieder im Zaum gehalten werden können.

»Schwimmen?«

Hinten im Garten, außer Sichtweite der Nachbarn, steigen sie aus den Kleidern und lassen sich in das braune Flußwasser gleiten. Der Boden ist weich, die Füße stecken für einen Moment im Schlamm. Das kühle Wasser vertreibt das Brennen der Bremsenstiche, die Haut strafft sich und gibt die Blut- und Brombeerflecken preis. Mit geschlossenen Augen rücklings im Fluß treiben, Wasser im Haar, in den Ohren. Sanft mitgezogen werden von der trägen Strömung, sich umdrehen, gemächlich zum Ufer schwimmen, linke Wange im Wasser, rechte Wange, links, rechts; und sich dann wieder vom Wasser mitziehen lassen, ohne einzugreifen, ohne Angst.

Lisa nimmt den großen Marmeladenkochtopf oben aus dem Küchenschrank. Sie wiegt die Brombeeren in kaum ins Gewicht fallenden Plastikbehältern und gibt sie in den Topf. Feuer drunter, Deckel drauf. Die Beeren sind so reif, daß kein Wasser dazu muß. Nach fünf Minuten lüpft Lisa den Deckel und enthüllt eine grausame Szenerie: Unzählige weiße Würmer oder Maden oder was es auch immer sein mag, sind bei zunehmender Hitze in höchster Not aus ihrer heimeligen Brombeere hervorgekrochen. Sie haften jetzt am Deckel, den Lisa unter dem Wasserhahn abspült, sie krümmen sich an den heißen Wänden des Topfes (mit einem Stück Papier wegwischen; totgedrückt in den Mülleimer), recken sich, finden keinen Halt, strecken die schwarze Spitze, die Lisa für den Kopf hält, hin und her, hilflos, bis Lisa sie mit dem Löffel aus der Hitze erlöst. Nicht, um sie in die Brombeersträucher im Garten zurückzusetzen, sondern um sie gnadenlos durch den Ausguß zu spülen.

Weiterkochen, bis von den festen Beeren nur noch schwarze Häutchen bleiben, die in einem Meer aus Blut schwimmen. Wer sich sträubt, seine äußere Form aufzugeben, wird mit dem Holzlöffel gegen den Rand gequetscht. Dann wird es schon gehen. Blutspuren sickern herab. Der Zucker steht bereit. Unglaublich, wie er stinkt, wenn man daran riecht. Der Beerensaft im Topf bekommt den Zucker in großen Portionen untergeschoben. Lisa rührt nach jedem Zuckerbombardement kräftig um, bis das Aufhören des knirschenden Geräusches anzeigt, daß der Saft den Zucker aufgenommen hat. Dann den nächsten Löffel. Und noch einen.

Ganz allmählich vollzieht sich ein Wunder. Der Saft wird gefügig, läßt sich rühren und gewinnt an Geschmeidigkeit. Der aus dem Topf aufsteigende Dampf ist wohlriechend und ruft ein pelziges Gefühl auf dem Zahnschmelz hervor. Das Wunder liegt in der farblichen Verwandlung. Als der gesamte Zucker absorbiert ist, ähnelt das Gemisch einem warmrot glühenden Meer – helles Funkeln, wo vorher schlammige Düsternis herrschte.

Lisa mißt mit dem Kochlöffel den Flüssigkeitsstand. Auf der Höhe von zwei Dritteln davon macht sie mit dem Bleistift einen Strich. So weit muß die Flüssigkeit einkochen, damit später, beim Abkühlen, die richtige Festigkeit erreicht wird.

Bändigen, beherrschen, kleinkriegen. Die Flamme auf höchste Stufe stellen.

Unterdessen wäscht Lisa die Gläser ab und legt sie in heißes Wasser.

Der Topf wird ein zweites Mal zur Bühne für ein schreckliches Schauspiel. Die dicke Lage aus friedlichem Fruchtfleisch an der Oberfläche kommt in Bewegung; der Kreis der Gasflamme wird im Muster der Blubber und Blasen in der Brombeersuppe sichtbar. Als die Spannung wächst, zerplatzen sie eine nach der andern und geben wie kleine Vulkane Lava von sich. Die Bewegungen werden heftiger, die Hügel höher. Die Berge rücken zusammen, bilden ein Massiv entlang der Topfwand; in der Mitte sammelt sich die Lava. Zwei Bergketten wenden sich gegeneinander, schieben einander um, streiten um die Herrschaft, bis eine von beiden verliert und sich wie eine Erdscholle unter die andere schiebt. Die vulkanische Aktivität ist so stark, daß die heiße Flüssigkeit im Topf steigt und steigt; mit zerplatzenden Luftblasen, mit grellroten Geysiren führen die Brombeeren ihre letzte Offensive durch. Wenn Lisa jetzt nicht die Flamme herunterstellte und Luft in die kochende Flüssigkeit rührte, wenn sie so mit dem Löffel in der Hand stehenbliebe, wenn sie ihre Augen nicht abwenden könnte von dem aggressiven roten Schmelztiegel – dann. Sie hat die Wahl: im Kampfgetümmel aufzugehen oder das Gefecht zu beenden.

Während die Marmelade ruhig vor sich hin köchelt, desinfiziert Lisa die Gläser und stellt sie in Reih und Glied. Die Tropfen, die nach dem Rühren am Holzlöffel hängen bleiben, werden allmählich zäh und fallen schwerfällig ab. Von Zeit zu Zeit steigt aus der Mitte des Topfes ein Wölkchen rötlichen Schaums auf, den Lisa abschöpft, so daß das funkelnde Rot ungetrübt bleibt.

Plötzlich vertieft sich die Farbe, das Rot verdunkelt sich, die richtige Festigkeit ist erreicht. Als nach dem Abstellen des Herdes die letzten Kochbläschen zur Ruhe gekommen sind, rührt Lisa einen Löffel Natriumbenzoat durch die Fruchtmasse. Es stinkt kurz. So faszinierend und befriedigend es ist, die Natur so sauber und ordentlich im Küchenregal stehen zu haben, so enttäuschend kann es sein, wenn beim Öffnen des Marmeladenglases eine grünweißliche Lage Schimmel zutage kommt. Der Sieger sorgt dafür, das der Besiegte sich nach seinem Rückzug nicht gegen ihn kehren kann. Er läßt, wenn er schlau ist, eine Wachgarnison zurück.

Langsam gießt Lisa die heiße Marmelade in die Gläser. Deckel drauf, kurz auf den Kopf drehen, wegstellen auf das mit einem nassen Tuch bedeckte Tablett. Bezwungen, gefangen und beschämt stehen die Brombeeren da.

Alma hat sich auf ein Gefecht eingelassen, dessen Ausmaße sie unmöglich überblicken kann. Zur heißesten Zeit des Tages sitzt sie in einem Korbsessel vor der geöffneten Terrassentür. Sie trägt ein rosa Unterkleid. Auf ihren nackten weißen Beine winden sich violette Adern wie Weinranken im Winter; ihre Füße sind mit Knubbeln und gelblicher Hornhaut bewachsen, die Nägel sind verkalkt. Sie stützt sich auf ihren Stock und schaut auf dieses Elend hinab, das ihr jetzt erstmals wirklich störend auffällt, denn Beschwerden hat sie nie gehabt.

Für einen Termin bei der Fußpflege ist es zu spät, und selbst kann sie wenig ausrichten. Es bleibt also nichts anderes übrig, als alles gut in dicke Strümpfe zu verpacken. Alma hat ein spezielles Bänkchen, auf das sie ihre Füße stellen kann, während sie die Strümpfe hochstreift. Sie trägt Strümpfe, weil die leichter anzuziehen sind als eine Strumpfhose, wenn sie sich auch weniger bequem tragen. Ihr ganzes Leben lang hat Alma den Metallverschluß eines Strumpfgürtels im Rücken gespürt.

Sie schaut sich im Zimmer um. Eine Heidenunordnung hat sie gemacht mit den Kleidern, die überall herumliegen. Stück für Stück hängt sie sie in den Kleiderschrank zurück. Bis auf das blaue Seidenkleid, das auf einen Bügel außen an den Schrank gehängt wird.

Ich kann nicht im Unterkleid zum Friseur. Wenn ich das Blaue jetzt anziehe, wird es vielleicht schmutzig. Ich schwitze. Es fallen Härchen in den Kragen. Farbspritzer. Gut, daß ich daran gedacht habe.

Alma nimmt ein Sommerkleid aus Baumwolle aus dem Schrank, blau mit weißen Blumen. Sie geht damit zum Bett und zieht sich im Sitzen an. Jede Verrichtung, die das Umstellen oder Mitnehmen von Gegenständen beinhaltet, muß zuvor genauestens durchdacht werden. Ohne Stock kommt sie nicht aus, sie braucht selbst im Stehen eine Stütze. Durch die erhöhte Konzentration läuft alles wie am Schnürchen.

Ein Taxi. Ich muß ein Taxi bestellen. Oscar hat die Nummer des Taxistands vorsorglich in ihrem Adreßbuch notiert. Um drei Uhr wird jemand kommen, ganz bestimmt, Sie können sich darauf verlassen!

Alma stopft Hunderte von Gulden in ihre Handtasche, sie hat keine Ahnung, wieviel der Friseur kosten wird und was sie sonst noch unternehmen wird. Alles ist plötzlich so anders. Als sie kurz in sich hineinhorcht, registriert sie einen bohrenden Schmerz im Hüftgelenk und ein müdes Gefühl im Rücken. Der Schmerz im linken Arm ist weg; jedoch fühlt sich der Arm eigenartig matt an, als gehörte er nicht wirklich dazu. Es gelingt ihr noch nicht, sich das Haar hochzustecken.

Nachher muß es ja doch wieder aufgemacht werden. Ich lasse es so.

Als sie in der Toilette in den Spiegel blickt, ist sie sich nicht mehr so sicher. Ihr bleiches Gesicht mit der knochigen Nase erhält durch das offene Haar etwas Ungesundes, sie sieht kränklich, ja, regelrecht unangenehm aus. Ein Kopftuch, einen Schal drumherum.

Hab ich was gegessen heute? Ich muß was trinken bei der Hitze.

Sie humpelt in die Küche, wo ebenfalls ein immenses Chaos herrscht. Auf der Anrichte liegen die Trümmer der steinernen Torte. Auf dem Herd stehen Töpfe mit Essensresten vom Vortag, das Abendessen für Oscar. Schmutzige Teller, Tassen mit Kaffeeresten, ein schaler Geruch von schmutzigem Geschirr.

Sie trinkt ein Glas Wasser und macht die Küchentür hinter sich zu. Man muß Prioritäten setzen. Mit der Handtasche auf dem Schoß und dem Stock an der Seite nimmt sie auf dem Stuhl neben der Haustür Platz. Aufseufzen. Das Gesicht mit dem weißen Taschentuch trocknen. Tränen? Ja, Tränen.

Was mache ich hier eigentlich, was ist nur mit einem Mal los? Die Jungen. Ich bin mit den Jungen verabredet!

Dieser Gedanke beruhigt Alma. Ihre Enkelkinder werden sie beim Friseur abholen. Ein vages Gefühl, daß doch alles in Ordnung ist, wenn die Familie davon weiß, macht sich in ihr breit. Ruhig atmend wartet sie auf den Taxifahrer. Sie hat den Haustürschlüssel in der Hand, sie wird die Tür abschließen, bevor sie in das Auto steigt. Schlüssel und Tasche links, Stock rechts, Füße auf dem Boden.

Ohne zu zögern betritt Alma den Friseursalon und steht in einem hellen Empfangsraum mit Schaufenstern. Hinter einem Verkaufstresen sitzt eine Frau und telefoniert. Ihr Kopf ist kurzgeschoren, hellblonde Stoppeln stehen nach allen Seiten ab. Die Frau schaut in Almas Richtung, spricht aber weiter in die Telefonmuschel. Vor den Schaufenstern steht ein kleiner Tisch mit Stühlen. Dort sitzt eine andere Kundin, eine Frau in Ellens Alter. Eine halbe Treppe führt zum eigentlichen Frisiersalon, wo kreuz und quer Spiegel mit hohen Stühlen davor stehen. Dazwischen tänzeln schwarz gewandete junge Männer hin und her. Zur Verzweiflung treibende, hämmernde Musik dröhnt durch das Geschäft.

Alma wird von dem Impuls befallen, auf dem Absatz kehrtzumachen. Aber das Taxi ist schon weg. Was soll sie auf der Straße, und sie hat hier einen Termin, sie würde Ellen in Verlegenheit bringen, wenn sie ihn nicht einhielte.

Drinnen ist es womöglich noch wärmer als draußen. Ein nicht unangenehmer Shampoogeruch hängt in der Luft, und der Geruch von nassem Haar. Mir ist übel. Kann nicht länger stehen. An den Tisch setzen? Aber dann wieder aufstehen, wenn dieser Rattenkopf Zeit hat. Lieber noch ein bißchen warten. Na mach schon, sieh mal her!

Die Ratte legt den Hörer auf, blättert in einem großen Terminkalender und wendet ihr Gesicht, in dem ein breiter, feuerroter Mund leuchtet, endlich mit fragendem Ausdruck Alma zu.

»Meine Schwiegertochter hat einen Termin für mich vereinbart. Um vier Uhr.«

Die Frau schaut sie erstaunt, fast geringschätzig an. Es ist noch nicht einmal halb vier. Leute, die offen zugeben, Zeit übrig zu haben, zählen nicht, scheint sie zu denken. Sie hat keine Augenbrauen, sonst hätte sie die bestimmt hochgezogen.

»Ihr Name?«

Nirgendwo in dem großen Kalender steht Hobbema. Schweiß sticht Alma in den Rücken. Auch Schmerzen. Wenn sie sich nur hinsetzen könnte.

»Wer hat den Termin vereinbart?«

»Meine Schwiegertochter. Ellen Visser. Gestern.«

Das Telefon klingelt. Die Ratte nimmt ab.

»Haartechnik, guten Tag?«

»Zwei Wochen. Ja, viel Betrieb.«

»Dienstag um halb zwei. Bei Olaf. In drei Wochen also. Ihre Nummer?«

Die Ratte schreibt etwas in den Terminkalender und greift das Gespräch mit Alma wieder auf.

»Was sagten Sie?«

Alma wiederholt, hofft, wartet angespannt.

»Ja, Sie kommen zwischendurch. Ausnahmsweise. Edwin wird Sie bedienen. Sie können hier warten. Er ist noch beschäftigt. Möchten Sie einen Tee?«

Alma nimmt im Schaufenster Platz. Draußen auf der Straße gehen Menschen vorüber – wenn keine Scheibe dazwischen wäre, könnte man sie berühren. Viele tragen kurze Hosen und ärmellose T-Shirts. Im Straßencafé gegenüber sitzen Leute unter Sonnenschirmen, die Beine lässig von sich gestreckt.

Dankbar nimmt Alma den Tee entgegen. Sie wagt nicht, um Zucker zu bitten. Der Gedanke an Süßes weckt auf einmal ihren Hunger, sie hat bestimmt vergessen, etwas zu essen. Nicht zu ändern.

Ein junger Mann kommt die Treppe herunter und schüttelt der wartenden Kundin die Hand. Er trägt Leggings mit einer schwarzen Tunika darüber. Die Armausschnitte sind so weit, daß sein nackter Oberkörper zu sehen ist. An den Füßen hat er hohe schwarze Schnürstiefel, die Ellens Wanderschuhen ähneln. Sein langes, ungewaschenes Haar fällt ihm unordentlich über die Schultern. Er geleitet die Frau nach oben und konferiert mit ihr über die gewünschte Frisur.

Merkwürdig, daß die Angestellten hier für ihr Gewerbe so wenig Reklame machen, denkt Alma. Alle haben sie Frisuren zum Abgewöhnen. Ein Mädchen in schwarzem Badeanzug fegt aus. Die eine Hälfte ihres Kopfes ist kahlrasiert. Auf der anderen Hälfte klebt ihr das Haar wie ein Rabenflügel auf der Wange.

»Ist Edwin schon gekommen?« ruft die Ratte aufs Geratewohl nach oben, durch die Musik hindurch. Nein, Edwin ist noch nicht da. Alma lehnt sich nach hinten; die Rückenlehne ist zu niedrig. Ein blonder Mann in Jeans kommt herunter, die Kreditkarte in der Hand. Sein Gesicht kommt Alma bekannt vor, vom Fernsehen? Aus der Zeitung? Sein Haar trieft vor Öl, in zusammengeklebten Strähnen hängt es ihm in die Stirn. Hinten ist es hoch ausrasiert, der Übergang von gebräunter Haut zu frischer Blässe ist deutlich zu sehen.

»Schön geworden«, sagt die Ratte.

Während der Mann bezahlt, kommt ein stämmiger Schwarzer in den Laden gehastet. Er ist in eine weite, weich fallende Haremshose gehüllt, deren Beine an den Knöcheln zugebunden sind. Nackte schwarze Füße in Sandalen, ärmelloser Pullover, der die kräftigen Oberarme freiläßt.

Die Ratte flüstert ihm etwas zu, dann sehen beide in Almas Richtung. Der Schwarze nickt. Er kommt auf Alma zu und streckt ihr die Hand hin.

»Edwin. Kommen Sie bitte mit?«

Alma riecht eine starke Schnapsfahne. O Gott, was geschieht mit mir? Wie komme ich hier wieder weg? Wäre ich doch bloß zu Hause geblieben!

Zu ihrer Verwunderung hilft Edwin ihr fürsorglich die Treppe hinauf, in gemächlichem Tempo. Er führt sie zu einem Stuhl am Fenster.

»Schauen wir uns die Sache erst einmal an. Setzen Sie sich.«

Der Stuhl ist aus Segeltuch, und hoch. Fast wie ein Kinderstühlchen, in das Edwin sie hineinhebt. Sie findet keinen Halt für ihre Füße, die Beine baumeln hilflos herab, den Stock hat Edwin an die Wand gelehnt.

Alma schaut in den Spiegel. Sie sieht Edwins Kopf, rundherum kahl, aber mit einer kräftigen Bürste obendrauf. Er sieht sie im Spiegel an. Daraufhin sieht auch sie sich an. Erschrickt. Errötet beschämt. Eine verwahrloste alte Frau. Verwildert. Eine bemitleidenswerte Hexe mit unappetitlichem Haar. Tränen steigen ihr in die Augen. Ein hoffnungsloses Unterfangen, das führt zu nichts, sie muß hier weg.

Edwin hat einen Kamm aus seinen weiten Hosenfalten gezogen. Nicht sehr sauber, sieht Alma, aber protestieren ist so ziemlich das letzte, was sie tun möchte. Es würde kein Laut herauskommen, wenn sie zu sprechen versuchte.

Die schwarzen Hände nehmen das schmutziggraue Haar von ihren Schultern, führen Bewegungen damit aus, nach oben, nach unten, im Bogen nach hinten.

»Das Hochstecken ist sicher ein bißchen anstrengend? Wollen Sie es lang lassen?«

Im Spiegel schüttelt Alma den Kopf, ratlos.

»Wissen Sie, wenn ich Sie wäre, würde ich es schneiden lassen. Eine Wohltat, jetzt, bei dieser Hitze. Und es sieht viel lieber aus, wenn es Ihr Gesicht einrahmt.«

Er arrangiert die ausgelaugten Haare auf Wangenhöhe. Er sieht etwas, was ich nicht sehe, denkt Alma, er sieht eine liebe Oma, die ihre Hände nicht mehr in den Nacken bekommt.

»Eigentlich müßten wir es weiß färben. Silberweiß. Das würde Ihnen ganz toll stehen. Aber das Färbeatelier hat heute schon zu, das geht also nicht mehr. Ich kann es kürzen, ein bißchen stumpf schneiden, so daß es *so* gegen die Wangen fällt. Ja?«

Alma nickt stumm.

Edwin will ihr jetzt erst einmal die Haare waschen und hilft ihr aus dem Kinderstuhl heraus. Hinten im Raum steht ein Waschbecken, vor dem Alma Platz nehmen muß. Es ist ein ziemlicher Aufstand mit dem Stock, den Handtüchern und dem verstellbaren Stuhl, bis sie endlich gut sitzt.

Kopf nach hinten, der Nacken schmerzt. Edwin macht beruhigende Geräusche und hantiert außerhalb ihres Gesichtsfeldes mit einem Wasserhahn herum. Alma ergibt sich, ihre klopfende, faltige Kehle ist wehrlos zur Schau gestellt. Sie gibt die Fluchtgedanken auf, was geschehen muß, wird ohne ihr Zutun geschehen.

Edwin wäscht das Haar. Der warme Wasserstrahl, die erste Massage mit dem duftenden Haarwaschmittel. Ganz leicht wird die Kopfhaut berührt, fast spielerisch streichen die Fingerspitzen über die Schläfen und am Hinterkopf entlang. Gänsehaut.

»Kalt?«

Alma schüttelt den Kopf. Das Wasser ist genau richtig. Ausspülen. Noch mehr Shampoo. Knetende Bewegungen, das Haarwaschmittel wird kräftig, aber vorsichtig einmassiert. Beide Schläfen gleichzeitig. Alma schließt die Augen. Ah.

Schaumflocken auf der Stirn. Die fürsorgliche Hand wischt sie weg. Genüßliche Schauer, als die Finger tief in den Nacken drücken. Keine Gedanken mehr.

»Kurz einwirken lassen. Das ist gut fürs Haar.«

Edwin ab. Alma, regungslos, lauscht dem sich entfernenden Klappern der Sandalen, der leidenschaftlichen Musik (eine hohe, schmachtende Stimme) und den Gesprächsfetzen, die sie rundherum auffängt.

»Der Fotograf wollte es gerade andersherum haben, nicht gut, fand ich.«

»Ein paar Strähnchen rötlich, aber nicht mehr, bloß nicht zuviel.«

»Golf geht nicht mehr, finde ich. Krocket vielleicht noch, zu Hause im Garten. Aber Golf absolut nicht.«

Die Sandalen kommen zurück. Abgestandener Zigarettengeruch, Rauch, vermischt mit etwas Würzigem. Hasch? Ausspülen. Die große Hand wie eine schützende Muschel an ihrer Stirn, so daß ihr das Shampoo nicht in die Augen läuft. Das Haar quietscht, als der Schaum heraus ist. Abtrocknen. Sich aufsetzen. Etwas schwindelig. Edwin drapiert das Handtuch wie einen Turban um ihren Kopf. Umzug zum Segeltuchstuhl. Spiegel.

Ein weißes Gesicht mit bebendem Kinn. Die Wangen hängen faltig zu beiden Seiten der Nase herab. Der Mund ist ein gerader bleicher Streifen. Unter den Mundwinkeln die verräterischen Partien sehr alter, sehr spröder Haut. Der Blick in den Augen kommt von sehr weit her.

Demaskierung, als der Turban abgenommen wird. Durch das nasse Haar ist die Kopfhaut zu sehen.

Der Kopf wirkt so klein, so verletzlich, als wenn er immer mehr abnehmen und schrumpfen würde. Bis ich verschwunden bin.

Edwin hantiert mit dem schmutzigen Kamm und einer großen Schere herum. Er hat sich auf einen Fahrradsattel gesetzt, der auf einen Rollständer montiert ist, paddelt auf seinen Sandalen um Alma herum und schnippelt mit dem silbernen Instrument hier und da etwas ab. Im Spiegel sieht Alma die Straße; Menschen, die auf der falschen Seite in ihr Auto steigen und auf englische Art davonfahren. Mit unendlicher Geduld schneidet Edwin die Haare, Schicht für Schicht, stets die Symmetrie der Komposition kontrollierend, indem er die Haarspitzen mit beiden Händen gleichzeitig zu ihrem Kinn zieht. Er hebt eine Haarsträhne zwischen zwei Fingern in die Höhe und schneidet mit der Spitze der Schere in die Haarspitzen. So verfährt er rundherum und rundherum und rundherum. Auf dem Boden liegen anthrazitgraue Strähnen. Alma ist in ein schwarzes Cape gewickelt, ihre Hände liegen darunter in ihrem Schoß.

Er kämmt ihr das Haar aus der Stirn nach hinten und läßt einen Scheitel hineinfallen. Nach einer Dreiviertelstunde greift er zum Haartrockner, der neben dem Spiegel auf dem Boden liegt. Die ganze Zeit über hat er kein Wort gesagt.

Mit dem Fön bläst er Leben in die alte Frau. Das Haar nimmt einen helleren Grauton an, wellt sich vom Schädel weg, umspielt das Gesicht.

Die Augen beginnen zu glänzen, die Lippen werfen sich zu einem Lächeln auf. Als Edwin mit schwungvoller Geste das Cape wegzieht, erhebt sich Alma ohne Hilfe von ihrem Stuhl. Edwin geht auf Nummer Sicher, reicht ihr den Stock. In die freie Hand bekommt sie einen Spiegel, sie dreht sich um und sieht ihre Rückseite. Eine prächtige Rückseite: das Haar, von der Schwere befreit, tanzt auf dem Kragen des Sommerkleids. Es glänzt, dreht sich weich und mühelos nach innen. Sie schüttelt den Kopf, und das Haar schwingt mit.

Edwin fegt mit dem Besen das alte Haar zusammen; dann eskortiert er Alma nach unten.

»Zweiundneunzig fünfzig«, sagt die Ratte.

Alma gibt ihr hundert Gulden und dreht sich zu Edwin um, dem sie ebenfalls einen Hundertguldenschein in die Hand drückt. Er ist verdutzt. Ohne ein Wort hervorbringen zu können, verläßt Alma das Geschäft.

Peter und Paul haben sich inzwischen im Straßencafé gegenüber niedergelassen und halten die Tür des Friseursalons im Auge. Als Alma erscheint, geht Paul über die Straße, um sie zu holen. Sie bekommt einen Stuhl zwischen den Enkeln. Ich werde von zahllosen jungen Männern umsorgt, denkt sie, Männern verschiedener Rassen, unterschiedlicher Haarfarbe, gratis oder gegen Bezahlung. Morgen sehe ich meinen Mann, den ich geliebt habe, der mich gemalt hat. Daß das große Porträt verlorenging, ist ewig schade. Morgen bekommt er das beste zu sehen, was Johan gemalt hat. Ich bin immer von Malern umringt gewesen. Immer der Gestank von Lösungsmitteln im Haus, immer Flecken, die nicht mehr herauszuwaschen waren.

»Dein Haar ist aber hübsch geworden, Oma, willst du was essen? Was möchtest du trinken?«

Die Jungs, Johans Jungen, am Samstagnachmittag mit Oma in der Stadt. Wie früher. Würstchen an dem großen Stand auf dem Markt, Kuchen im Café, später Hamburger bei McDonald's. Und jetzt sind die Rollen vertauscht. Das Wochenende hat begonnen, die Welle krümmt sich auf ihrem Weg zum Strand, wer mit will, muß sich treiben lassen.

»Bier«, sagt Alma. »Es schäumt so schön, und an den Gläsern perlt das Wasser. Seht mal, hier, nebenan, wie herrlich. Und eine Krokette dazu. Zwei Kroketten, mit Senf.«

Ohne mit der Wimper zu zucken, erfüllen die Jungen ihre Wünsche.

Der Dampf schlägt aus den warmen Kroketten, das große Bierglas ist tatsächlich bildschön beschlagen, und das kalte Bier ist ein Labsal, eine Belohnung, eine Verheißung.

Die Jungen unterhalten sich miteinander über wunderliche Angelerfolge, über Fanggeräte, über künstliche Köder, mit denen man Hechte an der Nase herumführen kann. Sie haben in den Ferien in Nordskandinavien Lachse gefangen und schwärmen nun sehnsüchtig davon.

Sie sind immer zusammen, denkt Alma. Fünfundzwanzig Jahre gemeinsam in einem Zimmer, immer dieselben Erfahrungen, nie allein. Peter sagt, was Paul denkt. Sie sind immer enttäuscht, daß ein Gesprächspartner ihre Gedanken nicht lesen kann und so viele Erläuterungen benötigt. Paul ist etwas kleiner als Peter. Peter hat eine Narbe auf der Wange, er hat einen Angelhaken abbekommen. Ansonsten sind sie völlig gleich. Das Mit-mir-allein-Sein, das ist ihnen unbekannt. Vielleicht sind sie zu zweit allein. Oder sie sind nie allein, weil es kein Alleinsein gibt, wenn man zusammen mit seinem Spiegelbild aufwächst. Jedenfalls sind sie anders als Oscar und Johan, ohne diese ewige Gereiztheit. Mit ihnen habe ich nie einfach nur dagesessen und dem friedlichen Dahinplätschern der Unterhaltung zugehört. Ein Stadtbummel zu dritt war eine Prüfung, bei der alle Beteiligten einander genau beobachteten und jederzeit tätlich werden konnten. Wenn der eine in der Straßenbahn am Fenster sitzen durfte, starrte der andere beleidigt in die andere Richtung. Wenn der eine im Kaufhausrestaurant zufällig das größere Stück Kuchen bekam, hagelte es vom andern unterm Tisch Tritte gegen das Schienbein. Immer vergleichen: Geburtstagsgeschenke, Zubettgehzeiten, Privilegien. Und doch hatte es etwas für sich, dieser Kampf, es war faszinierend. Und es war unheimlich, wenn er einmal ausblieb, an einem Nachmittag in den Ferien oder bei einem der seltenen Weihnachtsfeste, die beide Kinder zufriedenstellten. Na ja, wer streitet und neidisch ist, lebt.

»Geht es dir gut, Oma?«

Nein, Alma geht es auf einmal ganz und gar nicht gut. Das Bier liegt ihr kalt im Magen, von der fettigen Krokette ist ihr übel, und aus den Schultern spürt sie gewaltige Schmerzen in den Kopf steigen.

»Alles ist so anders. Ich gehe doch nie zum Friseur. Er war so nett, ein netter junger Mann. Aber jetzt bin ich auf einmal sehr müde.«

Peter holt den Wagen, Paul zahlt. Alma bleibt auf ihrem Stuhl sitzen. Gegenüber wird der Friseursalon geschlossen, die Ratte und Edwin gehen gemeinsam die Straße hinunter. Alma betastet ihre neue Frisur. Sie ist noch da.

Die Jungen bringen sie hinein. Paul wirft einen Blick in die Küche und macht sich daran, das Geschirr zusammenzustellen und die Tortenreste wegzuwerfen. Im Wohnzimmer vermißt Peter den »Briefträger«.

»Johan hat ihn geholt, er hängt morgen bei den anderen Bildern. Ihr kommt doch auch gleich zu Beginn, wenn es losgeht?«

»Das wird wohl so erwartet. Sollen wir dich abholen?«

»Ellen kommt, ihr könnt machen, was ihr wollt.«

Wenn sie doch weggehen würden, denkt Alma. Aus der Küche ist das Klappern von Besteck und Tellern zu hören, danach das Rauschen der Geschirrspülmaschine, eines Geschenks von Oscar.

Wenn sie weg sind, gehe ich erst mal auf die Toilette. Die Strümpfe ausziehen. Ins Bett. Geht doch, geht doch endlich!

Die Jungen stehen unschlüssig im Zimmer herum. Draußen sind Wolken aufgezogen. Es ist glutheiß und drückend, kein Lüftchen regt sich.

Alma gibt ihren Enkeln einen Kuß und schiebt sie zur Tür, bedankt sich fürs Nachhausebringen und für die Kroketten. Die Jungen gehen und stehen ständig dicht nebeneinander, ohne sich anzustoßen oder im Weg zu sein. Wie ein Tier mit vier Beinen gehen sie zur Tür hinaus.

Das ist das Alleinsein, denkt Alma. So, wie das jetzt, das ist es. Schrecklich, aber ich kann's nicht mehr anders. Berührungen machen mich krank. Der Friseur hat mich aus der Fassung gebracht, ich konnte das nicht ertragen. Wenn nur Wind aufkäme, daß man etwas fühlen könnte.

In der Toilette betupft Alma ihr Gesicht mit kaltem Wasser. Auf der Klobrille sitzend zerrt sie sich die Strümpfe von den Beinen und greift nach hinten, um den Strumpfgürtel loszuhaken. Sie zieht ihr Kleid aus und läuft in dem rosa Unterkleid in den Garten, wo sie sich zwischen dem hohen Bärenklau niederläßt.

»Oscar? Hier Ellen, störe ich?«

»Nein, nein.« Oscar bekommt Herzklopfen, der kalte Schweiß bricht ihm aus.

»Ich wollte dich nur kurz anrufen, um zu hören, wie es geht. War es schlimm gestern?«

Oscar setzt sich, um seine Atmung ruhiger werden zu lassen. Ob es schlimm war, fragt sie. Ja, es war schlimm.

»Alma ist nicht mehr sie selbst. Ich mache mir Sorgen um sie.«

Er erzählt von dem dramatischen Besuch bei seiner Mutter und dem Auftauchen der Torte.

»Sie war wie berauscht. Ich wußte nicht, was ich tun sollte. Ich habe gesagt: Er hat nie mehr an dich gedacht, die Torte stammt von mir.«

»Hat es was genützt?«

»Ich konnte sagen, was ich wollte, sie hörte gar nicht hin. Ich habe diese verdammte Torte in der Küche zerlegt, so wütend war ich. Und ich bin auf dem Dachboden gewesen.«

»Auf dem Dachboden?«

»Ich habe ihr auf einmal gar nichts mehr geglaubt. Daß sie nie wieder Kontakt zu Charles hatte, daß sie nichts von ihm aufgehoben hat, ich wollte überall nachsehen. Weil sie so merkwürdig war und so tat, als ob sie ein Verhältnis mit ihm hätte. Und wer hat diese Torte geschickt?«

Ellen schweigt.

»Ellen? Was denkst du? War es Charles? Irgend jemand muß es getan haben, und ich war es nicht!«

»Vielleicht Johan. Vielleicht hat er ihr die Torte geschickt, um sie zu ärgern, weil er böse auf sie war. Vielleicht auch einfach so, aus einer Laune heraus, um ihr eine Freude zu machen – schließlich *heißt* er ja Steenkamer!«

Oscar verschlägt es die Sprache. Das Rätsel ist gelöst, aber die Erleichterung bleibt aus. Es geht wieder einmal um Charles und Johan, und er sitzt wie ein alter Schoßhund hinter Almas Stuhl und bellt, ohne zu beißen.

»Ja, das könnte sein. Natürlich.« Oscars Stimme klingt flach. Eine große Müdigkeit überkommt ihn, es ist ihm schon fast zuviel, den Telefonhörer noch an sein Ohr zu halten. Ellens Stimme kommt von ganz weit weg. Sie redet auf ihn ein, daß sie Alma abholen werde, daß er das nicht zu tun brauche; ob er nicht bitte trotzdem zu dem Festessen kommen könne; ob er auf dem Dachboden etwas gefunden habe?

»Er war völlig leer. Nichts als leere Dielen.«

»Was hattest du denn erwartet?«

»Jeder Mensch bewahrt doch etwas auf? Sie ist fünfundsiebzig und hat immer im selben Haus gewohnt, da hat man doch Gerümpel, Sachen von früher, die man nicht wegwerfen will, Dinge, die man aufbewahrt, weil man sie vielleicht irgendwann einmal wieder brauchen kann, was weiß ich, irgendwas eben – aber nichts. Ich habe nach Sachen von Charles gesucht, Skizzenbücher, Briefe vielleicht, seine Bratsche. Lächerlich gemacht habe ich mich da auf der Stiege, mit dem leeren Dachboden vor mir. Ich war so wütend, ich bin nicht einmal mehr zum Essen geblieben.«

»Gönn dir ein bißchen Ruhe. Leg schöne Musik auf, zieh die Schuhe aus. Es ist doch Samstag. Morgen wird es anstrengend genug. Ist es bei dir auch so warm?«

»Schwül. Ich muß die Fenster öffnen. Lieb, daß du angerufen hast, Ellen.«

Oscar erhebt sich von dem grauen Bürostuhl neben dem Telefontisch im Flur und geht in sein Wohnzimmer. Auf dem riesigen grauen Tisch liegen säuberlich gestapelte Papiere und Zeitschriften, vor jedem der drei Stühle einige Stapel. Ein Platz für Verwaltungskram, einer für berufliche Angelegenheiten und einer für den Musikkatalog. Oscar braucht nie aufzuräumen, es ist immer ordentlich. Er ißt in der Küche und sieht im Schlafzimmer fern. Dort steht auch sein Bücherschrank, da ist er nachts nicht so allein. Im Wohnzimmer stehen, seitlich vom Tisch, zwei niedrige Sessel neben einer Stereoanlage. An der Wand sind Schallplatten und CDs aufgereiht, unter den Fensterbänken der hohen Fenster hat er auf schmalen Regalbrettern die Musikkassetten untergebracht.

Als Zugeständnis an das Wetter zieht Oscar die Schuhe aus und stellt sie in das Schuhregal im Flur. Der Hemdkragen darf aufgeknöpft und die Krawatte abgebunden werden, falls sie, wie das Jackett, gleich in den Kleiderschrank im Schlafzimmer weggehängt wird.

Unordentlich, diese vielen verschiedenen Tonträger, und andauernd neue Apparaturen, um sie abzuspielen. Jedesmal, wenn er ins Wohnzimmer kommt, stört ihn die Musikecke mit der Uneinheitlichkeit der Gegenstände. Der Erwerb, das Aussuchen all dieser Gerätschaften hat ihm wiederholt Schwindelanfälle in überfüllten, unübersichtlichen Musikgeschäften beschert. Schwitzend die Stapel der CDs durchsehen, Stück für Stück, während andere Kunden einem im Nacken sitzen, einem die Sachen aus den Händen reißen und sich mit ihren Körpern an einen drängen. Zu fragen, ob er mal hineinhören darf, traut er sich schon gar nicht, er kauft, was die Musikzeitschriften und die Zeitung empfehlen.

Ein zentrales Tonarchiv müßte es geben, wo alle Arten von Musik und alle Ausführungen in einer perfekten Aufnahme gespeichert wären. Dafür könnte man dann ein Abonnement erwerben, für Jazzmusik etwa oder Chorgesang oder auch für mehrere Kategorien gleichzeitig. Was allerdings teurer wäre. Jeder Abonnent bekäme einmal monatlich eine Broschüre mit den neuesten Ankäufen, und bei Abschluß eines Abonnements natürlich den Katalog zu dem von ihm gewählten Gebiet. Jegliche Werbung würde sich erübrigen. Fluchend die knatternden Sender im Radio absuchen: gehört der Vergangenheit an. Telefonisch (Registriernummer, Katalognummer) würde man seinen Wunsch durchgeben und nach ein paar Sekunden wäre die Musik in den Lautsprechern zu hören. Keine Verwirrung mehr, nie mehr etwas verpassen, nie mehr dieser sprachlos machende Kontakt mit hektischen Verkäufern. Die Aufteilung des Katalogs bedarf noch gründlicherer Überlegungen, aber daran wird er noch arbeiten.

Die großen Schallplattenfirmen würden sich natürlich querlegen. Das System wäre ihr Untergang, da die Musiker direkt vom Zentralarchiv unter Vertrag genommen werden würden. Oscar seufzt. Keine Musik jetzt, er hat zu arbeiten, aufzuholen, was gestern versäumt wurde.

Er nimmt den Direktionsbericht aus der Tasche und legt ihn vor dem für Museumsangelegenheiten bestimmten Stuhl auf den Tisch. Auch die Socken ausziehen? Nein, lieber nicht. Ein Glas Wasser. Die Fenster öffnen, die grauen Jalousien herunterlassen. Brille ab, Lesebrille auf.

Der Bericht ist in dem wolkigen, schwer zu durchschauenden Stil geschrieben, der dem Direktor eigen ist. Gegenstand des Papiers ist die Abgrenzung zwischen den Sammlungen von Städtischem und Nationalmuseum. Seit Gründung des Städtischen Museums in den fünfziger Jahren gibt es Reibereien zwischen dem frechen Newcomer und der altgedienten, erfahrenen Institution, die bis dahin im Bereich Malerei und Gemäldesammlung führend war. Das Städtische Museum, das über keinen alten Bestand verfügte, erwarb neue Werke und wurde »modern«. Alte Kunst war die Domäne des Konkurrenten, der sich damit allerdings nicht begnügen wollte und weiterhin Ankäufe tätigte. Das Ergebnis: hochgetriebene Preise, zwei Direktoren, die sich auf Auktionen mit erhitzten Köpfen gegenüberstanden, Maler, die das eine Museum gegen das andere ausspielten, und, nach einiger Zeit, eine ministerielle Intervention.

Oscar hatte manchmal unter der schlechten Laune des Direktors zu leiden, wenn der Mittwoch nachmittags von der monatlichen Sitzung des Arbeitskreises zurückkam. Seine Sammlung wurde angetastet, das Großmaul vom Städtischen mit seinen aufgekrempelten Jackettärmeln machte ihm *seine* Integrität streitig, lieber würde er das gesamte Gemäldearsenal in die Luft jagen, als auch nur *eine* Leinwand diesem Blindgänger zu überlassen.

»Und restaurieren können sie schon *überhaupt* nicht, Steenkamer, sie haben ganz einfach keinen Sinn für Geschichte. Alles muß jetzt sein, sofort. Sie verschwenden nicht einen Gedanken daran, daß es vor ihren Augen verfällt, wenn man nicht eingreift. Mit Sachverstand eingreift! Mit Sachverstand!«

Nun liegt der Bericht vor. Sie haben keine Lösung gefunden, aber es besteht Hoffnung. Oscar blättert weiter. Der Direktor des Städtischen will fusionieren, er sieht das Ganze großzügig. Die gesamte bildende Kunst unter *einer* Leitung, am besten unter *einem* Dach, in einem prestigeträchtigen Neubau, unter *einem* Direktor, ihm selbst.

Etwas zu ehrgeizig vorgebracht, findet Oscar, über die Verteilung der leitenden Funktionen hätte er besser den Mund halten sollen, es schadet seiner Position. Die Mitglieder des Arbeitskreises sind sich darin einig, daß die Notregelung nicht glücklich ist und zu einer unsinnigen Zerstückelung von Oeuvres führt. Gelegentlich kommt es zu Mißverständnissen, denn nicht jeder Maler datiert sein Werk gleichermaßen sorgfältig; es hat einen Betrugsfall gegeben, bei dem absichtlich falsche Datierungen gemacht wurden, damit der betreffende Künstler sein gesamtes Werk im Städtischen Museum vereint sehen konnte (der sportlich-modische Direktor des Städtischen schaute unschuldig an die Decke, als dieser Punkt zur Sprache kam); sowohl die Museumsleitungen und die Künstler als auch die Öffentlichkeit sind unzufrieden. Der Regierungsbeamte schlägt vor, eine Trennung anhand künstlerischer Kriterien herbeizuführen: moderne Kunst hier, alte

Kunst dort. Eine neu einzurichtende ständige Kommission müßte darüber befinden, was modern ist.

Oscar lacht höhnisch in sich hinein. Alles ist modern. Und gar nichts. Johan zum Beispiel, der müßte seine alten, abstrakten Werke im Städtischen unterbringen und seine späteren, gegenständlichen Werke, die ihn berühmt gemacht haben, im Nationalmuseum! Absurd. Nicht zu verwirklichen.

Eigentlich ist der Vorschlag von Oscars Chef am vernünftigsten: das Alter der Maler zum Maßstab machen und nicht das der Bilder. Wer *vor* 1950 geboren ist, gehört ins Nationalmuseum, unabhängig vom Charakter seines Werkes. Die jungen Maler fallen in die Rubrik des Städtischen, damit hat das Nationalmuseum dann nichts mehr zu tun. Genau so, denkt Oscar. Eine fest umrissene Sammlung, die eine zeitliche Begrenzung hat. Dann wird das Schwergewicht auf der Erhaltung, dem Ausbau des Bestandes in die Breite und der Ausstellungsgestaltung liegen. Die ungestümen Hitzköpfe mit ihren größenwahnsinnigen Projekten aus schlechtem Material können dann zum Großmaul. *Sehr* schön, und auch sehr gut vorgebracht. Aber das schluckt das Städtische Museum nicht und droht, den Verhandlungstisch zu verlassen. Der Trennungsstrich soll bei der Jahrhundertwende gezogen werden. Nicht später. Implizit gibt das Städtische damit zu verstehen, daß das Prinzip akzeptabel ist; nur die genaue Jahreszahl ist noch strittig. Oscar ist sich sicher, daß sein Direktor keinesfalls scharf darauf ist, den ganzen Mist der jetzt vierzig- oder fünfzigjährigen Maler ins Haus zu bekommen. Man wird sich auf 1925 einigen, vermutlich. Dann gehört Johan definitiv ins Städtische und Charles ins Nationalmuseum.

Charles! Die Bilder von Charles! Es kann doch wohl nicht sein, daß die im Nationalmuseum sind? 1950. Weit vor dieser Zeit entstanden. Das Städtische Museum *existierte* noch nicht einmal.

Oscar hat das Gefühl, ohnmächtig zu werden. Das ihm so

vertraute Museum, in dem er sich sicher fühlt, das sein vertrautes Terrain ist, birgt eine Bombe. Oder *könnte* es, denn es ist ja keineswegs sicher, daß Charles' Werk im Magazin steht, eher sogar unwahrscheinlich, denn wie sollten die Bilder dorthin gelangt sein? Und wie sollte das all die Jahre Oscars Wahrnehmung entgangen sein?

Erst belügt mich meine Mutter, und jetzt das, alles hat sich verändert. Sie verbergen etwas vor mir, sie erzählen mir nichts, denn ich bin unwichtig, ich zähle nicht. Verdammt. In meinem eigenen Museum! Das *kann* nicht sein.

Die Unruhe vom vergangenen Tag flackert wieder in ihm auf. Das Dossier liegt aufgeschlagen auf dem Tisch, der Stuhl steht schräg davor, Oscar läuft vor sich hin murmelnd im Zimmer auf und ab.

»Gesucht, gesucht nach Sachen von Papa. Und dann direkt vor meiner Nase? Und niemand hat je etwas gesagt? Ich muß hin. Ich muß es jetzt wissen.«

Er steckt den Schlüsselbund in die Hosentasche, zieht die Schuhe an und rennt die Treppe hinunter. Als er die Haustür hinter sich zuzieht, überfällt ihn die brütende, klamme Hitze. Mit hastigen Schritten, in Hemdsärmeln, eilt er ins Museum.

Die Geschäfte werden gleich schließen, aber auf der Straße wimmelt es noch von Menschen. Alle in Eile, sie rempeln Oscar an, ohne sich zu entschuldigen. Mit kreischenden Bremsen kommt ein Auto vor ihm zum Stehen, als er die Straße überquert, Blödmann, wohl Tomaten auf den Augen, hau bloß ab. Oscar hört es nicht, er hat ein Sinnesorgan nach dem andern ausgeschaltet und nimmt nichts mehr wahr.

Am Eingang des Museums werden die letzten Besucher nach draußen geschleust, zu den Bussen. Oscar hastet die Treppe hinauf, der Pförtner macht ein erstauntes Gesicht. Oscar ist schweißgebadet, das Oberhemd klebt ihm an den Schultern. Jackett zu Hause vergessen. Dumm. Gehört sich nicht.

»Ich muß noch mal kurz ins Büro. Hab was liegenlassen. Die Schlüssel hab ich.«

Oscar zeigt den schweren Schlüsselbund. Warum alles erklären, was geht ihn das an? Ich bin wie ein Kind, das sich rechtfertigen muß. Als wenn ich etwas Verbotenes tun wollte, als wenn ich hier nichts zu suchen hätte!

Aber genauso empfindet es Oscar: illegale Anwesenheit, verwerfliche Motive. Ich sollte jetzt zu Hause über meinen Papieren sitzen. Die hier haben das Recht, hier zu sein, die Mäntel-in-Empfang-Nehmer, die Kartenverkäufer und das Aufsichtspersonal. Ich nicht.

»Im Büro wird heute gearbeitet!« sagt der Pförtner anerkennend. »Frau Bellefroid ist auch noch da.«

Im ersten Augenblick erschrickt Oscar: Wird Keetje Bellefroid ihm die Suppe versalzen, die Ausführung seines Vorhabens vereiteln? Traut er sich zu, in der Registratur herumzusuchen, wenn sie dabei ist?

Und ob er sich das zutraut. Die Möglichkeit, von Charles etwas zu finden, etwas von der Kränkung und Frustration auf Almas Dachboden zu kompensieren, verleiht ihm Flügel des Heldenmuts. Eigentlich eine angenehme Vorstellung, daß Keetje Bellefroid da ist, sie kann ihm vielleicht helfen und rechtfertigt für seine Begriffe auch irgendwie seine eigene Präsenz.

Sie erschrickt sich zu Tode, als er hereinkommt, ein bleicher Vogelkopf, in dem die Augen dunkel hinter den dicken Brillengläsern funkeln. Mit dem Schlüsselbund in der erhobenen Faust steht er vor ihrem Schreibtisch, als hätte ihn ein Riese dort abgesetzt.

»Ui, haben Sie mich erschreckt, Herr Steenkamer, ich wußte nicht, daß Sie heute kommen. Bleiben Sie einen Moment, soll ich eine Tasse Tee machen? Bei mir zieht es sich ganz schön in die Länge, ein neues Papier für die Sondersitzung am Montag, den Arbeitskreis mit dem Städtischen. Haben Sie das Dossier schon gelesen? Wir werden einen Vorschlag unterbreiten, nun ja, wir, der Direktor eben. Er will es heute abend noch haben, es ist viel mehr Arbeit, als ich dachte, aber ich rede und rede, setzen Sie sich doch einen Moment, Sie sehen nicht gerade entspannt aus!«

Keetje Bellefroid ist eine gesetzte, umgängliche Dame, ihre Worte sind für Oscar wie eine beruhigende warme Dusche. Er nimmt ihr gegenüber Platz, während sie den Wasserkocher anstellt und Tee aufgießt. Tee mit viel Zucker, Oscar rührt gedankenlos um.

»Wissen Sie, Kee, deswegen komme ich nicht. Aber es ist schön, daß Sie hier sind, da kann ich Sie etwas fragen. Kennen Sie den Maler Steenkamer?«

»Ihren Bruder? Der die große Ausstellung im Städtischen hat? Da gehe ich hin, nächste Woche an meinem freien Tag, sicher kenne ich den. Aber Sie sind ihm nicht sehr ähnlich, finde ich, man würde nicht meinen, daß Sie Brüder sind.«

»Nein, den meine ich nicht, Kee. Mein Vater war auch Maler. Charles hieß er. Na ja, so heißt er immer noch, aber er malt nicht mehr. Er lebt in Amerika. Er ging weg, als wir noch sehr klein waren. Ich kann mich dunkel erinnern, daß es Bilder gab, ein paar Gemälde, aber ich habe keine Ahnung, wo die geblieben sind. Heute nachmittag, ganz unvermittelt, fiel mir ein, daß ich hier nie nachgesehen habe. Aber es wird wohl nichts dasein, sonst müßte ich es eigentlich wissen.«

»Das ist nicht unbedingt gesagt, Herr Steenkamer. Wie alt ist Ihr Vater?«

»Jahrgang neunzehnhundertzwanzig, Kee.«

»Na, sehen Sie! So weit sind Sie mit Ihrer Erfassung doch noch gar nicht. Bestände aus der Zeit haben Sie nie zu Gesicht bekommen. Soll ich mal für Sie nachsehen?«

Kee ist ganz angetan von diesem romantischen Auftrag: Der arme, einsame Steenkamer sucht seinen Vater. An seinem freien Samstagnachmittag.

»Steenkamer, neunzehnhundertzwanzig«, murmelt Kee,

während sie in den Raum läuft, wo die alten Bestände registriert sind. Ihre weißen, fleischigen Beine sind nackt, sie trägt Sandaletten, weiß, mit leichtem Absatz, darüber ein weites geblümtes Kleid. Oscar sieht ihr mit einem gewissen Vergnügen nach.

»Das ist merkwürdig«, sagt Kee, als sie zu ihrem Schreibtisch zurücktrippelt, »bei Steenkamer steckt ein Kärtchen mit der Aufschrift: ›Siehe Nachlaß Bramelaar‹, weiter nichts, doch, ›vier Stück‹, hier.«

Bramelaar, Bramelaar, der Name kommt Oscar bekannt vor. Er schließt die Augen, um seinem Gedächtnis nachzuhelfen, Bramelaar – ohne Erfolg.

»Ich könnte beim Schriftwechsel im alten Archiv nachsehen. Das dauert aber ein Weilchen, ich muß ein ganzes Stück laufen.«

Die Büros liegen auf der Rückseite des Gebäudes, die wissenschaftliche Abteilung ist im dritten Stock, und dort ist auch Oscars Arbeitszimmer. Im vierten Stock, unter dem immensen Dachboden, der als Magazin dient, ist das Archiv untergebracht.

Oscar wartet und trinkt seinen Tee. Er versucht, nicht zu denken. Wenn sie etwas fände, wäre das schön oder eher schrecklich? Und wer war Bramelaar?

»Leo Bramelaar sen. und jun., Geigenbauer«, vermeldet der Briefkopf. Kee reicht ihm ein paar Minuten später den Brief aus der vergilbten Archivmappe. Er ist auf einer alten Maschine getippt und im Jahre 1949 vom Junior unterzeichnet.

Die Bratsche, erinnert sich Oscar. Papa hat auf einer Bramelaar gespielt, die Herr Bramelaar für ihn gebaut hat. Ein glänzendes, vollendetes Instrument mit rotgoldener Lackierung, es hatte einen speziellen Geruch, nach Öl, es roch neu, aber doch bohnerwachsartig, gediegen. Kurz und bündig umreißt Bramelaar junior im Brief die Situation: Als Steenkamer auszog, brachte er Bramelaar senior die Bratsche und vier Gemälde. Die Bratsche hat Bramelaar senior zurückerworben und später zum Verkauf gegeben; die Gemälde, bei denen nicht eindeutig war, ob sie als Geschenk gedacht oder zur Aufbewahrung gegeben worden waren, blieben in der Werkstatt. Der Senior ist gestorben, der Junior will das Geschäft umbauen. Was also mit den Kunstwerken tun? Frau Steenkamer-Hobbema wurde dreimal angeschrieben, hat jedoch nicht reagiert. (Der Ofen, denkt Oscar, ungeöffnet ins Feuer, vor Wut!) In seinem Testament hatte Bramelaar senior bestimmt, daß die Gemälde als Schenkung dem Nationalmuseum gegeben werden könnten, falls die Familie kein Interesse daran habe. Darum schenkte Bramelaar junior dem Museum nun vier echte Steenkamers. Nachlaß Bramelaar.

Oscar verspürt eine leichte Übelkeit. Habe ich heute überhaupt gegessen? Ja, heute morgen eingekauft: Bananen, Milch, es war viel los im Supermarkt, Eier. In der Küche vor dem Kühlschrank ein Glas Apfelmus leergelöffelt. Herr Bramelaar hatte eine große Lederschürze um; ein Kopf mit abstehenden Locken wie Korkenzieher, ein großer Kopf. In der Werkstatt lag eine Geige, die völlig nackt war, es war noch kein Lack darauf und keine Saiten. Lädierte Geigen waren da, und ein Cello ohne Hals. Papa spielte auf der neuen Bratsche, die Herr Bramelaar für ihn gemacht hatte. Auf dem Boden lagen Holzspäne, und hinten war ein dunkler Raum, in dem Bretter auf spezielle Art zu quadratischen Türmen gestapelt waren. Wenn Herr Bramelaar gegen so ein Holz tickte, mit dem Knöchel des Zeigefingers, kam ein Ton heraus, noch bevor man spielte. Noch bevor es eine Geige war, wußte das Holz schon, was es werden würde. Papa. Die Bilder. Sie sind also da. Im Magazin, auf dem Dachboden. Nie ausgestellt, sagt Kee.

»Dann sollten wir gleich mal nachsehen, Herr Steenkamer. Sicher ist sicher. Oder möchten Sie allein gehen? Sie haben doch einen Schlüssel von oben, nicht?«

Das ganze Unterfangen ist taktlos, denkt Oscar, es ist eine Vergewaltigung, eine Grenzüberschreitung, die niemals hätte stattfinden dürfen. Sie soll ruhig mitgehen, ich schaff es nicht allein. Ich kann auch nicht mehr auf diese Zettel starren, es ist alles zuviel.

»Ich wäre Ihnen sehr verbunden, wenn Sie mich begleiten würden, Kee«, sagt Oscar feierlich. »Es ist ein besonderer Anlaß, es nimmt mich ein wenig mit, und auf dem Dachboden muß man sich erst mal zurechtfinden.«

»Kommen Sie«, sagt Keetje Bellefroid. Unverzagt stapft sie zum Fahrstuhl. Oscar folgt mit dem Schlüsselbund.

Auf dem Dachboden schaltet sie die Lampen an, aber die Birnen geben nicht viel Licht. Hinter den Dachfenstern ist der Himmel dunkel geworden. Die Bilder hängen an einer Reihe hoher, herausziehbarer Holzgatter, an denen jeweils bis zu sechs Bilder Platz haben. Am seitlichen Rand der Gatter stehen Ziffern und Buchstaben. Kee hat einen Zettel in der Hand und geht an den Stellagen entlang. Sie weiß, wo sie hin muß. Oscar läuft hinter ihr her, vom Staub hustend, ängstlich, sie aus den Augen zu verlieren. Am Ende eines langen Ganges zieht sie an einem Gatter, er hilft ihr, es gelingt, die Stellage mit vier Steenkamers rollt in den Gang hinein.

Vier Bilder, drei kleine und ein großes, ein Hochformat. Die kleineren sind quadratisch. Herr Bramelaar in seiner Werkstatt. Er blickt von einer Geige auf, an der er gerade arbeitet, wie in die Linse eines Fotografen.

Eine Gruppe von Menschen mit Koffern und Taschen, sie klammern sich aneinander, mit traurigen Gesichtern. Im Hintergrund ein schwarzes Schiff. Auf dem dritten sind keine Menschen, nur ein Apfelbaum mit wettergegerbtem, verwittertem Stamm, die Rinde ist grau und faserig, aber die Krone sprüht vor Leben, mit fröhlichen grünen Blättern und Hunderten kleiner, gelber Äpfel. Oscar kann seine Augen gar nicht abwenden, so seltsam ist dieses Bild. Ein steinalter Körper, der mit letzter Kraft, alle Zeichen der Zeit mißachtend, eine Unmenge glatter, runder Äpfel trägt, als wenn nichts wäre.

Sieh hin, mahnt Oscar sich, stell dich davor und sieh hin, du hast es selbst gewollt, dies ist es, was du gesucht hast.

Aus dem sanften Dunkel des Gatters blickt ihm die junge Alma direkt ins Gesicht. Sie hat eine langärmelige Jacke aus schwarzem Samt an und hält etwas im Arm, das sich in der dunklen unteren Hälfte des Bildes verliert. Sie schaut so ernst, daß Oscar und Kee den Atem anhalten. Unaufhörlich trommelt der Regen auf das Dach, unausweichlich ist der Blick aus dem Frauengesicht, das eingerahmt ist von widerspenstigem blondem Haar.

Zweiter Teil

Elvira:
»Ma tradita e abbandonata provo
ancor per lui pietà«

Dolchstoß der Vergänglichkeit

Das Haus von Johan und Ellen erhebt sich wie ein abgetakeltes Schiff über der Gracht. Alles, was sie und die Kinder essen, ist irgendwann die steile Treppe hinauf in ihr Domizil im zweiten und dritten Stock geschleppt worden. Meistens von Ellen. In dem großen Wohnzimmer wachsen die Stapel angehäuften Krempels jahraus, jahrein in die Höhe wie in einem verwahrlosten Garten.

Aufräumen bedeutet umschichten, neuen Krempel mit möglichst wenig Zwischenraum an den alten Plätzen unterbringen. Fußball-Sammelalben der Zwillinge, Zeitschriften, in denen Johan abgebildet ist oder ein Bericht über eine seiner Vernissagen steht, und Kartons mit Spielzeug bilden die Unterlage, auf die allwöchentlich eine Flut von Zeitungen und Zeitschriften herabregnet: Ellens Periodika mit Stellenanzeigen für leitende Funktionen der mittleren Laufbahn, Rockzeitschriften von Paul und Peter, Saars Comics. Johan bewahrt seine Kunstzeitschriften und den einen oder anderen Katalog anderswo auf.

Auch er selbst ist in letzter Zeit häufig anderswo und erscheint nicht oder zu spät zum Essen. Er unterrichtet an der Kunstakademie, wo ihn seine distanzierte Haltung und seine Fachkenntnis zu einem geschätzten Dozenten machen. Als einer der wenigen Maler seiner Generation lebt er von seinem Werk: Er hat ein gutes Gespür für dessen Marktwert und versteht es, die richtigen Leute auf die richtige Art zu kontaktieren, ohne sich selbst kompromittieren oder Gewalt antun zu müssen. Er hat häufig Auftragsarbeiten, verleiht Firmenfoyers und Bahnhofshallen Form und Farbe. Vor kurzem hat er mit dem Entwurf des Bühnenbilds und der Dekorationen für eine zeitgenössische Oper begonnen und wuselt in seinen sündhaft teuren Schuhen im städtischen Theater herum. Es ist eine neue Welt für ihn, in der Regisseur und Komponist ein Kunstwerk zeigen werden, das nur wenige Stunden Bestand hat, während *seine* Berge und schiefen Bänke noch Jahrzehnte im Magazin stehen werden. Und dann die Sänger und Sängerinnen: Er sieht fasziniert zu, wie sie ihren Körper, ihr inwändiges Instrument einsetzen, er spürt, wie der Probenraum die Atmosphäre einer Sauna bekommt. Auf körperlichem Gebiet fühlt sich Johan zu Hause.

Er wird nicht in die Fußstapfen seines Vaters treten, er sitzt hinten und schaut zu. In Gedanken blitzt die Erinnerung an Charles auf: So war das also, er ist aufgestanden und hat diese drallen Hüften berührt, diese Bäuche angefaßt, die Haltung dieser Arme verändert und ist schließlich Regisseur geworden.

Neben Johan sitzen Mats und Zina, Schüler seiner Abschlußklasse in der Akademie. Sie assistieren ihm. In schmutzigen Jeans mischen sie die Farben für seine fremdartigen Landschaften an; am Ende des Arbeitstages zieht Zina sich um und wird ganz praller Körper in weichen, glänzenden Kleidern. Dazu trägt sie hochhackige Schuhe.

Nach der Arbeit schläft Johan mit ihr; das viele Fleisch entlockt ihm wollüstiges Grunzen und Schnaufen. Zina leistet ihm Frondienste, denn sie gehört zu Mats. In ihm weckt die Verschwägerung mit dem bewunderten Dozenten ohnmächtige Wut, aber auch eine tiefe Befriedigung; er horcht Zina aus und findet sich seufzend mit der Situation ab. Auch er kennt Johans Attraktivität; wenn Johan während des Unterrichts dicht neben ihm steht, kann er kaum noch zuhören. Das Dreieck steht.

Als Ellen an diesem Februarnachmittag nach Hause kommt, trifft sie ihre Kinder vor dem Fernseher an. Schultaschen und schmutziges Geschirr stehen auf dem Holzfußboden. Die Jungs haben ihre Schularbeiten auf dem Schoß, Saar hängt blaß auf dem Sofa. Wie gut, daß sie keine Katze haben, denn der Gestank eines Katzenklos würde dieser Szenerie noch den letzten Kick geben: Schmuddeligkeit und Verwahrlosung.

»Was essen wir, Mam. Hamburger? Pizza? Reste?« fragen die Jungen.

»Ich glaube, es ist nichts da«, sagt Ellen, »morgen gehe ich einkaufen.« Pfannkuchen? Sie sieht den bläulichen Qualm in der Wohnung hängen. Dann lieber zum Dosenöffner greifen: Erbsen, Apfelmus, geräucherte Würstchen.

»Kommt Papa nach Hause?« fragt Saar.

»Ich weiß nicht, er hat nichts gesagt. Wir fangen einfach an zu essen, dann werden wir schon sehen.«

Den Fischgrätenblazer ausziehen, einen alten Pullover überstreifen. Schürze um. Die Strümpfe am Holz zerreißen. Saar, hilfst du mir? Nein, zu müde, will lieber liegenbleiben.

Die Kinder haben nie Hunger, denn sie essen den ganzen Tag lang. Die Anrichte steht voller Becher mit Kakaoresten, Teller mit Spuren von Ei, vertrockneten Butterbroten. Ellen ordnet, spült, stellt weg, deckt den Tisch und bereitet innerhalb von zehn Minuten das Essen.

Mitten beim Essen kommt er herein, der Vater, der Mann. Er schöpft sich aus dem Topf, der auf dem Tisch steht, etwas auf den Teller, lauwarme Erbsen mit Zwiebeln und Wurst. Wann kochst du mal wieder *was Richtiges*?

Dies ist unsere Familie, denkt Ellen, wann gehörst du mal wieder richtig dazu? Gehöre ich selbst überhaupt dazu? Er treibt es mit Zina und riecht auch so, wenn er ins Bett kommt. Warum schmeiße ich ihn nicht raus?

Peter legt sein Mythologiebuch auf den Tisch und zeigt ein abscheuliches Bild: Goyas Kronos, der wollüstig sein Kind verschlingt.

»Das nenne ich essen«, sagt Johan, »schade, daß du zu mager bist, Saar.«

Das Mädchen schaut erschrocken auf die Abbildung, dann in das Gesicht ihres Vaters.

»Lisas Fische fressen ihre Kinder auf, weil sie vergessen, daß es ihre Kinder sind. Ha, da schwimmt Futter, denken sie dann, dabei sind es ihre Babys!«

Paul erkundigt sich nach der Oper, und Johan erzählt, wie sie heute zum erstenmal auf der Bühne gearbeitet haben, daß der Regisseur die Wände und Steine versetzt, weil die Sänger sich sonst nicht richtig bewegen können.

»Du mußt dabeisein, du mußt sagen, ob das geht, also bist du der Chef, Papa.«

»Saar, du bist ein Dummchen. Der Dirigent, das ist der Chef. Dürfen wir mitkommen, Pap?«

Ja, in einer Woche ist es soweit. Dann laufen wir hinter Johan her in den Saal, denkt Ellen. Dann sagt er: Zieh doch mal was Hübsches an, hübsche Schuhe und einen geilen Rock. *Kauf* dir doch mal was. Warum nur, warum?

Ellen erträgt es nicht, daß Johan Freundinnen hat. Und auch nicht, daß er überall Bestätigung sucht, sogar die Kinder müssen ihm versichern, daß er bedeutend ist, jeder muß etwas von ihm halten, sonst kann er nicht existieren. Daß andere existieren, eigenständig, von ihm losgelöst, kommt ihm irgendwie nicht in den Sinn.

Morgen habe ich wichtige Bewerbungsgespräche, denkt Ellen, ich muß mir jemanden aussuchen, mit dem ich Hand in Hand arbeiten kann; er wundert sich, wieso überhaupt jemand bei so einem Scheißverein arbeiten möchte. Völlig belanglos, nichts hat irgendeine Bedeutung, wenn es nicht auf *ihn* abstrahlt.

Sie sieht sich selbst: müde, mager, zermürbt.

In dem kleinen Zimmer ihrer Tochter fällt Ellen auf, wie blaß und lustlos das Kind ist. Hoffentlich kann sie morgen zur Schule, ich kann mir nicht freinehmen, nicht morgen.

»Tut dir etwas weh, Schatz, hast du Fieber?«

Die glatte Stirn fühlt sich nicht heiß an; Saar seufzt, als sie zu Gijs, dem Goldfisch aus Flanell mit dem rätselhaften Lächeln, unter die Decke schlüpft. Vorlesen. Ellen sitzt auf dem Bett, mit dem Rücken gegen die Wand, das Kind zwischen ihren Beinen, an sie angelehnt. Nichts riecht so irdisch wie Kinderhaar. Die etwas zu schmuddelige Bettdecke bildet ein behagliches Zelt über ihren Beinen, das Buch ist auf Saars Knie gestützt. Ellen liest von dem Kapitän vor, der über sieben Meere fahren mußte. Seine Hände waren ans Ruder geschmiedet und er rief immerzu: Rettet mich, rettet mich. Das mutige Mädchen fütterte ihn mit Pfannkuchen. An Schlafen war nicht zu denken und die Rettung ungewiß, denn wer wollte ihm sein Los schon abnehmen?

Ellen verstummt. Ganz still sitzen sie so beieinander, die Mutter und das Kind, hoch oben in dem Haus, das aussieht wie ein Schiff.

Etwas von dieser Reglosigkeit trägt Ellen noch in sich, als sie am nächsten Morgen die Küchenfenster weit öffnet. Ein Hauch von Vorfrühling liegt in der Luft: Zwar hat sich noch keine Knospe geöffnet, die Zweige heben sich noch genauso nackt und schwarz gegen den grauen Himmel ab wie in den vergangenen Monaten, doch es ist deutlich zu spüren, daß es nicht mehr wirklich frieren wird.

In Saars Rucksack steckt noch das stinkende Sportzeug vom vergangenen Tag. Ellen tauscht es gegen einen Plastikbeutel mit Butterbroten aus. Saar mußte heute morgen geweckt werden, sie schlief auf dem Rücken, mit bleichem Gesicht und nur flach atmend. Jetzt hängt sie mit Gijs im Arm am Tisch und ißt nicht.

»Soll ich dich hinbringen, fährst du mit mir mit?«

Das Kind nickt. Die Jungs sind schon mit den Rädern weg und werden jetzt, mit Büchern und Proviant beladen, in halsbrecherischem Tempo durch die Stadt kurven. Ellen stellt die Reste ihres Riesenfrühstücks auf die Anrichte. Was für ein Segen, daß hier niemand an englische Sitten gewöhnt ist und morgens schon Räucherfisch mit Kartoffeln will. Sie selbst begnügt sich mit Kaffee. Ihre Ledertasche steht neben der Tür; für die heute bevorstehende Aufgabe hat sie eine graue Seidenbluse mit schwarzem Rock und heile Strümpfe angezogen, die Augen mit Wimperntusche und silbernem Lidschatten geschminkt, den Fischgrätenblazer ausgebürstet und gelüftet. Wenn die innere Ordnung fehlt, muß wenigstens das Äußere in Schuß sein, in der Hoffnung, daß der verwirrte Körper Halt findet, daß die Beine wissen, was Laufen heißt, sobald der Fuß im Schuh steckt, daß der Rücken sich unter der weichen Seide aufrichtet. So macht sie das, die Frau von fünfunddreißig.

Sie fährt mit den Fingern durch das glanzlose Haar. Johan hätte gern, daß sie es färbt, er erträgt keinen Verfall. Er selbst sieht aus, als könnte die Zeit ihm nichts anhaben. Obwohl er wenig und unregelmäßig schläft und bisweilen sehr viel trinkt, ist ihm das nie anzusehen. Sein Haar ist dunkel, seine Schultern sind beweglich, sein Hintern ist knabenhaft. Eine starke innere Auflehnung gegen die Vergänglichkeit sorgt dafür, daß seine Haut straff ist. Die Leute, denen er im Theater begegnet, können kaum glauben, daß er Vater fünfzehnjähriger Zwillinge ist. Er entzieht sich dieser Rolle auch immer mehr, und es fällt ihm schwer, in den wachsenden Jungenkörpern mit den Riesenfüßen seine Kinder wiederzuerkennen.

Treibholz, denkt Ellen – wir sind an den Strand gespült

worden, und die Wellen, die uns hierherbrachten, wunderbare, glückliche und starke Wellen, haben sich längst ins Meer zurückgezogen und sind nicht mehr zu hören. Knisternd zerplatzen die Schaumblasen um uns herum, und wir liegen verloren und voneinander getrennt im Sand. Herrje, es ist höchste Zeit, schalt doch den Kopf ab!

Tasche, Rucksack, Mantel anziehen, Schuhe zubinden, Einkaufstaschen vom Haken, Schlüssel in der Hand, laß Gijs lieber zu Hause, Treppe hinunter, oh, Zettel für Johan hinterlassen, wie spät zurück, Saars Jacke zumachen, Treppe hinunter, zur Tür hinaus, draußen. Das Auto steht ganz in der Nähe. Saar lehnt sich an den Kotflügel, während Ellen die Türen aufschließt, steigt ein und hängt lang ausgestreckt im Ledersitz, den Rucksack zwischen den schmalen Mädchenbeinen. Der silberne Saab setzt sich in Bewegung und taucht in den morgendlichen Verkehrsstrom hinein.

»Wir sind ein Fisch, Saar, die schwimmen auch alle in die gleiche Richtung.«

»Und die Fahrräder sind die Wasserflöhe. Die fressen wir auf, nachher. Mam, gibt es auch Menschen, die ihre Babys fressen?«

O ja, denkt Ellen, die ihre Kinder aussaugen und wegwerfen. Auf einmal sieht sie die Küche vor sich, in der sie mit den neugeborenen Zwillingen saß: einer kreischend auf dem Tisch, der andere an ihrer Brust. Wie groß die Kühlschranktür hinter dem rot angelaufenen Kind aufragte, wie sie erschrak über den Gedanken, aufzustehen und das Baby in den Kühlschrank zu legen, die Tür zu schließen, das Schreien zwischen den Milchpackungen und Tomaten verstummen zu hören.

»In dem Buch von Paul fressen die wilden Männer Kapitän Kuck auf. Das hat er mir gezeigt.«

Ellen sagt, daß Kapitän Cook ein Sonderfall war. Und daß Tiere und Menschen weniger dazu neigen, ihre Jungen aufzufressen, weil sie intensiver und länger für sie sorgen.

Dann seien sie ja gut aufgehoben, findet Saar.

Die Schule liegt an einem kleinen Park. Ellen legt ihrer Tochter die Hand in den Nacken und öffnet ihr die Wagentür. Sie sieht das Kind langsam unter den kahlen Bäumen davongehen, den Rucksack über eine Schulter gehängt. Saar dreht sich um und winkt ihrer Mutter in dem silbergrauen Auto rückwärts laufend noch einmal zu.

Die Firma, in der Ellen arbeitet, koordiniert den Holzhandel in Europa. Ellen hat im Schreibzimmer angefangen und dann jahrelang das Chefsekretariat geleitet. Der Betrieb expandierte, der Direktor benötigte eine Vollzeitkraft, die Zahl der Angestellten wuchs, Ellen wurde Personalsachbearbeiterin. Ihr Gehalt ist zu niedrig, sie hat nicht die erforderliche Ausbildung. Sie arbeitet vier Tage in der Woche und hat den Freitag für Einkäufe und die Wäsche frei. Nicolaas Bijl, der Direktor, möchte, daß sie Soziologie studiert und sich auf die betriebliche Organisation verlegt. Er wird sie dafür teilweise freistellen und ihr das Studium finanzieren, er hat ihr auch den Saab angeboten. (»Fahr du ihn, solange er noch läuft. Ich will ihn nicht mehr.«)

Ellen zögert. Zu Hause ist sie eine andere als bei Nicolaas Bijl. Wenn sie zu ihm fährt, streckt sich ihr Rückgrat, und sie merkt, daß ihr Rückspiegel zu niedrig eingestellt ist. Wie soll das funktionieren: zur Abendschule gehen, sich auf Prüfungen vorbereiten und umringt von den Kindern und unter den mißbilligenden Blicken von Johan Hausarbeiten anfertigen? Wenn ich wirklich wollte, würde ich es auch tun. Dann würde mir sein geringschätziger Blick nicht soviel ausmachen, und ich würde meine Lehrbücher im Wohnzimmer stapeln. Kein Problem.

Aber es ist sehr wohl ein Problem, noch jedenfalls. Sie traut, nach mühevollen Schuljahren, ihrem Verstand nicht allzu viel zu und fühlt sich von Bijl aufgrund ihres effizienten

Auftretens im Büro überschätzt, das für sie eher etwas mit der Organisation eines Haushalts zu tun hat als mit wissenschaftlicher Arbeit. Dennoch fordert sie jeden Sommer das Vorlesungsverzeichnis an.

Holz. Das Gebäude, das ganz aus Stahl und Kunststoff besteht, verrät davon nur wenig. Bijl will den Anbieter bosnischer Kiefer nicht mit einer Tischplatte aus polierter nordischer Birke vor den Kopf stoßen. Ellen glaubt, daß das die Konzentration auf das reine Handelsgeschäft erleichtert. Beiwerk und alles Getue werden ausgeklammert. Fröstelnd verfolgt sie auf einem Monitor die Verschiffung großer Holzladungen von Helsinki nach Antwerpen im November (Nebelhorn, Schneetreiben). Sie ist froh, daß sie nicht dabeisein muß.

Die Männer, die sich zu solchen Transaktionsgesprächen bei ihnen einfinden, sind keine grölenden stämmigen Kerle, die mit klobigen Schuhen gegen die Plastikleisten stoßen, nach Moos und moderndem Laub riechende Breitcordhosen anhaben und Axt und Säge schwenken. Ellen hat es durchweg mit Herren zu tun, die auf Aktenköfferchen, flotte Jacketts und diskret duftende Rasierwasser Wert legen und am Konferenztisch aus gehärtetem Rauchglas aufmerksam verhandeln.

An der Wand des Konferenzraums hängt unter anderem ein zwei Meter breites Schwarzweißfoto von einem schwedischen Birkenwäldchen, eine durchsichtige Wolke ranker kleiner Stämme. Bijl hat die Fotosammlung begonnen, Ellen hat sie ausgebaut. Die ältesten Teile der Sammlung befassen sich mit Holz in seinem ursprünglichen Zustand: eine blühende Kastanie in einer englischen Parklandschaft, eine einzeln stehende deutsche Eiche mit blattlosen, knorrigen Armen. Ellen ging einen Schritt weiter und erwarb eine vom Blitz getroffene skandinavische Mehlbeere und einen versteinerten antarktischen Buchsbaum. Im Flur hängt ein munterer Rotterdamer Christbaumverkäufer, die Nadelbäume wie herabgestrichene dunkle Vögel zu seinen Füßen. Bijl hat in seinem Büro eine gigantische gefällte Buche hängen, die von stolzen Waldarbeitern umringt ist. Der Forstmeister muß, damit er den Fuß in Siegerpose wenigstens auf einen Seitenast stellen kann, sein Bein sehr hoch heben und schaut etwas gequält drein.

Eine zweite Fotoserie zeigt die Verarbeitung des Holzes: Stolz posiert ein süddeutscher Geigenbauer vor den kreuzweise gestapelten, keilförmigen Eschenhölzern. Ein nautischer Archäologe ist mit der Restaurierung eines Segelschiffs aus dem achtzehnten Jahrhundert beschäftigt; ein Bildhauer schnitzt ein Schachspiel aus Wacholderzweigen.

Wiederaufforstung und Saatguthandel gehören zum neuen Firmentrend und finden ihren Ausdruck in stark vergrößerten Bildern des Kerngehäuses einer Birne oder eines frisch gekeimten Nadelbaums. Am Schwarzweißprinzip wird eisern festgehalten, auch wenn Geschäftsfreunde mit prächtigen Farbfotos daherkommen.

Die Angestellten wählen sich die Fotos aus, die in ihrem Blickfeld hängen werden; eigentlich war geplant, daß einmal im Vierteljahr untereinander getauscht wird, aber da sich alle gern an das selbstgewählte Motiv gewöhnt haben, wird daraus nichts. Das einzige Foto, das Ellen nie an jemanden loswerden konnte, ist das Porträt eines Sarges aus blankgehobelter Eiche. Es hängt inzwischen in dem kleinen Vorratsraum bei den Blöcken und Bleistiften.

In Ellens Zimmer hängen Fotos von den Kindern an der Wand, kein Wald. Irgendwann einmal wird sie hier den ultimativen Waldbrand aufhängen. Bijl erscheint in der Türöffnung, während sie die Bewerbungsunterlagen aus ihrer Tasche nimmt. Ein Riese in hellgrauem Anzug. Sein Haar ist kurzgeschnitten und klebt ihm feucht am Schädel.

»So, Mädchen. Jetzt werden wir dir einen tüchtigen Assistenten aussuchen. Du arbeitest ihn ein, und dann wirst du dich weiterbilden. Hör auf Klaas.«

Ellen lacht. Er schafft um sie herum eine Atmosphäre, in

der sie aufblüht, frei von Mißtrauen und Schuldgefühlen; ein Vater, der Schaukel und Gartenzaun kontrolliert: Hier bist du sicher.

»Hör auf Ellen! Wir setzen uns nicht an den großen Glastisch, sondern in dein Büro.«

Bijl geht mit ihr zurück, sie arrangieren Stühle und Kaffeetassen, bis sie eine gute Anordnung gefunden haben. Sich gemeinsam um etwas kümmern, ohne Streitereien auf etwas hinarbeiten, die Wünsche und Eigenarten des anderen respektieren, warum geht das mit Johan nie?

Ein Gedanke, der sich schnell wieder verflüchtigt; Grübeleien und Zweifel gehören nicht in dieses Arbeitsumfeld.

Freundlich und konzentriert führt Ellen die Gespräche, überläßt beizeiten dem Betriebsratsvorsitzenden das Feld, läßt Raum für Klaas' spontane Ausbrüche.

(»Holz!! Wie verhalten Sie sich gegenüber Holz?! Was ist Ihre früheste Erinnerung im Zusammenhang mit Holz?«)

Anschließend gehen sie zu dritt ein Sandwich essen. Wieder im Büro, findet Ellen einen Zettel neben dem Telefon: »Schule hat angerufen, Sara krank, zurückrufen, dringend!« Die Telefonistin hat die Nummer der Schule notiert.

Zitternd steht Ellen von ihrem Schreibtisch auf, verärgert über die Störung ihres Arbeitsrhythmus, sich schuldig fühlend, weil sie andere für ihr Kind sorgen läßt, beunruhigt, weil sie sofort an das weiße Gesichtchen von Saar denkt.

Stehend ruft sie die Schule an, als müßte sie sich selbst beweisen, daß sie hier nicht einfach nur herumlungert, sondern im Laufschritt und mit hängender Zunge ihre schwere Arbeit verrichtet. Von einer leicht begriffsstutzigen Mutter, die mittags bei der Aufsicht hilft (»Sind Sie ein Elternteil? Ich weiß nicht, ob ich jetzt stören kann. Es wird noch unterrichtet«), wird sie über den Hausmeister, der von seinem Wohnwagen und seinen Hunden zu schwafeln beginnt, zu Saars Lehrerin, der strengen Mara, durchgestellt. Die vegetarisch lebende

Feministin kleidet sich bevorzugt in graue Säcke und weite Hosen, sie kennt kein Make-up, keinen BH, kein Erbarmen. Ganz bestimmt nicht mit Frauen, die die Augen schließen und langsam ausatmen, wenn sie sich mit nackten Schulterblättern an eine Männerbrust lehnen. Sie betreut die Klasse ohne Humor, aber mit ausgeprägtem, verbissenem Sinn für Gerechtigkeit. Ihre Lebensweisheiten (nie ohne zugebundene Schnürsenkel auf die Straße; auch ohne Uhr immer und überall pünktlich sein; Hautfarbe und Herkunftsland tun nichts zur Sache) werden den zehnjährigen Köpfen mitleidlos eingetrichtert. Was Mara sagt, ist Rüstzeug für später. In ihrer Klasse braucht sich niemand lächerlich vorzukommen. Aber es wird auch selten gelacht. Als Saar der ganzen Klasse an ihrem zehnten Geburtstag Negerküsse spendierte, wurde ihr eine Standpauke über Diskriminierung und Sexismus gehalten. Ellen packte die Wut, als sie die Geschichte beim Geburtstagsessen zu hören bekam. Weil man es so einer Frau nie und nimmer recht machen kann, weil sie ohnehin nicht zufrieden sein kann, solange es noch irgendwo Unrecht gibt. Hätte das Kind Möhren mitgebracht, wäre das als Unterdrückung des lesbischen Bevölkerungsanteils aufgefaßt worden.

Ellen bleibt auf Distanz, sie möchte, daß die Beziehung zu denen, die ihre Kinder betreuen, möglichst gut und offen bleibt, und nimmt daher Dinge in Kauf, die sie sonst nie akzeptieren würde. Sie läßt ihre Kinder die Kastanien selbst aus dem Feuer holen, stachelt sie aber gelegentlich zur Widerrede an, dazu, den eigenen Ideen zu folgen.

Mürrisch und kurzangebunden, aber mit aufrichtig besorgtem Unterton in ihrer Schleifpapierstimme steht Mara ihr Rede und Antwort.

»Wir konnten Sie nicht erreichen. Und Ihr Mann war *auch* nicht zu Hause. Zum Glück wußte Nadja von der Vorschule noch, wo Sie arbeiten. Aber da waren Sie *auch* nicht.«

Ellen spürt den Vorwurf und unterdrückt den heftig in ihr aufflammenden Zorn. Hätte ich zu Hause gehockt, wäre sie verärgert gewesen, daß ich nichts tue, während sie sich mit den Kindern herumplagt. Sie ist doch auch berufstätig! Bin ich denn dafür verantwortlich, ob Johan erreichbar ist oder nicht? Warum ruft sie nicht im Theater an, es steht doch jeden Tag in der Zeitung, daß er jetzt dort zu tun hat? Sag, was mit meiner Tochter ist, ich nehme die ganze Schuld auf mich, ich stehe in Büßerhaltung da und habe demutsvoll den Kopf gesenkt.

Saar ist ins Krankenhaus gebracht worden.

Während des Unterrichts war sie blasser und blasser geworden, hatte nicht mitgesungen und war bei einem Reihumgespräch schließlich langsam auf den Boden geglitten. Sie lag danach im Büro der Rektorin auf der Liege; Stanley, ein großer Farbiger aus Surinam, der als Krankenpfleger gearbeitet hat, bevor er Lehrer wurde, bemerkte, daß ihr Gesicht immer bläulicher wurde und sie ihn kaum noch zu hören schien. Auf sein Drängen hin wurde angerufen, zu Hause, vergeblich; im Büro der Holzfirma, vergeblich; bei einem niedergelassenen Arzt, der, ohne die Patientin gesehen zu haben, sofort den Krankenwagen bestellte, als er hörte, daß das Kind nicht bei Bewußtsein war.

Saar ist ins Krankenhaus gebracht worden.

Stanley hat seine Klasse alleingelassen und im Krankenwagen neben Saars Kopf gesessen, ihren Rucksack mit den Butterbroten auf dem Schoß. Er hat sie »mein Hündchen« genannt und ihre kalte Hand gehalten, aber sie hat es nicht wahrgenommen. Er hat die spärlichen Daten von der letzten Untersuchung des Schularztes (Sara Steenkamer, Gewicht 34 Kilo, Fußstellung o. Bef.) mitgenommen. Ellen hört Maras Worte und fühlt nichts.

Saar ist ins Krankenhaus gebracht worden!

Auf der Fahrt ins Südkrankenhaus fühlt Ellen sich orientierungslos. Nicht, was die Richtung betrifft – die großen Schilder am Autobahnring zeigen die Abfahrt zum Krankenhaus deutlich und lange im voraus an –, sondern im Hinblick auf die Zeit. Es ist, als seien die Schotten zwischen den verschiedenen Sektionen ihres Lebens eingetreten worden. Nachmittags um drei sollte sie sich unbeschwert fühlen, gut behütet am Arbeitsplatz in Bijls Garten. Das jetzt vorherrschende Gefühl ist Verärgerung. Sie fühlt sich belästigt, das Päckchen mit den häuslichen Verpflichtungen und Konflikten ist ihr zu früh aufgeladen worden.

Wohin? Neurologie? Innere? Erste Hilfe? Kinderstation, natürlich. Die Angst, die mit Spezialisierungen verknüpft ist, wird durch den Zusatz »Kinder« genommen. *Dort* ist alles in bester Ordnung, dort kann es nur freundlich zugehen. Jetzt parken, viel zu weit vom Eingang entfernt. Gegen den kalten Wind an zur großen Drehtür, die sich quälend langsam bewegt. Am Pförtner vorbei, dem Pförtnerteam, zu sechst sitzen sie da, trinken Kaffee und schwatzen mit Besuchern, die Mützen auf dem Tresen, die Kittel über den Stühlen. Hinweistafel, stehenbleiben, hinschauen, nachdenken. Oberster Stock. Pfeil zu den Aufzügen. Die Aufzüge. Ich muß zu den Aufzügen. Man kommt sich hier vor wie auf einem Platz im Süden, Leute sitzen an kleinen Tischen, haben Gläser und Aschenbecher vor sich, Stimmengewirr. Etwas zu viel Weiß: die Arztkittel, die Gipsbeine, die Bezüge der vorbeigeschobenen Betten. Unruhige Kinder, die auf Skulpturen klettern, eine Mutter, die streng ermahnt. Kinderstation, ich muß zur Kinderstation.

Vor den Aufzugtüren Patienten im Bademantel, Besucher mit gefüllten Plastiktüten und gewaltigen Blumenarrangements, ein Raumpfleger mit einer Art Eiswagen voller Reinigungsgeräte, Ärzte in offenen Kitteln. Als ein Aufzug hält, drängt man gutmütig hinein, aber Ellen prallt angesichts der vollen Kabine zurück, obwohl eine freundliche dunkelhäutige

Frau ihr Platz macht. Aus dem nächsten Aufzug kommen zwei Leute in Rollstühlen heraus. Behende nehmen sie die Kurve zur Eingangshalle, rufen sich etwas zu und lachen. Ellen betritt den Fahrstuhl, eine Kammer mit geschlossenen Wänden und einer Tafel mit Bedienungsknöpfen als einzigem Ausweg. Sie drückt auf den obersten Knopf und stellt sich hinten an die Wand. Hinzusteigende drücken ebenfalls auf einen Knopf und stehen geduldig da. Eine Frau mit Kindern, die sich still am Saum ihrer Jacke festhalten. Zwei Assistenten mit müden Gesichtern lehnen sich an eine Wand und unterhalten sich über einen Segeltörn am Wochenende. Eine Laborantin direkt neben Ellen. Sie hat einen Stapel Akten im Arm. Obenauf liegt ein Brett, auf das ein gelbes Blatt geklemmt ist. Patient Sneefhart. Dr. Baudoin. Eine Liste von Laborbefunden. Mit etwas Konzentration könnte man sich Sneefharts Zustand und Prognose zu Gemüte führen. Es gibt keine Geheimnisse. In der Poliklinik, wo Ellen mit Peter und Paul wegen deren Heuschnupfen gewesen ist, wurden die intimsten Patientendaten auf einer Art Fernsehbildschirm allen Interessierten offenbart. Lauthals wurde über Blutsverwandtschaft (»Ist das auch der biologische Vater?«) und etwaige Geschlechtskrankheiten gesprochen. Es gibt keine Geheimnisse. Außer dem Geheimnis: Kennt Sneefhart seine eigene Diagnose? Wird Baudoin ihm das gelbe Blatt aushändigen, ihm geduldig die Bedeutung der Ziffern und Symbole erklären? Auf dem Gang stehen ganze Aktenregale, für Passanten jederzeit einsehbar. Werden sie sagen, was Saar fehlt? Sie? Mit einem Mal merkt Ellen, daß ihr die Beine zittern.

Der Aufzug hält. Als die Türen aufgehen, steht direkt davor ein hohes Bett, das durch einen Infusionsständer noch höher wirkt. Wie Steuermann und Matrose stehen die Pfleger links und rechts daneben. Der Passagier hat den Kopf zur Seite gewandt. Ein Schlauch kommt aus seinem Mund. Seine Hände sind am verchromten Bettgestänge festgebunden.

Schnell verlassen alle den Aufzug. Ellen trottet hinter den anderen her. Hämatologie, steht auf der Wand gegenüber, fünfter Stock.

Der Hals fühlt sich dick an, die Augen brennen. Dies ist eine Art Hölle, in der man mißhandelt und irregeführt wird und aus der man nie mehr herauskommt. Gibt es denn keine Treppe? Mit wackligen Knien die Treppenstufen zu meistern, würde noch so etwas wie Eigeninitiative, die Spur einer Illusion von Einflußnahme bewirken. Ellen sucht hinter den Türen der Hämatologie. Keine Treppe. Das gläserne Treppenhaus am Ende eines Ganges ist verschlossen. Eine Krankenschwester mit Mundschutz zeigt mit bloßem Arm auf das Grüppchen Menschen vor den Aufzugtüren. *Dort* ist dein Platz. Blindlings stürzt Ellen sich in den nächsten Aufzug, zwischen eine Familie Surinamer mit Säcken schmutziger Wäsche und halben Rotis, Pfannkuchen auf Papptellern. Es riecht nach Markt, nach Jahrmarkt. Keine Berieselungsmusik, nur das Geräusch Kaugummi kauender Kiefer, eines hustenden Mannes, der schmatzenden Roti-Esser.

Als Ellen die Augen öffnet, steht sie wieder in der Eingangshalle mit den kleinen Tischen. Viertel nach drei auf der großen Uhr über dem Eingang. Sie unterdrückt den Impuls, aus dem Krankenhaus zu rennen, und setzt sich kurz auf eine Bank. Auf einem weißen Pfeil steht »Andachtsraum«.

Langsam verebbt die Panik in Kopf, Schultern, Magen, Knien und macht einer heftigen Unruhe Platz. Ellen will endlich wissen, wo ihr Kind ist. Sie nimmt einen Aufzug und fährt, ohne einen einzigen Halt, in den obersten Stock.

Saar liegt in einem kleinen Untersuchungszimmer. Es hat keine Fenster. Grelles Licht aus einer Neonröhre an der Decke. Das Bett steht eingezwängt zwischen einem mit weißem Papier bedeckten Untersuchungstisch, einem kleinen Wandschreibtisch und einem Waschbecken mit darüberhängendem Schränkchen. Zwischen Untersuchungstisch und

Waschbecken steht ein Stuhl. Darauf sitzt ein junges Mädchen mit einem Buch auf dem Schoß.

Ellen quetscht sich zwischen Untersuchungstisch und Bett. Ihre Tochter liegt in hoch aufgetürmten Kissen. Hinter ihr kommt ein Schlauch aus der Wand, durch den ihr Sauerstoff in die Nase geblasen wird. Als Ellen ihre Hand an die kalte Wange legt, sieht Saar sie an und lächelt.

»Stanley hat mich hergebracht. Im Krankenwagen. Er ist mitgefahren. Und an den Rucksack hat er gedacht. Ich bin gefallen, ich war so schrecklich müde die ganze Zeit. Mara hat gesagt, ich soll mich ruhig hinlegen.«

Scht, nicht soviel reden. Jetzt wird alles wieder gut. Oder? Was ist los? Was tun wir hier?

Das Mädchen ist Krankenschwester. Weiße Kittel machen den Kindern angst, deswegen trägt sie Jeans, Turnschuhe und eine karierte Bluse. Der Arzt, der Saar untersucht hat, sagt die Schwester, Doktor Baudoin, wird gleich kommen. Er weiß Bescheid, man hat ihm gesagt, daß die Mutter eingetroffen ist.

»Sie können hierbleiben, er kommt, sobald er fertig ist.«

»Baudoin?«

Kenne ich den Namen? Der schnelle Suchlauf durch ihr Gedächtnis vollzieht sich anders als sonst; Ellen kommt nicht weiter als bis zu einem vagen Gefühl des Wiedererkennens.

»Kardiologe«, sagt das Mädchen. »Beratender Kinderkardiologe. Sie haben Glück, er ist nur montags und donnerstags hier. Außer in dringenden Fällen, natürlich.«

Da wird bei Ellen plötzlich die Erinnerung an Sneefhart wach und ruft würgende Angst hervor. Saar scheint eingeschlafen zu sein, Ellen setzt sich auf den Gang hinaus und wartet.

»Verschrumpelte Herzklappen?«

Ohne zu begreifen wiederholt Ellen die seltsamen Worte. Das Innere ihrer Kinder ist einwandfrei, mit glatten Organen, mit wie neue Gummibänder dehnbaren Nerven – nichts verwachsen, verstopft, versteift.

Ob es Veranlagung sei, fragt Baudoin, vielleicht väterlicherseits?

Ein breiter, untersetzter Mann mit freundlichem Gesicht hinter dicken Brillengläsern. Als er in seine Papiere schaut, legt er die schwere Brille neben sich; er setzt sie wieder auf, um Ellen anzusehen. Weißer Kittel mit kurzen Ärmeln, bloße, behaarte Arme, breite Hände mit wurzelartigen Fingern, saubere, gerade geschnittene Nägel. Schwarzes, leicht fettiges Haar hängt ihm über den Kragen. Wenn er sich über Saars Krankenbett beugt, ist durch das dünne Haar die braune Schädelhaut sichtbar.

Konzentriert registriert Ellen die winzigsten Details im Erscheinungsbild dieses Mannes, der den Schlüssel zum Innersten ihrer Tochter besitzt. Kurze schwarze Härchen auf den unteren Fingerknöcheln. Gelber Hornhautfleck außen an der Spitze des linken kleinen Fingers. Graues und schwarzes Brusthaar, das aus einem schmuddeligen T-Shirt hervorkringelt. Volle Wangen mit feinen roten Äderchen oberhalb der rasierten Partien. Paß auf, was er sagt, paß auf!

Um Blutströme geht es, um Liter pro Minute, den Morast der Haargefäße, um Pumpe und Klappen, Klappen. Rohrverkleidung.

Ein Wasserwerksexperte sitzt hier vor mir. Aber er trägt einen weißen Kittel, und in seiner Brusttasche steckt ein Stethoskop. Ich esse hier mein Gnadenbrot, mein Kind funktioniert nicht mehr richtig, paß auf, paß auf, hör zu!

Keine Herzleiden in der Familie. Wo ihr Herz doch so unerhört gelitten hat, als sie sich in Johan verliebte, eine verschlingende und verrückt machende Liebe, die ihr armes Herz höher schlagen ließ und erschöpfte und brach. Aber das ist hier nicht gemeint. Die Zwillinge, von Baudoin herangezogen, sind bis auf den Heuschnupfen kerngesund. Ist Saar krank gewesen, als sie klein war, hohes Fieber, das nicht auf einer Kinderkrankheit beruhte?

Mit seiner Frage ruft Baudoin Erinnerungen an durchwachte Nächte zurück, an die beunruhigende Wärme eines fiebrigen Kinderkörpers, an den Geruch von ausgepreßten Orangen und Hustensaft. Ellen weiß es nicht.

Das Telefon unterbricht mit quälendem Summen ihr Gespräch, Baudoin blafft in die Muschel.

Er wird Saar morgen untersuchen. Fotos und Messungen werden zeigen, warum sie ihre Sauerstoffversorgung auf einem so unzureichenden Niveau hält. Er spricht von Operieren, von künstlichen Herzklappen aus Kunststoff. In Kindergröße?

Sie erheben sich. Ellen ist erstaunt, daß er einen Kopf kleiner ist als sie. Er reicht ihr die Hand und verweist sie freundlich an die Oberschwester, sie könne gern ihren Mann anrufen, ganz ungestört vom Dienstzimmer aus, besprechen, was Saar von zu Hause brauche, den Hausarzt werde er selbst in Kenntnis setzen, und nicht zu viele Sorgen machen, Frau Visser, wir sehen uns morgen.

Am nächsten Tag liegt Saar in einem großen Zimmer am Fenster, sie hat immer noch den nährenden Sauerstoffschlauch in der Nase. Das Bett neben ihr ist leer. Gegenüber, ebenfalls am Fenster, liegt ein dickes Mädchen mit kahlem Kopf. Es hört seiner vorlesenden Mutter zu, die ihm verblüffend ähnlich sieht, jedoch aufrecht sitzt und kräftige braune Locken hat. Das erste, was Ellen sieht, ist jedoch ein dunkelhäutiger Junge im Bett neben der Tür. An seinem Fußende ist ein hohes Gestell errichtet, über das ein Drahtseil mit Gewichten läuft. Das Seil endet in einer Klammer, die einen Stahlstift hält. Der Stahlstift ist durch Haut, Fleisch und Knochen des braunen Oberschenkels des Jungen getrieben. Der Junge liest. Donald Duck.

Ellen muß würgen. Sie schmeckt den angesäuerten Lachs von mittags. Reißt sich zusammen. Jetzt nicht nachdenken. Sie zieht einen Hocker unter Saars Bett hervor und blickt auf ihre Tochter. Die runde Frau von gegenüber beobachtet sie. Ellen entnimmt das dem Vorlesetempo, den Sprechpausen. Sie dreht dem kahlköpfigen Kind den Rücken zu und sieht Saar an.

»Du mußt ein paar Tage hierbleiben, sie wollen nachsehen, was mit dir ist.«

»Wie sehen sie das nach?« fragt Saar. »Machen sie mich auf?«

Ellen erzählt von den Fotos, dem EKG, vom Ballonaufblasen, vom Blutabnehmen. Nicht von Narkose, von Operationstischen, von hauchdünnen, durchsichtigen, künstlichen Herzklappen.

»Bin ich denn dann rechtzeitig zu Papas Oper wieder zu Hause? Und ich hab die Rechenaufgabe für Mara noch nicht fertig. Muß ich hier schlafen? Allein?«

Ja, das muß sein. Die Oberschwester, eine hektische Frau mit müdem, grauem Gesicht über ihrer halb zugeknöpften grauen Wolljacke, hat Ellen zwar gesagt, daß Eltern jetzt auch nachts bei ihrem Kind im Krankenhaus bleiben dürfen, aber gleich seufzend hinzugefügt, daß das eher mehr als weniger Arbeit mache. Wenn ein Kind noch sehr klein und sehr verstört sei oder eine Sprache spreche, die keiner vom Personal verstehe, oder in der Nacht vor einem großen Eingriff sehr ängstlich sei, dann sei das in Ordnung. Aber normale, gesunde Kinder ohne Verständigungsschwierigkeiten und ohne Angst, die müßten im Krankenhaus ohne ihre Eltern auskommen. Die graue Wolljacke hatte vorgeschlagen, daß Ellen vorläufig zu Hause schlafen solle. Falls Saar Angst bekäme und sich nicht beruhigen ließe, oder falls etwas passieren sollte (was?), werde man Ellen anrufen und ein Bett für sie dazustellen. Vorläufig sei noch genügend Platz.

Ellen sieht sich schwitzend auf einer Bahre neben Saar liegen, zwei Meter von dem kahlen Kind mit der runden Mutter entfernt, die bedrohliche stählerne Zugvorrichtung im linken Blickfeld. O Gott! Und wenn operiert werden muß, Montag, dann reden wir weiter, sagt die Wolljacke. Und jetzt gehen Sie erst mal nach Hause (»Muß ich dann hier essen, Mama?«). Abends wird Ellen mit Zahnbürste, dem Erdbeerpyjama und dem *Kleinen Kapitän* wiederkommen.

»Und Gijs möchte ich haben, den mußt du mitbringen.«

Ellen ruft Johan im Theater an und bekommt ihn dank ihres kühlen, kurzangebundenen Tons auch sofort an den Apparat. Er klingt verstört und ungläubig, als wäre ein Kind von ihm gegen jegliche Art von Krankheit und Gebrechen gefeit. Er werde nach Hause kommen, gleich, in einer Viertelstunde, und was vom Chinesen mitbringen.

Sie ruft Bijl an, um Bericht zu erstatten. Um zu sagen, daß sie nicht weiß, ob sie Montag erscheinen wird. Der Neue kann gleich anfangen, sagt Klaas. Arbeite ihn ruhig telefonisch ein, wenn es nötig ist. Und iß ja genug, ein Kind im Krankenhaus kostet dich zwei Kilo die Woche.

Ellen denkt daran, wie gut es jetzt täte, sich hemmungslos bei einem Bijl-ähnlichen Vater auszuweinen, der ihr zuflüsterte: Ruhig, ganz ruhig, es wird alles wieder gut, du kannst nichts dafür, es ist nicht deine Schuld. Aber ihre Augen sind trocken; sie hakt Bijl auf ihrer Liste ab und wählt die nächste Nummer. Lisa. Lisa ist noch mit einem Patienten beschäftigt. Lawrence hört sich Ellens Geschichte an, nimmt Anteil, verspricht, alles weiterzugeben, Kopf hoch, es wird schon werden, Grüße an Johan, gespannt auf die Oper nächste Woche. Kay und Ashley reden im Hintergrund, man hört den Fernseher. Todmüde legt Ellen den Hörer auf. Wo sind eigentlich ihre beiden Jungen?

Rhythmisches Stampfen im Obergeschoß beantwortet ihre Frage, sobald sie auf den Flur hinausgeht.

Im Schlafzimmer zieht Ellen sich um: Jeans und einen Pullover über einem alten T-Shirt, ihre Wochenendkluft. Dann geht sie zum Zimmer der Jungs hinauf, wo Paul mit Kopfhörer auf seinem Bett liegt und Peter vor dem dröhnenden Radio am Schreibtisch sitzt. Als Paul bei Ellens Eintreten den Kopfhörer abnimmt, ertönt daraus dieselbe Musik wie aus dem Radio, nur um einen Takt versetzt. Über solche Dinge wundert Ellen sich schon lange nicht mehr, sie registriert sie höchstens noch amüsiert als Veranschaulichung: zwei Jungen aus einer einzigen, versehentlich gespaltenen Eizelle.

Damals kam es ihr vor, als ginge sie mit dem Embryo eines Riesen schwanger. Sie hatte einen so gewaltigen Bauch, daß sie ihren Körper schließlich nicht mehr als den eigenen wahrnahm. Und Johan, der nachts hinter ihrem Rücken verkümmerte und immer auf den Bauch stieß, von welcher Seite er sich seiner Frau auch näherte. Bald würde sie wieder tief durchatmen, auf dem Bauch liegen, leichtfüßig eine Treppe hinaufgehen können. Die Zwillingswiege stand bereit, die Windelvorratspackungen lagen darunter.

Es wurde eine lange Marterung; schließlich schnitt der Gynäkologe in ihre geplagte Scheide und zog Peter mit der Saugglocke heraus. Ellen, heiser vom Schreien, gab aus purer Angst keinen Laut mehr von sich. Paul folgte mühelos, wie er seinem Bruder auch später alles ganz selbstverständlich nachmachte.

Sie lag auf dem Entbindungstisch, ein blutverschmiertes Baby in jedem Arm. Peter hatte einen großen, geschwollenen Bluterguß auf dem Köpfchen. Johan und der Arzt blickten zu zweit auf sie herab. Sie rammen ihre begehrlichen Schwänze in dich hinein, von vorn, von hinten, bis du anschwillst und in dir drin alles in Aufruhr ist, und dann zerren sie das Kind aus dir heraus und du hast gar nichts mehr, gar nichts. Sie war zu Tode erschrocken, mit welcher Selbstverständlichkeit dieser fremde Mann in ihm unbekanntes Fleisch schnitt. Für einen Moment hatte sie sich von allem und jedem verlassen gefühlt bei den zwei großen und den zwei kleinen Männern, auf dem Rücken liegend.

Das wulstige Narbengewebe machte ihr noch monatelang zu schaffen. Aufs Klo gehen konnte sie nur mit Mühe und unter Schmerzen, vögeln mit zusammengebissenen Zähnen, die Kinder hochheben mit bis zum äußersten angespannten Schließmuskeln. Sie konzentrierte ihre gesamte Energie auf die Zwillinge, und jede Bemerkung oder Berührung, die darüber hinausging, war ihr zuviel. Johan unterdrückte seinen Zorn und seine Enttäuschung über den Verlust der willigen Liebespartnerin und seine wachsende Eifersucht auf die kreischenden kleinen Jungen. Seine Tage im Atelier wurden länger und länger, er zögerte den Zeitpunkt, zu dem er das allmählich verdreckende und nach saurer Milch stinkende Haus betrat, so lange hinaus, bis er betrunken neben seiner erschöpften Frau ins Bett fallen konnte, ohne zuvor noch das Licht anzumachen. Wenn Ellen die Energie gehabt hätte, sich dafür zu interessieren, womit Johan sich befaßte, dann hätte sie gemerkt, daß er zu jener Zeit anfing, sich eingehender mit seinen Modellen zu beschäftigen.

Aber Ellen war nicht achtsam und merkte nichts. In den seltenen Momenten, in denen die Zwillinge zufrieden schliefen, saß sie erschöpft auf dem Sofa und spürte eine tiefe Beunruhigung. Was ihr durch den Kopf ging, war nicht mehr als die vage Wahrnehmung eines wesentlichen Mankos: das Allerwichtigste, das, was sie unauflöslich aneinander binden sollte, trieb sie auseinander. Johan rannte in Panik vor den Kindern davon, die seine markante Nase und Ellens schlanke Statur hatten.

Ellen war auf sich allein gestellt und bewältigte die Aufgabe, indem sie nur halb lebte. Was sich hinter den hastig dichtgemachten Schotten verbarg, war nicht zu prüfen. Der

Traum von dem unaufhaltsam weiterrollenden Ball des Unheils, der sie niederwalzen würde, war die einzige Botschaft, die sie aufnahm.

Die Zwillinge waren sich meist selbst genug und erwarteten von ihr nur Nahrung und Pflege. Als sie nach einigen Jahren wieder etwas mehr zu Bewußtsein kam, war es zu spät, um noch an der geheimen Kommunikation zwischen den beiden teilzuhaben.

Auf Pauls Bett sitzend erzählt sie, was passiert ist. Die Jungen sind erschrocken, Paul legt den Arm um sie. Sie sind mehr über Ellens starres Gesicht erschrocken als über die Sache mit dem Krankenhaus. Ein fünfzehnjähriger Junge, der gerade Freude an seinem großen Körper zu haben beginnt (Tennis, zweimal die Woche rasieren, das Wunder der Masturbation, jedesmal wieder), kann sich unter körperlichem Leiden schwerlich etwas anderes vorstellen als einen Pickel an der Nase. Herzleiden sind alten Menschen vorbehalten; warum das Blut in ihren Schläfen und Lenden pocht, haben sie sich noch nie gefragt.

Sie hören Johan nach Hause kommen und gehen nach unten. Er stellt Plastikschälchen mit Bami und Saté auf den Tisch; wieder kann Ellen gerade noch einen Brechreiz unterdrücken.

Johan macht ein mürrisches Gesicht. Sie essen. Sie reden über sachliche Dinge: wie der Arzt heißt, wer später die Sachen hinbringt (Johan), was er mitnehmen soll (Gijs), in welchem Zimmer Saar liegt (bei der Kahlen, beim Angeketteten), wann Besuchszeiten sind (nachher, jetzt gleich), ob die Jungs mitfahren sollen (ja).

Dann sind alle weg, Peter mit einer Plastiktüte, in der Saars Pyjama und Kulturbeutel stecken, Paul mit Gijs, dem Goldfisch, unter dem Arm. Ellen sitzt am Tisch zwischen den halbleeren Schälchen mit fettigem Essen. Sie legt Gabeln und Löffel ins Spülbecken und wickelt alles, was auf dem Tisch steht, in das schmutzige Tischtuch ein, ein Hochzeitsgeschenk von Alma. Das Ganze preßt sie fest verknotet in den Mülleimer. Auf dem sauberen Tisch zieht sie das Telefon zu sich heran; sie arbeitet ihre Liste weiter ab.

Bei Mara kommt ein Mann ans Telefon, das letzte, was Ellen erwartet hätte. Mara selbst saugt hörbar die Sojasprossen zwischen den Zähnen hervor, klingt aber überaus freundlich. Die Klasse wird Briefe schreiben und Bilder malen. Ellen gibt ihr die Zimmernummer, bedankt sich für ihre Achtsamkeit, für Stanleys liebevolle Betreuung. Mara wird abgehakt.

Rauchen. Kaffee kochen. Telefon: Lisa.

»Ich komme zu dir. Lawrence ist zu Hause, er kann die Kinder ins Bett bringen. Bis gleich.«

Diese Freundschaft ist meine Rettung, hat Ellen oft gedacht. Die Wanderungen und Gespräche mit Lisa haben sie in den Jahren nach der Geburt von Peter und Paul gerettet. Einer Freundin braucht man nichts zu erklären. Man braucht nicht aufzupassen, daß man sich mit der Erzählung seiner Geschichte auch ja nicht zuviel Zeit läßt. Man braucht nicht darauf zu achten, daß man in jede Mitteilung von sich eine Prise Bewunderung für den anderen einstreut. Man braucht nicht immer etwas zu unternehmen. Man braucht nicht geistreich zu sein. Man braucht gar nichts. Die einzige Beziehung, die dem auch nur entfernt gleichkommt, ist die Beziehung zu einer Tochter, aber der fehlt die Ähnlichkeit der Erfahrungen – und vielleicht auch das Element der Wahl.

Ellen und Lisa sind sich zufällig über den Weg gelaufen und wissen nicht einmal mehr genau, wann und unter welchen Umständen. Aber so begegnen beide jedes Jahr zahllosen Frauen, also wird eine Wahl stattgefunden haben, ohne viel Worte, ganz selbstverständlich, und selbstverständlich sitzen sie jetzt auch an dem nackten Tisch beisammen.

»Ich hab Almas Tischtuch in den Mülleimer geschmissen. Ich konnte einfach nicht mehr.«

»Hast du schon bei ihr angerufen?«

»Das darf Johan machen, wenn er zurückkommt.«

Sie kichern wie kleine Mädchen.

»Möglich«, sagt Lisa, »ein Herzklappenfehler infolge einer frühen Infektion. Aber warte erst mal ab, was sie morgen machen werden. Mit wem hast du gesprochen? Ziemlich drastisch, gleich von neuen Herzklappen anzufangen. Meinst du, daß er gern schnippelt?«

»Eigentlich war er sehr nett. Und für einen Arzt auch ganz menschlich. Nur *ein* Anruf zwischendurch. Und er sagte noch, daß ich mir keine Sorgen machen soll und ich ihn jederzeit anrufen kann. Nein, wirklich nett. Schon ein bißchen versessen auf diese Klappen, aber eher, weil sie für ihn eine heilbringende Neuerung sind, scheint mir. Baudoin. Ziemlich behaart, und trägt eine Brille mit ganz dicken Gläsern. Ich schätze, er spielt Cello.«

Lisa kennt ihn flüchtig aus der Zeit, als sie auf der Kinderstation famuliert hat. Er spielt tatsächlich ein Instrument. Die kleinen Patienten waren ganz verrückt nach ihm, und er ist ein gewissenhafter Arzt.

»Seine Frau ist voriges Jahr gestorben. Krebs. Ein schnellwachsendes Melanom, gegen das man nichts mehr machen konnte. Schrecklich.«

Ellen denkt an den unsauberen Kragen, die schmuddelige Kleidung unter seinem weißen Kittel. Sie saugt alle Informationen über diesen Hüter ihres Kindes in sich hinein, als könnte sie Saars Los dadurch beeinflussen, daß sie sich vollkommen in den Arzt hineinversetzt. Von einer möglichen Diagnose will sie nichts hören, über denjenigen, der sie stellt, aber alles, alles, alles.

Lisa nimmt Ellens Hand. So sitzen sie beisammen und seufzen und fluchen, als Johan mit den Zwillingen nach Hause kommt.

Durcheinandergeredet über Saar, über den Krankensaal,

und schon bald über Johans Oper und die anstehende Premiere. Alma wird angerufen, Peter und Paul gehen nach oben, Johan macht eine Flasche Wein auf, Ellen geht ihren Jungen einen Gutenachtkuß geben, weil es ein so verunglückter Abend ist. Sie sind viel zu früh ins Bett gegangen und reagieren kaum auf ihre Fragen, brechen aber in unverständliches Gebrummel aus, sobald sie wieder draußen auf dem Flur steht.

Die Tür zu Saars Zimmer steht offen. Als Ellen hineinschaut, die zurückgeschlagene Bettdecke sieht, den Stapel Comics auf dem Boden, die roten Leggings über dem Stuhl, fühlt sie, wie innerlich die Rolläden herunterrasseln. Beherrscht schließt sie die Tür und geht nach unten.

An diesem Wochenende bekommt Ellen die ohnmächtig machende Hölle des Krankenhauses gründlich zu spüren.

Freitagnachmittag, Besuchszeit: An der Stelle, wo Saars Bett gestanden hat, gähnende Leere, eingerahmt von Lisas Blumen auf dem Nachtschränkchen und Ansichtskarten von Klassenkameraden auf Klebeband über dem verschwundenen Kopfende.

Saar sei zur Untersuchung weggefahren worden, sagt die graue Strickjacke. Ob Baudoin heute nachmittag noch vorbeikommt, etwas sagen wird? Die Strickjacke weiß es nicht, könnte sein, könnte aber auch nicht sein.

»Aber er hat dieses Wochenende Dienst, Sie werden ihn Samstag oder Sonntag auf alle Fälle sehen.«

Warten. Unten auf dem Platz in den Laden gehen. Alle laufen mit den gleichen gelben Blumensträußen herum. Was mache ich hier?

Nach oben. Warten. Am Empfangsschalter der Abteilung herumlungern. Baudoins Name hängt an der Pinnwand. Seine Dienstzeiten dahinter sind fast zu klein gedruckt, um sie entziffern zu können. Beinahe sechs Uhr, ich muß nach Hause. Ich muß Saar sehen. Warum dauert das so lange? Sie sehen mich alle an, als würden sie denken: Mensch, hau doch ab! Denken sie bestimmt auch. Das kann doch alles nicht wahr sein. Warum wache ich nicht endlich auf? Zigarette rauchen im Raucherraum am Ende des langen Flurs. Aschenbecher voller alter Kippen. Lassen sie das hier absichtlich so verdrecken, um die Raucher abzuschrecken? Sogar die Fenster sind schmutzig, mit einer bräunlichen Schmierschicht überzogen.

Saars Bett wird aus dem Fahrstuhl geschoben. Zigarette aus, Tasche über die Schulter, in den Krankensaal. Ein Pfleger schließt den Sauerstoffschlauch wieder an. Saar sieht bläulich und müde aus. Sie hat ein großes Pflaster in der Armbeuge und kleine Gazetupfer an den bleichen Fingerspitzen.

»Wie war's?«
»Geht.«
»Hunger?«
»Nein.«
»Möchtest du etwas?«
»Weiß nicht.«

Auf einem Tablett wird Essen gebracht. In Zellophan verpacktes Brot, Butter in Plastik, Käse in einem Frischhaltebeutel mit verstecktem Verschluß. Saar will nichts essen und nichts trinken.

Ellen konsultiert die Oberschwester in ihrem Dienstzimmer. Stift in der Hand, große Listen abhakend.

»Wir warten einmal ab, Frau Visser. Sie ist müde von den Untersuchungen. Wir geben ihr heute abend was zu trinken und lassen sie früh schlafen. Morgen sehen wir weiter. Sie sollten jetzt auch besser schlafen gehen.«

Schlafen? Stocksteif liegt Ellen neben dem schnarchenden Johan im Bett. Wenn sie nun Baudoin anrufen würde? Ihm etwas kochen würde in seinem einsamen Haus? Weinend kriecht der dicke Doktor in ihre Arme, sie streichelt ihm ganz vorsichtig über das schüttere Haar. Ich werde alles tun, um dein Kind zu retten, sagt er, wenn du zu mir ziehst und ein bißchen für Ordnung sorgst, der Staubsauger steht dort hinter dem Vorhang.

Also doch kurz eingenickt.

Der Samstag ist ganz dem Familienbesuch geweiht. Als Ellen das Krankenzimmer betritt, sitzt eine hochgewachsene Surinamerin am Bett von Marlon, dem Angeketteten. Geöffnete Taschen zu ihren Füßen; zwei kleine Schwestern mit unzähligen Zöpfchen im Haar und rosa Sommerkleidern über Wollpullovern hocken mit verschränkten Armen da und starren ihren großen Bruder an.

Marlons Mutter hat einen Fernsehapparat für ihren Sohn gemietet, der am Fußende neben dem Marterinstrument auf einen Ständer montiert ist. Er läuft. Laut.

Sie hat Barras-Brötchen für ihn mitgebracht und selbstgemachten Geflügelsalat in einem Schälchen. Gleichgültig stochert Marlon im Essen herum.

»Wo ist Pa?«

»Der sagt nicht, wo er ist! Der haut mit seinen Freunden ab und läßt mich mit dem Bus fahren! Der sagt nicht, ob er kommt, und gibt mir kein Geld fürs Taxi. Der wird schon sehen, dein Vater, der wird sich noch umgucken!«

Ellen tut der Junge leid. Zu den furchtbaren Schmerzen, die er haben muß, kommt noch die Demütigung, nichts mehr allein machen zu können. Marlon pinkelt in ein Urinal, das er nicht selbst festhalten kann. Stuhlgang ist das reinste Elend. Der Vorhang um das Bett herum wird zugezogen und Marlon von zwei Schwestern ganz vorsichtig auf die Pfanne gesetzt, während er sich an den Griff über seinem Bett klammert. Weil er sich nicht drehen kann, ist es eine Kunst, seinen Hintern abzuwischen. Ein dreizehnjähriger Junge, der von einer achtzehnjährigen Schwesternhelferin abgewischt wird. Nicht gerade gut, denkt Ellen.

Großmutter und fröhliche Nachbarn kommen herein. Um Marlons Bett herum wird gefeiert, die Mutter strahlt, die Schwestern warnen jeden, nur ja nicht gegen die Gewichte zu stoßen.

Essen, Schwatzen, Lachen, fast wie auf dem Kwaku-Festival. Ellen läßt sich nichts entgehen. Sie bekommt sogar mit, was im Fernseher läuft, läßt sich von allem überfluten – nur Saar ist weit weg.

Der Vater des kahlen Mädchens kommt herein. Seine Frau und seine Tochter wohnen schon seit Wochen im Krankenhaus. Er hat saubere Wäsche und eine lebensgroße Babypuppe mitgebracht, die dem kahlen Kind erschreckend ähnlich sieht. Die haarlosen Köpfe liegen nebeneinander auf dem Kissen. Der Vater wirkt geschniegelt. Er trägt Oberhemd und Krawatte, Hosen mit scharfer Bügelfalte und ein Jackett mit einem seltsamen Stückchen Gürtel auf dem Rücken, das mit Knöpfen befestigt ist. Er küßt seine runde Frau und streichelt seiner Tochter über den glatten Schädel.

»Tag«, sagt Marlon, »ich hab einen Fernseher gekriegt!«

Der Vater des haarlosen Mädchens drückt Marlon und dessen Mutter die Hand. Dann kommt er zu Ellen, um sich vorzustellen. Saar ist zu schlapp, um ihm die Hand zu geben. Man kommt sich hier vor wie in einer Jugendherberge, denkt Ellen, wir sind allesamt verrückt, nicht ganz richtig im Kopf, und niemand tut etwas dagegen. Leute, die sich gegenseitig vorstellen, miteinander reden, essen und sich über das Fernsehprogramm amüsieren. Aber aus der Wand ragt ein Schlauch, in einem lebendigen Bein steckt ein Stahlstift und aus einem Mädchengesicht quillt ein Auge hervor.

Im Raucherraum sitzt die Mutter des haarlosen Mädchens mit roten Augen und Streifen verlaufener Wimperntusche auf den Wangen. Sie sitzt aufrecht auf einem Stuhl, die Füße nebeneinander. Auf den runden, fleischigen Knien hält sie ihre große Handtasche. Als Ellen sich ihr gegenüber setzt, beginnt sie tonlos und schnell zu sprechen. Der Augennerv im rechtem Auge ihrer Tochter ist fehlentwickelt. Mit diesem Auge hat sie nie sehen können. Das linke Auge schien immer größer zu werden. Durch die übermäßige Beanspruchung, dachte sie zuerst, und es bewegte sich ja auch, und das andere, tote Auge nicht. Aber der Arzt sagte, es sei ein Geschwür. Fast drei Jahre war sie damals alt, wenn sie draußen herumlief, lief sie schräg, diagonal. Sie fiel auch häufig hin, das war schwierig zu Hause, denn Conrad, mein Mann, ist so ordentlich. Und immer blaue Flecken, ich hatte manchmal Angst, die Leute dächten, wir würden Winnie schlagen. Den Tumor haben sie bestrahlt, das arme Kind lag festgebunden und allein im Bestrahlungsraum, und niemand durfte zu ihr. Ihre Haare sind ausgefallen, sie findet es nicht schlimm, aber ich schon, sie hatte braune Locken. Ich fand die Locken auf dem Kissen, jeden Morgen. Hauptsache, sie kriegen ihr Auge wieder hin, habe ich gedacht, ich kaufe ihr eine Perücke, macht ja nichts. Aber es hat nicht geholfen. Das Geschwür ist immer weiter gewachsen. Ihre Augenhöhle ist schon ganz voll. Montag werden sie es entfernen. Das Auge auch. Es geht nicht anders. Dann sieht sie gar nichts mehr. Das kann man einem dreijährigen Kind doch nicht erklären. Letzte Woche haben sie das beschlossen. Der Arzt hat es uns gesagt, wir mußten beide zu ihm kommen. Conrad hat geweint. Jetzt kann sie uns noch sehen. Übermorgen nicht mehr. Man kann sich nicht vorstellen, wie das ist. Sogar der Arzt fand es schlimm.

Ellen kann es sich sofort vorstellen. Kaputtmachen, was heil ist, der Alptraum ist ihr vertraut. Das Baby im Kühlschrank. Die Wespe nicht zum Fenster hinauslassen, sondern in zwei Hälften zerquetschen. Das Schlimmste, das Unfaßbarste daran ist die Lust. Niemand sagt ihr, daß sie ihr Kind einfrieren soll, es sind ihre eigenen Eingebungen, also will sie es auch, irgendwo hinter den Schotten in ihrem Kopf. Das Fleischmesser und das gezackte Brotmesser versteckte sie ganz hinten in der Küchenschublade, aus Angst, daß die Kinder sie in die Hand bekommen könnten. Nein, die waren noch viel zu klein dafür. Es war die Angst vor etwas anderem.

In den eigenen vier Wänden, der eigenen Küche, die Kinder gesund und munter um sich herum, solchen Phantasien nachzugeben, ist *eine* Sache. Aber in diesem Horrorfilm, in dem jeder Weißkittel ein Skalpell hinter dem Rücken hält, in dem seelenruhig geplant wird, ein gutes Auge auszureißen und auf den Müll zu werfen, sind solche Phantasien etwas anderes. Das Zerstückeln einer einwandfreien Sachertorte, quer mit dem Spaten durch die unschuldige Glasur, ist *eine* Sache. Das gezielte Absägen eines lebendigen Beins, nachdenken, wo man die Säge ansetzen, wieviel Druck man ausüben soll, sich in die richtige Positur stellen, in Positur! Das ist etwas anderes.

Saar stört der Lärm.

»Kann man den Fernseher nicht ausmachen, Mama?«

Immer, wenn sie gerade kurz eingenickt ist, schrecken das grölende Lachen von Marlons Besuch, ein von Winnie umgestoßenes Glas, laut redende Leute, die in den Saal kommen, sie wieder aus dem Schlaf.

Die graue Strickjacke sieht nach dem Rechten. Saar darf in ein Einzelzimmer umziehen, das vormittags freigeworden ist. Man hat Baudoin angerufen, er wird später vorbeikommen. Saar trinkt nicht genug; die Strickjacke schlägt die Bettdecke zurück, zieht die Pyjamajacke hoch und schiebt mit zwei Fingern die Haut auf Saars Bauch zusammen.

»Falten. Sehen Sie? Sie nimmt nicht genug Flüssigkeit auf.«

Meine Tochter nimmt die Elemente in ungenügendem Maße auf, denkt Ellen. Luft und Wasser werden mit Gewalt in sie hineingepreßt, man kommt mit Feuer, wenn sie durchgefroren ist. Was ist das vierte Element? Mein Gedächtnis funktioniert nicht, es fällt mir nicht ein.

Draußen ist es stockfinster, als Baudoin endlich das kleine Einzelzimmer betritt. Ellen erinnert sich an ihren Traum mit dem Staubsauger und lächelt. Der Arzt lächelt zurück. Er bleibt kurz stehen, die Hände auf dem Rücken. Sie schauen auf das schlafende Kind. Eine Schwester kommt mit einem Infusionsständer herein. Sie hängt zwei durchsichtige Plastikbeutel daran auf. Aus jedem Beutel kommt ein Röhrchen. Die Röhrchen münden in ein Y-Stück.

Baudoin sticht eine Ader in Saars Unterarm an. Die Nadel in der Ader wird an das Plastikröhrchen angeschlossen, das, bevor es das Y erreicht, eine Art Rechenstation durchläuft. Rote Ziffern leuchten auf einem schwarzen Schirm auf; werden die Tropfen gezählt? Der Apparat beginnt zu piepsen, immer drei Piepser gefolgt von einem Tremolo. Der Rhythmus ist etwas zu langsam, um ein Lied daraus zu machen.

»Wir führen ihr Flüssigkeit zu. Und dabei auch gleich etwas, was das Herz ein bißchen aufbaut.«

Als sie gegangen sind, geht das grelle Licht aus. Ellen sitzt neben dem Bett und hält Saars rechte Hand. Die linke ist am Bettgestänge festgebunden. Das Kind schläft. Ellen lauscht der Infusion. Es ist Samstagabend, es ist elf Uhr. Es ist Zeit zu gehen.

Am folgenden Morgen ist Saar schon etwas weniger blau im Gesicht. Sie hat einen halben Becher Joghurt gegessen, mit einer Hand. Über eine Muschel im Ohr hört sie Musik: geistliche Lieder, gesungen vom Krankenhauschor unten in der Halle.

Unter der grauen Wolkendecke erstreckt sich bis zum Horizont das Polderland. Hier ist Wasser gewesen, Wellen, die die Schiffe trugen oder verschlangen, die Treibholz an den Strand spülten und manchmal ins Land hereinkamen. Eine wilde, eigenständige See ist langsam gebändigt worden: der Deich, der sich krumm durch das Land windet, brachte die Wasseroberfläche zur Ruhe. Leergepumpt und ausgetrocknet gab der entstandene Binnensee kapitulierend den Boden preis. Was im Wasser gelebt hatte, starb. Jetzt wächst zwischen den rechtwinklig angelegten Gräben, in denen das Wasser glitzert wie ehedem, Gras. Ein Polder ist eine zusammengeballte, siedende Wutimplosion, eine gefährliche Landschaft.

»Macht hoch die Tür, die Tor macht weit, es kommt der Herr der Herrlichkeit!«

Saar läßt Ellen mithören. Sie lachen, als an dieser Textstelle Baudoin zur Tür hereinkommt. Der Herr der Herrlichkeit hat weite Jeans an mit nicht dazu passenden, schnallenbesetzten Schuhen. Der weiße Kittel ist zugeknöpft.

Daß der Arzt so früh am Sonntagmorgen schon Visite macht, kann Ellen nicht im geringsten mit dem Zustand ihrer Tochter in Zusammenhang bringen. Nein, er ist einfach überfürsorglich; er hat zu Hause nichts zu tun; er entflieht den Räumen voll schmerzhafter Erinnerungen an seine verstorbene Frau; er hat sich in Ellen verliebt und nutzt jede Gelegenheit, um mit dieser faszinierenden Mutter zusammensein zu können.

Er führt sie nach draußen. An einem Ende des Flurs steht eine weißgestrichene Holzbank vor dem Fenster. Dort sitzen sie nebeneinander, die Mutter konfus, am Ende mit ihrer Liebesmüh, der Arzt mit einem genau ausgetüftelten Plan im Kopf.

Früh am nächsten Morgen wird er Saar operieren. Er wird ihr die neuesten Kunstklappen einsetzen, die schönsten, die er auftreiben kann. Damit wird sie rund vier Jahre leben können, je nachdem, wie schnell sie wächst. Wenn sie vierzehn ist, werden auch Herz und Gefäße weiter und größer geworden sein, dann müssen neue eingesetzt werden.

Gib mir ein neues Herz. Sang der Chor das, als sie heute morgen auf dem Weg zu den Aufzügen durch die Halle lief? Morgen früh wird bei Winnie ein Auge herausgeholt und bei Saar etwas eingesetzt. Ich muß zuhören, was er sagt.

»Wenn die Klappen kaputt sind, leckt die Pumpe, wissen Sie, genau wie da draußen im Polder. Die Operation ist zwar kompliziert, aber wir haben viel Erfahrung damit, auch bei Kindern. Die Bettung, die Strömungsgeschwindigkeit von Flüssigkeiten, Feuchtigkeit, Trockenheit, Bewässerung – es ist ein faszinierendes Gebiet.«

Bestimmt ein Segler. Oder Sohn eines Deichgrafen. Zwei Schwäne fliegen aus einem Entwässerungsgraben auf und schwingen sich auf ihren breiten Flügeln majestätisch in die Höhe. Meine Beine tragen mich, wohin ich will, auch wenn ich müde bin, auch wenn mich die engen Schuhe drücken. Meine Tochter ist zehn Jahre alt. Es ist Sonntagvormittag. Ihre Herzklappen sind verschrumpelt, und ich wußte nichts davon.

Gemeinsam gehen sie zu Saar zurück. Baudoin erklärt, was mit ihrem Herz los ist, warum sie sich müde und häufig schwindlig fühlt und wie er das kaputte Organ reparieren wird. Daß die Schwester sie heute abend rasieren wird.

»So wie Winnie? Bin ich dann kahl?«

Den Brustkasten, unter den Armen. Ganz feine Härchen wachsen da, und die müssen weg. Wenn man operiert, muß alles ganz sauber sein. Danach wird sie in den Operationssaal gefahren, und ein Doktor macht, daß sie schläft. Das geht ganz einfach durch das kleine Loch in ihrem Arm, eine neue Spritze ist gar nicht nötig.

Diese Sprache versteht Ellen. Eine eisige Panik steigt in ihr auf. Es ist ernst.

Saar wird ihn noch kurz zu sehen bekommen, aber er wird dann eine Badekappe aufhaben, eine grüne. Und ein Läppchen vor dem Mund, damit sie nicht seine Bakterien abbekommt. Wenn sie eingeschlafen ist, macht er ihr neue Klappen.

»Okay«, sagt Saar. »Ich bin einverstanden.«

Während der Besuchszeit (Lisa, Johan mit den Jungs und Alma) schläft sie. Als alle weg sind, bestimmt das Infusionsgerät (pr, pr, pr, prrrrt) wieder die Geräuschkulisse. Der Sauerstoffschlauch als Generalbaß.

Heute nacht bleibe ich hier. Ich lasse dich niemals im Stich. Wir hätten nie hierherkommen dürfen. Ich bleibe, bis sie uns rauslassen. Weißt du noch, wie wir uns einmal beim Beerenpflücken verlaufen haben? Ich wußte, daß der See in einer Senke lag, das hatte ich gesehen, als wir den Berg hinaufgeklettert waren. Den Eimer mit Beeren ließen wir stehen, wir schlugen uns quer durch den Wald über tote Äste und glatte Steine, bis wir an den Weg um den See kamen, den wir kannten.

Der Raucherraum. Eine Zigarette. Noch eine. Ein paar ältere Neffen von Marlon sitzen da, rauchen Selbstgedrehte und spielen Karten. Winnies Vater nickt Ellen freundlich zu. Um vier Uhr gehen sie und lassen Ellen allein im Rauch zurück. Sie schaut den eifrig hin- und herlaufenden Menschen in dem langen Flur zu; macht die Tür auf, um den Rauch zu vertreiben und etwas zu hören. Besucher nehmen Abschied, winken in der Tür. Pflegepersonal läuft mit Nachttöpfen und Infusionsbeuteln umher.

Die Schwester vom ersten Tag, die mit der karierten Bluse, trägt jetzt Schwesterntracht. Sie läuft den Flur ab und öffnet jede Zimmertür, um nachzusehen, ob Ruhe eingekehrt ist. In der Mitte des Flurs geht sie in ein Zimmer, kommt gleich darauf wieder heraus und ruft gut hörbar, mit beherrschter Stimme erst nach rechts und dann nach links: »Assistenz bitte!«

Offenbar ist das ein Alarmruf, denkt Ellen. Das Pflegepersonal auf dem Flur läßt sofort alles stehen und liegen. Einer läuft schnell zum Empfang und telefoniert. Zwei Pfleger kommen mit einem Wägelchen voller Schläuche angefahren. Zu viert gehen sie durch die Tür, über der ein rotes Licht zu blinken beginnt.

Ellen reckt sich, die Arme über dem Kopf. Noch kurz Saar auf Wiedersehen sagen, dann nach Hause zum Essen (Alma, schon wieder Chinesisch) und ein paar Sachen für heute nacht holen. Langsam geht sie durch den verlassenen Flur, am Blinklicht vorbei, ins Zimmer hinein. Marlon mit dem Bein in der Luft. Winnie mit ihrer Mutter. Auf Saars Platz liegt ein anderes Kind.

Wieder auf den Flur hinaus. Aus dem Zimmer mit dem Blinklicht wird jetzt das Wägelchen wieder herausgefahren. Die Karierte-Bluse-Schwester hat Tränen in den Augen. Warum lassen die Leute alle die Arme so hängen? Sie weichen an die Wand zurück, um Ellen durchzulassen. Das Zimmer ist grell erleuchtet. Es ist totenstill. Die Ziffern auf dem Infusionsgerät sind erloschen. Der Sauerstoffschlauch schweigt. Im Bett liegt ein zehnjähriges Mädchen, das nicht atmet.

Gnädiger Frost

Ellen hat irgendwo gelesen, daß wirkliche Verzweiflung nie länger als zwei Tage anhält, denn danach beginnt der Mensch zu essen. Es ist auch nicht Verzweiflung, was sie in den ersten Monaten nach dem Tod ihres Kindes fühlt. Sie ist aus der Bahn geworfen. Kinder haben nicht zu sterben, bevor ihre Eltern verschwunden sind.

Es hat ein Erdbeben gegeben, eine Überschwemmung, einen mörderischen Orkan, der alles mit sich riß, zerstörte und an den seltsamsten Orten wieder fallen ließ. Aber wenn sie ihre Schranktür öffnet, hängen ihre Kleider dort wie immer. Die Treppe hat einundzwanzig Stufen wie eh und je; die Aussicht aus dem Küchenfenster ist exakt dieselbe geblieben.

Ellen ist weder verzweifelt noch niedergeschlagen, weder trotzig noch ratlos. Sie fühlt überhaupt nichts, außer der Struktur ihres Körpers. Sie ist zu einem hölzernen Gebilde geworden, einem Bauwerk aus alten Spanten und Balken, die ächzen und knarren, wenn sie aneinander reiben. Ihre Körperwahrnehmung ist reduziert auf die Gelenke, die sie ständig spürt. Die Beugung der Knie, die Stellung des Ellbogens und die Drehung des Halses, das sind die Daten, die bis in Ellens geschockte Gehirnzentrale durchdringen. Keinerlei Meldungen über die Haut, denn die Schramme, die ein an Peters Fahrrad herausstehender Eisendraht auf ihrem Arm hinterläßt, fühlt sie nicht. Ihr ist nicht kalt, ihr ist nicht warm. Keinerlei

Meldungen über ihre inneren Organe; sie hat keinen Hunger und merkt erst, daß sie muß, wenn sie auf dem Klo sitzt.

Die Haltung ihres Körpers ist das einzige, dessen sie sich bis ins kleinste Detail bewußt ist: Die Haarwurzeln erzählen ihr mittels eines stechenden Schmerzes in der Kopfhaut Minute um Minute, in welchem Winkel die Haare im Schädel verankert sind. Die Aufrechterhaltung der Atmung ist eine Aufgabe, die ihre gesamte Energie beansprucht. Ein. Aus. Ein, mit leichtem Vorwölben der Brust, dem kaum merklichen Anheben der Schulterpartie; und aus, wobei etwas in Richtung Bauch absinkt, etwas, was zurückgehalten werden muß; kurze Pause; wieder ein, wieder aus, Pause, wieder ein.

Sie ißt, wenn sie an einem Eßtisch sitzt und jemand ihr einen Teller hinstellt. Gedankenlos, ein paar Bissen, ohne auf die Zusammenstellung der Speisen zu achten und ohne etwas zu schmecken: Spaghetti ohne Soße, ein Stück Brot ohne Butter. Sie schläft, weil sie ihren Körper nachts auf einer Matratze ausstreckt und alle Gelenke ausklappt. Nach ein paar Stunden wacht sie wie erstarrt auf; wenn es hell ist, steht sie auf. Der Körper ist nicht gern ausgestreckt.

Die weichen Körperteile machen sich nicht bemerkbar, vor allem, wenn sie keine Knochen enthalten. Sie schwinden ganz allmählich: Viel Bauch hat Ellen nie gehabt, aber jetzt entsteht ein Negativ-Bauch, die Haut hängt wie ein Segel zwischen den Beckenknochen. Der Po schrumpft, und die Brüste werden schlapp.

In der dumpfen Stille ihres Schädels spuken immer wieder die gleichen Fragen herum. Regungslos sitzt sie auf dem Sofa (Knie *und* Ellbogen in rechten Winkeln, die Zehen gekrümmt, die Fäuste geballt) und sucht nach Zeichen von Wut oder Schuld, während sie auf den Takt ihrer Atmung achtet. Hätte sie nie zur Schule lassen dürfen; nie gewußt, daß sie krank war, war wohl zu sehr mit meinem Unglücklichsein über Johan beschäftigt; verwahrlost; ich hätte nicht in diesem Raucherraum sitzen bleiben dürfen; an ihrem Bett hätte ich sein müssen, oder nicht? Dann hätte ich es doch gesehen, dann wäre es doch nicht passiert?

Sie preßt die Luft aus ihren Lungen und saugt neue Luft in sich hinein. Böse, wütend müßte sie sein.

Auf Mara, diese blöde Kuh? Sie hat zu spät erkannt, daß Saar wirklich etwas fehlte, sie hat sie mit Rechenaufgaben überanstrengt und sie eingeschüchtert, daß sie sich nur ja nicht anstellt und jammert.

Aber Maras bleiches Gesicht weckt höchstens ein vages Gefühl der Gemeinsamkeit, keine Verärgerung, keine Empörung. Sie stellt sich vor, wie sie Doktor Baudoin an die Gurgel gehen könnte, ihm die Brille von der Nase schlagen, ihm ein Skalpell in die Kehle rammen, ihm in den Bauch treten könnte. Mit Eisenfäusten würde sie ihn zerschmettern, weil er ihr Kind einfach sterben ließ. Aus, Pause, ein. Es ist ein stummer Zeichentrickfilm in ihrem Kopf, der hilflose Arzt und die Furie, die ihm zwischen den Aktenschränken auflauert und ihn um seinen Schreibtisch herumjagt.

Ellen verändert die Stellung der Füße. Aus ihren Augen rinnen die Tränen. Sie putzt sich die Nase mit dem Taschentuch, das sie jetzt stets bei sich trägt. Selbstmord ist keine Option, Ellen erwägt das nicht ernstlich, es steht nicht an. Die Atmung steht an, und die Haltung des Rückens. Der gut überwachte Atem ist säuerlich und verdorben, ihr Urin riecht nach Azeton.

Das einzige Ellen noch bekannte Gefühl ist Irritation, wenn ihre Konzentration gestört wird. Laute Geräusche im Haus: Die Haustür schlägt zu, Crescendo-Gepolter auf der Treppe, die Tür wird aufgerissen und knallt gegen die Wand, »Mama, Mama!« ruft Peter. Ein Bild im Türrahmen. Sie denkt: Laß mich in Ruhe. Wenn Paul fragt, was er kochen soll, schließt sie die Augen. Er lenkt sie ab, er soll das lassen.

Am schlimmsten ist Johan. Er nähert sich mit einem Körper, der Wärme ausströmt, er umschlingt sie mit heißen Armen und preßt ihren Kopf an seine Schulter. Er will, daß sie ihn streichelt, ihn festhält. Er schmiegt sich im Bett an sie, er bedrängt sie mit seiner Wärmeabstrahlung. Er weint und schluchzt, trommelt mit den Fäusten auf sein Kissen und stöhnt. Ellen hat die größte Mühe, auf ihre Schultern zu achten, ob sie auch gerade auf dem Laken liegen, parallel zu den Knien. Luft einsaugen, aus sich herauspressen, nicht zu weit, Pause, wenn er doch endlich mit diesem warmen Gewühle aufhören würde, einatmen, geh weg, geh weg, und aus, ruhig, ganz ruhig, kühl.

»Du bist völlig durcheinander«, sagt er zu ihr, »nimm eine Schlaftablette, damit du mal richtig durchschläfst, das geht nicht mehr so weiter.«

Um ihre Ruhe zu haben, nimmt Ellen das angebotene Medikament ein, allerdings überkommt sie jetzt nicht der erlösende Schlaf, sondern sie wird von beunruhigenden, real nicht vorhandenen Geräuschen heimgesucht. Ein Telefon klingelt, das stumm neben ihrem Bett steht, die geschlossene Tür schlägt, nicht anwesende Menschen rufen laut und eindringlich ihren Namen. Aufrecht im Bett sitzend wehrt Ellen sich gegen das Einnicken; sie wartet, bis die Wirkung verflogen ist.

Den Haushalt haben die Zwillinge übernommen. Sie machen die Einkäufe und irren auf der Suche nach vertrauten Produkten gemeinsam durch die Regalreihen des Supermarkts. Ellen kann ihnen keine Hilfestellung geben, sie ist sprachlos, wenn es ums Essen geht. Abends deckt Peter den Tisch, vier Teller, während Paul Spiegeleier brät und ungewaschenen, nicht angemachten Salat auftischt. Ein paarmal kommt Lisa und zeigt den Jungen, wie sie Würstchen und Koteletts braten müssen: Fett in die Pfanne, das Fleisch ab und zu wenden, die Hitze etwas drosseln, vorher die Kartoffeln aufsetzen. Es ist kein Klopapier mehr da, und Peter stellt den Serviettenständer in die Toilette. Johan bleibt immer häufiger und immer länger weg; er ist im Atelier, er arbeitet. Er ißt außer Haus, weil er sich in den eigenen vier Wänden nicht mehr zu helfen weiß.

Das Familienleben zerfällt. Die Zwillinge schwänzen die Schule, die Schulleitung drückt ein Auge zu, so daß Ellen und Johan nichts davon erfahren. Aber Alma weiß es, denn Peter und Paul sind tagsüber bei ihr. Sie trinken heiße Schokolade und essen Käsetoast. Stundenlang spielen sie mit ihrer Großmutter Monopoly. Manchmal sprechen sie über Saar. Alma hat sich aus der Bibliothek ein laienverständliches medizinisches Wörterbuch besorgt, in dem sie die Herzkrankheiten nachschlägt. Sie liest den Jungen vor: keine Beschwörungen oder Klagegesänge, sondern Fakten. Den Verlust ihres einzigen weiblichen Nachkömmlings trägt sie stoisch und leicht verbittert, aber sie trägt etwas, da *ist* ein Verlust, da ist etwas geschehen, worüber man reden und Fragen stellen kann. Das erleichtert die Jungen, sie schlagen in dem Wörterbuch Klappendefekte und Vererbung nach; sie sind schockiert, aber irgendwie auch froh, als Alma ein von Saar gemaltes Bild – Goldfische in einem durchsichtigen Teich mit Wasserpflanzen – rahmen läßt und an die Wand hängt. Alma weint nicht und bringt auch sie nicht zum Weinen, aber dadurch, daß ihr Haus unbegrenzt für sie offensteht, auch während der Schulstunden, signalisiert sie ihren Enkeln, daß das, was sie durchmachen, schlimm ist – und verständlich.

Ellens fühllose Hölzernheit ist gleich nach dem Tode Saars eingetreten und funktioniert wie eine Art Schutz. Sie war bei der Beerdigung, sie hörte Saars Klasse ein Lied singen, Lisa eine Geschichte erzählen, Johan ein Dankeswort sprechen. Sie schaute auf den kleinen Sarg. Sie hielt Peter und Paul, oder die Jungen sie, bei der Hand. Sie trug ein schwarzes Kleid, das Lisa ausgesucht hatte. Es war Frühling, die Bäume auf dem

Friedhof hatten gerade frisch ausgetrieben. Vormittag, Vormittag war es, und ein langer Trauerzug. Sie brachten den Sarg zu einem speziellen Areal des Friedhofs, dem für Kinder, wo die Grabsteine und die Zwischenräume kleiner waren als bei den Erwachsenen. »Unser Sonnenschein«, las Ellen auf einem Stein und: »Evertlein«. Sie ließen Saar in die Erde hinab, und jeder legte Blumen an das taktlose Loch. Johan, von Lawrence gestützt, mit zuckenden Schultern an ihrer Seite. Gut hundert Leute schüttelten ihr die Hand, küßten sie. Sie sah, wie sich ihre Münder bewegten. Baudoin war auch darunter, Mara, Stanley. Alle sagten sie etwas zu Ellen, sie verstand nichts. Klaas Bijl, mit roten Augen, umarmte sie. Ellen wurde davon schwindlig.

Anschließend gab es ein Essen bei Lisa und Lawrence. Der Garten war voller Menschen. Die Jungs gingen mit Gläsern und Kaffeetassen herum. Lisa hatte belegte Brote kommen lassen. Ellen schaute über alles hinweg zu den Baumkronen mit dem frischen Laub hinauf. Eine angenehme Frühlingssonne schien, aber hoch droben jagten Wolken am Himmel dahin. Dies ist, dachte sie, dies ist. Lisa brachte sie ins Haus und legte sie ins Bett. Später kam Johan sie holen, führte sie zum Auto und fuhr sie nach Hause. Ellen beugte ihre Gelenke in die Richtungen, die ihr vorgeschrieben wurden und dachte an ihre Atmung. Donnerstag.

Von der Sonntagnacht davor hat Ellen nichts mehr in Erinnerung. Waren sie mit der ganzen Familie bei Lisa? Montag vormittag hat Ellen ein paar Stunden bewußt erlebt. Johan und die Jungs schliefen noch, bei Lisa im Haus. Ellen hat Lawrence gebeten, sie nach Hause zu fahren. Wie ein Chauffeur wartet er im Auto, als sie ins Haus geht.

Ein Glas Wasser aus der Leitung. Plastiktüte aus der Schublade. In Saars Zimmer setzt Ellen sich aufs Bett und denkt nach. Die Erdbeerunterwäsche, Hemd und Höschen mit dem geliebten Muster. Den Fischpullover, den Alma voriges Jahr für sie gekauft hat. Die neuen Jeans, echte Markenjeans. Strümpfe? Warme Socken ohne Hacke, die immer passen. Sie sind schon etwas dünn geworden, aber Löcher haben sie noch nicht. Die schönen Turnschuhe.

Ellen sucht die Kleidungsstücke aus dem Schrank zusammen, zieht die Turnschuhe unter dem Bett hervor, die Socken aus dem Stapel frischer Wäsche. Der Fischpullover liegt im Wohnzimmer auf dem Sofa. Sie legt alles zusammen und steckt es in die Plastiktüte. Obendrauf legt sie einen kleinen Malkasten, ein Geschenk von Johan zu Saars achtem Geburtstag, und einen Teddybär, den die Jungs für Saar gekauft haben, als sie ein Jahr alt wurde.

Ich werde meine Tochter begraben, denkt Ellen. Sie hat plötzlich ein Gefühl, als seien ihr die Hände abgehackt worden, ein Schmerz, der nicht zu beschreiben ist, gepaart mit dem Entsetzen über Knochensplitter im Blut, mit der Erkenntnis, für alle Zeit unheilbar verstümmelt zu sein und nie mehr, nie mehr etwas festhalten zu können.

Keuchend sackt sie am Türpfosten zu Boden und bleibt liegen, die Plastiktüte an sich gepreßt. Sie hört sich merkwürdige Laute von sich geben, eine Art Gebrüll. Sie fühlt ihre eigenen Nägel in den Wangen.

Lawrence ruft durch den Briefkastenschlitz, ob sie komme, ob es gehe, ob er etwas tun könne? Sie rappelt sich auf, hält in der Küche das Gesicht unter den Wasserhahn, läuft die Treppe hinunter und setzt sich ins Auto, die Tüte auf dem Schoß.

Vor dem Krankenhaus setzt Lawrence sie ab. Er gibt ihr einen Kuß, wünscht ihr Kraft und fährt davon. Sie winkt ihm mit der freien Hand nach. Rituale, Riten, alte Gewohnheiten, mit denen dieses Neue, Absurde, Unwirkliche vielleicht in Schach gehalten werden kann.

Auf der Kinderstation ist alles verändert. Es ist früh am Morgen, und die Sonne scheint in den Flur, so viel Licht hat Ellen dort noch nicht gesehen. Es sind keine Besucher da, nur

Leute, die von Berufs wegen hier zu sein haben, sie laufen durch den Flur oder stehen am Empfangsschalter. Eine Reinemachefrau bohnert mit einer Maschine den Boden, und eine ältere Dame schiebt einen Kaffeewagen vor sich her.

Am Ende des Flurs sieht Ellen im Raucherraum die Köpfe von Winnies Eltern. Sie schaut schnell weg. Neid auf Eltern, deren Kind in diesem Augenblick blind gemacht wird, das Gefühl ist so verwirrend, daß sie es jetzt nicht brauchen kann. Sie könnte ihnen jetzt nichts sagen, und sie könnte ihr Mitgefühl nicht ertragen.

»Ach, Frau Visser, schön, daß Sie da sind. Kommen Sie mit ins Dienstzimmer?«

Die Oberschwester mit der grauen Strickjacke schüttelt ihr die Hand, geht voran und schließt hinter ihr die Tür. Das kleine Dienstzimmer hat keine Fenster nach draußen; das einzig vorhandene Fenster geht auf den Empfangsschalter hinaus, hinter dem zwei Schwestern sitzen, die gemeinsam eine Liste durchgehen. Sie haben Stifte in der Hand, und zwischen ihnen liegt ein Stapel Krankenblätter. Sie haben die Köpfe darüber gebeugt, sie kümmern sich darum, daß die Kinder zur rechten Zeit operiert werden, bald wieder ins Bett zurückkommen, sie kümmern sich darum, daß sie gesund werden und wieder nach Hause dürfen!

»Möchten Sie einen Kaffee, Frau Visser?« fragt die Oberschwester mit erhobener Thermoskanne. Ellen richtet sich auf. Sie hat die Plastiktüte zu ihren Füßen abgestellt und nickt.

»Sie können hier ruhig rauchen, wenn Sie wollen, mir macht das nichts aus.«

Die Oberschwester schiebt Ellen einen Aschenbecher über den Schreibtisch zu und sieht sie an. Ihr Gesicht ist müde und ernst.

Jetzt bloß keine Ansprache, denkt Ellen, kein Mitgefühl und keine Abteilungsrechtfertigungen.

Doch die Oberschwester beschränkt sich auf die konkreten Dinge, die zu tun sind. Sie gibt Ellen Feuer. Sie zieht die Gardinen vor dem Fenster zum Empfang zu.

»Die Schwester wäscht Ihre Tochter gerade. Sie braucht noch ein Weilchen und kommt Sie dann holen, sobald sie soweit ist. Sie bekommen von ihr die Sachen zurück, die noch hier sind.«

Zahnbürste, denkt Ellen, Pyjama, Ansichtskarten, Bilder. Die Reste. Den Beweis, daß sie hier war. Herrichten sagt man da, eine Leiche herrichten. Die Prinzessin richtet sich her, wenn sie zum Ball geht, die Schwester mit der karierten Bluse und dem erschrockenen Gesicht richtet mein Kind für sein Grab her.

Papiere müssen unterzeichnet werden, Formalitäten sind zu erledigen. Die Oberschwester tut das überlegt und klar, sie spricht mit ruhiger Stimme. Ellen hört zu, tut, was erforderlich ist, trinkt ihren Kaffee und raucht. Es klopft, Ellen verabschiedet sich von der Oberschwester und geht mit der Schwester auf den Flur hinaus. Vergessen, wie sie heißt, wie dumm. Ellen wirft einen verstohlenen Blick auf das Namensschildchen, das sich die Schwester an den Kittel geheftet hat: Paula. Schwester Paula erzählt, daß sie Saar gewaschen habe, im Badezimmer, dorthin gingen sie jetzt. Hier ist es, hier gehen wir hinein, haben Sie Kleider mitgebracht?

Eine Tür öffnet sich, Ellen sieht einen Wandschirm. Die Schwester geht ihr voran, um den Schirm herum in das grell erleuchtete Badezimmer. An der Wand steht eine Badewanne, dann sind da noch ein Hometrainer, eine Trockenhaube, ein Gehgestell und ein ganzer Wald von Infusionsständern. Und da steht eine Bahre mit einem Laken darüber.

»Hier ist Saar, Frau Visser.«

Die Schwester sieht Ellen fragend an. Ellen nickt.

Das Laken nehmen und vorsichtig anheben, zurückschlagen, wegnehmen. Das nackte Kind sehen. Das Kind sehen. Das tote Kind sehen. Mit eigenen Augen auf das Kind schauen, auf das tote Kind.

Eine kleine Wunde am Knie von der Gymnastikstunde vorige Woche. Fußsohlen mit Hornhaut. Saar hat eine Windel zwischen den Beinen und unter dem Po. Ihre Augenlider werden mit weißen Klebstreifen geschlossen gehalten: ein Clownsgesicht mit bleichen Lippen. Unter das Kinn hat die Schwester ein dickes, aufgerolltes Handtuch gestopft, damit der Mund zubleibt. Ellen legt die Hand auf Saars Haar, das sich noch wie immer anfühlt, und auf Saars Stirn, die kühl ist, aber nicht kalt. Doch un-lebendig, ohne darunter verborgene Bewegung, zwar noch kein Ding, aber auf dem Wege dahin.

Schwester Paula bindet sich eine große Plastikschürze um und zieht Handschuhe an. Sie fragt, ob Ellen auch Handschuhe möchte, aber Ellen verneint.

»Dann müssen Sie sich hinterher gründlich die Hände waschen«, sagt Paula. »Wir werden Saar jetzt anziehen, zu zweit werden wir das schon schaffen.«

Sie redet weiter, während Ellen die Plastiktüte auspackt und die Kleider auf einem schmalen Tisch neben der Bahre bereitlegt.

»Mit dem Höschen fangen wir an; wenn wir nun jede einen Fuß nehmen und durchstecken, dann hebe ich kurz die Beine hoch, und Sie können das Höschen hochschieben, ja, so. Und wenn Sie sie jetzt festhalten, sorge ich dafür, daß die Windel richtig sitzt, ja, jetzt legen wir sie wieder hin, nur zu.«

Ellen hat ihr kaltes Kind im Arm, als Paula ihm das Höschen über den Po zieht. Sie denkt intensiv an den Unterschied: gestern warm, heute kalt. Gestern schmiegte Saar sich in die Umarmung, heute bleibt sie starr. Gestern rosig, heute gelb. Ellen glaubt, daß das Möglichsein dieser Unterschiede das Allerschlimmste ist, was es gibt. Diese Unterschiede erleben zu müssen, ein Gedächtnis und ein Wahrnehmungsvermögen zu haben, das man den veränderlichen Verfassungen des eigenen Kindes anpassen muß – das ist schlimmer als alles, was man sich sonst noch vorstellen könnte. Meine Hände, mein Gedächtnis, meine Augen tun mir dies an. Ich bemerke. Ich bin noch da, und ich muß wahrnehmen und mich erinnern.

»Beim Hemd nehmen wir erst die Arme, ja, beide Seiten zugleich, und dann hebe ich den Kopf an und ziehe das Hemd darüber; jetzt können Sie es über den Rücken nach unten ziehen.«

»So habe ich das auch gemacht, als sie noch ein Baby war, in einem Rutsch über den Kopf, da bekam sie keine Angst, und man hatte schon mal die Händchen durch die Ärmel. Jetzt die Socken, oder?«

Es sind von den Jungen abgelegte Socken. Saar hatte sie gern an. Sie ziehen sie bis hoch über die schmalen Schienbeine. Jetzt die Jeans. Der Stoff ist steif, sie müssen zerren und ziehen.

»Es wirkt vielleicht unehrerbietig«, sagt Paula, »aber es ist wichtig, daß sie die richtigen Sachen anhat, darum machen wir das. Der Pullover ist am schwierigsten.«

Sie weitet den Halsausschnitt so viel wie möglich. Erst die Ärmel über die geraden Arme, die sich nicht mehr beugen können. Es gelingt nicht, den Kopf durch den Kragen zu bekommen. Paula greift zu einer Schere.

»Ich werde den Kragen von hinten einschneiden, dann geht es leichter. Es ist zwar schade, aber man wird es nicht sehen.«

Sie ziehen den Pullover über Saars Kopf. Paula dreht Saar zu Ellen hin und klebt ein Pflaster über den Einschnitt. Ellen glaubt nicht, was da geschieht, aber es geschieht. Die Turnschuhe. Das Zubinden der Schnürsenkel.

»Möchten Sie ihr die Haare kämmen? Die Klebstreifen lassen wir noch auf den Augen. Haben Sie einen Kamm, ist das da der Kulturbeutel?«

Ellen nimmt ihren eigenen Kamm aus der Handtasche

und kämmt das Haar ihrer Tochter. Dann nimmt sie das Goldkettchen ab, das sie immer trägt, und legt es Saar um den Hals. Sie legt Gijs in Saars einen Arm und den kleinen Teddybären in den anderen. Den Malkasten neben sie.

Paula packt die Krankenhaussachen von Saar in die Plastiktüte.

»Würden Sie das Laken nachher bitte wieder darüberlegen? Dann lasse ich Sie jetzt einen Moment allein, ich warte draußen auf dem Flur.«

Die Neonröhre summt und zittert. Das Kind hat jetzt Ruhe, in seinen liebsten Kleidern, mit den ihm liebsten Dingen um sich. Eine Welle verzweifelter Wut steigt in Ellen auf: daß *ihre* Augen geöffnet sein müssen, daß *ihr* Gedächtnis fortan speichern muß, was sie in der vergangenen halben Stunde mitgemacht hat, daß *ihre* Beine sie nachher aus dem Krankenhaus herausbringen werden, daß *sie* lebt und das Kind nicht mehr.

Sie wartet. Die Wut verebbt. Sie küßt das Kind, legt das Kettchen zurecht, streichelt ihm über das Haar. Jetzt, da sie allein ist, wagt sie nicht zu sprechen. Sie schaut sich in dem idiotischen Raum um, lächelt, nimmt das Laken und legt es über Saars Beine. Sie summt ein Lied, ein Schlaflied, ein Kinderlied, aber sie singt nicht laut, nicht mit Worten.

»Saar, ich laß das Licht an.«

Sie zieht das Laken über die Bahre und geht leise aus dem Raum.

Daß der Frühling fortschreitet und in einen warmen Sommer übergeht, fällt Ellen nicht auf. Narzissen schießen aus dem Boden, und die Ufer des Flusses sind mit den gelben Sternen des Scharbockskrauts übersät. Die Fenster der Häuser werden aufgestoßen, Musik tönt durch die Straße, Leute waschen ihre Autos, stutzen ihre Hecken und unterhalten sich miteinander. Wenn es regnet, ist das eine Liebkosung für das Land, wohltuend und sanft. Die Stadt dünstet spätnachmittags den geheimnisvollen Duft nassen Asphalts aus, der Staub wird gebunden, die Haut glänzt, Fahrradreifen summen. Johan kommt pfeifend nach Hause.

Im Briefkasten liegt ein Brief vom Direktor des Gymnasiums, adressiert an »die Eltern von Peter und Paul Steenkamer«.

»Auf diese sonst nicht übliche Weise«, schreibt der Direktor, »möchte ich Sie mit der Tatsache vertraut machen, daß Ihre beiden Söhne in diesem Jahr nicht versetzt werden. Zweifellos ist dies durch die traurigen Ereignisse in der Familie bedingt und nicht durch eine mangelnde Begabung der Jungen, die sich vor dem Tod ihrer Schwester als interessierte und fleißige Schüler erwiesen haben.«

Der Direktor geht dann auch davon aus, daß bei Wiederherstellung des seelischen Gleichgewichts auch die ursprüngliche Motivation wiederkehren und die viele Schwänzerei ein Ende haben wird, »unerlaubtes Fernbleiben vom Unterricht können wir, bei allem Respekt und Verständnis, natürlich nicht tolerieren, wollten Sie aber damit nicht behelligen. Ich vertraue darauf, daß Sie das eine oder andere mit Ihren Söhnen besprechen werden, und ich werde meinerseits Sorge dafür tragen, daß Peter und Paul im neuen Schuljahr wieder in die siebte Klasse kommen. Mit freundlichen Grüßen.«

»Verdammter Mist«, sagt Johan.

Er klatscht den Brief auf den Tisch und sieht Ellen an.

»Hast du davon gewußt? Daß sie nie in der Schule sind? Jetzt bleiben sie sitzen, das ist doch eine Blamage, das ist doch völlig überflüssig, sie sind doch nicht doof! Das sagt dieser Heini ja selbst! Du hättest darauf achten müssen, Ellen. Du hockst hier nur herum und tust nichts, du kannst nicht mal deine eigenen Kinder beaufsichtigten. Schwänzen! Was soll denn das nun wieder, ich arbeite doch schließlich auch!? Und was treiben sie statt dessen, hocken sie irgendwo in einem Coffee-Shop rum und rauchen Hasch oder was? He?«

»Ja«, sagt Ellen träge, »ich hab's gewußt. Ich glaube auch, daß es meine Schuld ist, ich kümmere mich nicht um sie. Ich habe nicht darauf geachtet.«

»Dann tu was dagegen! Ich hab genug davon, wie das hier abläuft. Ein Saustall ist das hier, nie ist jemand zu Hause, und ihr macht allesamt *solche* Gesichter.«

Er setzt sich an den Tisch. Fegt Zeitungen und Post beiseite.

»Sie waren bei Alma, sie nehmen keine Drogen. Sie rauchen nicht mal, soviel ich weiß.«

»Bei Alma! Warum denn das, um Himmels willen?«

»Ich weiß es nicht, um Gesellschaft zu haben, denke ich. Von jemandem, der sich normal verhält, der einfach da ist. Sie haben mit Alma Spiele gespielt, sagt Paul.«

»Spiele, ja. Und jetzt sitzenbleiben. Meine Kinder bleiben sitzen! Ich werde dem Direktor mal erzählen, wie der Hase läuft, das sage ich dir. Mit ein bißchen Nachhilfe holen sie das im Nu wieder auf, und dann werden sie ganz normal in die achte Klasse versetzt. Vonwegen Ausnahme, vonwegen besondere Umstände. Sie werden versetzt, wie jedes andere normale Kind auch. Was bildet sich dieser Schleimer überhaupt ein, sich uns gegenüber als der große Gönner aufzuspielen mit seiner Kulanz und seinen traurigen Ereignissen. Pah!«

»Ich finde es eigentlich gut, wie er das regeln will, Johan. Es ist wirklich nicht so schlimm, daß sie ein Jahr wiederholen müssen, es braucht seine Zeit, bis die Dinge sich wieder normalisieren. Vielleicht ist es ganz gut für sie, daß in der Schule nicht so hohe Ansprüche an sie gestellt werden, oder? Aber ich werde ein Wörtchen mit ihnen reden, daß sie wieder zur Schule gehen, und einen Termin mit dem Direktor vereinbaren, um alles weitere zu besprechen.«

»Weißt du, daß mir dieses Getue ungeheuer auf den Keks geht? Sich Zeit nehmen, verarbeiten, besprechen, das kotzt mich alles an! Das muß jetzt anders werden, es besteht nicht mehr der geringste Grund, zu Hause herumzuhängen. Für sie nicht, und für dich nicht. Schluß damit, Schluß. Und ich will auch, daß du Saars Zimmer aufräumst.«

Johan erschrickt selbst über das, was er gesagt hat, und verstummt für eine Weile, bevor er wieder lospoltert: »Ich halt das nicht aus, daß du wie eine wandelnde Leiche durchs Haus schleichst. Du mußt wieder kochen, du könntest dich mal wieder schminken, was Hübsches anziehen und zum Friseur gehen, was weiß ich. Es hat jetzt lange genug gedauert. Jetzt muß Schluß sein. Und wenn du dich nicht dazu aufraffen kannst, dann mußt du eben gehen. Dann gehst du eben. Dein ewiges Leiden steht mir bis hier, bis hier, das muß jetzt ein Ende haben!«

Eigentlich hat es gerade erst angefangen, denkt Ellen. Leiden. Er hat recht, ich werde Saars Zimmer aufräumen, ihre Sachen in Kartons verstauen, das Bett abziehen.

Ellen kommt langsam in Bewegung. Lisa hilft ihr beim Aufräumen des Zimmers von Saar, und dort, auf dem schmalen Bett, in den Armen ihrer Freundin, bricht Ellen zum erstenmal wirklich in Tränen aus. Johan steht in der Zimmertür und sieht in Lisas Gesicht, ein entsetztes Gesicht mit weit aufgerissenen Augen. Lisa hat die Arme um Ellen gelegt, die mit dem Kopf auf Lisas Schoß liegt.

Ohne etwas zu sagen, geht Johan nach unten. Kurz darauf schlägt hinter ihm die Haustür zu.

Es ist Sommer, Ferienzeit. Ellen fährt eine Woche mit den Zwillingen nach Terschelling. Johan bleibt zu Hause, er will arbeiten. Die Jungen rennen über den breiten Strand und springen in die Wellen. Ellen sitzt auf der Terrasse des gemieteten Häuschens und läßt sich die Sonne auf den Leib brennen. Sie weint, und die Sonne verdampft die Tränen. Sie spürt das Prickeln der Haut; abends glüht ihr verbrannter Körper und sagt ihr, daß sie existiert. Am letzten Tag ihres Aufenthalts weht ein starker Ostwind. Ellen radelt über die Insel zum östlichsten Punkt, wo ein Haus mit dem Namen *Finis Terrae* steht. Mit aller Kraft strampelt sie gegen den Sturm an, klammert sich am Lenker fest und kämpft sich Meter für Meter auf dem Muschelpfad voran. Der Wind macht aus ihren Tränen weißliche Krusten. Ich bin wieder da, denkt Ellen, ich habe wieder Beine, ich habe eine Stimme. Ich habe eine Tochter gehabt. Auf dem Rückweg läßt sie sich vom Wind anschieben. Sie hat Hunger. Sie gehen im Dorf Pizza essen.

Als sie wieder in der Stadt sind, jobben die Jungen im Supermarkt. Sie füllen Regale auf und fegen aus. Ellen geht dort einkaufen, um sie zu sehen und nachvollziehen zu können, worüber sie bei Tisch reden.

»Der Filialleiter, der mit der Cowboyfrisur, weißt du, der *lebt* förmlich für den Laden!«

»Der ist schon morgens um sieben da! Und Urlaub findet er nur lästig, da kommt er trotzdem!«

»Suppen auffüllen ist am schlimmsten, die vielen Sorten, die alle irgendwie ähnlich aussehen, mit diesem Mist war ich heute den ganzen Tag beschäftigt.«

»Wir sind *eine* große Familie, hat er gesagt. Mittags darf jeder sich ein Mikrowellengericht aussuchen, aber nicht das teuerste.«

»Nur von der Hausmarke. Ungenießbar. Augen zu und runter damit!«

Johan kommt manchmal zum Essen nach Hause. Er hat ein Bett im Atelier, wohin er abends zurückkehrt, sobald Ellens Gesicht eine weinerliche Miene annimmt. Er weigert sich, mit ihr über etwas anderes als den Haushalt oder seine Arbeit zu sprechen. Ganz kurze Gespräche werden das.

»Das Städtische Museum hat ein Bild gekauft.«
»Schön für dich.«
»Im *Museumsblatt* erscheint ein Artikel über mich.«

»Fein.«
»O Gott.«
Stille.

Ellen ruft Klaas Bijl an. Er hat sie in den vergangenen Monaten regelmäßig angerufen, hat es dann aber, durch Ellens grenzenlose Apathie abgeschreckt, irgendwann aufgegeben. Er zahlt ihr Gehalt weiter, obwohl Ellen darum gebeten hat, ihr unbezahlten Urlaub zu geben.

»Für mich bist du krank geschrieben, Kind. Und dabei bleibt's.«

Er ist ganz aus dem Häuschen, daß sie anruft. Natürlich kann sie wieder zur Arbeit kommen, nichts lieber als das, sofort.

»Am besten, du fängst mit was Kleinerem an, das nicht so brandeilig ist. Ruhig jeden Tag, aber nicht zu viele Stunden am Stück. Du mußt die Fotos neu einteilen, deine Bestellung vom letzten Jahr ist gekommen. Wir haben alles für dich stehenlassen. Tolle Bilder, wirklich schön.«

Jeden Tag ein paar Stunden ins Büro. Ellen sitzt mit den Fotos um sich herum in ihrem Zimmer auf dem Fußboden. Sie lehnt sich an die Wand und weint. Nach einer Stunde kommt Bijl herein und nimmt sie in die Arme.

»Komm, Kindchen, wein dich ruhig aus.«

Unbeholfen reicht er ihr sein Taschentuch. Jeden Tag. Dann steht Ellen auf, und sie gehen Kaffee trinken. Auf den Fotos sind Werkzeuge abgebildet, die im Zusammenhang mit Holz gebraucht werden: eine Zugsäge, Steigeisen, ein prächtiger kleiner Geigenbauermeißel, ein Beil. In der letzten Stunde stellt Ellen Material aus dem Korrespondenzarchiv für ein Schriftstück zusammen, das Bijl aufsetzen will.

»Und jetzt ab nach Hause, Kindchen, bis morgen.«

»Ich will nichts mehr davon hören«, sagt Johan. »Geh zu Lisa, wenn du jammern willst, oder zu sonst irgendwem, such dir von mir aus einen Therapeuten, aber laß mich damit in Frieden. Für mich ist es vorbei, kapiert?«

Meint er unsere Ehe, denkt Ellen, und warum erschrecke ich dann nicht? Wenn nur der Sommer vorüber wäre, wenn es nur stürmen würde. Ich bin nicht mehr ganz bei Trost. Nichts macht mir mehr was aus.

Johan hat weitergeredet: »Ich habe Erfolg, endlich verkaufe ich was, und sie schreiben über mich. Ich zähle allmählich mit, ich bekomme Aufträge. *Daran* solltest du mal denken, nicht immer nur an das, was passiert ist. Das Leben geht weiter.«

Wie kriegt er das nur über die Lippen? Immer hat er recht. Sein Leben *ist* weitergegangen. Er war erschüttert, er hat gelitten, aber das ist vorbei, er macht etwas damit, wodurch er es nicht mehr spürt. Er wird fuchsteufelswild, wenn andere ihn daran erinnern. Er ist braungebrannt, er sieht gut aus. Er hat sich ein neues Jackett gekauft. Was malt er, ich bin seit Monaten nicht in seinem Atelier gewesen, was treibt ihn so besessen an?

»Johan, woran arbeitest du gerade?«

»An einer Pietà. Glaube ich. Ich kann nichts darüber sagen, und ich will es auch nicht zeigen. Außerdem muß ich ein Fresko fürs Postamt machen, daran arbeite ich. Kümmere du dich jetzt lieber um dich selbst, ich komm schon zurecht.«

Die Nächte, in denen er zu Hause schläft, sind dramatisch. Wenn Ellen ins Bett gegangen ist, schüttet Johan sich so lange mit Whisky zu, bis er genügend Mut hat, sich zu ihr zu legen. Er bemächtigt sich ihres willenlosen Körpers. Wenn sie etwas fühlt, fängt sie an zu weinen. Es ist für beide unerträglich. Und es kommt immer seltener vor.

Er hat eine Freundin, denkt Ellen. Darum ist er so auf sich bedacht und geht jeden Tag joggen.

»Fändest du es schlimm, wenn es so wäre?« fragt Lisa.

»Ja, natürlich, verdammt. Ist das vielleicht eine Art? Aber eigentlich ist es mir völlig schnurz. Das macht es mir leichter, jetzt. Johan kann einen so furchtbar in Beschlag nehmen, er quetscht einen total aus. Das hat jetzt nachgelassen. Nein, ich fände es nicht so schlimm. Aber überleg mal, was das bedeutet, ist das nicht schrecklich?«

Sie wandern. Eine Tageswanderung über Deiche und Wiesen. Durch Polder, an langen, untiefen Gräben entlang. Es weht ein kräftiger Wind, der die Unterhaltung erschwert. Ellen geht hinter Lisa her, kann im Tempo nur mühsam mithalten. Erst jetzt wird ihr ihre totale Erschöpfung bewußt, eine bleierne Müdigkeit, wie sie sie aus der Zeit direkt nach der Entbindung kennt.

»Du mußt es aus dir herauslaufen«, sagt Lisa. »Wollen wir uns Sonntag die Wasserroute vornehmen? Traust du dir das zu?«

Ja, eigentlich tut es ihr sehr gut. Der Wind braust ihr um den Kopf, in stetem Rhythmus legen ihre Beine Meter um Meter zurück, und sie denkt nur ans Laufen, nur daran, Lisas Rücken zu folgen. Im Windschatten einer Baumreihe stapfen sie nebeneinander dahin.

In dem Graben, an dem sie entlanglaufen, regt sich etwas. Die Rückenflossen großer Fische kommen an die Oberfläche, eine, drei, zwanzig. Sie umkreisen einander, auf einmal gibt es Anzeichen für einen Kampf, aufspritzendes Wasser, das Schlagen von Schwanzflossen. Unzählige riesenhafte Karpfen auf einem Areal von zwölf mal zwei Metern; der restliche Graben ist still.

»Wahrscheinlich mündet hier ein Abflußrohr. Kartoffeln, saure Milch, was die Bäuerin so loswerden will. Oder warmes Wasser, ein tropisches Fischparadies im Polder. Und wenn Johan weggehen würde, wenn du einfach mit den Kindern im Haus bleiben könntest?«

Am Ende des Grabens klettern sie auf den Deich hinauf, hinter dem eine weite Wasserfläche liegt. Der kalte Wind und die Sonne vermitteln ein Gefühl, als würde man saubergeschrubbt, abgelaugt. Sie lachen über dieses Hochgefühl.

Der See ist zu einer breiten Flußmündung geworden. Der Pfad führt flußaufwärts, in der Ferne liegt ein kleines Dorf.

»Da können wir vielleicht eine Erfrischung kaufen«, hofft Lisa.

Je mehr sie sich dem Dorf nähern, desto öfter passieren sie einen Angler, schließlich sitzen sie Mann an Mann. Jeder hat seinen eigenen grünen Schirm, unter dem er hockt, als handelte es sich um das Vordach eines Zeltes, und gleich mehrere Angeln. Häufig eine in der Hand und eine zu Füßen, zwei Schwimmer im Wasser. Die Angeln liegen mit ihrem schweren Ende quer über dem Treidelpfad, auf dem Ellen und Lisa gehen, springen, eine Art Hürdenlauf vollführen. Manche Angler schauen verstört auf, insbesondere wenn Ellen mit dem Schuh gegen eine Angel stößt. Zur Böschung hin ausweichen, wäre beschwerlich; sie wird von den Anfeuerungs- und Versorgungseinheiten eingenommen, da sitzen die Anglerfrauen auf Campingstühlchen und Bierkisten, mit Taschen voller belegter Brote, gekochter Eier und Thermoskannen mit Kaffee zwischen den Beinen. Sie bedenken ihre wandernden Schwestern mit mißbilligenden Blicken. Hier und dort hockt ein Anglerkind neben dem Vater am Wasserrand und darf den großen Kescher halten, in dem hie und da ein Fisch zappelt. Wenn ein Angler aufsteht, weil ein Fisch angebissen hat, erhebt sich auch die dazugehörige Frau hinter ihm und ruft: Ja, juhu, gut so, los, los!

Auf einem Seitenweg steht ein Campingbus mit Spruchbändern auf dem Dach: Großes Wettangeln um die Meisterschaft! Angelsportverein »Nie genug«! Bringen Sie Ihren Kindern das Angeln bei!

Anglerinnen sind kaum zu sehen, eine alte Dame mit Südwester auf dem Kopf sitzt in der Kerngruppe, wo am meisten los ist. Flüsternd unterhält sie sich mit ihren Nebenmännern. Am Ende der langen Reihe sehen Lisa und Ellen noch eine weitere Frau sitzen, ein Stückchen von den anderen entfernt. Sie ist jung und hat kurzgeschnittenes Haar, das ein unzufriedenes Gesicht einrahmt. Ihr Kescher ist noch leer. Sie redet mit niemandem.

»Nie genug«, sagt Lisa.

Als sie das Dorf hinter sich gelassen haben, macht der Fluß eine Biegung, und der Wind schlägt ihnen direkt ins Gesicht. Die Sonne ist tiefer gesunken und wärmt nicht mehr. Die Bauernhöfe und Häuser, an denen sie vorüberkommen, haben im Garten alte Obstbäume mit knorrigen Ästen, an denen noch Birnen hängen, während sich das Laub bereits verfärbt, schon mit dem Wind davonweht. Diese ganzen Verzierungen müssen weg, denkt Ellen, diese Blumen und Früchte, dieses bunte Laub. Weg damit. Wenn der Herbst erst einmal eingekehrt ist, wird das Land sichtbar. In der Stadt ist es dann auch schöner, zwischen Drinnen und Draußen gibt es deutlichere Unterschiede. Es kostet Überwindung, das Haus zu verlassen.

Der Wind hat sich gegen Abend gelegt, die Muskeln sind aufgewärmt und eingelaufen, mühelos hebt Ellen ihre Füße über den Weg und sieht sich selbst einen Augenblick lang auf hohen Absätzen durch einen Sitzungssaal laufen (hochgestecktes Haar, schickes Kostüm), mit einer prallen Aktentasche in der Hand und einem soliden Gefühl des Wohlbehagens im Innern.

Ende November setzt der Winter ein, eine strenge, unerbittliche Jahreszeit, die nicht wankt und weicht. Die Tag und Nacht heulende Heizung kann die Kälte auf dem Gang nicht vertreiben, und wenn die Fenster in dem großen Wohnraum zum Lüften geöffnet werden, dauert es eine Stunde, bis es wieder einigermaßen warm ist. Die Autoscheiben sind morgens vereist und müssen freigekratzt werden. Das Anspringen des Motors ist eine Gnade.

Der Schnee bleibt aus, das Land liegt ungeschützt unter dem scharfen Wind; überall nistet sich der Frost ein. Außerhalb der Stadt sind die Felder und Wiesen bis tief in den Boden hinein gefroren. Die Furchen, die Traktoren und Karren im Herbstmatsch hinterlassen haben, haben steinharte Kanten. Grachten, Wasserläufe und Teiche liegen unter einer dicken Eisschicht, die jeden Verderb und Zerfall hinausschiebt. In der Stadt werden Müllsäcke und Pappteller mit Pommesresten, Hundekot und Hamburgern konserviert. Im schwarzen Eis des Teiches sind erstarrte Fische eingeschlossen, wird lebloses Ried aufrecht gehalten, in den Waken frieren Vögel fest.

Peter und Paul laufen auf Schlittschuhen über zugefrorene Kanäle zur Schule. Am Wochenende machen sie mit ihren Klassenkameraden lange Touren, von denen sie mit glühenden Gesichtern, Reif in den Haaren und gefrorenem Schweiß im Pullover zurückkehren. In ihrem Zimmer liegen wochenlang Schlittschuhe, Handschuhe und Wachsdosen auf dem Fußboden.

Johan geht nicht Schlittschuh laufen, sondern malt. Dazu kleidet er sich in eine Bergsteigermontur, die die Körperwärme hält, denn das hohe Atelier ist nicht warm zu bekommen. Ihn stört das nicht, der Ehrgeiz lodert, die Leidenschaft brennt, und die Rachsucht schwelt. Auch Ellen macht nicht mit, obwohl sie leidenschaftlich gern Schlittschuh läuft. Sie kann sich mit dieser mühelosen Fortbewegung noch nicht anfreunden, ihr ist nicht nach Gleiten zumute; sie scheint eher nach dem Widerstand zu suchen, nach der Mühe, die es kostet, ins Auto vorzudringen und es in Gang zu setzen. Sie macht keinen Gebrauch vom Winter, sondern von der Auflehnung dagegen. Das hilft ihr, Zugang zu ihrer eigenen Auflehnung zu finden. Sie hat lange genug nachgegeben.

In dieser Zeit denken die Mitglieder der auseinanderfallenden Familie (der Frost verzögert den Zersetzungsprozeß und verdeckt die Schwachstellen) kaum an das schmale Grab und möglichst wenig an das, was sich darunter abspielt. Verlegen räumt Paul Ellen gegenüber ein, daß Saar ihm leidtut: »Als ob sie frieren würde, so weit weg von zu Hause. Aber das geht ja gar nicht. Dumm, nicht?«

Johan hat kein Wort mehr über sein Vorhaben verloren, einen Grabstein zu entwerfen. Ein Stein würde jetzt vielleicht zerbersten vor Kälte, oder, wenn man ihn bei Frost aufstellen würde, im Frühjahr einsinken. Im Sommer war Ellen am Grab, um es zu bepflanzen: Heidelbeeren, Walderdbeeren und Malven. Sie hatte eine Plastikgießkanne dabei, eine Schaufel und Handschuhe. Ein freundlicher Wärter führte sie zum Grab; allein hatte Ellen es nicht finden können, eine halbe Stunde lang irrte sie auf den ruhigen Wegen umher und besah sich die Vielfalt der Grabanlagen; die Unruhe wuchs, als sie die Kindergräber nicht finden konnte, bis sie schließlich, mit ihren Pflanzen und ihrem Instrumentarium beladen, zur Friedhofsverwaltung ging.

Am Grab dann fühlt Ellen sich beobachtet. Ganz in der Nähe haben ein Mann und eine Frau einen flachen Karton mit Tagetes auf den Weg gestellt, die sie, in der Hocke sitzend, auf ein Grab pflanzen. Ellen wagt nicht, nach den Jahreszahlen auf dem Stein zu sehen. Die beiden sind schon etwas älter, sie nicken Ellen freundlich zu. Sie setzt ihr verschlossenes Wandergesicht auf und packt ihre Pflanzen aus.

Hier wird eingepflanzt und über Wachstumsgeschwindigkeit und endgültigen Umfang der Pflanzen nachgedacht, hier wird nicht mit der begrabenen Tochter gesprochen und nicht über den Zustand nachgedacht, in dem sich Jeans und Turnschuhe jetzt befinden, nicht nachgedacht, nein, nein.

Auch sollte man das Grab besser nicht betreten, weil sonst vielleicht auf einmal der Fuß bis zum Knöchel in weiche Erde einsinkt und das Herz bis zum Hals hinauf schlägt, das Blut aus dem Kopf weicht, ängstlicher Schwindel zum Hinsetzen zwingt, auf was? Auf den breiten Rand um Evertleins Grab. Nur ganz kurz.

Wasser holt Ellen von einer zentralen Pumpe, sie riecht daran: Flußwasser. Sie begießt die Pflanzen reichlich, ohne an den Weg des Wassers zu denken.

Auch der Friedhof ist jetzt im Frost gefangen. Später, wenn irgendwann der Frühling kommt, wird man sehen, wie die Pflanzen es überstanden haben und ob sie noch einen Funken Leben haben bewahren können.

Weihnachten, um Himmels willen, was soll man an Weihnachten machen? Noch dazu drei ganze Tage lang, an denen alles still und wie ausgestorben ist, an denen man drinnen sitzen und sich der Gemütlichkeit hingeben muß, wie ungemütlich einem auch zumute ist. Keine Arbeit, keine Schule, keine Geschäfte. Was haben wir voriges Jahr gemacht? Saar bekam den Fischpullover von Alma. Die Kinder führten ein Quiz auf, Saar war Assistentin und stöckelte mit dem Hintern wackelnd in Ellens hochhackigen Schuhen herum. Johan brüllte vor Lachen. Sie tranken Champagner. Es war gemütlich.

Das kommt also nicht in Frage, an diese Erinnerungen darf nicht gerührt werden. Ein Häuschen auf einer Insel? Wintersport? Etwas ganz anderes?

Ellen spricht Johan darauf an.

»Ich fahre nach Paris. Ich bin nicht da.«

»Ach?«

»Ich fahre mit Mats und Zina. Vielleicht auch noch mit ein paar anderen Schülern. Eine Art Studienreise, wir werden Museen besuchen, uns einiges ansehen. Und ich will Material kaufen.«

»Nach Paris?!«

Peter und Paul sind überrascht.

»Fahren wir mit? Fahrt ihr zusammen? Wir fahren doch mit? Und Oma?«

»Johan fährt alleine. Mit seinen Schülern. Wir fahren nicht mit.«

Paul schaut seine Mutter an.

»Ist das schlimm, Mam? Habt ihr Streit?«

Jetzt, denkt Ellen, jetzt wäre es gut, wenn ich eine Meinung dazu hätte, wenn ich etwas empfände. Was empfinde ich?

»Nein, wir haben keinen Streit. Johan möchte gern nach Paris. Und ich finde es eigentlich ganz gemütlich, mit euch beiden zu Hause zu sein.«

Feige, feige, feige. Was ich den Kindern sage, mag ja noch angehen, aber Johan müßte ich die Meinung sagen. Daß ich ihn nicht mehr reinlasse, wenn er sich derart davonstiehlt, daß er in diesem Hotelzimmer mit seinen Schülerinnen herumbumsen kann, bis er schwarz wird, daß ich keine Lust mehr habe, daß ich nicht mehr will. Daß es aus ist.

Ellen sagt ihm nicht die Meinung. Kühl schaut sie Johan nach, als er in sein Auto steigt, um Zina abzuholen. In seinem neuen Jackett.

Die Reifen zerstechen? Zucker in den Tank? Ach, laß doch. In der Küche hatte er Ellen hilflos angestarrt. Der Koffer stand schon an der Treppe. Hinter seinen Augen dachte er bereits an etwas anderes, sah sie.

»Ellen, ich kann das nicht. Jetzt hier sein, meine ich.«

Du meinst, daß du es nicht lassen kannst, dich in eine neue Liebe zu stürzen, du meinst, daß du verliebt bist, daß du einen ganz ordinären Seitensprung machst, noch dazu in Paris! Du meinst, daß du für Bewunderung alles tust. Das denkt Ellen. Aber es auch zu sagen, ist etwas anderes.

»Nein. Das sehe ich.«

»Wenn ich zurückkomme, müssen wir miteinander reden.«

»Ja.«

»Ich weiß nicht, was ich noch sagen soll.«
»Geh ruhig.«
Wie ein Pfeil schießt er zur Treppe, schnappt seinen Koffer und stürmt befreit nach unten.

An Heiligabend schaut sich Ellen mit den Kindern einen Kriminalfilm im Fernsehen an. Sie essen Hamburger und Chips mit Cola; später macht Ellen Kakao. Am nächsten Tag folgt das abendliche Weihnachtsessen mit Geschenken. Alma kommt schon nachmittags, mit dem Taxi. Sie spielt mit den Jungen Monopoly, während Ellen in der Küche ist. Daß Johan verreist ist, hat sie zur Kenntnis genommen, sie bringt Ellen einen herrlichen Strauß Rosen mit. Tiefrot funkeln sie in einer Ecke des Zimmers.

Oscar reagiert überspannt, als Ellen ihn anruft und einlädt.

»Ich glaube, daß ich etwas anderes..., ich meine, eine andere Verabredung..., daß es nicht geht.«

»Johan ist nicht da, er ist in Paris.«

Sie nimmt an, daß Johans Anwesenheit ein Hinderungsgrund wäre, aber ihr taktischer Vorstoß geht völlig daneben.

»Ach, du meinst, daß ich gerade deswegen kommen sollte? Herrje, das ist ja scheußlich.«

»Nein, so meine ich das nicht, Oscar. Wenn du was anderes vorhast oder keine Lust, dann kommst du eben nicht. Es muß nicht sein. Ich dachte nur, daß du es vielleicht nett finden würdest, das ist alles.«

»Ich würde es nett finden, dich zu sehen. Können wir nicht etwas anderes ausmachen, einen Tag später, am zweiten Weihnachtstag?«

Was er wohl vorhat, denkt Ellen, Gay Christmas? Offene Weihnacht für Singles? Sich selbst einen Tag ohne Familienstreß gönnen? Was es auch ist, er will nicht damit rausrücken.

»Gut.«

»Ich komme nachmittags zu dir, und wir bleiben drinnen.

Ich bringe was Schönes zum Anhören mit. Es ist viel zu kalt zum Spazierengehen, das ist nichts für meine Brille, und es zerreißt mir die Ohren, wenn ich keine Mütze aufsetze. Tut mir leid wegen des Weihnachtsessens, Ellen. Vor allem jetzt, du weißt schon, na ja, ich meine, voriges Jahr war alles noch so anders, es ist schwierig. Ich dachte, ihr fahrt vielleicht weg, mit der ganzen Familie. Um jetzt nicht zu Hause zu sein.«

»Ja. Ich weiß nicht. Die Jungen finden es ganz in Ordnung, zu Hause zu bleiben. Alma kommt, wir werden ein paar Spiele spielen.«

»Und du?«

»Ich habe einen Plumpudding gekauft. Den werde ich ganz feierlich flambieren. Und du bekommst die Reste, wenn du kommst.«

»Und deine Freunde«, sagt Alma, »warum sind die nicht hier? Die feiern doch Weihnachten?«

»Sie sind in England, bei den Eltern von Lawrence. Ein echt englisches Weihnachtsfest für die Kinder. Lisa hat heute morgen angerufen, es ist bitterkalt in dem Hotel, und im ganzen Land stinkt's nach Kohlenfeuer. Sie backen den ganzen Tag Kekse, um warm zu bleiben.«

Silvester werden sie wieder dasein, aber das sagt Ellen nicht. Sie geht in die Küche, um einen Salat zu machen und die Kartoffeln aufzusetzen. Die Steaks haben Zeit bis später. Pommes parisiennes. Herrje. Was empfinde ich? Er ist ein Schwein, er demütigt mich, ich gehe, wenn er zurückkommt. Aber eigentlich ist es gut so. Schön, mit den Kindern allein zu sein. Keinerlei Beeinträchtigung durch seine Stinklaune. Kein Erstarren, wenn ich die Haustür aufgehen höre. Nur an mich denken. Daß ich den Tag ohne Saar überstehe. Diese Karte von Mara zu Saars Geburtstag; furchtbare Tage sind das, genau wie jetzt. Besser, man hat keine Kinder. Besser, man ist tot. Nachher, beim Essen, wird es wieder gehen. Mit dem Steak beschäftigt, mit den Plänen der Jungen, mit Almas Heizungsproblemen. Reden. Aufpassen. Mitmachen. Aber es ist ein Gespräch in einer fremden Sprache. Mitmachen und wissen, daß es nicht meine Sprache ist, daß ich nicht einfach ganz selbstverständlich so bin, wie ich mich von innen her fühle: ausgelöscht. Verbrannte Erde. Verlassenes Schlachtfeld.

Pathos. Ich muß damit aufhören. Es ist fast, als könnte ich noch nicht leben; alles, was schön ist, bringt mich zum Weinen, ich kann es nicht ertragen. Als ob es Sünde wäre, nachdem sie nicht mehr da ist. Ein schöner Himmel, schöne Bäume, schöne Musik. Nicht genießen, sonst gebe ich sie auf. Wenn ich das Schlachtfeld verlasse, habe ich meine Tochter ein für alle Male verloren. Die Kartoffeln! Die Flamme herunterdrehen. Gerade noch gerettet. Alma ist lieb zu den Jungen. Ihre Söhne leben alle beide. Aber sie sind nicht da, sie sind ausgekniffen, sie rennen ihren Lastern nach. Oscar fährt allein in Urlaub. Wenn er überhaupt wegfährt.

Die Steaks. Hoffentlich kriegt Alma das Fleisch mit ihren alten Zähnen durch. War eine gute Fleischerei.

Wenn ich so alt bin wie Alma jetzt, werde ich immer noch eine tote Tochter haben.

Der Gedanke durchfährt Ellen wie ein Blitzstrahl, sie muß sich kurz auf den Küchenstuhl setzen. Was geschehen ist, wird nie vorübergehen. Es ist kein Warten auf Genesung, sondern eine neue Ausgangsposition. Sie ist ein anderer Mensch geworden, jemand, der vielleicht irgendwann so alt wie Alma sein wird, jemand mit einer abscheulichen Narbe. Auf Wiederherstellung zu hoffen hat keinen Sinn und führt zu nichts. Das Erkennen der veränderten Situation vermittelt ihr ein ungeahntes Gefühl der Erleichterung, heiter, unehrerbietig: Hurra, ich bin Invalide geworden!

Die Messer gleiten mühelos durch das Fleisch, die Soße ist gut gelungen, die Pariser Kartoffeln werden restlos verputzt. Dann wird das Licht gelöscht. Peter hält den Schöpflöffel voll

Cognac über die Gasflamme, Paul steht mit den Streichhölzern bereit und Ellen mit dem dampfenden, schwarzvioletten Plumpudding. Das Feuerwerk wird entzündet, erhitzt und lachend marschieren sie zu dritt in das dunkle Zimmer. Die blauen Flammen tanzen über den schwarzen Berg. Daß wir das auch noch aufessen müssen, kaum zu glauben. Auspusten. Kerzen an. Die Sahne vergessen, schnell zum Kühlschrank. Das ist nett, nicht wirklich schön, aber denkwürdig.

Einen Christbaum haben sie in diesem Jahr nicht. Johan tat, als gäbe es kein Weihnachten, die Kinder haben nicht darum gebeten, und Ellen wollte lieber nicht daran denken. In dem englischen Laden, in dem sie den Plumpudding gekauft hat, hat sie im letzten Augenblick einen Minibaum aus Plastik erstanden. Er ist mit Batterien versehen, wenn man ihn anschaltet, brennen die Kerzen, es ertönt ein Weihnachtslied und der Baum dreht sich ganz langsam um seine eigene Achse. Das Wunderding steht zwischen Tellern und Schüsseln auf dem Tisch. Von Zeit zu Zeit schaltet es jemand an, und ein Hauch von Weihnachtsstimmung weht durch den Raum.

Die Geschenke sind in Ermangelung eines Christbaums vor der großen Vase ausgebreitet worden, in der Almas Rosen stehen. Es ist ein großes Paket darunter, das Paul für Alma aus dem Taxi holen mußte. Es ist für Ellen. Ein CD-Player.

Warum ist sie so lieb zu mir? Etwas, was ich so gerne haben wollte; es ging mir zu schlecht, um es mir selbst zu kaufen. Woher weiß sie, daß Musik mir so wichtig ist?

Johan fand es blödsinnig, sie hätten doch einen Plattenspieler, er höre sich den Radau sowieso nie an, und außerdem seien diese Dinger teuer. Womöglich alles neu kaufen, kommt nicht in Frage, moderner Quatsch, ein raffinierter Trick der Hersteller, um Geld zu machen, ihn könnten sie damit nicht reinlegen.

Alles wahr, aber ich hätte trotzdem gern einen, hatte Ellen

gedacht, früher, vorher, damals. Die Jungen jubeln, Ellen errötet vor Verlegenheit und Rührung. Sie küßt ihre Schwiegermutter, die alte Frau, die darüber nachgedacht hat, womit sie der Ehefrau ihres Sohnes eine wirkliche Freude machen könnte, und etwas ausgesucht hat, das rundherum gut ist.

Sie will sich bei mir bedanken, weil ich ihren Sohn zurückgeben werde. Ich trete zurück, sie kann ihn wiederhaben, ich werde ihr nie mehr lästig werden, und dafür belohnt sie mich. Was für ein gemeiner Gedanke, wie komme ich nur darauf? Sie hat gedacht, daß ich eine schwere Zeit durchmache, und will mich trösten, das kann doch auch sein?

Die alte Frau sitzt aufrecht da und schaut dem aufgeregten Treiben zu. Peter schließt das Gerät an, Paul liest laut aus der Gebrauchsanweisung vor. Almas Augen glänzen. Ellen lächelt ihr zu. Beides stimmt: daß sie mich trösten will, weiß sie, daß sie mir für die Rückgabe ihres Lieblings dankt, weiß sie noch nicht. Beides stimmt. Ellen schaltet den Christbaum an. Es ist Weihnachten.

Am folgenden Tag gehen Peter und Paul in der wäßrigen Wintersonne Schlittschuh laufen. Ellen empfängt ihren Schwager, der in seinen Gummiüberschuhen die lange Treppe hinaufstolpert und dabei Aussicht auf seinen gesenkten Kopf bietet, der mit einer Lederkappe mit gefütterten Ohrenklappen bedeckt ist. Seine Brille ist beschlagen, völlig konfus steht er im Gang – Mantel, Schal, Handschuhe, wohin damit, wie derweil das Päckchen festhalten, das er in der Hand hat, Ellen küssen? Sie schält ihn bis auf seinen feinen Anzug mit tadellos weißem Oberhemd aus den Sachen heraus. Sie erkundigt sich nicht, was er am Tag zuvor gemacht hat, sondern läßt ihn auf dem Sofa Platz nehmen, gegenüber den Rosen, neben dem neuen Gerät.

»Schön, nicht? Ich wußte es, ich bin mit Alma zusammen losgegangen, um ihn zu kaufen. Ich habe CDs für dich mitgebracht, wo sind sie? Ich hatte sie ganz bestimmt, als ich hereinkam, und jetzt?« Ellen reicht ihm die Plastiktüte. Was für einen verwilderten Vogelkopf er doch hat, was für einen mageren Hals, was für einen hilflosen, blinden Blick. Sie trinken Tee, und Oscar läßt sich ein Stück kalten Plumpudding schmecken. Ohne Brille sieht er nur verschwommene Flecken, und seine Motorik würde zu einem Blindenstock passen, so wenig Vertrauen hat er in sein Sehvermögen. Auf dem Feld seines Gebrechens hat er sich selbst besiegt und ist Kunstbetrachter geworden.

Ellen betrachtet seine Ohren: große, schön geformte Ohrmuscheln, die von der Kälte noch leicht gerötet sind. Die Ohrläppchen stehen ab und haben genau den richtigen Grad an Fleischigkeit. Wie war das noch, ein Ohrenkind mit Augeneltern?

»Es dauerte immer eine Weile, bevor ich begriff, wovon sie sprachen. Johan war viel schneller, obwohl er drei Jahre jünger war. Es störte sie, daß ich Krach machte. Ich sang im Bett, ich dachte mir Lieder aus. Johan fing an zu kreischen, er konnte dabei nicht schlafen. Osser, er nannte mich Osser. Aufhalten, sagte er dann. Ich ärgerte ihn und erzählte im Dunkeln Gruselgeschichten, mit schaurigen Liedern dazu. Dann gab's Geplärre und Alma kam nach oben, um mir eins draufzugeben. Ich war der ältere, ich hatte vernünftiger zu sein. Ich machte eine Schlange nach, die unter seinem Bett lauerte, mir würde sie nichts tun, denn ich konnte Flöte spielen, und damit konnte man gefährliche Schlangen beschwören, ich zischte immer lauter, bis Johan vor Angst ins Bett machte. Nein, aufhalten, Osser!«

Oscar kichert. Es ist eine süße Erinnerung.

»Und die Flöte«, fragt Ellen, »hast du damit weitergemacht?«

»Ich wollte Geige spielen. Papa hatte eine Bratsche, und das war das Schönste, was ich mir vorstellen konnte. Wenn er abends mit seinem Streichquartett übte, lag ich im Bett und lauschte. Ab und zu spielten sie Mozart-Quintette. Herrlich, wunderschön. Alma hatte es nicht gern, ich glaube, sie übten meistens irgendwo anders. Dann ging Charles mit der Geige unter dem Arm weg, und ich wünschte mir, mitzudürfen. Ich glaube, daß ich ein musikalisches Kind war, ich sang nach, was er spielte. Er hat mir eine Blockflöte geschenkt, da war ich ungefähr vier. Ich fand selbst heraus, wie man darauf spielen mußte. Das Holz, das geölte Holz der Flöte fand ich schön, und es roch so wunderbar. Charles sagte, daß ich noch zu klein für eine Bratsche sei. Ich würde eine Geige bekommen, wenn ich lesen und schreiben könne und zur Schule ginge. Aber als es soweit war, hatte er andere Sorgen.«

»Und Alma, konnte die dich nicht zur Geigenstunde schicken?«

Noch während sie das fragt, weiß sie: Nein. Alma war froh, daß sie von dem Gefiedel befreit war, sie konnte keine Geige mehr hören. Wenn Oscar darum gebeten hätte, wäre das so gewesen, als hätte er nach seinem verschwundenen Vater gefragt, und das war nicht erlaubt, das ging nicht.

»Ich weiß noch«, sagt Oscar, »wie sie Johan ansah, wenn er malte. Sie hängte seine Bilder an die Wand und zeigte sie Leuten, die zu Besuch kamen. Mir war das Malen immer fremd, aber ich sah alles. Ich stand dabei und schaute. Und ich dachte: Warum er, und nicht ich? Warum standen alle bewundernd vor Johans Bildern und brachen in Begeisterungsstürme aus, Alma vorneweg, und warum hörte keiner meinen Liedern auf der Flöte zu? Ich hatte ein Büchlein von Tante Janna bekommen, in dem die Griffe und die Noten standen. Ich lernte Melodien, alberne Volkslieder wie ›Suse, liebe Suse, was raschelt im Stroh‹ und ›Im Märzen der Bauer‹. Hinten im Buch stand aber auch richtige Musik, für meine damaligen Begriffe jedenfalls. Eine Sarabande von Händel, eine Courante von Chédeville, sehr traurig und sehr schön. Aber im Wohnzimmer hatte ich damit nicht viel Erfolg.«

Bemitleidenswert. Alma, die Rabenmutter, die ihren Jüngsten vorzog und auf alle erdenkliche Art und Weise förderte. So sieht es aus, so scheint es, aber stimmt es auch so?

»Charles ist weggegangen, bevor ich die Geige bekam. Er nahm uns eines Abends mit zu sich nach oben, Johan hielt er bei der Hand, ich lief hinterher. Im großen Schlafzimmer zeigte er uns seine Bilder, merkwürdig eigentlich, warum tat er das? Johan war still, er schaute sich jedes Bild andächtig an, sehr lange. Ich sah Papa an. Ich fühlte mich unbehaglich, als ob irgend etwas Schlimmes passieren würde. Ich weiß nicht mehr, wie die Bilder aussahen. Schade. Ich denke immer, daß eine Geige darauf war, da war eine Abbildung von einer Geige, aber ich weiß es nicht mehr.«

Er hat es nicht abschütteln können, denkt Ellen. Die Eifersucht ist immer noch da.

Die Sucht zu ordnen und zu sammeln, von der Oscar in seinem Beruf profitiert, gibt es auch in seiner großen und einzigen Liebhaberei. Er sammelt Musik, Langspielplatten, Tonbänder, und seit neuestem auch CDs. Für Ellen hat er einige mitgebracht, als Weihnachtsgeschenk. Mahlers *Kindertotenlieder* hatte er ihr schenken wollen, weil diese Musik im vergangenen Jahr sein Thema gewesen war und ihm geholfen hat, der Trauer über seine kleine Nichte Ausdruck zu geben. Er hat dann aber Mozart-Quintette gekauft. Sie sind gerade noch an der Grenze. Motetten von Monteverdi, in die sie kurz hineinhören. Ellen ist erstaunt über die kargen, klaren Melodien, die so perfekt ineinandergreifen. Jede Phrase wird am Ende zusammengeschnürt wie ein Matchsack mit einer Kordel. Stille. Beherrschung.

Dann greift Oscar zum gewagtesten Teil seines Präsentpakets und schiebt die CD in das Maul des Apparats.

»Stillsitzen, Ellen, und zuhören. Nichts sagen.«

Peng! Oboenklänge. Peng. Ein Horn beginnt zu singen. Frauenstimmen, streng, spröde. Ein Chor bricht los: *Exaudi, Exaudi*! Ellen sitzt wie festgenagelt auf dem Sofa, überwältigt von der Musik, die genau das ausdrückt, was sie fühlt. Eisern, mit erhobenem Haupt wird hier aus stolzer Verzweiflung heraus gesungen. Die *Psalmensymphonie* von Strawinsky. Oscar legt ihr das Begleitheftchen auf den Schoß, und Ellen liest den Text mit, während die Musik in voller Lautstärke durch das Zimmer schallt: *Remitte mihi, ut refrigerer priusquam abeam, et amplius non ero*!

Laut, der Schlußakkord bleibt hart, kein eleganter Abschluß, sondern ein anhaltender Schrei.

Ellen laufen die Tränen über die Wangen. Laßt ab von mir, daß ich mich erquicke, ehe ich dahinfahre und nicht mehr bin.

Leere Häuser

Johans Atelier, ein einer alten Remise nachempfundener nostalgischer Bau, der ursprünglich als Garage genutzt wurde, begrenzt eine weite Rasenfläche, die sich von der Eingangspforte die deichähnliche Anhöhe hinaufzieht, auf der die Villa thront, zu der dieses Anwesen gehört. Das altertümliche, geräumige Haus hat ein Dach aus bläulich glasierten Ziegeln und wird von Peter und Paul deswegen auch ›Das blaue Haus‹ genannt. Der Eigentümer, ein hoher Beamter bei der Post, bewohnt die Villa zusammen mit seiner Ehefrau und steckt sein ganzes Vermögen in seine große Leidenschaft, das Hochseesegeln. In dem riesigen, unpraktischen Gartenhaus, in dem Johan seine Bilder malt, hatte der Segler jahrelang eine Werkstatt eingerichtet. Assistiert von Männern in Moleskinhosen baute er ein Schiff, das nach seiner Vollendung von einem Trailer zum Meer transportiert wurde. Dazu mußten die Vorderfront des Gartenhauses und das Eingangstor eingerissen werden; die gesamte Nachbarschaft lief Beifall klatschend zusammen, und der Segler rief: Jetzt beginnt das Leben. Der sonderbar leere Bootstempel wurde instand gesetzt und an Johan vermietet. Herr Blau, wie die Kinder zu ihm sagten (»Bob« für Johan), hatte den Künstler beruflich über die Post kennengelernt, die bei Johan ein Bild für das Direktionszimmer in Auftrag gegeben hatte. Am Tag der Übergabe fand ein bescheidener Empfang statt, Auftraggeber und Künstler kamen bei einem ordentlichen Sherry ins Gespräch, Ellen war charmant, die Kinder allerliebst, und Sally, Bobs amerikanische Frau, lud sie alle zum Grillen ein. Johan haßt das Herumgekaue auf ungarem oder verkokeltem Fleisch, das in fette Soße getunkt und mit saurem Salat garniert wird; er verabscheut primitives Essen, bei dem nie alle Bestandteile der Mahlzeit gleichzeitig fertig sind. Bei Sally und Bob jedoch verlief alles ganz anders. Es gab einen bequemen, mit rustikalem Geschirr gedeckten Tisch. Ein Tischtuch. Jeder bekam zur gleichen Zeit ein von Bob perfekt gegrilltes Steak. Die Erwachsenen konnten sich entspannt unterhalten, während die Kinder auf dem Rasen spielten. So hatte alles angefangen.

Sally, eine stabile kleine Frau, die immer in Leggings und Seidenbluse herumläuft, war ein Faktor, den Johan bei seiner Entscheidung über die Anmietung des Ateliers mit in seine Erwägung einbezog. Man sah ihr das Alter zwar an, aber sie war immer perfekt zurechtgemacht. Spann und Knöchel schlichtweg anziehend. Was sie wohl machte, wenn Bob sich seinen Postgeschäften widmete? Vor Johans Fenster mit in die Höhe gestrecktem Hintern Rhododendren umpflanzen? Nackt auf dem Rasen liegen, mit frisch gepreßtem Orangensaft im Atelier aufkreuzen? Was würde er machen, wenn sie ihn zum Frühstückskaffee in ihre Küche einlud? Ehe man sichs versah, stand man zu zweit in einer zu engen Türöffnung, und es blieb nur die Wahl, sie zu küssen oder sich feige aus der Affäre zu ziehen, zu schmeicheln oder zu demütigen. Wenn sie beim Feuergeben ihre Hand auf die seine legte, wenn sie sich beim Kaffeeinschenken etwas zu lange über ihn beugte und er nicht reagierte, verlor sie dann aus Verachtung das Interesse? Nicht schön. Wenn er sie abwies, würde sie gekränkt sein, böse, rachedurstig. Noch schlimmer.

Johan: Ich darf es gar nicht erst so weit kommen lassen, das ist die einzige Möglichkeit. Wir müssen uns von Anfang an darin einig sein, daß wir zwar nichts lieber machen würden, als es in ihrem Boudoir miteinander zu treiben, daß so etwas aber absolut nicht drin ist. Sie muß sich weiterhin begehrt fühlen, und ich brauche meine Ruhe.

Sally bedachte ihn mit einem freundlichen, ironischen Lächeln. Sie hatte einen Gärtner, der sich um die Rhododendren kümmerte, und ein Dienstmädchen, das den Kaffee einschenkte.

»Was stellt denn die Post heute noch dar?«

Bob und Johan sitzen in Korbsesseln draußen auf dem Rasen im Schatten einer Kastanie. Sie trinken Bier. Der warme Sommertag neigt sich dem Ende zu. Das Geräusch lässig, aber knallhart geschlagener Tennisbälle wäre jetzt passend, doch Bob hat genausowenig wie Sally je etwas auf Tennis gegeben, die ganze Leidenschaft gilt dem Schiff.

»Früher war es noch ein Ereignis, wenn ein Telegramm geschickt wurde. Wer gibt heute noch Telegramme auf? Faxgeräte haben sie und Autotelefon. Ein spezieller Bote in Uniform stellte es zu, mit dem Fahrrad. Das Telegramm steckte in einer Ledertasche; er klingelte an der Haustür, die Nachbarn schauten aus den Fenstern. Das hatte etwas Feierliches. Häufig wartete der Zusteller noch einen Augenblick, während der Empfänger die Nachricht las: gute Neuigkeiten, schlechte Neuigkeiten? Und wer schreibt noch Briefe, das tun doch höchstens noch alte Männer? Deprimierend ist das.«

Johan hört nur halb zu. Er ist mit seinen Gedanken bei dem Bild, das im Gartenhaus auf der Staffelei steht, und entwirft einen Arbeitsplan für den nächsten Tag. Vielleicht sollte er es sich nachher noch einmal ansehen.

»Wir haben es langsam aber sicher gut eingesegelt; es wird Zeit, daß wir mal einen größeren Törn machen. Nein, ich denke wirklich daran, mich zurückzuziehen, ich habe keine Lust mehr.«

Johan spitzt die Ohren. Während Bob laut über den verderblichen Einfluß der Vielzahl von Telefonmodellen sinniert, überlegt er, was wohl passieren wird, wenn Bob sich frühzeitig pensionieren läßt. Ob er die Villa verkauft? Ob das Atelier mitverkauft wird? So ein Atelier bekommt er nie wieder! Soll er fragen? Abwarten? Das scheint ihm das beste. Höflich trägt er seinen Anteil zur Unterhaltung über Post und Telekommunikation bei.

Es überrascht ihn nicht sonderlich, als Bob kurz nach Weihnachten jubelnd ins Atelier gestürzt kommt. Johan steht gerade vor seinem Materialschrank und ordnet die in Paris gemachten Ankäufe. Der von Bob geschwenkten Whiskyflasche entnimmt er, daß ein größeres Ereignis ansteht. Gläser. Eis. Prost!

»Im Kielwasser Cooks!«

Bob schreit fast vor Aufregung.

»Wir überqueren den Atlantik, ich möchte eigentlich bei Feuerland ums Kap herum, aber wenn das nicht geht, nehmen wir den Kanal. Osterinseln. Tonga. Tahiti!«

Bob und Sally gehen in ihrem selbstgebauten Schiff auf Weltreise. Es gibt einen Abschiedsempfang in den oberen Etagen der Post; Möbel werden ausgelagert, Seekarten angeschafft. Bob bietet Johan das Haus an.

»Du brauchst es nicht zu kaufen, ich behalte es gern in der Familie. Wer weiß, ob sich nicht später eines der Kinder dafür interessiert. Ich würde mich freuen, wenn ihr hier einzieht, ich lasse einen Mietvertrag ausfertigen, damit du eine Sicherheit hast. Wenn wir zwischendrin mal im Lande sind, werden wir uns in der Stadtwohnung aufhalten oder bei einem der Kinder. Schau es dir an, du kannst auch ruhig umbauen, wenn es dir Spaß macht, die Küche ist vielleicht etwas zu beengt für eine Familie.«

Ein paar Wochen später laufen Lawrence und Johan durch das leergeräumte Haus. Auf einem Arbeitstisch liegen Baupläne, und sie spielen mit dem Gedanken, Wände einzureißen, neue Fenster einzusetzen und eine überdachte Terrasse anzubauen.

»Eine Kochinsel«, sagt Johan, »um die man herumlaufen kann. Und alle Geräte eingebaut. Diese Ecke vom Wohnraum möchte ich zur Eingangshalle rüberziehen, dann kann da der Fernseher stehen, damit man den Krach nicht im Wohnzimmer hat. Ist das eine tragende Wand, können wir die raushauen?«

»Was sagt eigentlich Ellen dazu, möchte sie denn umziehen?«

Kann man das wollen, das Haus verlassen, in dem das verstorbene Kind aufgewachsen ist? Lawrence bezweifelt das. Für Johan ist es offensichtlich kein Problem. Ob eine Frau da anders empfindet?

»Natürlich will sie. Es ist doch phantastisch hier: geräumig, bequem, schöne Wohngegend, nicht mehr alles die Treppe hinaufschleppen müssen. Rundherum nur Vorteile.«

Er stimmt ein Loblied auf das Haus an und bannt so den Zweifel, den sein Freund gesät hat. Er hat mit Ellen noch nicht darüber gesprochen, daß ihnen die Villa zur Verfügung steht. Als er aus Paris zurückkam, mit schwerem Kopf von zuviel Alkohol, war sie zugeknöpfter denn je und trug ihm wortlos das Essen auf. Er war voller Elan und von seiner Mission überzeugt abgereist, sank aber am heimischen Eßtisch unter dem Bombardement ungerührter Blicke zusehends in sich zusammen. Sie taten, als wenn nichts geschehen wäre. Paul führte den CD-Player vor, und Peter ließ den Plastik-Christbaum für ihn tanzen. Als die Jungen nach oben gegangen waren, wünschte Johan sich, daß sie etwas fragen würde, daß sie ihn zur Verantwortung rufen, ihn beschimpfen, ihm Vorwürfe machen würde – egal was, wenn es nur diese sonderbare Gespanntheit verscheuchte.

Sie schenkte ihm Kaffee ein und setzte sich, um die Zeitung zu lesen.

»Wie war's mit Alma?«

»Ganz gut, glaub ich.«

»Hat sie nicht gefragt, wo ich war, fand sie es nicht merkwürdig, daß ich weg war?«

»Dazu hat sie sich nicht geäußert, soviel ich weiß.«

»Und Oscar? Hat der was gesagt?«

»Nein.«

»Und du? Wir wollten doch reden nach meiner Rückkehr? Hast du mir nichts zu sagen?«

Ellen schaut von ihrer Zeitung auf. Sie mußte bei einem Artikel über Misch- und Rührtechniken schon dreimal neu ansetzen.

»Nein. Ich habe nichts zu sagen. Ich bin noch nicht soweit.«

Drei Sätze! Hurra! Noch nicht soweit, was meint sie damit? Johan spürt, wie er anfängt zu kochen. Das ist vertrautes Terrain, da bewegt sich was, das ist allemal besser als Schweigen.

»Soweit, was heißt das, wofür? Was soll der Quatsch? Kannst du nicht mal ein bißchen Interesse für mich aufbringen, kannst du nicht mal fragen, wie es mir ergangen ist?«

Johan ist aufgesprungen und läuft im Zimmer auf und ab. Auf dem Tisch verfällt der Christbaum unversehens ins Tanzen, als er vorüberkommt.

»Wie es dir ergangen ist, interessiert mich nicht die Bohne«, sagt Ellen gelassen.

Seufzend setzt Johan sich neben Lawrence an den Tisch.

»Ellen ist nicht mehr sie selbst. Sie ist so verändert seit..., seit dem, was passiert ist. Man kann nicht mehr mit ihr reden. Ich wünschte, sie wäre wieder so wie früher. Vielleicht hilft es ja, wenn sie dieses tolle neue Haus bekommt, das könnte doch sein? Sie zieht sich vollkommen zurück. Ich hab keinen Draht mehr zu ihr. Zwischen uns läuft gar nichts mehr.«

Lawrence sieht Johan nachdenklich an. So viele Vertraulichkeiten bekommt er von ihm nicht oft zu hören.

»Ich fühl mich eigentlich völlig überfordert. Wie soll man das wieder in Gang bringen? Außerdem stinkt's mir langsam ganz gewaltig, es ist überhaupt nicht mehr gemütlich zu Hause, wir machen nichts mehr gemeinsam. Die Jungen sind schwierig, oder eigensinnig. Sie hat sie absolut nicht im Griff, sie machen, was sie wollen. Was hat denn das alles für einen Sinn, sie muß sich doch endlich mal zusammenreißen, verdammt.«

»Vielleicht sieht sie keinen rechten Sinn mehr in ihrem Leben«, sagt Lawrence.

»Sinn des Lebens? Herrgott noch mal! Aus dem Alter sind wir doch wohl raus! Sich fragen, ob das Leben einen Sinn hat. Natürlich hat das Leben einen Sinn, man muß hart arbeiten und berühmt werden, das ist der Sinn des Lebens. Oder etwa nicht; wofür lebst denn du?«

»Dafür, daß ich es ein bißchen angenehm habe, glaube ich. Ein gutes Verhältnis zu den Menschen, mit denen ich zu tun habe, Ruhe, um ein paar schöne und nützliche Gebäude zu entwerfen. Und für die Kinder natürlich.«

»Mein Gott, was für ein Softi-Gelaber. Willst du nicht vielleicht auch noch die Welt verbessern? Wenigstens bist du nicht religiös. Dann könntest du deinen Idealen auch noch in allerhöchstem Auftrag hinterherrennen.«

»Was findest du daran so abwegig?«

»Lasch ist das. Feige. Kinder, Ruhe, Nützlichkeit, wozu soll das gut sein? Kämpfen muß man, alle Nichtsnutze und Schmarotzer an die Wand drängen. Ich lebe für meine Arbeit. Ich will der Welt einen Stempel aufdrücken!«

Lawrence verstummt. Er denkt an Lisa, die der Meinung ist, daß man lebt, weil man keine andere Wahl hat. Man muß einfach, es geht kein Weg daran vorbei. Aber er hält sich jetzt besser zurück. Wie empfindlich Johan ist, er macht sich Sorgen um Ellen. Schade, daß er das auf diese Weise rausläßt, dadurch wird alles nur noch schlimmer. Eine depressive Frau ist eine Katastrophe. Und Sex, nein danke! Man ist völlig machtlos. Aber daß er sich so offen mit einer anderen einläßt, bringt ihm nicht gerade Pluspunkte ein.

»Ellen möchte vielleicht einfach nur getröstet werden. Ein wenig Anteilnahme haben. Ist das so schwer zu verstehen? Die Eskapaden in Paris, mit deiner Schülerin, das ist, unter uns, ein ziemlich starkes Stück.«

»Ich glaube, daß es Ellen ziemlich egal ist, was ich so treibe. Sie denkt nur an sich selbst, an ihre eigenen Gefühle. Sie ist mir völlig fremd geworden. Ich will sie zurück, Lawrence, ich will sie wiederhaben!«

Johan hat sich in Wut geredet; er spannt die Schenkel an und ballt die Fäuste. In dieser Verfassung hat er Ellen bei ihrem Gespräch nach Weihnachten ein blaues Auge geschlagen. Aufs äußerste gereizt durch ihre Unnahbarkeit hinter der Zeitung. Er zerrte sie vom Sofa und schüttelte sie an den Armen hin und her, brüllte sie an, daß sie etwas zu ihm sagen sollte, jetzt, egal was!

Er ließ sie so abrupt los, daß sie ihr Gleichgewicht verlor und gegen die Wand knallte. Weinend kroch er zu ihr hin, nahm sie in die Arme, flüsterte besänftigend, daß sie still sein solle. Aber Ellen war die ganze Zeit still gewesen, das genau war das Problem. Sie war nach oben gegangen, und er hatte auf dem Sofa geschlafen.

»Komm mal eben mit ins Atelier. Ich möchte dir gern zeigen, woran ich gerade arbeite.«

Mit großen, federnden Schritten geht Johan Lawrence voran durch den Garten.

Er ist ein Kind, ein kleiner Junge, denkt Lawrence. Wenn

er sich bewegen, etwas unternehmen, etwas kaputtmachen oder aufbauen kann, dann ist alles gut. Der Welt einen Stempel aufdrücken, jawohl! Alle sollen wissen, daß er da war! So verfährt er auch mit seinen Frauen, auch sie erhalten ihren Stempel: Steenkamer war hier. Der Konkurrenz bleibt das nicht verborgen. Alma wird Oscar wohl so gut wie täglich spüren lassen, daß sie Johans Stempel trägt. Und der Freund von Zina, der Ärmste, kann auch ein Liedchen davon singen. Treffer landen und den Sieg davontragen, auch in seiner Arbeit. Mit jedem Bild muß er etwas bezwingen, etwas meistern. Und das muß bejubelt werden, sonst wird er seines Lebens nicht froh.

Johan ist ins Gartenhaus gegangen und hat die Tür offengelassen. Lawrence folgt ihm langsam in den hohen hellgrauen Raum. Er ist leer und aufgeräumt. Rechts von der Tür, an der nördlichen Giebelseite, steht eine Anrichte, auf der frisch gespülte Gläser abtropfen. Auf einem Regalbrett darüber stehen eingeweichte Pinsel. In der Ecke ist eine Tür zum Klo, das Blau während der Arbeiten am Segelboot hat einbauen lassen. Es gibt ein paar tiefe Sessel und ein Bett, das vom eigentlichen Arbeitsraum durch einen Bücherschrank abgetrennt ist. An einer Längsseite des Raumes sind offene Schränke und Stellagen angebracht, in denen Johan sein perfekt geordnetes Material aufbewahrt. Davor steht ein großer Arbeitstisch, der zur Hälfte mit Entwürfen für das Auftragsfresko bedeckt ist. Die andere Längsseite, gegenüber dem Tisch, besteht aus einer durchgehenden Fensterfront. Die Garagentüren wurden durch Glasscheiben ersetzt, die Aussicht auf den Rasen gewähren. Vom Boden bis zur Decke fällt Licht in den Raum. An der südlichen Giebelseite befindet sich ein aus Latten errichtetes zweistöckiges Aufbewahrungssystem für Johans Bilder. Es sieht aus wie ein Ständer für Riesenlangspielplatten. Auf seitlich angebrachten Aufklebern ist der Inhalt des jeweiligen Fachs angegeben. Der Stauraum kann, genauso wie die großen Fenster, durch lange hellgraue Vorhänge verdeckt werden.

Von seinem Standort an der Tür aus sieht Lawrence die Rückseite einer Staffelei, die mitten im Raum steht. Johan wirbelt herum wie ein Fisch in der Wassertonne.

Ich mache es falsch, denkt Lawrence. Mein Arbeitszimmer ist nicht annähernd so groß wie dieses, und ich wachse, wenn ich es betrete, nicht plötzlich um zehn Zentimeter über mich hinaus. Lasch, hat er gesagt, feige. Mit Verlierern hat er nichts im Sinn.

Die Hände in den Hosentaschen wandert Lawrence zur Staffelei, um sie herum, ein paar Meter zurück. Johan hantiert in der Küche herum.

Es trifft ihn wie ein Schlag ins Gesicht. Mein Gott! Augen zu. Wieder auf. Das Bild ist anderthalb Meter breit und einen Meter hoch. Zwei Frauen auf einem Sofa. Rechts sitzt Lisa. Aus ihrem blutleeren Gesicht starren die weit aufgerissenen Augen geradeaus, direkt zu ihm hin. Aber sie blickt ins Leere. Sie hat Jeans mit verschlissenen, ausgeblichenen Knien an. Ihr Oberkörper ist nackt. Auf ihrem Schoß liegt der Kopf von Ellen, die aus ihrer sitzenden Position links von Lisa zur Seite gekippt ist. Ihr Gesicht ist dem Betrachter zugewandt, die Augen sind geschlossen, den Mund hat sie an Lisas Knie gedrückt.

Drei Rinnsale (Tränen, Rotz und Speichel) laufen parallel über ihr Gesicht. Ellen hat nackte Beine unter einem kurzen schwarzen Rock; ein Bein hängt diagonal in die linke untere Ecke des Bildes, das andere ist leicht angezogen, so daß das Knie vorspringt. Ellens rechte Hand hängt zwischen Knie und schief gelagerter Hüfte schlaff herab. Die Linke wird von Lisa gehalten und – die Sehnen des Handgelenks treten hervor – in eine unbequeme und merkwürdig verdrehte Haltung gedrückt. Den anderen Arm hat Lisa um Ellens Oberkörper gelegt. Es sieht kraftlos aus, die Hand liegt mit gespreizten Fingern über der Magengegend. Ellen trägt einen Pullover mit kleinen Erdbeeren darauf, was in seltsamem Kontrast zu der tiefen Verzweiflung steht, die ihrem Gesicht abzulesen ist. Lisas Brüste sind klein, wie von einem sehr jungen Mädchen. Die leicht aufgerichteten Brustwarzen vermitteln den Eindruck, als hätten sie noch nie gestillt. Hier ist kein Trost zu finden. Neben Lisas entsetztem Gesicht befindet sich in der linken oberen Ecke des Bildes ein Fenster. Es ist offen, eine leichte Brise wölbt die Gardine und läßt bleiches Sonnenlicht herein. Durch das Fenster ist eine einzeln stehende Birke zu sehen, ein junger Baum mit geradem Stamm, tiefschwarzen Flecken auf der weißen Rinde und einem hellgrünen Schleier frisch ausgetriebenen Grüns um die Zweige. Trotz Lisas weit geöffnetem Mund ist es totenstill. Sie klagt lautlos ihr Leid. Ellens geschwollenes Gesicht wirkt nicht abstoßend.

Lawrence ist fassungslos. Wie kann es angehen, daß Johan sich so perfekt in die Verfassung der Frau hineinversetzen kann, die ihm im alltäglichen Leben ein Rätsel ist? Wie kann er so besessen und detailgetreu einen Kummer darstellen, den er sonst nicht wahrhaben will? Wenn Johan das hier entworfen hat, wieso versteht er Ellen dann nicht? Und wie kann er mit einer Freundin nach Paris fahren, wenn er weiß, daß seine Frau in einer solchen Verfassung ist? Lawrence muß sich räuspern.

»Wie bist du darauf gekommen?« setzt er an.

»Ich hab sie mal so dasitzen sehen. Keine Angst, es sind nicht Lisas wirkliche Titten, aber das siehst du ja selbst. Ich hab sie aus dem *Playboy*. Die Köpfe stammen von einem Urlaubsfoto.«

»Aber warum...«

Johan unterbricht ihn.

»Eine Pietà, nicht? Daran mußte ich sofort denken. Ich hab diesen Querbalken verschoben, siehst du, die Kreuzform aufgelöst. Dadurch hab ich Platz für das Fenster gewonnen.«

Er steht federnd vor dem abscheulichen Bild, ein zufriedenes Grinsen auf dem Gesicht.

»Schön finde ich dieses viele Grau. In der unteren Partie sind die Farbtöne insgesamt viel dunkler als in der oberen Hälfte, das hab ich auch vertauscht, weißt du, der nackte Jesus.«

»Aber Johan, wenn du das, ich meine, hat Ellen das Bild gesehen?«

»Nein, die kommt eigentlich nie hierher, und jetzt schon gar nicht.«

»Aber kannst du nicht mal mit ihr reden?«

»Nein, mit ihr kann man kein vernünftiges Wort mehr wechseln. Und ich bring das auch nicht. Das Knie ist gut, was? Mit dem Rotz bin ich auch ganz zufrieden, das war knifflig. Weißt du, daß ich ein halbes Jahr daran gearbeitet habe? Diese ganzen Haare, Junge, das war eine Heidenarbeit!«

Nein, denkt Lawrence, sie sind ganz offensichtlich nicht auf der gleichen Wellenlänge.

Johan gibt seinem Freund einen Stoß in die Seite.

»Komm, wir gehen. Ich will mir diese Wand noch mal ansehen. Und dann gehen wir ein Bier trinken. Oder mußt du nach Hause?«

Im Haus gewinnt Lawrence sein Gleichgewicht wieder. Sie reden über das Versetzen der Wand und die Marmorpreise, das ist vertrautes Terrain. Johan nimmt Hilfe und Ratschläge gern und mit großem Enthusiasmus entgegen. Lawrence, der das grausige Bild der wehklagenden Frauen nicht aus seinem Kopf verbannen kann, hat das Gefühl, daß etwas nicht stimmt, daß er seinem Freund auf einem anderen Gebiet Hilfe leisten müßte, das aber nicht kann. Johan hört ihm zu, wird nachher noch eine Stunde mit ihm in einer Kneipe sitzen, ganz Freundschaft und Vertrauen, ist aber unerreichbar.

Ich gehe es falsch an, ich kann das nicht, denkt Lawrence. Oder ist Johan verrückt? Er führt mich ständig an der Nase herum mit seinem Gerede über Farbgebung und Flächenaufteilung. Ich gehe, es reicht. Bittet mich um meinen Rat, wie er mit Ellen umgehen soll, und zeigt mir dann so was! Ich laß mich nicht gern verscheißern. Soll er sehen, wo er bleibt.

Doch sobald sie gemeinsam im Auto sitzen, sind sie Freunde, Männer, die beisammen bleiben und ohne große Worte oder Verständnis aneinanderrücken, wenn sie mit der Gewaltigkeit lautloser Frauenpassion konfrontiert sind, wie Johan sie auf seiner Leinwand so vollendet dargestellt hat.

Ahnungslos steigt Ellen mit ihren Einkaufstaschen die Treppe hinauf. Sie lädt alles auf dem Küchentisch ab. Wenn sie sich jetzt hinsetzt, kommt sie nicht mehr hoch, also bleibt sie auf den Beinen. Mantel aus, Aktentasche ins Wohnzimmer neben ihren Arbeitstisch, Lebensmittel auspacken, an ihren Platz stellen, zwischen Tisch und Kühlschrank hin- und herlaufen, zwischen Tisch und Toilette, zwischen Tisch und Badezimmer.

Es ist stickig und muffig im Haus, und sie öffnet die Fenster. Einen Moment im Küchenfenster auf der breiten Fensterbank sitzen, Beine nach drinnen. Es ist kalt, es ist noch kalt, aber windstill. Irgend etwas in der Luft, die Ellen unwillig einatmet, kündigt den nahenden Frühling an. Was ist es? Eine gewisse Milde, der Dunst von Wasser, das eine bestimmte Temperatur überschritten hat? Oder die Ausdünstungen der tauenden Erde? Der Ahorn, der monatelang als lebloses Gerippe vor dem Fenster gestanden hat, weist Schwellungen an seinen kahlen Zweigen auf. In dem Stückchen Park am Ende der Straße beginnt sich der gelbgraue Boden grünlich zu verfärben. Das gesamte winterliche Aufkommen an Hundekot taut zur Freude der Krokusse vor sich hin, die demnächst ihre dummen Köpfchen aus dem Boden stecken werden. Alles erwärmt sich, pfui Teufel, was für ein widerliches Geschäft. Die Welt fängt an zu blühen, denkt Ellen. Und ich? Ich war froh, daß ich das nicht brauchte. Daß ich nicht darauf zu achten brauchte, wie ich aussah. Ein Jahr lang hat mich kein Mann angesehen, außer Bijl, der liebe. Niemand hat mir auf der Straße hinterhergepfiffen oder mich in der Straßenbahn zu lange angestarrt. Und jetzt? Ich will nicht auftauen. Basta. Nach dieser Feststellung kann das Fenster wieder zugemacht werden. Wo sind eigentlich die Jungen?

Ellen steckt den Kopf zum Gang hinaus. Kein Dröhnen von oben, keine Mäntel an der Garderobe. Halb sieben. Sie legt die Mozart-Quintette auf und muß unwillkürlich lachen, denn in dieser Musik herrscht unverkennbar Frühling.

Auf dem Tisch liegt ein Zettel: Mam, wir essen bei Max, und danach haben wir Schulfest. Bis morgen!

Ellen streckt sich, zieht die Stiefel aus und legt sich mit der Abendzeitung aufs Sofa.

Nächste Woche. Nächste Woche ist es ein Jahr her, und ich lebe. Ich habe einen CD-Player und einen Job und meine Meinung zu den Jahreszeiten. Warum tue ich das? Für die Jungen? Die brauchen mich immer weniger.

Ellen setzt sich auf. Mozart beginnt mit dem Adagio. So nicht mehr. Nie mehr so abhängig von einem Mann. Ein anderer? Könnte ich mich wohl in einen anderen verlieben, einem Mann gegenüber im Ruderboot sitzen, die saftigen Ufer vorbeiziehen sehen und nicht mehr daran denken, daß mir kalt ist, andächtig in ein Männergesicht schauen und nur gut zuhören wollen? Nicht mehr schlafen? Das kann ich nur mit Frühling im Kopf und in der Möse, das geht nur in völlig aufgetautem Zustand.

Auf einmal steht Johan im Zimmer. Das wilde Trio hat seinen Auftritt getarnt. Er schaut sie freundlich an. Er sieht gut aus, zufrieden.

»Hast du's dir gemütlich gemacht, Ellen? Sind die Jungen nicht da?«

Ellen stellt die Musik leiser und legt die Zeitung weg. (Dies ist mein Mann. Er kommt nach Hause. Jetzt *versuch's* doch mal.)

»Sie essen bei einem Freund, und danach haben sie eine Veranstaltung in der Schule. Hast du gegessen?«

»Gnädige Frau, was halten Sie davon, wenn wir heute in der Stadt dinieren, im ›Karpfen‹ zum Beispiel?«

(Er bemüht sich. Er lacht mich sogar an. Er will nett sein. Er *ist* nett. Jetzt gib dir einen Ruck. Du hast doch Hunger.)

»Ich könnte doch auch hier was für uns machen?«

(Blöd. Ich will gar nichts machen. Ich will das nicht hier und mit ihm. Blöd!)

»Nein, kommt nicht in Frage. Ich hab eine tolle Neuigkeit für dich, und dazu paßt ein festliches Essen. Wir gehen aus. Einverstanden?«

»Ich zieh mich kurz um.«

Johan greift zum Telefon, um das Restaurant anzurufen. Das Streichquintett spielt ein stürmisches Presto. Ellen geht nach oben.

Im »Verlorenen Karpfen« sind alle Tische mit echtem Leinen gedeckt. Das Ambiente ist altmodisch, dunkle Wandtäfelung, Teppiche und schweres Tafelsilber, aber die Küche ist erfreulich zeitgemäß (viel Fisch, wenig Fett, annehmliche Portionen). Der Vater, der Alte, ist ein blaurot angelaufener, gedrungener Mann, der hinten zwischen den Weinen herumwirtschaftet und mit permanent offenstehendem Mund nach Luft schnappt wie ein leibhaftiger Karpfen. Der Sohn regiert die Küche und empfängt die Gäste. Der Vater steht für das schwere Tafelsilber, der Sohn für die ansprechende Speisekarte.

Er scheint aufrichtig erfreut, als Johan und Ellen hereinkommen, und drückt beiden die Hand.

»Welche Freude. Sie waren lang nicht mehr hier. Ich glaube, daß Ihr Tisch noch frei ist. Folgen Sie mir bitte?«

Der Sohn ist wesentlich größer als der Vater. Seine freundlichen braunen Augen strahlen etwas Weiches und Nachgiebiges aus. Vielleicht steht der Vater deswegen meist murrend zwischen seinen Weinregalen und überwacht jeden Schritt seines Sohnes im Lokal mit Argusaugen.

Ihr Tisch steht ganz hinten, nicht weit von den Weinen. Ellen setzt sich auf die Sitzbank an der Wand, Johan über Eck neben sie. Sie sehen, daß der Vater ein wenig auflebt, sein Gemurmel wird deutlich lauter. Mit rudernden Armen watschelt er zu seinem Sohn und zischt ihm etwas ins Ohr. Der Sohn hält der Attacke des Vaters stand und spricht leise in dessen Ohr (Stammgäste, besser so, beim nächsten Mal in Erwägung ziehen).

Johan bestellt Wein und palavert mit dem Sohn über das Essen.

»Ich kann Ihnen das Menü empfehlen. Einfach, aber gut. Eine klare Fischsuppe, und dann Rochenflügel in Safransoße. Als Nachspeise eine Creation aus Schokolade.«

»Die farbliche Abstimmung gehört nicht gerade zu euren Stärken«, sagt Johan. »Und mit dieser Fischsuppe kann ich nichts anfangen. Habt ihr nicht eine schöne Pastete als Vorspeise?«

»Pastete für den Herrn, aber gewiß. Mit dem Rochen sind Sie einverstanden? Wir haben eine Rotbarschpastete.«

Johan nickt. Ellen will alles wie vorgesehen. Eine Flasche Wasser. Der Sohn läßt alles für sie richten, und der Vater schaut ihm schnappend nach, bis er durch die Küchentür verschwunden ist.

Sie sind fast die einzigen Gäste. Ganz leise klimpert im Hintergrund Klaviermusik, ohne Schlagzeugbegleitung, wahrscheinlich Klassik. Alle Voraussetzungen für ein gutes Gespräch sind gegeben. Die Hauptfiguren prosten sich mit dem Chablis zu und wappnen sich innerlich.

(Ellen: Nicht gleich alles danebengehen lassen, schau's dir erst mal an, er meint es gut; wie er sich dem Sohn gegenüber wieder aufgeführt hat, das hasse ich; ich hab mich geschminkt und einen Rock angezogen, ich sitze hier und benehme mich.

Johan: Es läuft! Noch vor dem Rochen werde ich es erzählen. Safransoße, wie kommen sie bloß darauf? Der Wein schmeckt. Vorerst nicht zuviel trinken. Wie hübsch ihr die Bluse steht. Aber grau ist sie geworden. Und immer noch zu mager.)

Der Sohn bringt Suppe und Pastete. Er erkundigt sich, was sie von dem Wein halten, der uneingeschränkt gelobt wird. Johan hebt die Hand in einer an den Vater gerichteten anerkennenden Geste, der nickt mit heftig wackelndem Kopf zurück.

»Findest du es nicht komisch«, sagt Ellen, »daß wir hier so sitzen, genau ein Jahr, nachdem Saar, nachdem Saar krank wurde. Nachdem Saar starb. Als ob wir das feiern würden.«

Gott im Himmel, denkt Johan. Genau die richtige Bemerkung, um alles zu verderben. Das ist es, was ich meine. So ist sie. Da versuche ich sie ein bißchen aufzumuntern, und dann packt sie gleich ihr ganzes Elend auf den Tisch. Er nimmt einen Schluck Wein, wischt sich den Mund mit der großzügig bemessenen Serviette ab und läßt sich mit seiner Antwort Zeit. Sie hat auch noch recht, es ist tatsächlich genau ein Jahr her, ich arbeitete damals für die Oper. Jetzt taktvoll kontern, auf ihre Linie einschwenken.

»Ja. Wir sind trotzdem ein Jahr weitergekommen. Und du siehst allmählich wieder etwas besser aus, du arbeitest wieder, traust dir wieder mehr zu.«

Auf einmal kann Johan nicht mehr an sich halten, er ist förmlich getrieben von dem Drang, alles wieder ins reine zu bringen, wieder von vorn anzufangen und alle Mißlichkeiten ein für allemal aus der Welt zu schaffen.

»Ein schöner Zeitpunkt, um einfach ganz von vorn anzufangen. Du bekommst dein eigenes Zimmer, wo dich niemand stört, und wenn du willst, baue ich dir ein Regal für deine Anlage. Und die Jungen haben oben quasi eine abgeschlossene Wohnung mit eigener Dusche und Klo, du wirst sehen, wie herrlich das ist. Ich bin dann eigentlich auch immer zu Hause, denn ich arbeite ja im Garten. Und im Keller ist genug Platz für eine Sauna, danach habe ich mich schon umgesehen.«

»Johan, *wovon* redest du eigentlich?«

Er sieht sie etwas bedeppert an.

»Vom Haus, Ellen, von unserem Haus! Wir ziehen um!«

Ellen bekommt die Geschichte von Bob und Sally und der Weltumseglung, die Begehung durch Lawrence und nochmals die guten Eigenschaften der Villa etwas detaillierter aufgetischt. Der Sohn wartet inzwischen auf eine Gelegenheit, die Vorspeisenteller abzuräumen, und ergreift seine Chance, als Johan geendet hat und Ellen ihn sprachlos anstarrt.

In ihrem fassungslosen Hirn jagen sich die Gedanken. Was fällt ihm eigentlich ein, das Haus zu mieten, ohne das mit mir abzusprechen? Ohne zu fragen, ob ich das überhaupt will? Weg von Saar, das kannst du nicht machen. Ein lieber Mensch, dieser Bob, wirklich nett, daß er Johan so ein Angebot macht. Marmorböden, ein schwarzes Badezimmer. Von vorn anfangen. *Er* fängt von vorn an. Er *hat* schon längst von vorn angefangen und will mich nun endlich hinter sich herziehen, in Bewegung setzen.

Der Sohn fegt das Tischtuch ab und legt das Besteck für den Rochen auf, schenkt nach und entfernt sich.

Wie sehr Ellen auch versucht, sich als Bewohnerin der Villa vorzustellen, als jemanden mit einem eigenen Zimmer, der über die Bäume hinweg auf die Lichter im Atelier schaut – es bleibt Johans Phantasie.

Ich will einfach nicht. Ich will nicht mehr mit ihm im gleichen Haus leben, wie groß und schwarzgefliest es auch sein mag. Liegt es an meinem Zyklus, sollte ich meine Meinung lieber in zwei Wochen noch einmal überdenken? Nein, ich habe seit einem Jahr überhaupt keinen Zyklus mehr. Wäre schön, mal wieder zu bluten wie früher. Ich muß mehr essen. Weniger Streß. Nicht umziehen. Keinen Palast mit Johan. Den er entwirft, wo er bestimmt, wie alles auszusehen hat, wo er immer präsent ist. Eigentlich würde ich so etwas gern wollen, aber nicht mit ihm. Schlimm. Er wünscht es sich so sehr.

Der Rochen wird serviert. Die Flügel liegen machtlos in einer zähflüssigen gelben Pfütze. Der Sohn wünscht ihnen guten Appetit.

»Na? Was sagst du? Toll, nicht? Das ist doch eine Riesenchance für uns!«

»Johan, ich mach es nicht.«

Gut, denkt sie. Nicht »ich habe das Gefühl« oder »ich glaube«, sondern einfach: nein.

Jetzt ist es Johan, der perplex ist. Noch gibt er sich allerdings nicht geschlagen, er glaubt noch nicht einmal an eine Niederlage.

»Du mußt dich natürlich noch mit dem Gedanken anfreunden, es kommt ja auch einigermaßen überraschend. Von vorn anfangen, Ellen, denk bitte mal darüber nach. Alle unschönen Erfahrungen im alten Haus lassen wir dort. Du willst doch auch nicht in so einer Bruchbude wohnen bleiben? Wo bei mir jetzt alles so gut läuft. – Weißt du, ich hab gründlich darüber nachgedacht. Wenn wir dort wohnen, mach ich alles anders. Ich will mehr mit dir gemeinsam machen, du brauchst keine Angst mehr zu haben, daß ich einfach abhaue, so wie neulich. Damit ist Schluß, wenn du wieder wie früher bei mir bist. Wir nehmen uns ein Abonnement fürs Theater. Wir gehen zusammen essen. Die Jungen sind schließlich fast erwachsen.«

»Ich will nicht, Johan. Ich mach es nicht.«

Der Rochen stockt in seiner Soße. Unaufgefordert holt der Vater eine neue Flasche Wein hervor. Der Sohn bringt sie wortlos an den Tisch, Johan nickt, der Sohn schenkt ein, sie trinken.

Ellen nimmt einen Bissen von dem Fisch. Sie ist ganz ruhig. In ihrer Vorstellung wird die Villa kleiner und kleiner, bis sie nur noch als Punkt in einer grünen Landschaft liegt.

»Du verstehst nicht, Ellen. Ich entscheide mich für dich! Keine Affären mehr mit anderen Frauen! Es ist noch nicht zu spät, du bist fünfunddreißig, wir können noch ein Kind haben, überleg mal! Das wäre wirklich ein neuer Anfang!«

Ein Baby. Ein Versöhnungskind, strampelnd auf dem Rasen. Ellen muß an eine Theateraufführung denken, die sie mal gesehen hat (*Macbeth?* Ein Königsdrama? Auf jeden Fall Shakespeare.) Darin entblößten alle Darsteller den Oberkörper, wenn es einen Toten gab. Sie weinten, trauerten und erstickten fast an ihren Wehklagen. Nach zwei Minuten zogen sie dann alle ihre Lederwämse und Kettenhemden wieder an und stürzten sich aufs neue ins Gefecht. Voller Enthusiasmus und Zuversicht, bis wieder einer getötet wurde. An das rhythmische Klappen der Theatersessel kann sie sich noch gut erinnern und an den schleppenden Gang der zu den Seitenausgängen drängenden Zuschauer. Die Aufführung wurde von einer Truppe in Kanada wohnender Australier in Altkatalanisch gegeben. Sie dauerte vier Stunden. Ohne Pause.

»Bloß nicht, Johan. Es ist auch keine Frage der Gewöhnung. Ich will kein Kind mehr. Ich will nicht mit dir in ein neues Haus. Ich kann nicht von vorn anfangen.«

Der Vater beäugt sie aufmerksam von seinem Laufgraben aus. Der Sohn sieht mit Bedauern, daß der Rochen unangerührt kalt wird.

»Weißt du eigentlich, was ich für dich aufgebe?«

Nun, da es ihm zu dämmern beginnt, daß er Ellen nicht umstimmen kann, wird Johan laut.

»Du brauchst nichts für mich aufgeben, Johan. Ich finde es ganz in Ordnung, wenn du umziehst. Vielleicht möchte Zina ja ein Kind von dir, oder eine andere. Du kannst doch allein von vorne anfangen!«

»Ich biete dir eine Prachtvilla an!«

Johan ist außer sich. Alle Farbe ist aus seinem Gesicht gewichen.

»Eine Prachtvilla! Ich will dich zurück, ich gelobe dir Treue, ich will ein Kind mit dir, und du sagst nein?! Was willst du *dann,* verdammt noch mal?«

Ruhe, denkt Ellen. Ich möchte in Ruhe gelassen werden. Aber sie braucht nicht zu antworten.

»Das ganze Jahr habe ich deine Depressionen ertragen, es war kaum auszuhalten. Du wolltest nicht mehr mit mir schlafen, ich war einfach Luft für dich. Und trotzdem lasse ich dich nicht im Stich, ich bin bereit, meine Energie hineinzustecken, ich arbeite mich krumm für dich, und du sagst nein! Du bist nicht ganz richtig im Kopf, undankbar und völlig desinteressiert. Mit dir kann man einfach nicht leben, du bist ein Kühlschrank, ein Kartoffelsack, ein vergammelter Fisch.«

Ellen hat sich erhoben. Sie bindet langsam ihren Schal um und zieht ihren Mantel an. Die Theatersessel klappen.

»Ja, hau ruhig ab, entzieh dich deiner Verantwortung! Kein Wunder, daß man sich anderweitig umsieht, was bist du für eine Ehefrau!«

Ellen nickt Sohn und Vater kurz zu und geht zum Ausgang, neugierig angestarrt von den im vorderen Teil des Restaurants tafelnden Gästen.

Der Sohn hat während der Auseinandersetzung taktvoll die Musik etwas lauter gestellt. Jetzt dreht er die Lautstärke wieder herunter. Johan trinkt mit großen Schlucken, rührt das Essen aber nicht an. Es ist ihm anzusehen, daß er kein Mann ist, der gern allein am Tisch sitzt. Er kann ohne Publikum nicht essen, aber er ist so erschrocken und gelähmt, daß er sich auch nicht erheben kann. Trinken geht noch am leichtesten.

Der Sohn läuft zwischen den zahlenden und aufbrechenden Gästen hin und her und wirft mitfühlende Blicke in Johans Richtung, als ob er sich am liebsten zu ihm setzen und ihn mit liebevoll kleingeschnittenen Häppchen Safranrochen füttern würde. Als das Lokal endlich ganz und die Flasche so gut wie leer ist, kommt er an Johans Tisch.

»Soll ich den Rochen abräumen? Daraus wird wohl nichts mehr, denke ich. Leider. Die Nachspeise diesmal auch lieber weglassen? Ja, gewiß.«

Johan sieht ihn an, er ist schon etwas benommen vom schnellen Trinken.

»Die Rechnung. Sofort. Keine Eile.«

Der Sohn beginnt den Tisch abzuräumen und füllt das Glas mit dem letzten Rest Wein. Mehrfaches Husten und schlurfende Schritte kündigen den sich nähernden Vater an. Er läßt sich Johan gegenüber auf einen Stuhl fallen.

»Blödes Weib«, sagt dieser.

Der Vater blickt seinen Stammgast mit seinen etwas hervorspringenden Karpfenaugen aufmerksam an.

»Darf ich Ihnen einen Cognac anbieten?« Er signalisiert seinem Sohn mit zwei erhobenen Fingern. »Als kleine Gabe des Hauses. Ein guter Cognac.«

Der Sohn kommt mit den großen Gläsern und stellt sie behutsam auf den Tisch.

»Es ist der Wein, Herr Steenkamer«, sagt der Vater. »Ich habe die Erfahrung gemacht, daß ein guter Chablis bestimmte Dinge im Menschen freimacht. Manchmal zum Guten, manchmal zum Schlechten. Mit einem Chablis kommt die Wahrheit ans Licht. So ist das.«

Der Vater bekommt einen Hustenanfall. Der Sohn schnellt herbei, um ihm auf den Rücken zu klopfen und ihn wegzuführen. Johan tastet nach seiner Brieftasche.

Die Weigerung hat etwas bei Ellen in Gang gesetzt. Sie hat zwar in dieser ersten Nacht Angst gehabt und ist, als Peter und Paul endlich zu Hause waren, die lange Treppe hinuntergelaufen, um an der Haustür die Kette vorzulegen, aber die Angst hat nichts an ihrem Beschluß geändert.

In den Gesprächen mit Johan bleibt sie standhaft, so daß er sich vorläufig mit ihrer Zurückweisung abfinden muß. Weiter kann er nicht gehen. Er weigert sich kategorisch, an eine Scheidung zu denken. Sie werden vorübergehend getrennt leben, das ist alles. Eigentlich tun sie das ja schon länger, denn er hat sich zunehmend mehr in seinem Atelier als zu Hause aufgehalten. Die jetzige Situation ist höchstens etwas komfortabler.

Er zieht in das Haus und glaubt, daß Ellen nachfolgen wird, sobald sie wieder bei Verstand ist.

Ellen drängt nicht auf eine rechtliche Regelung. Wenn er erst mal weg ist, wenn ihm erst mal alles klar wird, dann kommt das Bürokratische von ganz allein.

Mit ihren Versuchen, eine Art Gütertrennung herbeizuführen, erleidet sie Schiffbruch. Johan will nichts mitnehmen und schon gar nichts aufteilen. Wer aufteilt, führt einen Bruch herbei; wenn man ein halbes Service hat, gibt man zu, daß man geschieden ist.

»Ich kaufe alles, was wir brauchen, neu. Ich wollte schon lange ein neues Bett. Den Kühlschrank und die Waschmaschine kannst du dann weggeben, wenn ihr nachkommt. Ich bestelle einen zweitürigen Kühlschrank, das ist praktischer. Ich will schöne Dinge haben, die in die Küche passen.«

Schließlich bekommt Ellen ihn wenigstens soweit, daß er die Bücherschränke mitnimmt und den Ledersessel aus seinem Elternhaus. Sie hilft ihm, seine Bücher einzupacken, wobei sie die Kartons heimlich mit Geschirr und Besteck anfüllt, das von Alma stammt. Die Tischtücher. Seine Kleider. Eine Angel. Aber ein Aquarell, das über dem Ehebett hängt (Vögel über dem Polder), darf sie nicht einpacken, genausowenig wie Bettwäsche und Handtücher.

»Die Radierungen aus dem Flur, Johan, die nimmst du doch aber mit?«

»Die hast du ja nie sonderlich gemocht. Stell sie ruhig dazu.«

Die Anlage und alle Platten bleiben da, auf Lärm kann

Johan verzichten. Lawrence kommt mit einem Leihtransporter. Die Türen stehen offen, Wind weht durchs Treppenhaus, sie schreien aus dem Fenster und durch das stark gelichtete Wohnzimmer. Ellen empfindet außer Angst auch eine ungeahnte Erleichterung. Sie winkt dem Transporter aus dem Küchenfenster nach.

Die Zwillinge reagieren auf den Auszug ihres Vaters seltsam lakonisch. Das Angebot von Johan, doch »schon mal« mit umzuziehen, haben die Jungen, jeder für sich und ohne zu zögern, abgelehnt, die Villa sei zu weit von ihrer Schule weg. Das eigene Badezimmer und die abgeschlossene Wohnung fielen nicht ins Gewicht. Ellen versucht mit ihnen zu reden, Johans Auszug ein Jahr nach dem Verlust ihrer Schwester muß ihnen doch etwas bedeuten, aber sie wird aus ihnen nicht schlau.

»Soll er doch gehen«, sagt Peter. »Er kommt sowieso nie rechtzeitig zum Essen. Er ist nie da. Da kann er doch genausogut auch gehen.«

»Er ist ein richtiger Giftzwerg geworden«, findet Paul, »und ihr habt ständig Streit. Wir können ihn ja besuchen oder so und er bleibt doch unser Vater, er ist ja nicht tot.«

Ellen ist verunsichert. Sind sie der Familie schon so entwachsen, daß es ihnen gleichgültig ist? Sie sind kaum zu Hause, Peter hat sein Schlagzeug in der Garage eines Freundes stehen, dort verbringen sie ganze Wochenenden. Sie haben eine Band. Paul schreibt die Songs und singt. In der Schule läuft es gut, sie werden beide problemlos versetzt werden.

Irgend etwas ist mit dem Haus. Jetzt, wo zwei Familienmitglieder weg sind, ist es zu groß, zu geräumig, zu leer. Mit der ausgedünnten Besetzung läßt es sich schwerlich füllen. Wenn die Jungen zu Hause sind, sitzen sie bei Ellen auf dem Sofa. Sie essen zu dritt in der kleinen Küche. Weder Peter noch Paul beanspruchen das freigewordene Zimmer für sich. Es ist ein Haus mit Lücken geworden, in dem Menschen für immer weg sind.

Als Bijls Buchhalter Ellen fragt, ob sie vielleicht jemanden wüßte, der seine Wohnung im Zentrum übernehmen wolle, braucht sie nicht lange zu überlegen. Ein kleines Wohnzimmer, zwei Schlafzimmer, eine große Küche und eine Terrasse auf dem Dach, alles in allem gerade mal halb so groß wie das, was sie jetzt haben. Trotzdem sind die Jungen sofort begeistert, und Ellen fühlt sich gleich zu Hause. Sie nehmen die Wohnung. Auf dem Tisch liegt ein großes Blatt Papier, auf das sie den Grundriß gezeichnet haben, und darauf schieben sie Kartonstückchen hin und her, die Betten, Tische und Schränke darstellen. Johan, der das bei einem seiner mürrischen Besuche sieht, gerät in Rage. Daß sie einen solchen Hühnerstall seinem luxuriösen Landhaus vorziehen, empfindet er als blanken Hohn, als Schlag ins Gesicht. Ellen versteht das. Sie möchte umziehen, aber nicht mit ihm; die Kinder suchen ihre Nähe, nicht die seine.

Der gesamte Hausrat wird in Umzugskartons gepackt. Was sie in der neuen Wohnung nicht brauchen, wird, um sich den Schmerz des Wegwerfens zu ersparen, auf Lisas unermeßlichem Dachboden deponiert, für später, wenn Peter und Paul aus dem Haus gehen.

Ellen räumt das kleine Zimmer von Saar aus. Spielzeug. Kleider. Der Kinderschreibtisch. Das schmale Bett. Eigentlich wollte sie ein paar Dinge (das Doktorspiel? den Bahnenrock?) mitnehmen, aber schließlich packt sie doch alles zusammen, um es zu Lisa zu verschiffen. Ein schwerer Nachmittag.

Die Jungen sortieren ihre Sachen selber aus. Als der Umzugswagen abgefahren ist, bleiben sie in einem offenen Raum mit kleinen, noch bewohnbaren Inseln zurück. Den großen Eßtisch hat Johan mitgenommen, er hat schließlich auch die passenden Tischtücher; das Ehebett kommt ins Zimmer der Zwillinge, und deren alte Betten wandern auf den Sperrmüll. Ellen kauft sich ein französisches Bett.

Daß es so leicht geht. Man packt ein, was man mitnehmen will, und zieht in ein neues Haus. Einfach so. Man verläßt den Ort, an dem man nicht mehr sein will. Im fast leeren Wohnzimmer klingt die Musik wie in einer Kirche. Ellen ist allein und hört die *Psalmensymphonie*. Teil zwei. Die Oboe spaziert in gemächlichem Tempo durch hügeliges Gelände. Große Schritte. Eine Flöte folgt, und noch eine. Und eine weitere Oboe. Als die leisen Streicher sich den Spaziergängern anschließen, beginnen die Frauenstimmen zu singen, kräftig und laut. Die Männer folgen, bis der Chor komplett ist. Eine punktierte Posaune führt sie zu einem großen Ausbruch an. Sie singen von festem Boden unter den Füßen, von einem Marsch, der wegführt aus dem Pfuhl des Verderbens, und von neuen Worten, mit denen der Mund sich füllt. Ganz leise, unter Begleitung gestopfter Trompeten, räumen die Sänger am Ende ein, daß sie voller Hoffnung seien. Ellen liest den Text mit und negiert die Verweise auf Gott. Hier wird ein Lied gesungen, das für sie bestimmt ist. Mit dieser Melodie in den Ohren kann sie sich zu ihrem neuen Haus aufmachen.

Der Lagerarbeiter des Holzhandels hat für sie tapeziert und gestrichen. Das Haus empfängt sie wie ein Wald im Frühling, mit frischen Düften und verschwenderischer Helligkeit. Die Jungen springen auf die Betten und lassen ihre Hardrockmusik durch die Zimmer dröhnen. Ellen hängt die neuen Vorhänge auf und deckt in der Küche den Tisch. Zu dritt stehen sie auf der Terrasse und blicken über die Dächer. Auf den Häusern hat man eine neue, unbekannte Welt errichtet: Plastikzelte, Pflanzen und ganze Bäume in Töpfen und Badezubern, Stühle, Bänke, Markisen und Balustraden.

»Wow«, sagt Peter, »das ist eine tolle Wohnung, Mam.«

Paul hilft, die Bücherregale einzuräumen, und Ellen spült das Geschirr. Über der Lasagne vom Pizza-Service grinsen sie sich zufrieden an.

In ihrem neuen Bett hat Ellen Platz. Neben ihr ist keine

Lücke. An der Wand steht ein schmaler Schreibtisch, eigentlich nicht mehr als ein breites Brett, das der Lagerarbeiter für sie getischlert hat. Darüber hat Ellen Fotos von den Kindern aufgehängt. Sie sind darauf jeweils acht Jahre alt.

Nach einer Woche haben sie sich eingelebt, und Peter und Paul gehen wie gewohnt abends aus dem Haus. Plötzlich hört Ellen den dritten Teil ihrer Lieblingssymphonie mit anderen Ohren. Auf dem alten Sofa in ihrem neuen Wohnzimmer lauscht sie dem triumphierenden Lobgesang und ist tief bewegt von den düsteren Harmonien des *Laudate*, die von dumpfen Hornstößen angekündigt werden. Unruhe. Dies ist kein behäbiger Lob- und Preisgesang, hier heißt es Augen zu und Furchtlosigkeit vorgeben. Mittendrin kommen die festen Schritte aus dem zweiten Teil wieder, jetzt jedoch verhalten, schleppend. Aber unvermindertes Brüllen von klingenden Zimbeln, Saiten und Posaunen. Der Chor drosselt die Lautstärke zu einer stillen Beschwörung und stammelt, unlogisch atmend, auf den gedämpften Schlußakkord zu. Ellen macht den CD-Player aus und zieht ihren Mantel an. Draußen weht ein kalter Wind, der die Regentropfen aus den Bäumen schlägt. Sie nimmt ihr Rad und fährt in die leere Wohnung zurück.

Überall die nackten Lichter anschalten. Dann in Saars Zimmer gehen. Sich dort auf die Dielen setzen. Hier schlief meine Tochter. Hier spielte sie, hier wurde ihr vorgelesen. Hier hat sie gewohnt, und ab nächsten Monat werden andere Leute, die sie nie gekannt haben, das Zimmer mit anderem Leben füllen. Die Hände auf den Holzboden legen. Dankbar sein, daß du weitergemacht hast, daß du nicht hier hockengeblieben bist? Sicher, am Küchentisch mit den Jungen, *da* ganz bestimmt.

Aber hier nicht. Jetzt, momentan, nicht.

Ich habe mein Kind alleingelassen. Weggeschlichen habe

ich mich aus dem Badezimmer, aus der Reihe der Kindergräber. Aus diesem Haus. Ich bin ihm nicht gefolgt, obwohl ich weiß, wie man's macht. Nicht quer übers Handgelenk, sondern der Länge nach in die Blutgefäße. Erst rechts, dann, schnell, links. Nicht am Dachrand stehen, nicht hinuntersehen, sondern sich hinlegen, die Augen schließen und hinunterrollen. Ich hab's nicht getan. Ich habe mich abgewendet und bin weggelaufen.

Die Erinnerung an Saars lebendigen Körper überfällt sie mit einer Heftigkeit, auf die sie nicht vorbereitet ist. Saars Schultern zwischen diesen intakten Handgelenken, durch die das Blut weiterhin ungehindert strömt. Saars Leib zwischen ihren Schenkeln, zwischen ihren Knien, die sich nun beim Einräumen von Tellern und Gläsern in unbekannte Küchenschränke beugen und strecken. Die nicht zerschmettert sind. Die sie weiterhin tragen. Verrat, Verrat.

Ellen beginnt unter Tränen zu ihrer Tochter zu sprechen, daß sie noch lebt, daß sie noch da ist, daß sie um Vergebung bittet für ihre feige Lebenslust. Sie hört ihre eigene Stimme, sie meint, was sie sagt, denkt aber, düsterer Kontrapunkt, daß das Unsinn ist. Daß sie nicht spricht, um ihr Kind zu erreichen, sondern um sich zu trösten. Sie muß sich selbst schreiend oder flüsternd vergeben.

Zum letztenmal schließt sie die Tür des kleinen Zimmers. Sie löscht das Licht.

Das Wohnzimmer ist zu einem riesigen Ballsaal geworden. Aus einer vergessenen Tasse trinkt Ellen Leitungswasser. Sie streicht sich über die Augen und wäscht sich das Gesicht. Jetzt noch eben in diesem Raum verweilen, an den Wänden entlanglaufen, lang ausgestreckt auf den Dielen liegen.

Die Tür!

Schritte kommen die Treppe herauf. Ellen schießt überrascht in die Höhe, sie müßte eigentlich erschrocken sein, ist es aber nicht. Will sie sich etwa jetzt noch von einem verwirrten Einbrecher niederstechen lassen? Sie hat gute Ohren und ein zwar ungeübtes, aber hervorragend funktionierendes musikalisches Gedächtnis. In dem Moment, als sich die Zimmertür öffnet, wird ihr klar, daß sie den Rhythmus der Schritte wiedererkannt hat.

»Ich sah überall Licht. Ich hab noch einen Schlüssel. Ich wollte nur mal nachschauen.«

Johan trägt eine Windjacke über seinem alten Sweater. Genau wie Ellen ist er in Jeans und Stiefeln. Über die Weite abgetretener Dielen hinweg sehen sie sich an. Ellen hebt die Arme und dreht die Handflächen nach oben.

»Du bist umgezogen. Du hast es getan. Ich war gerade kurz da, um Peter und Paul guten Tag zu sagen und mir ihr Zimmer anzusehen. Sieht gemütlich aus. Wirklich. Das habt ihr gut gemacht.«

Unter diesen unerwartet milden Worten schmilzt Ellen. Sie weint, weil sie keine nachtragenden Bemerkungen zu hören bekommt. Sie ist ihre eigenen Wege gegangen und wird nicht dafür bestraft. Hilflos stehen sie sich in dem leeren Raum gegenüber. Alles klingt anders. Johan nimmt Haltung an und fordert sie mit galanter Verbeugung auf: »Wollen Frau Gräfin das Menuett mit mir tanzen?«

Ellen lächelt und vergißt ihre Tränen. Sie wippt mit ihrem Reifrock und bewegt sich mit kleinen, eleganten Schrittchen in die Mitte des Saals.

»Es ist mir ein Vergnügen, Herr Graf!«

Während sie gemeinsam das scheußlichste Menuett summen, das ihnen einfällt, immer wieder dieselben dumpfen Wiederholungen, während sie im Rhythmus mit den Stiefeln auf den Boden klacken und ihre Körper von der Musik leiten lassen, gehen sie aufeinander zu. Sie sehen sich an, sie halten sich fest bei diesem Spiel, mit ihren Augen, auch als sie einander berühren, als ihre Hand sich auf seine Schulter legt, seine Hand ihren Rücken findet.

Sie tanzen feierlich, langsam und ernst.

»Gewähren Sie mir, Gnädigste«, sagt Johan, als er beide Arme um ihre Taille legt, »daß ich Sie in diesem leeren Haus umarme.«

»Es ist mir genehm, mein Herr, ich füge mich Ihrem Wunsch.«

Die Bewegungen werden sparsamer, die Füße stehen beinahe auf der Stelle. Die Musik ist verstummt, aber die Körper tanzen noch weiter und seine Augen bohren sich in ihre Augen, ihr Blick hält seinen Blick gefangen.

Bis er sein Gesicht an ihren Hals legt, bis er stöhnt und zu weinen beginnt. Da fallen sie ungelenk auf den Boden, der auf einmal keine spiegelnde Tanzfläche mehr ist. Da preßt Johan seine davongegangene Frau an sich, da fühlen sie beide, was Abschied heißt.

Sie weinen diesmal ohne Vorwurf. Es geht nicht darum, den anderen zu überzeugen oder zur Einsicht zu bringen. Es geht darum, daß sie auf diesem Boden gelebt haben, in diesem Raum ihre Familie gegründet haben, und daß ihnen alles entglitten ist. Das, was sie zu haben dachten, ist deformiert und verflogen, von dem, was sie aufgebaut haben, ist nur ein leeres Zimmer geblieben.

Nasse Wange an nasser Wange. In eine warme Ohrmuschel flüstern, ruhig, ganz ruhig; streichelnde Hände in feuchtem Nackenhaar. Sich wie Ertrinkende in einem Meer aus Holz aneinanderklammern.

Ellen liegt mit dem Hinterkopf auf dem harten Boden und brüllt vor Schmerz, ohne Hintergedanken. Johan hat den Kopf auf ihre Brust gelegt und schmiegt sich gekrümmt an sie. Ihre Arme umfassen seinen Schädel, eine Schale um eine Schale, in der sich Erinnerungen an ihr gemeinsames Leben befinden, Erinnerungen, die verblassen und verschwinden werden.

Ihr Haar hat sich gelöst und wird unter seinem Ellbogen schmerzhaft festgezurrt. Sie merkt es nicht.

Auch dieser Tanz geht seinem Ende entgegen. Die Bewegung wird leiser, verliert an Heftigkeit. Ihr Schluchzen verebbt, sie schniefen, sie ziehen Rotz und Tränen hoch, während sie erschöpft dicht beieinander liegenbleiben. Johan zieht seine Jacke aus und legt sie als Kissen unter ihre Köpfe. Er schiebt den Arm unter ihren Nacken. Sie lehnt den Kopf an seine Schulter. Sein Pullover wird mit Rotz beschmiert. Er riecht ihren Schweiß. Bekannt. Angenehm.

Seine Hand berührt ihre Brust und umschließt sie. Sie hört, wie sich seine Atmung verändert und tiefer wird. Sie sprechen kein Wort. Er richtet sich auf und beugt sich über sie, dringt mit seiner Zunge in ihren geöffneten Mund ein. Bitter. Salzig. Selbstverständlich.

Sie streift ihre Stiefel ab. Er zupft ihre Bluse aus den Jeans, schiebt sie nach oben, über ihr Gesicht, und reibt seinen Kopf zwischen ihren Brüsten, hart und schnell.

Ellen richtet sich halb auf und zerrt sich die Bluse von den Armen. Johan hat seinen Pullover ausgezogen, und Ellen reißt ihm mit ungeduldigen Bewegungen das Oberhemd vom Leib. Mit scharfem Ticken springen die Knöpfe auf die Dielen. Sie drückt ihn zu Boden und hängt mit losen Haaren über ihm. Sie leckt seine Brustwarzen, seinen Nabel, sie krallt sich in seine Hose. Weg, aus, Stiefel aus, alles, alles aus. Der nackte Mann zieht ihr das Höschen vom Hintern. Was tun wir, was tun wir. Warum will ich alles tun, nur damit er aufhört zu weinen? Will ich das, was jetzt passiert, will ich es wirklich?

Der Hals von Ellen, denkt Johan. Meine Frau. Ein unbändiger Zorn steigt in ihm auf über das, was er verloren hat, über das, was er verlassen wird. Er knetet ihre Brüste so hart, daß sie keucht, er streicht mit ausholenden, pressenden Bewegungen über ihren Körper, von Kopf bis Fuß. Dies ist der Körper von Ellen. Dies ist das letzte Mal. Mit dem Mund folgt er der Halslinie bis dicht unter ihr Ohr und beißt zu. Er saugt einen Blutfleck in ihre Haut, kniet vor ihr und beißt und schleckt,

Brüste, Bauch, mit der Nase im salzigen Haar, schlecken, sie in sich hineinsaugen, sie nehmen. Er drückt ihre Schenkel auseinander und beißt in ihre Lippen, schraubt seine heiße, fleischige Zunge in ihre Möse und leckt sie in ihren tiefsten Falten. Grimmig spürt er, daß sie kommt. Macht. Ein Knopf, auf den er drückt. Meine Frau, die ich kenne wie Papa seine Geige.

»Ich verlasse dich. Es ist das letzte Mal.«

Die Verzweiflung wird sie nicht hindern, sich zu erinnern. Die ungeplante Begegnung wird in der Erinnerung zu einem Monument werden. Sie riecht und schmeckt alle bekannten Gerüche und Geschmäcke. Achseln. Die Armbeuge, eine Oase der Zartheit, selbst beim härtesten Mann. Der Schwanz, der Wahnsinnsschwanz, der sie ausfüllte bis zum Bersten, der sie vollspritzte, der wirklich in ihr zu Hause war. Zärtlich nimmt sie Abschied, ihr Mund flüstert am aufgerichteten Schaft entlang, ihre Hand schließt sich um seine Eier, zärtlich, ganz zärtlich. Bis es genug ist, bis auch in ihr die Wut über den Verlust aufflammt. Sie läßt sich rittlings auf ihm nieder, setzt sich auf diesen Wunderpfahl und nimmt ihn in sich auf. Sie wirft den Kopf in den Nacken, ihre Brüste bewegen sich außerhalb seiner Reichweite. Ihre Knie schrammen über den Fußboden. Sie fühlt es nicht. Er wirft sie ab und dreht sie auf den Rücken.

Jetzt. Sie sehen sich an, während er in sie eindringt. Jetzt. Jetzt knallen seine Knie auf die Dielen, schieben sich Splitter in ihre Pobacken. Sie krallt die Nägel in seinen Rücken und zieht tiefe Furchen. Er schlägt seine Zähne in ihre Schultern, sie saugen die Lippen des anderen ein und beißen zu, drücken einander zum letzten Mal einen Stempel auf. Mit diesen Kratzern lasse ich dich gehen. Mit diesem Biß sage ich dir adieu.

Blut schmecken sie im Kuß. Blut an den Händen. Ellen umspannt ihn mit Armen und Beinen, als sie ein letztes Mal gemeinsam abheben. Sie beißt in die Hand, die auf ihrem Gesicht liegt, in die salzige Hand, die nach Eisen schmeckt. Sie leckt zwischen den Fingern und saugt den kleinen Finger in sich hinein, die kleinen Härchen kitzeln an ihrer Zunge. Vorbei. Auf den Strand angespült. Verloren. Getrennt. Er nimmt ihr Gesicht in seine Hände, drückt mit der Zunge ihre Augen zu und trinkt ihre Tränen. Vorbei. Adieu.

Ohne ein Wort zieht Johan sich an. Das zerrissene Oberhemd läßt er liegen. Ellen hört das Metall des Schlüssels auf dem Granit der Anrichte klimpern, hört die Stiefel die Treppe hinunterpoltern, die Tür knarren und zuschlagen. Sich entfernende Schritte auf dem Straßenpflaster. Die Stille der Nacht. Das schwindelerregende Rauschen, das jemand hört, der allein auf einem Holzboden in einem leeren Haus liegt.

Dritter Teil

Don Giovanni:
»Più del pan che mangio,
più dell' aria che spiro«

Die Frau mit den Fischen

In der Nacht von Samstag auf Sonntag schläft Lisa schlecht. Das Schlafzimmerfenster klappert im unversehens aufgekommenen Wind, es ist zu kalt, sie holt sich eine zweite Decke, es ist zu warm, sie träumt. Aus dem Traum schreckt sie verängstigt auf, ohne Erinnerung. Nur, daß es schlimm war. Sie geht ein Glas Wasser trinken; das Haus ist still, und die Türen zu den Kinderzimmern stehen offen. Weil sie nicht da sind, sind die Vorhänge nicht geschlossen, graues Licht fällt auf den Fußboden, der Wind jagt Wolken vor den Mond.

Wieder im Bett, fällt sie wie befürchtet in denselben Traum zurück.

Gegen Morgen legt sich der Wind und Lisas Schlaf wird tiefer, bis sie schließlich spät, mit dicken Ringen unter den grauen Augen und einem Gefühl von Unzufriedenheit aufwacht. Sie schiebt sich das Kissen in den Rücken und setzt sich mit angezogenen Knien auf. Durch das Fenster sieht sie die Baumkronen voll fast reifer Äpfel; dahinter das unruhige Wasser des Flusses. Der Himmel ist bleiern.

Der Traum. Sie ist nicht darauf erpicht, ihn sich in Erinnerung zu rufen, mit dem Kinn auf den Knien und den Armen um die Schienbeine wartet sie ab. Sie hatte eine Vorladung erhalten, eine zwingende Aufforderung, zu einer bestimmten Zeit auf einem Parkplatz zu sein, von dem aus ihr Untergang organisiert werden soll. Es gab kein Entrinnen, sie mußte dorthin. Sie zog einen Regenmantel an und bemühte sich, rechtzeitig an dem Ort zu sein, an dem sie nicht sein wollte. Widerwärtig, dieser sklavische Gehorsam. Warum hatte sie die Vorladung nicht zerrissen, ihren Wagen nicht in eine andere Richtung gelenkt?

Lisa schüttelt sich. Wofür hat sie in letzter Zeit eine Einladung erhalten? Für heute nachmittag, für die Eröffnung der Ausstellung. Ist das *so* schlimm? Ihr freier Tag ist hin, das schon. Sie muß sich zurechtmachen, einen BH anziehen, aufmerksam und zuvorkommend sein. Sie scheut sich ein bißchen vor der Konfrontation mit all diesen aufgeregten Leuten. Neugierig ist sie allerdings auch, das wiegt das Ganze wieder auf. Und was ist für *sie* Bedrohliches daran? Warum soll *sie* ermordet werden? Da war noch etwas, ein verschwommenes Stückchen Traum in warmem Orange, das sie im Moment nicht mehr zu fassen bekommt.

Sie wirft die Decken zurück und steht auf. Während sie Kaffee kocht, denkt sie darüber nach, was sie heute anziehen soll. Das warme Sommerwetter ist verweht, draußen sieht es unfreundlich und regnerisch aus. Das bedeutet auf jeden Fall Strümpfe, denn nichts ist so schlimm wie kalte Beine. Das halblange schwarze Kleid wird sie anziehen, mit dem strohfarbenen Blazer. Und schwarze Schuhe mit hohen Absätzen; für flache Schuhe fühlt sie sich heute nicht sicher, nicht ausgeglichen genug.

Gelb und Schwarz, geht das? Es sind die geheimen Unglücksfarben: die Wespe, die einem in die Kehle sticht, der Totenkopf auf der Piratenflagge. Und im Märchen wird die Verwünschung von der bösen Stiefmutter im schwarzen Gewand mit goldener Stickerei ausgestoßen.

Sie geht mit ihrem Kaffee nach draußen. An der Küchentür ist es windstill, sie setzt sich auf die Stufen und schaut in die Fischtonne, warm in den Morgenmantel gemummelt. Spindeldürre Beine, wieder. Zuwenig gelaufen.

Irgendwann einmal ist sie mit Ellen eine Woche lang einen Küstenweg entlanggewandert, hoch oben auf den Klippen. Bei jedem Bach, jedem noch so kleinen Wasserlauf mußten sie hundert Meter steil nach unten und wieder hundert Meter steil hinauf. Sie hatten Waden wie griechische Säulen, als sie nach Hause kamen.

Das Wasser in der Tonne ist schwarz. In der Tiefe gleitet die große Behäbige langsam hin und her. Eine Schnecke frißt die Algen von der Tonnenwand.

Das Telefon. Lisa springt ohne nachzudenken auf, als hätte sie die Störung erwartet.

»Hannaston?«

Es sind die Kinder, es ist Lawrence, Nachrichten aus England. Sie muß erst umschalten. Die Kinder kakeln im Wechselgesang über ihre Erlebnisse: »Wir sind gestern in Whitby gewesen. Ich hab Geld gewonnen! Wir haben ganz viel Süßigkeiten gekauft.«

»Kapitän Cook war da. Sein Haus ist ein Museum, aber es ist ein ganz normales Haus. Er ist da zur See gefahren.«

»Wir sind eine ganz steile Treppe raufgegangen, da konnte man alles sehen. Eine ganz kaputte Kirche war da. Da haben wir die Süßigkeiten aufgegessen. Papa war böse, aber er fand das Museum schön.«

»Ich hab von Oma einen Pullover gekriegt, und wir haben jeden Tag Minigolf gespielt.«

Jetzt folgt Lawrence mit seiner Version des Ausflugs. Er schimpft über den architektonischen Niedergang seines Vaterlandes, die Renovierung des altrosa gestrichenen Cook-Museums neben einem Wohnwagen-Stellplatz in unmittelbarer Nähe zu den herrlichen Ruinen der Abtei oben auf der Klippe. Er ist mit dem Entwurf für die Hotelerweiterung ein gutes Stück vorangekommen, sein Vater ist zufrieden, und seine Mutter genießt ihren Besuch.

»Und wie steht's bei dir? Ich hab heute früh noch bei Johan

angerufen, um ihm viel Glück zu wünschen, er klang ganz vergnügt. Aber alle seien durchgedreht, sagte er.«

Lisa erzählt von Almas Verwirrtheit und dem vermeintlichen Eintreffen von Charles.

»Und Oscar ist wütend, er will nicht mit zum Essen kommen. Ellen macht sich Sorgen um ihn, und um Alma. Zina wird auch dasein, das findet sie nicht gerade berauschend. Alle sind angespannt und durcheinander, aber Johan hockt seelenruhig mittendrin und bereitet sich auf seinen Fernsehauftritt vor. Schade, daß du nicht dabeisein kannst.«

»Ich wär gern früher zurückgekommen, aber es geht einfach nicht. Packst du's alleine?«

»Ich geh einfach hin und laß mich überraschen. Was meinst du, ob er kommt?«

»Charles? Das würde mich wundern. Nein, ich glaube nicht, er hat nie das geringste Interesse an seinen Kindern gezeigt. Ich bezweifle auch, ob Johan wirklich so froh darüber wäre, es ist schließlich *sein* Tag heute. Das ganze bekäme einen ganz anderen Dreh, wenn das auch der Tag wäre, an dem er seinen Vater zum erstenmal wiedersieht. Bist du schon angezogen?«

»Nein, ich trödle noch ein bißchen herum, ich bin gerade erst aufgestanden. Es hat so gestürmt heute nacht. Die Äpfel sind nur so von den Bäumen geplumpst, ich werde nachher eine Runde durch den Garten machen.«

»Sind die Fenster auf dem Dachboden richtig zu? Hat das Dach gehalten?«

Sie sind wieder bei den häuslichen Dingen angelangt. Sturm ist etwas, worauf man sich einzustellen hat, wogegen man Maßnahmen ergreift – keine Gefahr, bei der Fallen und Verführung eine Rolle spielen. Ich stütze mich auf seine Verläßlichkeit, denkt Lisa. Er kümmert sich um die Dachpfannen, und das gibt mir den Freiraum, mich in den Wind zu stürzen. Sie verabschieden sich.

Noch eben eine Zigarette bei den Fischen, mit einem neuen Kaffee. Aus der Plastikdose mit Fischfutter läßt Lisa bunte Streusel aufs Wasser rieseln. Es riecht nach Fisch. Die Fische fressen getrocknete und gemahlene Artgenossen. Aus der Tiefe schnellen sie nach oben und schnappen sich das Futter, wobei sie einen scharfen Bogen schlagen, als handelte es sich um einen wirklichen Beutezug. Unter ihren Schwanzschlägen spritzt das Wasser auf.

Als die Turbulenzen abgeklungen sind und der erste Hunger gestillt ist, sieht Lisa auf einmal einen kleinen schwarzen Fisch vorsichtig an einem Futterkrümel knabbern. Und noch einen.

Mein Gott, Kinder. Es ist geglückt. Sie sind nicht aufgefressen worden. Sie haben sich im Wasserpflanzen-Gestrüpp verstecken können. Überlebende. Sieger!

Lisa erwägt, gleich in England zurückzurufen und diese Neuigkeit durchzugeben, bleibt aber auf den kalten Stufen sitzen. Wieder überfällt sie die Erinnerung an den Traum. Sie fühlt sich wie gelähmt, weil sie nicht weiß, warum ihr vor heute nachmittag graust.

Ein Blick in die Tonne. Ja, sie sind noch da. Alle beide. Ich hab doch auch Kinder, ich habe zwei prächtige Kinder zustande gebracht, die wirklich existieren.

Lisa errötet. Sie schämt sich, als ihr klar wird, daß sie auf Johan eifersüchtig ist, wegen seiner Bilder. Er erschafft etwas. Und jeder kommt es sich ansehen und ruft ah und oh und bildet sich eine Meinung darüber. Presse, Radio, Fernsehen, Plakate in der Stadt. Er entwirft etwas noch nie Dagewesenes und mißt ihm eine solche Bedeutung bei, daß er ein Jahr lang daran arbeitet, daß er viel Geld dafür verlangt, wenn ein anderer es haben will, und daß er ihm einen Namen gibt, den man sich merken wird.

Und was mache ich? Kinder, Marmelade, Patienten aufpäppeln. Jahrelange Arbeit, kein Publikum, kein Applaus, nichts Neues. Und dabei würde ich mir das wünschen, ich würde gern auf einem Podium stehen, erleben, wie plötzlich alle verstummen, wie alle atemlos zuhören, etwas hören, das ganz allein von mir ist. Kein wiedergekäutes Schulwissen, keine Unterwerfung unter übergeordnete Ziele, keine Dienstbarkeit – eigene Größe.

Ihr fehlt etwas, was Johan sehr wohl besitzt. Es geht nicht um Virilität, sondern um etwas so Vages wie schöpferische Kraft. Oder einfach: Kraft. Sie ist eine Sklavin der Dienstbarkeit geblieben, sie will lieber gefallen als kämpfen. Nicht, weil sie eine Frau ist, sondern weil sie feige ist.

Sie kichert. Das erleichtert. Und amüsiert sich über die auf der Anrichte prunkende Marmelade. Träge bewegt sich die blaurote Masse, als sie eines der Gläser schräg hält. Noch lauwarm, und schon dick. Die wird gut.

Sitze ich verbittert am Küchentisch, sorge ich nur widerwillig für meine Kinder? Manchmal. Sicher. Aus Wut, weil sie mich auffressen, mich aussaugen und erschöpfen. Die große Behäbige weiß nicht mehr, daß die couragierten Kleinen ihr eigen Fleisch und Blut sind, es kümmert sie nicht, ob sie zu fressen haben, sie verjagt sie, wenn sie von dem Futter stibitzen, auf das sie es abgesehen hat. Kinder sind Wucherungen von Zellen, die sich nicht an ihren Bauplan halten, sondern eigene Wege gehen und größer und größer werden. Dann macht die Zeit einen Schnitt und entfernt die Geschwüre. Geschwächt bleibt die Patientin zurück: Da war etwas, was zu mir gehörte, mit dem ich glücklich war und mich eins fühlte, das von mir Besitz ergriff und mir über den Kopf wuchs. Der Chirurg schnitt es heraus und verpflanzte es in eine Studentenbude, eine Disco, auf eine Wiese, ein Popfestival.

Und ich darf froh sein, daß es so glimpflich abgelaufen ist. Zufrieden besuche ich meine Tumoren und bin stolz, daß sie zurechtkommen, daß sie Spaß und Kummer haben können. Pfui Teufel, das ist ja krankhaft.

In der Badewanne plagt Lisa immer noch der Gedanke, daß sie sich in ihrem Traum für ihren Neid auf Johan bestrafen lassen mußte. Ärgerlich. Man darf doch wohl noch neidisch sein, was ist das denn sonst für ein Leben.

Sie streckt sich im heißen Wasser aus. Vor dem Badezimmerfenster stehen Pflanzen, pflegeleichte, nette Pflanzen, die nie blühen, aber ständig neue Blätter bekommen: Henne mit Küken, Rosengeranie und Stachelspelze. Hinter der Scheibe jagen die Wolken vorüber. Sie lehnt den Kopf an die Wannenwand und möchte einen Arm väterlich um ihre Schultern gelegt haben – nein, jemand sitzt hinter ihr, und sie sitzt zwischen seinen großen schwarzen Beinen, sie lehnt an seiner Brust und fühlt, wie er sie umfaßt. Er beißt ihr sanft und warm in den Hals, mit Johans Mund. Er hält sie, zärtlich und fest zugleich, sie kann jeden Moment zerfließen. Sein schwarzes Haar an ihrer Wange, sein warmer Atem in ihrem Ohr. So also. So.

Bevor sie sich zurechtmacht und anzieht, läuft sie mit Korb und Eimer zwischen den zerzausten Apfelbäumen herum und sammelt die Früchte auf, die nachts im Sturm herabgefallen sind. Sie läßt die Äpfel draußen stehen, einen ißt sie, er schmeckt herbstlich.

Als sie mit dem normalen Leben wieder einigermaßen im reinen ist, ruft sie Ellen an.

»Die Marmelade ist sehr gut geworden. Wie geht es dir?«
»Ich fahr gleich los, um Alma abzuholen. Sie hat schon dreimal angerufen. Ich fahr lieber etwas früher hin und helf ihr, sich in Schale zu werfen. Kommst du auch früher? Dann können wir noch kurz miteinander reden.«
»Ich bin um vier Uhr da, spätestens.«

»Ellen, bist du's?«
Almas Stimme klingt ungeduldig. Ellen hat den Hörer zwischen Schulter und Kopf geklemmt, ihre Hände sind in

eine Strumpfhose verstrickt, einen ihrer nackten Füße hat sie aufs Sofa gestützt. Sie läßt die Strümpfe fallen und setzt sich.

»Was ist, Alma?«

»Ich komme ganz gut zurecht, aber es ist ein Problem aufgetaucht. Ich habe meine Strümpfe angezogen, die festen, weißt du, die so schön glatt sitzen, aber nun, wo ich sie festmachen will, merke ich, daß an einem Strumpfhalter ein Knopf fehlt. Hinten rechts. Und mit nur einem geht es nicht, das hält nicht.«

»Hast du noch einen zweiten Strumpfgürtel?«

»Nein, der ist schmutzig und auch etwas zu eng. Nicht bequem genug für so einen langen Tag.«

»Wie hast du dir denn früher geholfen, wenn so was passiert ist? Mit einer Sicherheitsnadel?«

»Nein, Kind, dann sticht man ja den Strumpf kaputt. Einen Cent haben wir genommen, der hatte genau die richtige Größe. Aber die gibt's ja heute gar nicht mehr.«

Die Knopfschachtel! Mit der die Jungen endlos auf dem großen Tisch spielten, die Knöpfe zu bunten Fußballmannschaften gruppierten, zu großen Ungeheuern und kleinen Opfern, zu Schulklassen, Rennautos, Tieren im Zoo. Sieh mal in der Knopfschachtel nach! Ein so vielseitiges Objekt muß doch auch als Halterung für einen Strumpf fungieren können.

»Du mußt einen nehmen, der mit Stoff überzogen ist, der ist etwas stumpfer, da rutscht der Strumpf nicht so schnell raus.«

Ellen verspricht, gleich zu kommen, und bleibt noch einen Augenblick mit dem Hörer in der Hand sitzen. Sie erinnert sich an einen Knopfregen, klickernde Knöpfe, die nach allen Seiten wegsprangen.

Sie wählt Oscars Nummer, aber es nimmt niemand ab. Dann zieht sie ihre Strumpfhose an und steigt in ihre dunkelroten Schuhe. Dazu ein tiefrotes Kleid, das ihre Beine und ihre schönen Schlüsselbeine zeigt.

Oscar steht am Herd und rührt in einem höchst unappetitlichen Topf. Er kocht einen Brei aus Mehl, Milch und Zucker. Die Anrichte ist blitzsauber, alle Oberflächen in der Küche wischt er wieder und wieder mit einem schmuddeligen, stinkenden Spüllappen ab. Er hat ein neues, blütenweißes Hemd und seinen grauen Anzug an, der gerade aus der Reinigung gekommen ist. Die Anzugjacke hängt über dem Küchenstuhl, die Weste hat er an. Seine Schuhe stehen auf Hochglanz poliert neben der Eingangstür, Socken und Unterwäsche müssen jedoch schon den dritten Tag herhalten. Oscar ist ein Mann verborgener Kontraste.

Er hört das Telefon, ist aber nicht imstande, den Hörer abzunehmen. Die Ereignisse des gestrigen Abends haben ihn aus der Balance gebracht, er verwendet seine gesamte Energie darauf, sein Gleichgewicht wiederherzustellen. Etwas Neues kann er sich jetzt nicht aufhalsen, und eine frühzeitige Konfrontation mit Alma muß er um jeden Preis vermeiden.

Mehlpapps haben sie das früher immer genannt. Der rutscht mühelos die Kehle hinunter und schmiegt sich dann angenehm warm in den Magen. Ein Essen für kranke und verschreckte Kinder. Beim Gedanken an hartes, krümeliges Brot muß er würgen. Apfelmus oder Pudding sind nicht mehr da.

Nach der Entdeckung auf dem Dachboden des Museums hat Oscar Keetje Bellefroids freundliche Fürsorge abgewimmelt, er hatte das dringende Bedürfnis, allein zu sein.

»Kommen Sie doch kurz mit, Herr Steenkamer, ich wohne ganz in der Nähe, dann mache ich Ihnen eine Tasse Tee, auf den Schrecken, Sie zittern ja richtig, so können Sie nicht auf die Straße!«

»Nein nein, ich muß nach Hause, ich muß noch arbeiten.«

»Aber ich kann Sie doch so nicht gehen lassen. Soll ich Ihnen morgen etwas zu essen bringen? Mal nach Ihnen sehen?«

»Nein, sehr freundlich von Ihnen. Aber es ist nicht nötig. Ich, äh... ich empfange auch eigentlich keinen Besuch, ich bin das nicht gewohnt, nein, nein.«

Kee sieht enttäuscht und auch etwas pikiert aus. Sie stehen im Regen, vor dem Eingang des Museums, in dem jetzt alle Lichter gelöscht sind. Oscar faßt in seine Hosentasche und zieht eine fleckige Einladung zur Vernissage hervor.

»Wissen Sie was, Frau Bellefroid, kommen Sie doch morgen zur Eröffnung, dann sehen wir uns. Ich bin Ihnen wirklich sehr verbunden für Ihre Hilfe. Aber jetzt muß ich gehen. Machen Sie's gut. Auf Wiedersehen. Wirklich.«

Oscar hat sich schon in Bewegung gesetzt, während er ihr noch das Papier hinstreckt. Im Laufschritt flüchtet er nach Hause. Alle Lichter anmachen. Trockene Kleider. Im vertrauten Sessel sitzen. Musik. Das Essen geht nur mühsam, er zwängt das weichgekochte Ei und die Banane die zugeschnürte Kehle hinunter. Das Sitzen im Sessel bringt keine Ruhe, im Gegenteil, er wird sich seiner hektischen Atmung um so schmerzlicher bewußt. Seine Beine jucken. Das Klavierkonzert Nummer drei von Rachmaninoff, das er aufgelegt hat, weil es zum Wind paßt und einen langen Atem hat, steigert nur seine Erregtheit. Zu seinem Entsetzen fängt er schon beim ersten Thema an zu schluchzen.

Aufstehen, die Musik abstellen, im Regenmantel nach draußen.

Er läuft durch die Stadt und schaut, er tut das oft, abend- und nächtelang; so fühlt er sich als Mensch unter Menschen, ohne die Last von Verabredungen und den Zwang zur Konversation. Die einzigen Verabredungen, die er ertragen kann, sind seit ein paar Jahren die Opernaufführungen im Abonnement, die er zusammen mit seiner Ex-Schwägerin besucht. Nach ihrer Scheidung hatte Ellen ihn einmal zu einem Konzert überredet. Es wurde kein besonders gelungener Abend, sosehr beide die Musik lieben. Oscar versuchte krampfhaft, niemanden zu berühren, zog beim Geraschel der Programmhefte seiner Nachbarn den Kopf ein und verfluchte die Helligkeit im Saal. Im Jahr darauf begannen sie mit den Opernbesuchen. Die Dunkelheit, die breiteren Sitze, die Bühne, die Aufmerksamkeit fordert: das alles trug dazu bei, daß er sich wohl fühlte. Oscar wählt das Abonnement aus, Ellen erledigt die Bestellung, sie treffen sich in der Eingangshalle und trinken im Anschluß ein Glas Wein in einem nahegelegenen Lokal.

An diesem Samstagabend murmelt er auf seinem Gang durch die Stadt laut vor sich hin.

Ich habe die Bilder von Charles gesehen. Na und? Damit ist er selbst doch noch nicht da! Er hat vier Bilder gemalt. Und die existieren noch. Kein Grund, mich aufzuregen. Es ist nichts. Und doch: Die Torte von Davina war ein Stein, der durchs Fenster flog, und die Bilder auf dem Dachboden des Museums eine feindliche Invasion.

Oscar stößt immer wieder mit Gruppen ausgelassener Menschen zusammen, er hat es eilig, will sich mit Eindrücken vollstopfen. Die Straßenbahn, Knirschen auf Stahlschienen, laute Gespräche und Menschen in farbenfroher Kleidung. Hinter einer Gruppe Farbiger herlaufend, hat Oscar sich in eine U-Bahnstation verirrt. Es ist ihm gleichgültig, Hauptsache, es bewegt sich was. Er steigt in den bereitstehenden Wagen. Ein großer Mann mit Cowboyhut hält den einsteigenden Fahrgästen eine Rede.

»Die Post soll sich gefälligst auflösen, wenn sie nicht für mehr Ausgewogenheit sorgen kann. Negative Post, schauen Sie doch in Ihren Briefkasten, lauter negative Nachrichten. Laßt uns positive Post fordern, unter Androhung der Auflösung des Postdienstes!«

Oscar hockt in seinem Regenmantel, mit nassen Schuhen und leicht beschlagener Brille im hintersten Winkel des Wagens auf einem Eckchen der Sitzbank. Er scheint völlig in sich selbst versunken, doch seine Augen und Ohren nehmen alles mit großer Intensität wahr. Bei jeder Haltestelle verlassen einige weiße Fahrgäste den Zug, und es steigen ein paar farbige zu. Die Zeitspanne zwischen den einzelnen Stationen wird größer, nach und nach verlassen auch die farbigen Fahrgäste den Zug, bis auf drei breitschultrige Typen, die an die Haltestangen gelehnt im Gang stehen. Sie sehen alle drei in Oscars Richtung, aber über ihn hinweg, an ihm vorbei und durch ihn hindurch. Zwei von ihnen haben Sandalen an. Ihre Zehennägel sind heller als die Haut. Sie tragen Jeansjacken mit aufgekrempelten Ärmeln. Sie haben unglaublich große und wulstige Lippen, die sie mit ihren Kaugummi kauenden Kiefern ganz langsam hin und her bewegen.

Oscar kann nicht umhin, sich vorzustellen, wie diese Münder seine graue Haut berühren, weiche, warme Kissen aus Fleisch auf seiner Haut – ihm schießen Flammen ins Gesicht, er keucht, er muß raus, sofort!

Als der Zug hält, stürzt er an den lässigen Farbigen vorbei nach draußen, als wenn sie hinter ihm her wären. Sie registrieren ihn gar nicht. Zischend schließen sich die Türen des Wagens; der Zug windet sich wie eine erleuchtete Schlange weiter.

Der Bahnsteig ist zugig und verlassen. Erschöpft schlurft Oscar über den Betonboden zu einer Bank in einem orange gestrichenen Wartehäuschen. Er lehnt sich zurück und schließt die Augen. Langsam wird seine Atmung ruhiger. Er riecht den Geruch von nassem Stein und legt die Handinnenflächen auf das Holz der Sitzbank. Als er die Augen öffnet, sieht er einen Schwarzen in Turnschuhen mit fluoreszierenden Streifen näherkommen.

Oscar sitzt wie gelähmt da, er kann nur noch vor sich hin stieren. Der Mann bleibt dicht vor Oscar stehen. Er trägt eine merkwürdige Hose aus Baumwolle, die um seine Beine flattert. Während er Oscar unverwandt ansieht, zieht er mit der linken Hand den Gummibund der Hose nach unten. Die Rechte holt das schwarzgraue Geschlecht hervor, das er Oscar präsentiert. Oscar sitzt auf seinen Händen. Der Mann macht einen Schritt zur Seite und pinkelt an die Wand. Der Urin läuft vor seinen lichtspendenden Schuhen entlang zu Oscars Füßen. Oscar schaut zu, wie das warme Rinnsal um seine Schuhe herumkriecht; ein leichter Dampf steigt davon auf. Er holt tief Luft und riecht die frische Pisse.

Oscar bindet seine Küchenschürze um, bevor er mit dem Mehlpapps ins Wohnzimmer geht. Nicht kleckern, keine Flecken machen, den Teller leeressen, während die Serenade von Dvořák vor sich hin plätschert. Als er gestern abend nach Hause kam, hat er sich unter dem Wasserhahn in der Küche sorgfältig die Hände gewaschen, gut eine Viertelstunde lang. Die nassen Schuhe hat er ganz normal unter die Garderobe gestellt.

Nachher also zur Ausstellung des Bruders, zum farbenfrohen Wirrwarr von Kleidern und Bildern. Es ist nichts. Da sind eine Mutter ohne Vater, ein Bruder und noch ein Bruder und viele Frauen ohne Männer, alles ist so wie immer. Die Finger riechen nach scharfer Seife mit einem Schuß Milch. Oscar säubert seine Brille mit einem Zipfel der Schürze. Das Telefon läßt er läuten.

An der Fassade des Städtischen Museums ist ein großes weißes Transparent angebracht, auf dem in straffen Großbuchstaben HERBSTAUSSTELLUNG: STEENKAMER steht. Die Glastüren zur Eingangshalle stehen weit offen, allerlei geschäftige Leute gehen an diesem frühen Sonntagnachmittag ungehindert ein und aus. Vor dem Aufgang sind zwei Lastwagen einer Cateringfirma geparkt. Aus deren Laderaum tragen Männer in weißen Overalls Schüsseln und Kartons in das Gebäude.

Auf dem Bürgersteig steht ein Kleinbus einer Fernsehgesellschaft; dicke Kabel führen aus seinem Innern über die Treppen ins Museum.

Johan stellt sein Auto auf den reservierten Parkplatz neben den roten BMW des Direktors. Der schwarze Anzug sitzt nicht zu eng und nicht zu weit; darunter trägt er ein hellgraues Oberhemd aus hauchdünner Baumwolle mit einer unifarbenen, knallroten Krawatte. Socken: hellgrau. Unterhose: meergrüne seidene Boxershorts, Geburtstagsgeschenk von Zina. Hautfarbe: gesundes Braun. Stimmung: leicht angespannte Heiterkeit.

In der zugigen Halle nimmt der Direktor – in schlampigem Jackett mit aufgerollten Ärmeln – Johans Hand in beide Hände und wartet einen Bruchteil zu lange mit dem Loslassen. Geboren *vor* 1950. Ich muß und werde ihn haben, was immer der Schmalzkopf vom National sich auch einfallen läßt.

»Willkommen, willkommen! Bist du bereit? Kerstens kommt um halb drei, er freut sich auf das Interview. Er war heute nacht noch hier, um sich die Gestaltung der Säle anzusehen. Kennst du ihn? Immer in Aktion!«

»Ja, ich bin ihm schon mal begegnet. Und ich hab mir seine Sendung ein paarmal angesehen.«

Der korpulente Kunstkenner erweckt bei Johan einen leichten Widerwillen, wie er ihn gegen alle dicken Männer und alle besserwisserischen Kritiker hegt. Der Rang Kerstens' als tonangebender Kunstpapst mit direktem Einfluß auf Johans Status und Finanzen nötigt ihm jedoch auch einen gewissen Respekt ab. Kerstens mag zwar ein aufgeblasener Großkotz sein, der noch nie einen Pinsel in der Hand hatte, aber er sitzt ganz oben, und auf ihn wird gehört.

»Macht es dir was aus, wenn ich dich alleinlasse? Ich hab gerade ziemlich viel um die Ohren, will mich der Herrschaften vom Fernsehen annehmen und die Einrichtung der Eß- und Trinkecke beaufsichtigen. Geh ruhig rein und erfreu dich an deinen Werken! Wir haben uns wirklich große Mühe gegeben.«

Johan folgt den dicken Kabeln. Er versucht genauso locker

und entspannt die Treppe hinaufzugehen, wie er sie normalerweise heruntergehen würde: die Arme schwingen locker hin und her, die Füße berühren die Stufen nur flüchtig, und der Kopf ist stolz erhoben.

Leicht keuchend erreicht er die Ausstellungsräume und bleibt vor dem Eingang zu seinen Sälen stehen. Auf jeder Seite steht ein großes Schild: links die Ankündigung der Ausstellung, in fetten Buchstaben über einen riesenhaft vergrößerten Gemäldeausschnitt gedruckt – ein Motiv ist nicht mehr erkennbar, nur noch Farbflecken –; rechts sein Kopf im Profil, abgewandt, mit seinem Namen in roten Buchstaben darüber.

Johan betritt den ersten Saal, in dem die Aquarelle und Zeichnungen in einheitlichen dunkelblauen Rahmen hängen. Verschiedene Himmel über dem Kanal, an dem entlang er seinen Morgenlauf macht. An der hinteren Wand des Saales befinden sich zwei Durchgänge zum großen Gemäldesaal. Links und rechts sind Tische aufgestellt, die in den Saal hineinreichen. Zwei Mädchen in Schwarz und Weiß decken sie gerade; ein junger Mann mit schwarzer Schürze schiebt einen Servierwagen mit Gläsern herein. Zu dritt beratschlagen sie, wo sie was aufstellen sollen. Die Fressalien sollen im Eingangssaal verzehrt werden, damit die Leute anschließend, mit einem Glas in der Hand, in aller Ruhe in den Gemäldesaal schlendern können.

»Ihr müßt die Tischtücher weit herunterhängen lassen«, sagt Johan zu den Mädchen, »sonst sieht man die Flaschen und Kartons darunter. Das sieht unmöglich aus.«

Die Mädchen richten die Tischtücher und schauen Johan nach. Einem Mann der tonangebenden Generation, der kurz und sachlich einen Befehl gibt und dann weitergeht, kann kein Serviermädchen widerstehen.

Der große Gemäldesaal ist höher als der Eingangssaal. Die Decke ist verglast (Luftfenster sagten die Kinder früher dazu) und mit weißem Baumwolltuch abgehängt, hell wie das Innere eines Kühlschranks, wie eine Freilichtkirche, wie purer Raum. In der Mitte steht eine kreisrunde Sitzbank mit Blick auf die Gemälde. An der Wand, in der die Durchgänge ausgespart sind, hängt die Pietà, vor der Johan jetzt steht und zufrieden nickt. Von einer Seitenwand her blickt »Der Briefträger« eindringlich in den Saal hinein. Johan dreht sich langsam auf dem Absatz um seine eigene Achse. Was auch rundum an Trouvaillen hängt, die größte Aufmerksamkeit zieht sofort die Wand mit dem Glanzstück auf sich, mit dem Meisterwerk.

Es ist etwas höher gehängt als die anderen Bilder und hat ein größeres Format: anderthalb Meter breit und mehr als zwei Meter hoch. Johan setzt sich direkt gegenüber auf die runde Bank und betrachtet es.

Es ist ein dunkles Bild, aus dem das Motiv hervorleuchtet. Vor einem samtschwarzen Hintergrund steht eine Frau mit golddurchwirkten braunen Haaren. Ein blasses Gesicht mit braunen Augen, die direkt auf den Betrachter gerichtet sind. Kantige, nackte Schultern. Die Haut hat eine Winterfarbe. An der rechten Brust der Frau liegt der Kopf eines großen, ausgewachsenen männlichen Lachses, das Fischauge und die braunrosa Brustwarze wetteifern um die Aufmerksamkeit. Der Fisch ruht im rechten Arm der Frau, sie hält ihn wie ein Baby, die Hand auf seinem silbernen Rücken. Der Schwanz ist nach vorn aufgefächert, über ihren linken Arm hinweg, der den rechten stützt. Den bleichen Bauch des Fisches hat sie an ihren nackten Oberkörper gedrückt, die silbernen Schuppen auf seinem Rücken mit den schwarzen Strichen darin sind mit unendlicher Sorgfalt gemalt. Vor der Frau steht abgerückt ein klobiger Holztisch. Darauf liegt ein zweiter, ebenso großer Fisch. Sein Kopf zeigt zum linken Bildrand, sein Rücken zur Frau. Der Bauch ist aufgeschlitzt. Eingeweide quellen hervor. Der Schwanz liegt schlaff auf dem Tisch. Die Fischhaut ist teilweise abgezogen, so daß hie und da das ungeschützte Fleisch sichtbar wird. Der Lachs ist in der Tat lachsfarben. Vor dem Fisch liegt ein scharfes Filetiermesser auf dem Tisch. Auf der Schneide sind Blutspuren zu sehen.

Wer seinen Blick von unten nach oben über das Bild wandern läßt, sieht: das Messer auf dem Holztisch, die Eingeweide, den gemarterten Fisch, den Bauch der nackten Frau, den von den bleichen Armen gewiegten, gegen die vollen Brüste gedrückten Fisch, den Frauenhals, das Gesicht, das goldbraune Haar.

Ein teures Bild, denkt Johan. Zweimal einen ganzen Lachs gekauft, der auf dem Tisch vor sich hin gammelte, für fast zweihundert Gulden pro Stück. Zina, die ihre Brüste und Arme zur Verfügung stellte, meuterte und drückte den Fisch nur mit gerümpfter Nase an sich. Nach dem Modellstehen lag sie ewig in der Badewanne und wusch sich die Haare mit duftendem Balsam. In dieser Zeit aßen sie wochenlang nur noch Lammkotelett und Steak. Zinas Schultern und Kopf waren wegen ihrer maßlosen Genußsucht nicht zu gebrauchen. Für diese Partien griff Johan auf ein anderes Modell zurück, eine Frau, die ihn entfernt an Ellen erinnerte und ihm für ein stattliches Honorar mit entblößten Schultern schweigend gegenübersaß.

Es kommen Leute in den Saal. Der Direktor steuert auf Johan zu. In seinem Kielwasser folgt ein kleiner, unter dem Gewicht von Fototaschen, Stativ und Standscheinwerfer ganz gebückt laufender Mann.

»Vom *Abendblatt*, noch schnell ein Foto, bevor die Leute vom Fernsehen loslegen, du hast doch nichts dagegen?«

Der Kleine packt seine Utensilien aus. Über dem Scheinwerfer spannt er einen weißen Schirm auf. Er blickt von Johan zum Bild, aber nicht, um sich mit beiden vertraut zu machen, sondern rein aus kompositorischen Erwägungen. Vor der »Frau mit den Fischen« ist ein niedriges Podium aufgebaut. Darauf steht ein Tisch mit zwei Stühlen, für das nachher stattfindende Interview.

»Wenn Sie dort Platz nehmen würden«, sagt der Fotograf, »dann nehme ich Sie von unten auf.«

In sich hineinmurmelnd, verschwindet er hinter seiner Kamera. Johan setzt ein ernstes Gesicht auf und hält die Lippen geschlossen.

»In die Linse schauen, bitte, ja, so ist's schön, hervorragend. Und jetzt im Stehen, vor dem Bild, bitte die Hände kurz ausschütteln, nicht so steif. Und in die Kamera schauen.«

Johan findet das ungerecht. Er soll jemanden ansehen, der nicht sichtbar zurückschaut. Via Foto wird er Tausenden von Menschen direkt in die Augen sehen, aber wem und wo, und was werden sie sagen?

Jetzt, im Stehen, überblickt er den ganzen Saal. Eine Fernsehkamera wird hereingefahren, grelle Lampen leuchten auf, die Techniker rufen einander Anweisungen zu. Der Direktor geht langsam an den Bildern entlang, während er sich mit einem dicken Mann unterhält, der eine Cordsamthose mit roten Hosenträgern und ein Hemd aus grober Baumwolle trägt. Als sie näher kommen, sieht Johan, daß der unterste Knopf des Hemds offen ist. Ein Stück behaartes Bauchfleisch quillt über den tiefhängenden Hosenbund. Das Gesicht des Mannes hat dieselbe Fleischigkeit, und seine hellen Äuglein sind tief in Speckfalten versunken. Der Mann streckt Johan seine Hand hin.

»Kerstens!«

Die Stimme ist unerwartet tief und sonor, die Äuglein blicken durch Johan hindurch auf die Kameraanordnung.

»Ich bin mit Kees an den Stücken entlanggegangen, das ist alles drauf. Mit Kommentar. Jetzt noch ein Gespräch hier auf dem Podium, es muß ja nicht lang dauern. Heute abend schneide ich die Chose zusammen, Dienstag wird gesendet. Eine Viertelstunde, wahrscheinlich als letzter Programmbeitrag.«

Johan spürt eine wachsende Verärgerung. Er wird für das

Produkt eines anderen benutzt, und so war das eigentlich nicht gedacht. Er hat es nicht gern, wenn durch ihn hindurchgesehen und ihm nur halb zugehört wird, weil der Standort der Kamera für wichtiger gehalten wird. Er hat es nicht gern, daß der Direktor Kommentare zu seinem Werk abgibt, ohne daß er selbst dabei ist. Man hat ihm die Regie aus der Hand genommen, während er sich vom Fotografen ablichten ließ. Von jetzt ab ist er auf der Hut!

Sie setzen sich an den Tisch auf dem Podium. Kerstens legt einen Block vor sich hin, auf dem kaum etwas steht, ein paar Wörter untereinander, die Johan verkehrtherum zu lesen versucht. Lachs? Hat das mit seinem Meisterwerk zu tun? Ungares Radio, was steht da? Ungarische Salami! Verdammt, das ist eine Einkaufsliste! Dieser Fleischkloß hat sich doch tatsächlich als einzige Vorbereitung auf das Interview mit dem Künstler seine noch zu besorgenden Leib- und Magenspeisen notiert. Mohrenköpfe mit Fragezeichen. Sacher durchgestrichen. Seezungenfilet mit mehreren Ausrufezeichen.

Johans Magen zieht sich vor Wut krampfartig zusammen. Kerstens scheint Johans störrische Miene nicht abzuschrecken, sondern erst richtig in Fahrt zu bringen.

»Herr Steenkamer! Ihnen ist die saisonale Eröffnungsausstellung eines namhaften Museums gewidmet. Was ist das für ein Gefühl?«

Als Johan gerade den Mund aufmacht, um loszulegen, unterbricht ihn Kerstens mit einer kurzen Handbewegung. Fragend reckt er sein fettes Kinn in Richtung Kameramann.

»Gut so?«

Der Aufnahmetechniker nickt. Kerstens wendet sich erneut an seinen Interviewpartner.

»Herr Steenkamer, finden Sie es nicht merkwürdig, daß ausgerechnet *dieses* Museum seine Eröffnungsausstellung Ihrem Werk widmet?«

»Wieso?« brummt Johan, der sich gleich in die Verteidigungshaltung drängen läßt. »Es ist doch ein prima Museum? Was wollen Sie damit sagen?«

»Passen Sie denn in diese Sammlung?«

»Warum nicht?«

»Tja, ich möchte gern, daß *Sie* sich dazu äußern. Verstehen Sie die Leute, die Ihr gegenständliches Werk als einen Rückschritt betrachten?«

Herrje, der Artikel von Oscar. Warum versucht der Typ mich zu provozieren, was soll das?

»Ich halte mich nicht damit auf, was andere über mein Werk denken, Herr Kerstens. Ich arbeite. Früher eher auf eine Weise, die man abstrakt nennen könnte, und jetzt überwiegend in der Form erkennbarer Objekte und Szenen. Ich schätze das eine nicht als höher oder besser ein als das andere.«

»Sie verdienen mehr, seit Sie umgesattelt haben, nicht wahr?«

Das läuft schief. Johan, der im täglichen Leben so leicht aufbraust und anderen seine Meinung an den Kopf wirft, fühlt sich durch die Kamera und das Bewußtsein, bei der Gestaltung einer Fernsehsendung mitzuwirken, gebremst und an seinen Stuhl gefesselt. Sein Gesicht rötet sich, er stemmt die Füße gegen den Boden.

»Lassen Sie uns über mein Werk sprechen und nicht über meine finanzielle Situation.«

»Sind Sie da so empfindlich? Na gut, wie Sie wollen. Ihr Werk also. Ich persönlich, als Kunstkritiker, möchte Ihnen sagen, daß ich es schade finde. Ihre früheren Arbeiten fand ich großartig – die sich überlappenden Farbflächen, die schuppenartige Fortsetzung des Rahmens im Bild, die falschen Diagonalen –, das war Ausdruck von Experimentierfreude, das war gewagt. Sie haben diesen Stil recht unvermittelt aufgegeben, um Allerweltsbilder zu malen. Dafür müssen Sie doch einen Grund haben?«

Allerweltsbilder! Johan ist so aufgebracht, daß er kein Wort herausbringt. Die Kamera schaut ihm direkt ins Gesicht.

Als er endlich Luft holt und den Mund aufmacht, schmettert Kerstens los: »Gut, nehmen wir ein konkretes Beispiel. Das Gemälde, unter dem wir jetzt sitzen, ist Ihr jüngstes Produkt. Sie selbst betrachten es als Ihr Meisterwerk, sagen Sie.«

Kerstens zeigt mit einem seiner Wurstfinger auf das Bild und sieht den Kameramann an, der die Frau mit den Fischen mit seinem visuellen Staubsauger gehorsam abzutasten beginnt.

»Ja. Ich bin damit sehr zufrieden. Ein schönes Bild. Finde ich.«

»Also, das ist nun ein *sehr* armseliger Kommentar. *Schön*, was heißt das schon? Sie drücken mit diesem Werk doch zweifellos etwas aus, Sie knüpfen an eine Tradition an, Sie haben doch eine Botschaft?«

»Eine Frau mit zwei Fischen«, sagt Johan.

»Ja, zweifellos. Aber warum? Eine sinnbildliche Darstellung? Hat es etwas mit Liderlichkeit zu tun? Handelt es sich hier um eine transzendente, ja vielleicht religiöse Thematik?«

»Es ist eine nackte Frau, die einen Fisch im Arm hält.«

»Herr Steenkamer, Sie verstehen doch sicher, worauf ich hinaus will: Wer ein Bild malt, illustriert etwas. Dazu gehört eine *Geschichte*, Sie erzählen etwas mit diesem Bild. Hat es mit der enttäuschenden Mutterliebe zu tun? Oder vielleicht mit der unseligen Konkurrenz zwischen zwei Kindern? Ist hier letztlich der Brudermord angedeutet? Drücken Sie es doch einmal mit Ihren eigenen Worten aus!«

Kerstens kneift grinsend seine Schlitzäuglein noch weiter zusammen. Die Kamera schnurrt voller Erwartung.

»Hören Sie mal, Herr Kerstens, ich halte nicht viel von dieser Fragerei. Wenn ich eine Geschichte hätte erzählen wollen, mit meinen eigenen Worten, wie Sie so treffend sagen, dann wäre ich wohl Schriftsteller geworden, kapiert? Aber ich bin

Maler, ich denke mir ein Motiv aus, und das bringe ich so gut wie möglich auf eine Leinwand. Das ist die ganze Geschichte, Kerstens, und wenn du es besser weißt, dann erzähl sie doch mit *deinen* Worten! Und jetzt scher dich zum Teufel, ich hab die Schnauze voll!«

Johan erhebt sich und springt vom Podium. Der Direktor ist, von den lauter werdenden Stimmen alarmiert, herbeigeeilt, um zu schlichten und auszugleichen. Kerstens, der sich ebenfalls erhoben hat, zieht die rundlichen Schultern hoch.

»Schade, der Ansatz war ganz gut. Ich werde sehen, ob ich noch was draus machen kann. Manchmal funktioniert's, manchmal nicht. *Tant pis.*«

»Du warst nicht gerade zuvorkommend, muß ich sagen. Und Steenkamer *wasn't up to it*, um es mal so auszudrücken. Er kann sonst sehr anschaulich über sein Werk erzählen.«

»Tja, Kees, das sind die Spielregeln. Er muß sich mit kritischen Stimmen auseinandersetzen können – wenn er dem nicht gewachsen ist, kann ich ihm auch nicht helfen. Hast du schon was zu trinken für mich? Whisky wird heute wohl nicht ausgeschenkt?«

Johan ist davongestürmt, und der Direktor fühlt sich so frei, den Kunstjournalisten kurz zu sich ins Büro zu führen.

Im Eingangssaal sind inzwischen silberne Kühlwagen mit Wein und Bier hinter die weißgedeckten Tische gerollt worden. Johan nimmt sich ein erstes Glas Weißwein und schaut sich zufrieden um. Ein tiefes Gefühl von Wohlbehagen macht sich in ihm breit, wie immer nach einem Wutausbruch.

Die Kabel werden zusammengerollt, das Fernsehteam bricht auf. Es geht auf vier Uhr zu, die ersten Gäste kommen herauf. Was faselte dieser Fleischkloß da von Mutterliebe, Brudermord? Was für ein abwegiger Gedankengang, modisches Getue mit Wörtern und Begriffen. Gute Pinsel muß man haben. Und man muß genau, bis ins kleinste Detail vor sich sehen, was man machen will. Wenn man nicht weiterkommt, ist *das* die Hemmschwelle. Dann muß man sich konzentrieren und nachdenken, bis man weiß, wie es auszusehen hat. Weiß man es, geht es wieder. Leute wie Kerstens haben davon keine Ahnung. Die packen alles in eine Wolke aus Wörtern, und was nicht auf etwas anderes verweist, hat keinen Wert. Wenn ich mich darauf einlasse, male ich nie wieder was, das steht fest. Man darf nicht knickerig sein mit seinem Material. Und man muß Ordnung haben in seinem Atelier. Jeden Abend aufräumen. Technik, das ist es. Genau wie bei einem Akrobaten oder einem Musiker. Kunstfresser sind das, diese Journalisten, und ach so bange, daß sie sich den Magen verderben. Oder daß ihnen versehentlich mal eine ordinäre Bratwurst schmeckt. Bah!

Ein hagerer junger Mann schleppt ein Cello die Treppe herauf. Trotz seiner Jugend hat er einen völlig kahlen Schädel. Hinter ihm gehen ein langhaariges Mädchen mit einer Bratsche und ein stämmiger Lockenkopf mit Geigenkasten im Rucksack. Das Mädchen hat Noten in der Hand, die es dem Geiger zeigt. Er nickt, aber erst mal auspacken.

Im großen Saal klappt das Mädchen neben dem Podium silberne Notenständer auseinander, die wie Flamingos im Raum stehen. Der Lockenkopf kommt mit Stühlen herbei, die sie zu einem Dreieck zusammenstellen, mit dem Cellisten in der Mitte. Den Dorn seines Cellos steckt er in ein kleines Brett, das mit einer Schnur am Stuhlbein festgebunden ist. Der schwarze Cellokasten lehnt neben einem Gemälde an der Wand, auf dem ein anderes Trio abgebildet ist: eine Mutter und ein Sohn halten vor einem geöffneten Fenster ein zweites Kind, einen blutlosen, ohnmächtigen Jungen. Vorhänge wehen herein. Auf einem Stuhl liegt ein Fisch.

Der Geiger nimmt den Ton von einer Stimmgabel auf, die er aus seiner Innentasche gezogen hat, und gibt ihn den anderen vor. Sobald sie den Ton haben, beginnen alle durcheinander ihre Saiten zu stimmen. Der Cellist drückt die Wirbel gegen sein Ohr, um sein Instrument besser zu hören. Johan spürt, wie ihn eine unerklärliche Nervosität befällt. Wer hat denn hier ein Streichtrio bestellt? Er will das nicht, er will nicht von etwas Undefinierbarem übermannt werden. Außerdem lenkt dieser Krach nur von der Betrachtung dessen ab, um das es hier eigentlich geht.

»War das deine Idee?« fragt er den Direktor, der inzwischen wieder auf der Bildfläche erschienen ist, um seine Gäste begrüßen zu können.

»Schön, nicht? Sie spielen sehr gut. Und gute Musik. Schüler vom Konservatorium, die sich etwas dazuverdienen. Das Mädchen ist eine Bekannte von mir, sie spielen hier öfter.«

Aber ich will das nicht, will Johan sagen, ich kann das nicht ertragen, es macht mich unruhig, laß sie gehen.

Sie haben mit der langsamen Einleitung eines Beethoven-Trios begonnen; die leisen Cellotöne zittern mit unaufhaltsamer Intensität in den Eingangssaal hinein.

Bijl! Wie ein schiffbrüchiger Matrose, der auf die Rettungsinsel zupaddelt, stürzt sich Johan auf den Holzhändler. Die mächtige Gestalt strahlt Ruhe und verhaltene Neugier aus. Er reicht Johan seine kräftige Hand, das Paddel, den Strohhalm.

»Na, mein Junge, bist du zufrieden? Das kannst du wohl auch sein, Kommentare hin oder her. Du siehst ein bißchen mitgenommen aus. Wollen wir ein Gläschen trinken, auf den guten Anfang?«

Bijl legt den Arm um Johans Schultern und führt ihn zum Getränkebüfett. Seit Ellens Einstieg ins Holzgeschäft hat er ihren Ehemann subventioniert, und das – aus Bewunderung für dessen kompromißlose Professionalität – auch noch nach der Scheidung. Er läßt andere wie selbstverständlich an seinem Reichtum teilhaben und macht kein Aufhebens davon. Dieser Künstler hat seinen Weg gemacht, und Bijl bleibt ihm treu. In seinem Auftrag hat Johan den Kirschbaum im

Garten gemalt. Und es verstand sich von selbst, daß Bijl diese Ausstellung mit einem stattlichen Betrag unterstützen würde.

»Wie geht es Ellen? Sie kommt doch sicher auch, oder? Und eure Kinder, die Jungs. Was machen die eigentlich, haben sie sich schon zu etwas durchgerungen? Aber was frag ich dir Löcher in den Bauch, laß uns erst mal anstoßen: Auf deine Kunst!«

Nun kommen die Leute in Dreier- oder Vierergruppen in den Saal und schweben als dekorative Farbflecken vorbei, mustern sich gegenseitig, lassen ihre Blicke über die Kunstwerke schweifen, begrüßen sich da und dort, oder bleiben vor dem Tisch mit den Getränken stehen, um sich von den Mädchen ein Glas geben zu lassen.

Hinter Bijls breitem Rücken entdeckt Johan Sally. Er entschuldigt sich bei seinem ersten Sponsor und macht seine Aufwartung beim zweiten.

»Schön, daß ihr kommen konntet! Mitten zwischen zwei Weltreisen, was?«

Bob hat ein Gesicht wie ein echter Seemann und trägt Matrosenkleidung: einen Pullover aus ungebleichter Wolle mit breitem Zopfmuster, eine marineblaue Hose und Segeltuchschuhe.

»Er hätte ruhig seine Kapitänsmütze aufbehalten dürfen«, sagt Johan zu Sally. »Na, und das hier ist fast alles auf eurem Grund und Boden entstanden.«

»Sehr schön, und es freut mich, daß die Post wieder mitgemacht hat. Du machst doch noch das eine oder andere für sie?«

»Fühlst du dich wohl im Haus, Johan?«

Sally sieht entspannt und zufrieden aus. Daß sie nie auf seine verdeckten Avancen eingegangen ist! Vielleicht ganz gut so, schießt es ihm durch den Kopf, bei diesem mit Schminke zugekleisterten Gesicht.

Der Direktor des Nationalmuseums kommt herein und

starrt verstört auf den Tisch mit den Getränken und die überall im Raum verteilten Aschenbecher. Rauchen in einem Museum, das kann nur so ein angepaßter Neuling zulassen, der sich allseits beliebt machen will und von Konservierung keine Ahnung hat. Aber es bleibt ihm nichts anderes übrig, als dem Großmaul zu seiner Prachtausstellung zu gratulieren, das gehört sich so unter Kollegen.

Mit ernster Miene schlendern die beiden Hüter der Kunst nebeneinander an den Bildern entlang und schlagen einen rücksichtsvollen Bogen um das Streichtrio.

Das *muß* ins National, dieser Grünschnabel hat es mir weggeschnappt durch sein Gekungel und seine Beziehungen, denkt der eine.

Wenn dieser Miesepeter doch vor lauter Neid einen hübschen kleinen Herzinfarkt bekäme, dann würden wir endlich ein Stück vorankommen, denkt der andere.

»Mein Kompliment, Herr Kollege. Eine schöne Präsentation, und wirklich sehenswerte Werke. Aber entschuldigen Sie mich bitte einen Moment, ich sehe da gerade jemanden, den ich unbedingt begrüßen muß.«

Daß er den jüngeren Kollegen einfach so stehenlassen kann, ist ihm eine kleine Genugtuung.

»Ach, Herr Direktor, schön daß Sie auch hier sind! Aber das ist für Sie natürlich auch Arbeit!«

Keetje Bellefroid hat sich feingemacht. Sie hat einen plissierten Rock an und eine südländisch wirkende Schottenmuster-Pelerine um die Schultern geschlagen. In der Hand hält sie die zerknitterte Einladung, die Oscar ihr gegeben hat.

»Herr Steenkamer hat mich eingeladen, *unser* Herr Steenkamer, meine ich. Haben Sie ihn schon gesehen?«

»Noch nicht, Keetje, aber er kommt bestimmt. Kann ich Ihnen etwas zu trinken holen, oder begleiten Sie mich?«

Der Direktor hat eine Schwäche für die vollbusige Herzlichkeit seiner imposant ausstaffierten Sekretärin. Er ist froh, daß jemand aus seinem Lager da ist, und es beruhigt ihn, daß gerade sie es ist.

Während sie vor dem Tisch warten, hat Zina ihr Entree. Rotes Haar wie ein Strahlenkranz um das Gesicht, der üppige Körper in ein schimmerndes grünes Akrobatendress gezwängt, darüber ein mit Gold paspeliertes grünes Jäckchen. Sie wirft den Kopf in den Nacken, als sie über eine Bemerkung des Direktors laut auflacht. Sie hakt sich bei ihm ein und führt ihn zu Johan.

»Meine kleine Konkurrentin ist eingetroffen, Steenkamer. Ich schlage vor, daß du ihr erst mal was einschenkst. Herrje, mit den Häppchen müssen sie aber bis nach der Rede warten! Das muß ich gleich mal regeln, entschuldigt mich bitte.«

Resolut schiebt er die Ober mit ihren Schalen voll fritierter Garnelen auf den Gang zurück.

Lisa zieht die Augenbrauen hoch, geht in den Eingangssaal, schaut in die Runde, entdeckt aber weder Ellen noch Alma. Wo ist Johan? Dann betritt sie den großen Saal und steht Auge in Auge mit dem Meisterwerk. Lieber Himmel. Lisa ist wie vom Donner gerührt. Wie schrecklich! Sie fröstelt.

Von hinten schmiegt sich ein warmer Körper an sie. Johan legt die Arme um ihren strohgelben Blazer und küßt sie auf den Hals. Whisky? Alkohol jedenfalls. Lisa lehnt sich etwas zu lange an ihn, zu kurz zwar, um alle Körperteile genau unterscheiden zu können, aber dennoch zu lange, viel zu lange.

Mit einem Ruck macht sie sich los.

»Johan. Das ist wunderschön. Unglaublich.«

Der Direktor ist auf das Podium gestiegen, das Trio verstaut seine Instrumente unter den Stühlen und arbeitet sich gegen den Strom zum Getränkebüfett durch. Es wird still im Saal, Fetzen der Ansprache sind deutlich zu hören: Überwindung des vermeintlichen Schismas, nicht-figurativ und figurativ, Hoffnung auf eine fruchtbare Lösung der langwierigen Frage, die Kollektion, stolz, eine solide und begnadete Künstlerschaft, Dank an die Sponsoren, die Hände reichen, mit vereinten Kräften, Eröffnung einer fruchtbaren Saison!

Eifriger Applaus, dann kommen die Ober hereingetänzelt: Käsekroketten, Lachsröllchen, Garnelen, Spargelkanapees. Mit beiden Händen greift man zu und räumt die Platten leer, bevor wieder Kurs auf den Getränketisch genommen wird.

Johan geht mit Lisa langsam durch die beiden Säle zur Treppe. Unten, an dem Wasserfall aus weißem Marmor, stehen drei Gestalten. Ein grauer Mann mit Brille hat eine blaue Frau mit Stock zu seiner Rechten, und zur Linken eine Frau in knallrotem Kleid. Feierlich steigen sie zu dritt die Treppe herauf. Tragen sie Masken? Nein, sie tragen keine Masken.

»Jetzt geht's los«, flüstert Lisa in Johans Ohr.

Johan küßt seine Mutter. Die Knöchel der Hand, mit der sie den Stock umfaßt, sind weiß. Sie zittert vor Anstrengung.

»Hättest du nicht etwas früher kommen können, die Ansprache ist schon vorbei. Kannst du dich nicht *einmal* dem Tempo eines anderen anpassen, ist das zuviel verlangt?«

»Es war eine ziemliche Organisiererei«, interveniert Ellen, »es dauerte eine Weile, bevor wir loskamen, das ist meine Schuld, Alma war schon fertig, aber ich war zu spät dran.«

»Du brauchst dich doch nicht zu entschuldigen«, sagt Lisa zu ihrer Freundin. »Schön, daß du überhaupt da bist. Ein bildschönes Kleid hast du an!«

Oscar ist beim Anblick seines Bruders bleich geworden. Johan hat ihm achtlos die Hand gegeben, als wenn nichts wäre. Alma, die auf dem Weg nach oben schwer an seinem Arm gehangen hat, scheint seine Gegenwart jetzt völlig vergessen zu haben. Er faßt sich an den Bauch und krümmt sich.

»Ich muß noch mal kurz nach unten, glaube ich, tut mir leid, wir sehen uns später«, murmelt Oscar, ohne jemanden direkt anzusprechen. Er hastet die Treppe hinunter. Mit einem Seufzer läßt er sich auf dem Klo nieder, nachdem er die Tür sorgfältig verriegelt hat.

Johan hat Almas Arm genommen und geht mit ihr an den Bildern entlang.

»Gut siehst du aus mit deiner neuen Frisur. Und dieses Blau steht dir hervorragend. Warum zitterst du so, hast du Schmerzen?«

Alma will keine Schmerzen haben. Sie würdigt die Ausstellungsstücke kaum eines Blickes, unterzieht die Leute jedoch einer eingehenden Musterung. Der Direktor kommt auf sie zu. Er legt die Hand auf Almas blauen Ärmel.

»Die Mutter des Künstlers! Eine stolze Mutter, nehme ich an. Und zu Recht, zu Recht.«

Sie wandeln am Büfett vorbei in den großen Saal, wo »Der Briefträger« hängt. Es ist das einzige Bild, vor dem Alma kurz stehenbleibt. Der Mensch sieht, was er kennt und was er sehen möchte, denkt Ellen, die ihnen in kurzem Abstand gefolgt ist.

»Kann ich mich nicht irgendwo hinsetzen, so daß ich jeden sehen kann? *Da*, auf der Bank da!«

Alma zeigt mit ihrem Stock auf eine Stuhlreihe dicht am Podium. Gehorsam führt Johan sie dorthin. Stock unter den Stuhl, Handtasche zu den Füßen.

»Hier hängen Bilder von mir, die du noch nicht gesehen hast, weißt du das?«

»Alles zu seiner Zeit, Johan. Ich muß mich erst ein wenig von der Fahrt erholen. Und mich ein bißchen umsehen. War das der Direktor? Er war ja sehr schnell wieder verschwunden. Du kannst jetzt ruhig gehen, du brauchst hier nicht herumzustehen. Ich sitze gut. Bring mir eine Tasse Tee, falls sie das haben.«

Ellen hat sich »Die Frau mit den Fischen« angesehen. Ihr Blick wandert zwischen Alma und dem Gemälde hin und her. Ein schallendes Lachen veranlaßt sie, sich umzudrehen, nach Zina, wie sich herausstellt.

Die Freundin ihres Mannes unterhält sich lauthals mit Kerstens und dem Direktor. Als Johan vorüberkommt, legt sie ihm die Hand in den Nacken. Er lächelt und geht weiter.

Verdammt, denkt Ellen. So ist das also. Sie hat das Recht, seinen Körper anzufassen.

Auf einmal steht Johan neben ihr.

»Würdest du das bitte Alma bringen?« Er drückt ihr ein Glas Orangensaft in die Hand. »Setz dich ein bißchen zu ihr, sie ist allein. Ich muß noch Leute begrüßen.«

Ich auch, Johan. Kümmere dich mal schön selbst um deine Mutter, spann mich da nicht ein, ich hab nichts mehr damit zu tun. Warum sage ich das nicht? Warum komme ich nicht her, um mich nett zu unterhalten, interessante neue Bekanntschaften zu machen, zu meinem eigenen Vergnügen? Weil ich mich krümme vor Mitleid mit den malträtierten Fischen in den Armen dieser kalten Frau, vor Mitgefühl mit der Fischfrau selbst, die starr ist vor Angst. Weil es irgendwie immer noch meine Familie ist, weil ich eben nicht zu meinem eigenen Vergnügen hier bin, sondern tatsächlich für ihn, für sie.

»Gib her. Siehst du, wie sie den Saal absucht? Hast du etwas gehört?«

»Nein, er kommt sicher nicht. Daran habe ich nicht einen Moment geglaubt.«

»Das mit der Torte war übrigens ein schlechter Scherz. Wie kannst du nur! Du Schuft warst mal wieder wütend und hast nicht groß nachgedacht.«

»Nur ganz kurz.«

Sie lachen sich an. Dann zieht Johan Zina von ihren Herren weg, und Ellen setzt sich neben Alma. Da überall Aschenbecher herumstehen, zündet sie sich eine Zigarette an und lehnt sich einen Moment zurück. Das Streichtrio spielt eine Opernbearbeitung, ein hoheitsvolles Menuett mit einer unschuldigen Melodie. Zina stößt Johan mit der Hüfte an, er legt den Arm um sie. Zu zweit wiegen sie sich durch das Menschenmeer. (Frau Gräfin, denkt Ellen, wollen Sie mir die Ehre erweisen, dieses Menuett...? Hör doch auf, laß das, reiß dich zusammen. Sei froh, daß du das vom Hals hast.)

—254—

»Charles war eine imposante Erscheinung«, sagt Alma plötzlich.

»Ich glaube nicht, daß er kommt, Alma. Versuch lieber, dich ein bißchen zu amüsieren.«

»Amüsieren? Zwischen diesem Gesocks? Mit diesen Schmerzen? Ich habe mit diesen Leuten nichts zu schaffen. Unhöflich sind sie. Da bin ich doch zehnmal lieber zu Hause. Dieser Krach hier. Wo ist eigentlich Oscar? Und warum läßt sich diese Freundin von Johan nicht blicken, ich habe sie schließlich zum Festessen eingeladen!«

Ablenkung, ein anderes Thema. Gut so.

»Soll ich sie mal herholen?«

Ellen springt auf und steuert auf Zina zu. Sie hat schon heißere Eisen angepackt. Sie schüttelt ihrer Nachfolgerin freundlich die Hand, zeigt auf Alma und führt Zina zu ihr.

Alma läßt die Augen über die grüne Erscheinung wandern: das Halsband, das Dekolleté, die breite Hüftpartie, und dann das faltenlose Gesicht mit dem Haarkranz.

»Was für einen prachtvollen Schmuck Sie tragen«, sagt sie.

Zina setzt sich neben sie und erzählt von Mats, von der Goldschmiedearbeit und dem Verkauf von Kunsthandwerk. Ellen steht dabei, hört dem unbefangenen Geplapper zu und denkt, daß Zina nichts mitkriegt, weil sie nur mit ihrer eigenen Welt beschäftigt ist, mit ihrem Hundehalsband und Johans Launen. Zina nimmt die Dinge, wie sie sind, sie phantasiert nicht. Sie kann sich nichts vorstellen, was nicht ist, und darum sitzt sie jetzt hier neben Alma und fühlt sich auch noch wohl dabei.

Ellen geht in den Eingangssaal, um sich ein Glas Wein zu holen, und sieht von weitem ihre Söhne die Treppe heraufkommen. Obwohl sie nicht mehr zu Hause wohnen, geben sie ihr, wann immer sie sie sieht, immer noch ein Gefühl von Vollständigkeit und Ruhe, als gehörte es sich, daß sie da sind. Jetzt ist es gut.

»Mam! Wie schön!«

»Was für ein tolles Kleid!«

»Dazu mußt du Rotwein trinken! Soll ich was holen?«

Paul rennt davon. Dies ist mein Beitrag zur Familie, denkt Ellen. Dies ist Zeugnis für das, was ich mit Johan habe, und niemand kann sich dazwischendrängen. Mit einem Mal fühlt sie sich zugehörig und nicht mehr nur als eine, die bloß funktioniert. Peter trägt einen eleganten dunkelblauen Anzug und ähnelt darin sehr seinem Vater, vor allem, wenn er sie von der Seite ansieht.

»Es ist wieder aus«, sagt er und spricht damit auf seine Freundin an, die er Ellen vor kurzem offiziell vorgestellt hat.

»Ach herrje, wie kam denn das?«

»Ich verstehe mich einfach mit niemandem so gut wie mit Paul. Solange ich verliebt bin, ist alles okay, aber wenn sich das Leben dann langsam wieder normalisiert, brauche ich Paul. Das hat sie geärgert, sie hat sich ausgeschlossen gefühlt. Das stimmte auch. Und ich hatte keine Lust mehr, zu einer eingeschnappten Freundin zu gehen, bei der ich Angst hatte, sie könnte deswegen Schluß mit mir machen. Da bin ich wirklich lieber mit Paul angeln gegangen. Schrecklich, und so läuft es jedesmal.«

Paul kommt mit einem Tablett: Wein, Bier und ein Teller mit verschiedenen Sorten Fisch. Sie kriegen keine Liebesbeziehung hin, und sie halten es in keinem normalen Beruf aus, denkt Ellen, und trotzdem mache ich mir keine Sorgen um sie. Auch wenn sie mit sechzig immer noch zusammenwohnen. Und sich immer noch mit irgendwelchen spinnerten Projekten abgeben.

Was als Gefälligkeit unter Kommilitonen begann (das Organisieren von Ausflügen mit Tjalken und Bottern für Semesterwochenenden), hat sich im Laufe der Jahre zu einem kompletten Reisebüro ausgewachsen, mit Geschäftsräumen und klarer Aufgabenverteilung. Paul ist für die fischkundliche

Beratung und die Ausrüstung zuständig. Sein Teil des Ladens ist vollgestopft mit Angeln, Wathosen und ganzen Sortimenten wunderlicher Haken, die wie Schmuckstücke auf Samt liegen. Peter ist der Reisefachmann, er arrangiert Anglerexpeditionen nach individuellen Wünschen: Plattfische stechen am Ebbestrand, Kinderfreizeiten (Freischwimmer Voraussetzung) mit Barschfang, Bachforellenjagd in den Bergen, Einholen von Kabeljau an dreißig Meter langen Trossen auf einem wild schaukelnden Fischerboot und Lachsferien in Schweden. Sie sind im Handelsregister eingetragen. Sie sind Geschäftsleute, Unternehmer – aber sie sehen aus wie Studenten. Paul hat einen hellroten Baumwollpullover an,

Peter und Paul
Creative Fishing

steht auf seinem Rücken. Bei ihrem neuesten Projekt geht es um den Fischfang mit Netzen auf dem See Genezareth, etwas für Liebhaber.

Für Johan sind sie gescheiterte Existenzen, er hat noch nie darüber nachgedacht, wo sie ihr Geld herbekommen. Und sie erzählen nie von ihren Erfolgen, weil sie wissen, daß es ihn nicht wirklich interessiert.

Lisa unterhält sich hier und dort mit Leuten, die sie kennt oder kennenlernen will, und blickt dabei über deren Schultern hinweg zu den Hauptakteuren im heutigen Drama. Gesunde Goldfische suchen die gegenseitige Gesellschaft. Alma sitzt verbissen auf ihrem Stuhl und wimmelt jeden ab, der sich kurz zu ihr stellt. Um Peter und Paul herum hat sich ein fröhlicher Kreis gebildet. Und Johan? Sie sieht ihn gestikulierend neben einem dicken Mann vor der »Frau mit den Fischen« stehen, kurz darauf geht er zum Direktor. Preisverhandlungen vielleicht. Als sie in Almas Reichweite geraten, wird dem Direktor in den Rücken gepikt.

»Setzen Sie sich einen Moment zu mir?«

Lisa begibt sich in Hörweite.

»Was halten Sie als Fachmann von dem Werk meines Sohnes, können Sie mir das sagen?«

Der Direktor ist schon leicht angetrunken und zudem verärgert über die verfrühten Geschäftsgespräche.

»Gnädige Frau! Der am meisten vernachlässigte Aspekt in der Kunst ist der *Platz*-Aspekt! Als Museumsmensch weiß ich, wovon ich spreche. Ihr Sohn ist ein ausgezeichneter Maler. Wenn er drüben im Nationalmuseum hängt, wird er das auch bleiben, ganz bestimmt. *Aber*...« Er steht auf, bückt sich und bläst in Almas Ohr: »Wenn er hier in meinem Stall bleibt, mit seinem gesamten Oeuvre, dann, dann wird Ihr Sohn ein *großer* Maler sein.«

Nach der Enthaltsamkeit der letzten Tage tut der Wein jetzt seine Wirkung. Johans Gesicht ist erhitzt, und die Zeitspanne zwischen Denken und Handeln hat sich extrem verkürzt. Er sieht sich plötzlich Lisa gegenüber. Beide haben ein Glas in der Hand, sie prosten sich zu.

»Warum ist er weggegangen, dein Vater?«

»Weil ich gewonnen hatte«, sagt Johan ohne zu zögern. »Ich hatte mehr Talent, und Alma liebte mich mehr als ihn. Er war geschlagen, so einfach ist das.«

Er schaut umher und sieht an allen Wänden seine Werke hängen. Das Tageslicht ist verschwunden, die Beleuchtung ist eingeschaltet, es ist Abend geworden, und noch immer schlendern Leute bewundernd an seinen Bildern entlang. Auf der großen Sitzbank in der Mitte des Saales Kerstens und Zina. Er hat seinen fetten Arm um ihre Schultern gelegt und schaut verstört auf, als Johan auf ihn zukommt.

»Jetzt hör mir mal gut zu, Kerstens:
>Schreiber schreiben, bis sie steif sind,
>aber Maler malen, bis sie reif sind
>für die Freiheit!«

Er hat den verdutzten Journalisten am Kragen gepackt und ihm den Vers direkt ins Gesicht gesagt, langsam und deutlich artikuliert.

»Freiheit, Kerstens, Freiheit!«

Wie ein Sieger dreht Johan sich um und läßt Kerstens stehen. Gut war das, sehr gut.

Schon mehr als eine Stunde hat Oscar sich in seiner kleinen Zelle verschanzt. Zum Glück reichen die Wände bis zum Boden, und die Tür schließt perfekt – es ist kein Verschlag aus Hartfaserplatten mit großen Aussparungen oben und unten, durch die unversehens jemand schauen könnte. In solchen Klos fühlt Oscar sich so bedroht und belauert, daß seine Schließmuskeln sich total verkrampfen. Dieses Kabäuschen hingegen ist eine richtige kleine Kammer, zwar ohne eigenes Waschbecken, aus dem er trinken könnte, aber mit einer dicken Rolle Klopapier und einer Ersatzrolle, die zwischen Wasserrohr und Wand geklemmt ist. Hier läßt es sich eine Weile aushalten. Er hat seine Jacke ausgezogen und an den Haken an der Tür gehängt über das mit Filzstift geschriebene *I've had it, man!*

Die Geräusche aus dem Toilettenraum dringen gedämpft zu ihm durch. Manchmal pinkeln zwei oder drei Männer gleichzeitig, und Oscar hofft jedesmal, daß sie über die ausgestellten Bilder reden. (»Schon sehr à la Zigeunermädchen, findest du nicht?«) Einmal drückte jemand die Türklinke herunter, Oscar sah verschreckt die plötzliche Bewegung und wollte rufen: »Besetzt, besetzt!«, aber seine Kehle war wie zugeschnürt.

Die Hose hat er, nach Inspektion des Fußbodens, heruntersacken lassen; die Unterhose hängt auf Kniehöhe. Oscar hat Bauchschmerzen, fühlt sich aber erst nach einer Viertelstunde sicher genug, um seinen Darm entleeren zu können. Er genießt diesen Vorgang nicht, sondern hat ihn sein Leben lang stets als Niederlage empfunden. Er ist sich seiner Wehrlosigkeit in dieser Situation bewußt und denkt jedesmal, daß er dann nicht davonrennen oder sich verteidigen kann. Der Gang zur Toilette hat für ihn etwas mit Gehorsam zu tun, als würde er nun endlich, nach langem Murren und Sichsträuben, tun, was von ihm verlangt wird. Sein Triumph liegt in der Weigerung. *Ihn* kriegen sie nicht aufs Klo, er kneift die Hinterbacken zusammen und behält seine Kötel, bis sie hart und schwarz wie getrocknete Bohnen in die Porzellanschüssel prasseln. Wenn er will.

Jetzt hat er Durchfall. Wovon? Vom Apfelmus, der Banane, dem Ei? Als er sicher sein kann, daß er allein ist, läßt er erleichtert ein paar knallende Fürze los. Ein säuerlicher fauliger Gestank steigt auf. Er kann sich hier nicht den Hintern waschen, und die Hände erst, wenn er die Tür aufmacht. Er stützt die Ellbogen auf die Knie, legt den Kopf in die Hände und seufzt. Er atmet den üblen Gestank ein. Niederlage.

Im Sitzen betätigt er die Spülung und spürt das Wasser gegen die Pobacken spritzen. Welchen Grund hätte er, sich zu fürchten? Er wird nach oben gehen und sich die Ausstellung ansehen. Es werden Leute dasein, die ihn kennen, er ist schließlich ein angesehener Fachmann. Mit Alma hat er eine kleine Meinungsverschiedenheit gehabt, die aber doch wohl kaum beredet oder beigelegt zu werden braucht, das renkt sich alles von selbst wieder ein. Sein Bruder, sein kleiner Bruder. Der berühmt geworden ist und sich vielleicht über den Artikel ärgert. Ach wo, daran denkt der schon gar nicht mehr, so was findet Johan völlig belanglos, Oscar kann schreiben, was er will, kann seine Fäuste auf dem Kopf kaputtschlagen, sich die Finger wundtippen, ohne daß Johan mit der Wimper zuckt. Er kämpft gegen Luft.

Sorgfältig wischt Oscar sich ab und bringt seine Kleidung in Ordnung. Als er im Toilettenraum niemanden hört, schlüpft er aus der Kabine und wäscht sich mit der scharfen Seife aus dem Plastikspender ausgiebig die Hände. Seine Anzugjacke läßt er solange an der Tür hängen. Im Spiegel sieht man einen eifrig hantierenden älteren Mann mit aufgerollten Hemdsärmeln, hängenden Schultern und sorgenvollem Blick. Mit einem Zipfel des Oberhemds putzt er seine Brille.

Oben an der Treppe trifft er auf Lisa, vor der er sich schon immer ein bißchen gefürchtet hat. Eine Psychiaterin, was weiß sie, was denkt sie, was sieht sie in ihn hinein mit ihren grauen Augen? Sieht sie Dinge, von denen er nichts weiß? Verstohlen hält er sich die Finger unter die Nase: ein Hauch von Kot ist noch zu riechen, ein Hauch von seiner Kapitulation. Er streckt Lisa die Hand hin.

»Oscar, wo hast du gesteckt?«

Er murmelt etwas, eine Ausrede, eine Verwünschung, eine Floskel.

»Warum ist dein Vater weggegangen, als ihr klein wart?«

Oscar ist so überrumpelt von dieser Frage, daß er arglos über eine Antwort nachdenkt. Er schaut die unheimliche Frau an und sieht aufrichtige Neugier in ihren Augen. Sie möchte es einfach wissen.

»Er ist, denke ich, gegangen, weil er das Interesse an uns verloren hat. Eigentlich glaube ich, daß er über mich enttäuscht war. Ich war vielleicht kein sehr liebenswertes Kind, kein ältester Sohn, auf den ein Mann wie er stolz sein konnte. So etwas muß es wohl gewesen sein, habe ich immer gedacht. Ja.«

Hinter Lisa taucht eine vertraute Gestalt auf: rund, stämmig, mit schaukelndem Gang und fast ganz in Schottenkaros gehüllt.

»Ach, Herr Steenkamer, endlich! Was habe ich schon nach Ihnen gesucht!«

»Keetje, Sie sind auch da! Kennen Sie Frau Dr. Hannaston?«

Er macht die beiden Frauen miteinander bekannt. Lisa hat nicht viel zu sagen, Oscars Antwort auf ihre unverfrorene Frage hat sie überrascht. Kee hakt sich bei Oscar ein.

»Wir holen jetzt was zu trinken, das wird Ihnen guttun.«

Ein Glas Wasser. Saurer Wein würde ihm jetzt nicht bekommen. Kee tut alles für ihn. Während sie die Getränke holt, betrachtet er die Aquarelle und Radierungen. Schön gehängt, gut gemacht, professionelle Arbeit. Sie trinken.

»Das Fernsehen war da, müssen Sie wissen! Die Gemälde hängen dort drüben, im großen Saal. Wollen wir sie uns ansehen? Aber Sie kennen sie vielleicht schon, für Sie ist wohl nichts Neues mehr dabei? Für mich war das eine ziemliche Überraschung, wenn ich das mal so sagen darf. Einfach unheimlich, manchmal, und so wirklichkeitsgetreu, daß man eine Gänsehaut bekommt. Aber was rede ich, Sie verstehen mehr davon, ich gehe einfach nur nach dem, was ich sehe.«

Nicht antworten, nicht antworten müssen, und doch das Geplapper der vertrauten Stimme neben sich hören. Sich in den großen Saal hineinschieben, was für ein Haufen Leute, Musik! Oh, das Mozart-Divertimento, die trauen sich was zu, schön. Diese schreckliche Pietà, wo es Ellen so schlechtging, wie konnte er das nur so malen? »Der Briefträger«, mein Gott, da sitzt Alma ganz allein auf einem Stuhl, und wie sie starrt. Wo ist ihr Stock? Auf dem Boden, neben dem Podium. Die leeren Stühle darauf, wie unordentlich. Das Bild. Was das Messer angerichtet hat. Die Augen der Frau, die einen Fisch an ihre Brust drückt. Das Meisterwerk, an dem der Bruder ein Jahr lang gearbeitet hat, das er für den endgültigen Beweis seines künstlerischen Könnens hält.

Die Füße nicht mehr bewegen können. Neben Keetje Bellefroid stehen, den Regen hören und die Frau sehen.

Oscar dreht sich um und rennt die Treppe hinunter.

Grimmiges Menuett

Irgend etwas nagt in Almas Hüftgelenk. Der Oberschenkelkopf schabt jedesmal an der verschlissenen Gelenkpfanne, die freiliegenden Nervenenden senden unaufhörlich ihre Verzweiflungsbotschaften an das Gehirn.

»Laß dich doch auf die Warteliste setzen«, hat Ellen gesagt. »Es laufen schon so viele mit einer künstlichen Hüfte herum, heutzutage bekommst du ein schmerzfreies Kunststoffgelenk, mit dem du fünfzehn Jahre herumlaufen kannst, wirklich laufen, selbst laufen – mach's doch, Alma, gönn es dir!«

Für einen Moment gibt Alma sich dieser Phantasie hin: aufwachen, sich aus dem Bett erheben und die Füße auf den Boden setzen und nie den Schmerz in die Knochen schießen fühlen. Ohne Stock zur Toilette gehen. Sich womöglich in den Hüften wiegen. Was für ein Gefühl. Vielleicht sogar tanzen! Der Chirurg sägt den Femurkopf ab, hält ihn zwischen Daumen und Zeigefinger in die Höhe, die Assistenten lachen, das abgedankte Knochenfragment fällt in die angereichte Metallschale, plopp; die Schwester verläßt damit den Raum, das Gebein verschwindet in dem Eimer für menschlichen Abfall, verkohlt im Verbrennungsofen, schlägt sich als fettiger Rauch auf den Autos nieder, die Besucher vor dem Krankenhaus geparkt haben.

Wie liegt sie dann da? Bewußtlos, mit einem Schlauch im Hals und einem pakistanischen Anästhesisten hinter dem

Kopf? Nackt und rasiert unter grünen Tüchern, die Muskeln mit Haken aufgespreizt, ihr Innerstes den neugierig auf ihren Unterleib gerichteten Blicken preisgegeben. Ausgeliefert.

Alma verändert ihre Sitzhaltung und bringt ihr Bein in eine Stellung, die ihr möglichst wenig Schmerzen bereitet.

Niemals, niemals werde ich mich so malträtieren lassen, daß ich wochenlang unbeweglich und auf fremde Hilfe angewiesen bin. Womöglich sogar zu kraftlos zum Essen, vielleicht kann ich, darf ich mich nicht aufsetzen, und sie geben mir Brei mit einem dicken Strohhalm. Auf das Kopfkissen sabbern, nicht rechtzeitig schlucken, den Brei aus dem Mundwinkel laufen lassen. Verachtung in ihren Augen sehen. Eine junge Schwester, die mit einer vollen Bettpfanne aus dem Zimmer geht. Wie soll ich jemals im Liegen Wasser lassen können?

Darauf warten, daß mich jemand besucht. Und wenn sie kommen, dieses Unbehagen. Man kann sich nicht rühren, kann nicht einfach mal weggehen, darf aber auch nicht böse werden, denn dann kommen sie überhaupt nicht mehr.

Alma sieht nach ihrem Stock, der auf dem Boden liegt, ihre Waffe, ihr Schlüssel zur Mobilität. Manchmal hat sie so starke Schmerzen, daß sie sich nicht einmal mehr mit dem Stock weiterhelfen kann. Und Einkäufe sind mühselig, denn sie lehnt es ab, mit einem Rucksack herumzulaufen.

Ein Gehgestell. Und dann der Rollstuhl. Von wem geschoben? Mein eigenes Haus wird zum Gefängnis, in das hin und wieder jemand kommt, um mich kurz auszulüften.

In Alma blitzt das Bild eines motorisierten Behindertenwägelchens auf, mit dem sie ohne Rücksicht auf Verluste über das Pflaster prescht, zum Schrecken der Nachbarschaft. Schnell ins Haus mit euch, Kinder, Alma kommt! Wie gern würde sie in so einem Zauberstuhl einfach davonrasen.

Zina kommt in grünen Schuhen mit sehr hohen Absätzen auf sie zugewackelt.

»Möchten Sie eine Käsekrokette? Sie sind wirklich sehr lecker!«

Alma schüttelt den Kopf und sieht zu, wie die üppige, gerade, faltenlose Frau ihre Lippen über die Krokette stülpt, hineinbeißt und schluckt.

»Soll ich was zu trinken für Sie holen? Hat Johan Ihnen schon Gesellschaft geleistet?«

»Ich brauche niemanden zu sehen, Kind, und mit Johan spreche ich später noch. Haben Sie seine Kinder schon kennengelernt?«

Ungeniert zu stänkern und zu manipulieren, gehört zu den heimlichen Freuden des Alters, die Alma sich gern und häufig gönnt. Das wäre eine Lehre für Johan, wenn seine Freundin sich in seinen Sohn verlieben würde.

Ach wo, es würde höchstens *mich* daran erinnern, wie alt er schon ist. Ihn würde es zornig und unleidlich machen. Er bekäme eine Mordswut auf Zina und würde ihr den Laufpaß geben. Ja, sie soll verschwinden mit ihren Kroketten, abhauen, mir aus den Augen! Ich will diese Hüften und diese gesunden Beine nicht mehr sehen.

»Sie stehen dort, beim Eingang, siehst du? Sie sind ihrem Vater sehr ähnlich. Du solltest dich gleich mal mit ihnen bekannt machen.«

Auch Alleinsein ist etwas, was man im Alter genießen kann. Sich nicht mehr durch irgendwelchen Unsinn stören lassen. Aber nichts kann den bitteren Verlust der uneingeschränkten Herrschaft über den eigenen Körper aufwiegen, nichts. Nichts kann die langen Nächte verkürzen, nichts lindert die schreckliche Frage: Wann und wie?

Jetzt, da der Saal sich leert – es geht auf halb sechs zu –, hat Alma freie Sicht auf die Musiker, die Mozart auf ihre Notenständer gestellt haben. Die Bewegungen des Handgelenks beim Streicheln und Massieren der Saiten mit dem Bogen. Die Finger der linken Hand, die wie zitternd auf die Saiten drücken. Die zärtlich an das Instrument gelegten Köpfe. Bah. Das hingebungsvolle Musizieren kommt Alma geziert vor und stößt sie ab. Von dem langhaarigen Mädchen hätte sie nichts anderes erwartet, aber bei den beiden jungen Männern sieht das zum Davonlaufen aus. Charles mit seiner Bratsche. Als ob er seine ganze Männlichkeit verloren hätte, eine sentimentale Gemeindeschwester, die ein zu großes Baby streichelt, ein Bild der Verweichlichung und Verblödung. Er liebte das, er spielte gern und viel zu oft, sein Blick war nach innen gekehrt, und er nahm sie nicht mehr wahr. Das Quartett machte einen derartigen Lärm, daß er nicht mehr hörte, wenn sie etwas sagte. Bramelaar saß neben ihm, Leo mit den Locken, genau die gleiche Bratsche in der Hand. Ohne die dazugehörige Musik hätte man denken können, daß es sich um zwei unzurechnungsfähige, chronische Patienten einer geschlossenen Anstalt handelte, mit ihren schiefen Köpfen und vibrierenden Händen. Die Geschlechtsteile lagen wehrlos in der Mitte des Küchenstuhls, hinter dem zugeknöpften anthrazitgrauen Hosenschlitz verstaut. Die Beine gespreizt. Manchmal sahen Charles und Bramelaar einander an, wenn sie gemeinsam eine melodische Passage spielten. Dann lächelten sie wie süße kleine Mädchen.

Laut aufstampfend ging Alma dann nach oben und machte bei den Jungen das Licht aus, strenger als nötig.

Damals konnte ich noch aufstampfen. Aus dem Haus gehen, in die Stadt. Brauchte nicht zu überschlagen, wie lange ich ohne Schmerzen gehen konnte, sondern vertraute einfach auf meine Beine.

Wo bleibt eigentlich Oscar? Was für ein Schussel er doch ist, *nie* ist er da, wenn man ihn braucht. Sie würde gern sehen, wie er Johans Bilder aufnimmt, wie er von Prachtstück zu Meisterwerk taumelt, sich langsam aber sicher für seinen boshaften Artikel zu schämen beginnt, hilflos, aufgeschmissen. Und dann die Konfrontation mit dem Bruder, Geschrei, Streit, bis sie den Stock heben und sie zur Ordnung rufen würde. Danach ein Essen, das noch ganz erfüllt wäre von der Raserei. Das ist Leben!

Mit einem Mal läßt sich der Journalist und Kunstkenner Kerstens auf den Stuhl neben ihr plumpsen, schon nicht mehr ganz nüchtern.

»Ihren anderen Sohn, den Kunsthistoriker, werden wir den heute auch noch begrüßen dürfen?«

»Ich glaube nicht, daß wir uns kennen!«

»Nun, ich darf doch hoffen, daß Sie Ihre Söhne kennen«, grölt Kerstens. »Pardon, kleiner Scherz, Kerstens, vom Fernsehen, heute zumindest.«

Er gibt ihr eine warme Hand.

»Ein sehr scharfsinniger Artikel, ich würde mich gern mit ihm darüber unterhalten, ein Interview vielleicht? Na ja, sonst kann ich ihn auch anrufen.«

Nur mit Mühe kommt er wieder in die Höhe, macht eine Verbeugung und steuert direkt auf das Getränkebüfett zu.

Da ist er. Endlich. Dann kann ich mit ihm mal an den Bildern entlanglaufen. Daß er mich so lange hat warten lassen! Was ist das für eine Frau an seiner Seite? Was für ein Pferd! Plisseerock und Schottenmuster, unglaublich! Ob Oscar was mit ihr hat? So eine alte Frau, und so bieder ausstaffiert, das kann doch wohl nicht wahr sein!

Mit großen Augen blickt Alma zu ihrem Erstgeborenen. Sie sieht, wie seine Begleiterin ihn freundlich anlacht, und daß er das Lächeln erwidert. Sie wandern langsam an den Gemälden entlang, Oscar zeigt etwas, die Frau nickt und hört zu. Sie bleiben kurz beim »Briefträger« stehen. Dann dreht Oscar sich um, sein Blick gleitet über sie hinweg zum Prunkstück. Er macht ein paar Schritte in die Mitte des Saals, um besser sehen zu können. Eine halbe Minute lang steht er regungslos da und schaut. Es sieht aus, als würde er gar nicht atmen, als sei er aus

Wachs, ein Standbild. Erstaunt sieht die Mutter, wie sich der gekrümmte Rücken ihres Sohnes strafft, wie er die gesetzte Frau unsanft von sich wegschiebt und schnell und entschieden davonmarschiert. Was denn nun wieder?

Oscar segelt die Treppen hinunter und tastet in seiner Hosentasche nach dem großen Schlüsselbund. Die mußt du nicht alle mitschleppen, dein Anzug beult davon aus (Alma). Den Mantel holen? An der Garderobe warten, der Umstand mit der Nummer, Geld, Kommentare von der Garderobenfrau, nein, gleich zur Tür hinaus, es ist nicht weit.

Als Oscar aus dem Windschatten des Städtischen Museums herausgetreten ist, pfeifen ihm heftige Böen um die Ohren. Die alten Bäume ächzen, der Sturm zerrt an den Ästen und bürstet die letzten Blätter heraus. Es sind kaum Leute auf der Straße. Niemand sieht den mageren Mann mit der Brille, der durch das Laub stapft, ab und zu kurz hochhüpft, gelegentlich mit dem Fuß einen Blätterregen aufwirft und vor sich hin murmelt.

Nicht so durch die Blätter schlurfen, Oscar! Deine Kleider und die Schuhe werden ja ganz schmutzig. Und darunter ist Hundescheiße, da trittst du dann hinein. Denk doch mal nach! Ja, ja, ich denke ja nach. Und wie! Mein Kopf macht vielleicht nicht viel her, aber ich habe Grips und ein gutes Gedächtnis!

Wind im Rücken. Das Gefühl zu fliegen, getragen zu werden. Oscar breitet die Arme aus und pflügt wie mit Windmühlenflügeln durch die Dunkelheit.

Bewunderung! Die Bewunderung für den kleinen Schatz, für den begabten kleinen Jungen mit seinen originellen Bildern wollte nicht abreißen. Ah und oh und wie schön rufen sie alle, ohne nachzudenken und sich kundig gemacht zu haben. Was für ein eigenständiger Künstler! Was für eine neuartige und gewagte Motivwahl! Ha! Modisches Geschwafel. Er *kann* was. Und ich sehe mir gern ein Bild an, das etwas darstellt. Was er früher gemacht hat, fand ich manchmal sogar sehr schön. Ich habe eine Zeichnung von einem Dampfschiff in meinem Geheimfach aufbewahrt. Alma hat es gefunden. Bei der Mäusejagd, angeblich. Laß die Finger von meinen Sachen, schrie ich, du hast in meiner Schublade nichts zu suchen, das ist meins. Ich hab vor Angst in die Hose gemacht. Sie sah es nicht. Es lief mir hinten in die Schuhe. Die Hose habe ich nachts zum Fenster rausgehängt. Ich hatte Angst, daß sie meine Lieder finden und mich auslachen würde. Die fand sie auch, aber sie konnte nichts damit anfangen, sie konnte ja keine Noten lesen. Johans Bild, das fiel ihr auf, darüber war sie ganz gerührt. Daß du das aufgehoben hast, Oscarchen, wie lieb von dir! Ich zerriß es vor ihren Augen, ein Versehen, ach, wohl noch von früher. Das brauch ich nicht mehr. Ratsch, ratsch, weg. Sie gab mir eine Ohrfeige, ich mußte nach oben. Pißgeruch. Aber er *kann* malen. Und ich kann denken. Mein Artikel wird die Bewunderung verstummen lassen. Den Damen und Herren von der Schleimszene eins aufs Maul geben. Meinen Bruder leisere Töne anstimmen lassen. Aber er kann ja nicht mal singen! Er kann es nicht, er kann es nicht, er kann es nicht!

Durch die raschelnden Blätter rennen, im Sturm schweben, auf das dunkle Gebäude zu. Der Nachtpförtner ist in seiner kleinen Küche zugange, er gießt Kaffee auf, als Oscar hereinkommt, den Kopf zur Tür hereinsteckt und einen Gruß murmelt.

»Na, Herr Steenkamer, von Ihrem Wochenende bleibt auch nicht gerade viel übrig! Hat es nicht bis morgen Zeit?«

»Nein, ich will das eine oder andere heraussuchen. Sie müssen die Alarmanlage für eine Weile abstellen, ich will auf den Dachboden.«

Oscar ist selbst überrascht, mit welcher Selbstverständlichkeit er vorgeht. Jetzt bloß keine umständlichen und unangebrachten Entschuldigungen, keine überflüssigen Erklärungen, kein Zögern. Die Flügel des Übermuts! Schon steht er im Aufzug. Der oberste Knopf. Der Lastenaufzug setzt sich ruckend in Bewegung, eine quadratische Stahlkammer mit Dellen in den Wänden. Man könnte darin wohnen, groß genug ist sie.

Was tue ich? Was tue ich? Ich fahre nach oben. In meinem eigenen Museum. Die Tür öffnet sich nicht, sie klemmt. Der Griff, in die entgegengesetzte Richtung. Gut so, siehst du. Lichter an, alle Lichter an. Jetzt laufen, wie Keetje gelaufen ist, da hinten, in der Ecke, da muß es sein.

Wie ein Schlafwandler läuft Oscar zwischen den Gestellen hindurch. Er hat die Augen halb geschlossen und sieht schattenhaft die füllige Gestalt der Sekretärin vor sich. Sie führt ihn zu der Stelle, die er sucht. Er kann zwar nicht malen, aber sein Orientierungssinn funktioniert einwandfrei. Mit schrägem Kopf liest er die Aufkleber auf den Gestellen: Schröder, Silbermann, Steenkamer. Er zieht an der Stellage, sie gibt nicht nach. Mit beiden Händen hebt er sie hoch, über den toten Punkt hinweg, und da kommen die Bilder auf ihn zugerollt. Oscar überlegt nicht lange. Vorsichtig hängt er das Porträt von Alma ab und stellt es in den Korridor. Er schiebt die Stellage zurück und hebt das Porträt mit gestreckten Armen hoch. Er atmet seiner jungen Mutter direkt ins Gesicht.

Johan sitzt in der Hocke vor der alten Frau. Sie riecht den Alkohol in seinem Atem und fühlt den schwachen Luftstrom an ihren Wangen.

»Jetzt komm doch mal mit, soll ich dir helfen? Du mußt doch wenigstens einmal herumgehen und dir alles ansehen. Du kannst doch hier nicht bloß rumsitzen!«

Kleine rote Äderchen im Weiß seiner Augen. Fettige Haut auf der Stirn. Schweißperlen.

»Er kommt nicht, was? Er hat deinen Brief nie erhalten. Die Torte war eine Verwechslung. Er kommt nicht.«

»Mein Gott, hältst du tatsächlich die ganze Zeit Ausschau? Es geht hier um mich, begreifst du das nicht? Wir sind hier nicht im Institut für Familienzusammenführung, sondern im Museum, in dem *ich* ausgestellt bin. Ob er kommt oder nicht und wo der Brief gelandet ist, ist mir scheißegal. Für mich ist er tot, verschollen, abgestürzt, was auch immer. Es geht hier um mich und um *niemand* sonst!«

Über seine Schulter hinweg sieht Alma, wie die Musiker ihre Instrumente einpacken. Die Geigerin poliert ihre Bratsche mit einem Staubtuch. Der Cellist schiebt die Spitze seines Instruments ein. Sie lösen die Spannung ihrer Bögen und klappen die Kästen zu. Sechs Uhr.

Johan erhebt sich, um sich bei ihnen zu bedanken. Er schaut sich suchend nach dem Direktor um, der zweifellos ein Kuvert mit Geld in seiner Jackentasche stecken hat, das er den Musikern mit väterlicher Geste überreichen wird. Er sieht in dem großen, quadratischen Saal vier Frauen, vier Farben. Blau sitzt versteinert da, Gelb und Rot entschwinden gerade zusammen in den Eingangssaal, Grün plaudert mit dem Direktor. Dorthin.

»Verziehen wir uns kurz auf die Toilette?« fragt Ellen.

Lisa nickt. Sie gehen zusammen die Treppe hinunter.

»Komm, wir setzen uns dahinten in den Gang, da sind wir für uns.«

Lisa streift die Schuhe ab, zieht die Beine hoch und schlingt die Arme um die Knie.

»Wie Johan das kann«, sagt sie, »immer kämpfen. Ich kämpfe nicht. Gut, für die Kinder vielleicht, oder um die Ehe, um ein friedliches Zuhause, das ja. Aber für mich selbst? Wenn es wirklich nicht mehr geht, lasse ich jemand anderen für mich kämpfen. Daniel hat in der Klinik die neuen Sprechzimmer durchgesetzt, ich blieb einfach in meinem ausgebauten Schrank hocken. Nur du, du hast tatsächlich gekämpft, mit deiner Scheidung. Starke Frauen sind nicht sehr gefragt. Und wir, wir geben alles auf, nur damit sie uns liebenswert finden.

Die Väter und Mütter, die Männer. Kaum zu fassen. Dein größter Wunsch? Daß sie mich nett finden. Bah. Alma, die wirklich immer gemacht hat, was sie wollte, ist tatsächlich nicht besonders liebenswert. Ich kenne niemanden, der sie nett findet.«

»Aber ich mag sie. Vielleicht war sie gar nicht so stark. Wie soll man sich sonst erklären, daß sie sich auf einmal von dem Gedanken an einen Mann vollkommen durcheinanderbringen läßt? Schau sie dir an, wie sie dasitzt und aufpaßt, daß ihr Kleid nur ja nicht zerknittert. Beschämt über ihren Stock!«

»Väter«, sagt Lisa, »es geht um die Väter. Du denkst, du hättest es längst verarbeitet, aber kaum bist du mal nicht auf der Hut, ist er wieder da, dieser Wunsch, Papas Liebling zu sein. Stimmt's? Ich hatte keinen Vater, aber ich wurde zur Lieblingsschülerin aller Dozenten. Ich dachte immer, es wäre mir gelungen, diese Sehnsucht zu überwinden, aber das stimmt nicht. Im Grunde wollen wir nur bei unserem Vater auf den Schoß, für immer und ewig. Nicht bei der Mutter. Beim Vater.«

Schweigend sitzen die Frauen einander gegenüber und hüllen das Fenster in Zigarettenrauch.

Wie hält man ein Gemälde fest, das mehr als einen Meter breit und zwei Meter hoch ist, so groß wie eine überdimensionale Küchentür oder ein schmales Doppelbett? Hält man es aufrecht und trägt es mit ausgebreiteten Armen, dann schrappt man in einem fort gegen den Leib seiner Mutter (falls es ein Bild der Mutter ist). Man kann es natürlich einfach umdrehen, das heißt, nein, das geht nur mit viel Mühe, und vielleicht fällt das gute Stück dabei sogar um, oder man selbst gerät aus dem Gleichgewicht; lieber mit einer Hand festhalten und vorsichtig darum herumlaufen, bis man die Rückseite der Leinwand vor der Nase hat. Aber wie soll man das Bild transportieren, in dieser Haltung? Den Kopf zur Seite gedreht, das Ohr an der Leinwand, und sich mit Trippelschrittchen wie die alten Ägypter durch den Korridor schieben? Nach zehn Metern zieht es höllisch in den Unterarmen. Der Brillenbügel muß immer wieder hochgeschoben werden, die Brille hängt schief auf der Nase und droht herunterzufallen, um auf Nimmerwiedersehen zwischen den dunklen Gattern zu verschwinden. Den Hals seitwärts recken, um die Berührung mit der Leinwand zu vermeiden. Nach zwanzig Metern das Gemälde auf den Boden sinken lassen und die Arme kurz ausschütteln. Sie wird beschädigt, wenn ich sie so gegen die Metallschienen lehne. Ehe man sich versieht, hat sie eine Macke im Gesicht, oder irgendwo ist Farbe abgeschrammt. Ich muß sie umdrehen.

Oscar kriecht in den Zwischenraum zwischen Bild und Wand, wieder umfaßt er die in Samt gekleidete Frau, schiebt die Leinwand jetzt aber vor sich her, ohne sie anzuheben. Das geht um einiges schneller, doch jedesmal, wenn die Füße gegen den Rahmen stoßen, fährt ein Ruck durch die angespannten Arme, und das Bild droht dem Griff zu entgleiten.

Als Oscar die Tür erreicht hat, lockert er die Krawatte und öffnet den Kragen. Übermütig kippelt er das Werk, das mit einem Knall flach auf den Boden schlägt. Licht ausmachen, Aufzug öffnen. Einen Gepäckwagen wie auf dem Flughafen, so etwas bräuchte er jetzt. Obwohl, der vollgeladene Einkaufswagen im Supermarkt ist ihm andauernd gegen die Regale gerumst, weil er einfach nicht in der Lage war, das Ding zu steuern. Er schiebt seine Fracht in den Aufzug hinein, mit bloßen Händen, mit dem Fuß. Einen Moment auf dem Boden sitzen und überlegen, was weiter zu geschehen hat. Für Äneas war es auch nicht einfach, mit dem lahmen Vater auf den Schultern. Und er ist trotzdem ziemlich weit gekommen.

Oscar erhebt sich und setzt den Aufzug in Bewegung. Das sanfte Schaukeln hört abrupt auf, als der Aufzug zum Stillstand kommt. Oscar öffnet die beiden Aufzugtüren und zerrt das Bild nach draußen. Der Portier kommt neugierig näher.

»Helfen Sie doch mal, Bolkestijn!«

In Oscars Stimme schwingt eine unerwartete Autorität mit, der sich der Pförtner sofort unterwirft. Zu zweit tragen sie das Kunstwerk die Stufen zur Eingangstür hinab. Vor der Pförtnerloge angekommen, erinnert Bolkestijn sich seiner Pflichten und stellt sich quer.

»Die Stücke dürfen nicht ohne Genehmigung aus dem Haus. Es muß eine Ausgabeerklärung vorliegen. Unterzeichnet.«

Oscar macht die Türen auf und arretiert sie, als würden gleich die sonntäglichen Besucherscharen hereingeströmt kommen.

»Und wer muß diese Erklärung abgeben, Bolkestijn?«

»Der Leiter der Abteilung Restaurierung und Konservierung.«

Das Bild steht gegen Oscars Beine gelehnt längsseits auf dem Boden. Es reicht ihm bis über die Hüfte.

»Und wer ist das?!«

»Herr Steenkamer. Sie, eigentlich.«

»Gut, dann geben Sie mir mal so ein Formular. Ich werde es unterzeichnen.«

»Die hab ich nicht hier, ich hab damit nichts zu tun, das machen die oben.«

»Na also, was regen Sie sich dann so auf! Gute Nacht!«

Durch die offenstehenden Türen kommt ein gewaltiger Luftzug, der Oscars Hosenbeine flattern läßt. Schwere Wolken hängen über den Platanen. In der Ferne sind die erleuchteten Fenster des Städtischen Museums zu sehen. Mit größter Anstrengung hebt Oscar das Bild an und schleppt es nach draußen.

»Sie schließen ab, Bolkestijn!«

Dem Pförtner hat es die Sprache verschlagen, verblüfft schaut er dem dürren Mann mit seiner wunderlichen Last nach. Er zieht die Eisenstifte aus dem Boden und schließt die Tür.

Oben an der Marmortreppe steht Johan. Er schaut wie ein Feldherr auf seine abrückenden Truppen. Das Fest ist vorüber, die Leute gehen nach Hause. Sie holen ihre Mäntel, suchen nach den Autoschlüsseln und sind mit den Gedanken bereits zur Tür hinaus. Johan hat ihnen die Hand geschüttelt und sich ihre Dankesworte und Komplimente angehört. Irgend etwas stimmt nicht: Trotz der Lobesbezeigungen, der perfekten Anordnung seines Werks, der Anwesenheit allseits umworbener ausländischer Agenten und des gestiegenen Marktwertes seiner Bilder bleibt das Triumphgefühl aus. Johan hakt die Posten auf seiner Wunschliste ab: alles bekommen, die Ernte ist eingefahren. Es ist alles zuviel, zuviel, zuviel – und doch nicht genug. Er wird von der karierten Matrone abgefangen, die er schon den ganzen Nachmittag durch das Gewühl hat kreuzen sehen.

»Entschuldigen Sie bitte, Herr Steenkamer, daß ich Sie so einfach anspreche, ich komme von drüben, vom Nationalmuseum, ich bin die Sekretärin von Herrn Steenkamer, Ihrem Bruder, also, ich wollte Sie fragen, er war vorhin kurz da und dann plötzlich weg – also, wo er ist, wissen Sie das?«

Keetjes Lippen zittern. Eigentlich hat sie ein liebes Gesicht, denkt Johan. Schöne weiße Haut, gut plazierte Augen. Allerdings durch eine Schmetterlingsbrille entstellt. Sie sieht unbestechlich aus. Johan gibt ihr die Hand.

»Erfreut, Ihre Bekanntschaft zu machen. Mein Bruder ist ziemlich unberechenbar. Wenn er jetzt weg ist, kommt er bestimmt nicht mehr. Hier geht alles dem Ende entgegen, das sehen Sie ja.«

»Ja, aber ich bin etwas beunruhigt. Plötzlich war er verschwunden.«

»Sehr aufmerksam von Ihnen, aber Sie arbeiten doch für ihn? Da wissen Sie doch auch, daß er sich manchmal etwas eigenartig benimmt! Gehen Sie jetzt nur Ihren Mantel holen, es wird schon alles wieder gut.«

Kopfschüttelnd geht Kee die Treppe hinunter.

Zuviel, aber nicht genug. Aller Erfolg der Welt, aber kein Vater, den man damit ausstechen könnte. Oder dem man es zeigen könnte, damit er stolz ist auf seinen Sohn.

Zuviel getrunken, das ist es. Aber nicht genug! Johan macht kehrt, um sich noch was zu holen. Heute abend werden sie ausschenken, solange *er* will.

»Na, mein Junge, zufrieden?«

Klaas Bijl legt die Hand auf Johans Oberarm und zwickt ihn freundschaftlich. Johan sieht in das ovale Gesicht.

Ich brauche nur an einen Vater zu denken, und schon ist er da. Ich will ihn malen, stehend, nackt. Nicht aus Fleisch, sondern aus Holz. Unlackiertes, poliertes Holz, dessen Maserung zu sehen ist. Lebend, aber vor dem Verfall geschützt. Den Schwanz aus Wurzelholz, glänzend. Damit ist er bestimmt nicht einverstanden. Oder doch? Ihn kann eigentlich nichts erschüttern. Aber nicht jetzt fragen. Zuviel.

»Weißt du, Johan, daß du deine bezaubernde Frau hast gehen lassen, ist wirklich jammerschade. Ja, wirklich. Aber reden wir von was anderem, schließlich ist das heute dein Tag. Du wirst viel verkaufen; gut aufpassen, hörst du, keine unüberlegten Zusagen machen!«

Sie hätte niemals einen Fuß in dieses blöde Holzhandelsbüro setzen dürfen, dann würde sie jetzt noch ganz normal in meinem Bett liegen. Im Hintergrund, außerhalb seines Gesichtsfeldes, plaziere ich eine Säge und ein Beil. Und an den Himmel kommt ein Blitz, oder ist das zuviel? Besser ein hellblauer Sommerhimmel, das paßt gut zur Farbe des Holzes. Eine altmodische Waldarbeitersäge mit blinkenden Zähnen.

»Und wie ich aufpassen werde, da kannst du sicher sein. Aber jetzt werde ich erst mal schauen, ob Kees noch einen Whisky für mich hat.«

»Tu das, Junge, es ist dein Abend.«

Bijl sieht eine Haarlocke über einem Gesicht mit geschlossenen Augen, einen Rock, der zu Boden gleitet. Lange her. Ellen weiß genau, was sie tut. Was mische ich mich da ein.

Kaum ist Oscar draußen, wird ihm das Bild aus der Hand gerissen und segelt die Treppen vor dem Eingangsportal hinunter. Er setzt ihm erschrocken nach und versucht es wieder aufzuheben. Gegenwind. Regentropfen. Die Straße überqueren, das hat Priorität. Danach, auf dem Boulevard, unter den Bäumen, ist es still und einigermaßen dunkel. Aber hier rasen Autos vorbei. Senkrecht gehalten erweist sich das Gemälde als äußerst hinderlich. Oscar verliert die Balance und taumelt haarscharf an einem hupenden Auto vorbei. Mitten auf der Straße nimmt er das Bild längsseits, auf die Gefahr hin, daß der heranstürmende Verkehr die Hälfte davon abfährt.

Ein Radfahrer tickt sich mit dem Zeigefinger an die Stirn.

Ein Taxi, denkt Oscar, aber das geht nicht, das Ding ist zu groß. Wenn sich doch nur der Wind legen würde. Welche Techniken gibt es beim Segeln? Kreuzen. Aber bei direktem Gegenwind kann man nur zurück, und damit ist mir nicht geholfen. Also wieder in die Höhe damit, wie auf dem Dachboden, das ging noch am besten. Ich halte das nicht lange durch, in den Armen. Idiotisch, solche großen Formate. Wozu soll das gut sein? Jetzt bloß niemandem begegnen. Eine gemalte Dame mit sich bewegenden Männerfüßen, daran springen die Hunde hoch, das lockt die Polizei an, das bringt nur Ärger.

Mit kleinen Schrittchen schiebt er sich durch das Herbstlaub voran, seine Brille ist durch die von beiden Seiten kommende Feuchtigkeit beschlagen; er sieht so gut wie nichts. Der Wind rüttelt an der Leinwand. Sie wirft Falten, hat kaum noch Spannung. Auf der Straße liegen abgerissene Zweige. Das Gemälde frontal nehmen, in der Breite, quer vor dem Bauch? Er umspannt den Rahmen mit beiden Armen und hält ihn hoch. Bei jedem Windstoß knarrt es bedenklich. Bruchgefahr. Nicht gut. Kann so auch kaum die Beine bewegen. Der Weg ist jetzt viel weiter als vorhin. Afrikanische Frauen tragen ganze Wassertonnen auf ihren Köpfen! Er stellt das Bild senkrecht vor sich auf den Boden und setzt seinen Kopf in der Mitte der Leinwand an. Dann richtet er sich auf und versucht das Bild mit erhobenen Armen in der Balance zu halten. Eine riesenhafte Fledermaus.

Eine Böe klappt das Bild um, es schlägt so hart gegen Oscars Kniekehlen, daß er beinah umfällt. Mit einem scheuernden Geräusch segelt es über das Pflaster, bäumt sich noch einmal auf und landet dann im Grünstreifen an der Straße. Oscar läßt sich daneben nieder. Eine Tischtennisplatte. Es regnet.

Er hat keine andere Wahl: hoch damit, durchs Gras geht es vielleicht besser. Ziehen, wenn es sein muß, auch durch den Hundedreck. Es bleiben Zweige daran hängen und zwischen den Bäumen herumliegender Unrat. Also doch wieder hochheben? Ich kann nicht mehr, die Arme machen nicht mehr mit. Kein Gejammere jetzt, hoch damit. Nicht zu schnell, gut festhalten. Mein Gott, dieser Wind! Oscar strauchelt und tritt mitten durch die Leinwand. Im Fallen spürt er einen stechenden Schmerz im Unterschenkel. Er landet auf dem Bild, zieht sein Bein hervor und vermißt seinen Schuh. Das Hosenbein ist vom Knie bis zum Knöchel aufgerissen, der Knöchel blutet. Oscar fischt den Schuh unter der Leinwand hervor und zieht ihn an. Er bebt. Tränen laufen an seiner Nase entlang. Neben Almas Kopf ist ein großes Loch in der Leinwand. Es sitzt zu hoch, als daß er beim Laufen hindurchschauen könnte. Das Gemälde hat schwarze und grünliche Schmierstreifen abbekommen und ist mit Blättern beklebt. Ein Herbstbild.

»Große Plakataktion bei Nacht und Nebel! Kann ich helfen?«

Ein Mann kommt lachend auf Oscar zugelaufen. Weg hier, bloß weg! Oscar versucht es mit einem kleinen Dauerlauf und knallt gegen eine Platane. Die Brille wird ihm aus dem

Gesicht geschlagen, er hört sie klirrend auf die Steine fallen. Auf Händen und Füßen sucht er nach ihr, Alma hat er derweil an einem Baum geparkt; ob der Kerl ihm wohl nachkommt, ihm einen Tritt verpaßt? Besser weiterlaufen, ohne Brille. Er schleift das Bild hinter sich her, es hoppelt über die Pflastersteine. Er bohrt den Kopf in den Wind und atmet keuchend. Er weint, ohne es zu wissen.

An der Seitenfront des Städtischen Museums setzt er seine Last ab und entfernt das daran haftende Laub. Almas Gesicht leuchtet verschwommen. Mit einem Ärmel der Anzugjacke wischt er darüber.

»Ich tue es für dich. Ich muß einfach. Dachtest du etwa, es macht mir Spaß, dir Beweisstücke unseres sogenannten Vaters vor die Nase zu zerren? He? Dachtest du vielleicht, das macht Spaß? Wenn es nach mir ginge, würde ich den ganzen Mist am liebsten in die Gracht schmeißen, hörst du? Aber mir bleibt nichts anderes übrig. Es muß sein.«

Er kniet vor dem Gemälde und redet immer lauter.

»Ich tue es für dich! Ich hab nie den Mund aufgemacht, Johan hier, Johan da. Und wo war Oscar? Irgendwo in den hinteren Reihen, abgestellt, vergessen. Du mußt einfach mal sehen, daß er nicht alles kann, daß er nicht der originellste Künstler seit Michelangelo ist, dein kleiner Liebling. Ich bin auch noch da!«

Schluchzend redet er auf seine Mutter ein. Der Regen läuft ihm in den Kragen und über den Firniß der dick aufgetragenen Farben.

Wenn die Kommunikation zwischen Erwachsenen nicht so recht in Gang kommen will oder in peinlichem Schweigen steckenbleibt, sind es die Kinder und die Hunde, die die Situation retten. Sie stoßen Gläser vom Tisch und vereinen damit die Frauen um Putzlappen und Kübel, sie geben Laute von sich, die dafür sorgen, daß die Männer einander lachend ansehen können. In Almas Familie sind die Enkel perfekt auf diese

Rolle eingespielt und kennen ihre Pflichten. Sie schieben die verfügbaren Stühle im großen Saal zusammen und fordern die noch Verbliebenen zum Platznehmen auf. Paul arrangiert die übriggebliebenen Häppchen auf einem Tablett und macht damit die Runde. Peter hat sich zusammen mit dem Direktor über den Getränkevorrat gebeugt und schenkt je nach Wunsch Whisky, Schnaps oder Wein aus.

Zeit, tief durchzuatmen und die Beine von sich zu strecken. Zeit, sich in aller Ruhe umzuschauen und zu sehen, wer noch da ist und wer nicht.

Zina hat sich nicht mit in den Kreis gesetzt, sondern steht gegen die Wand gelehnt da und unterhält sich mit Kerstens. Sie versucht, sein Interesse für die in ihrer Galerie ausgestellten Objekte zu wecken, und zeigt ihm ihr Halsband. Sein Blick gleitet zu dem grün eingefaßten Busen darunter. Er unterdrückt einen Rülpser und hebt sein Whiskyglas mit fragendem Blick in Pauls Richtung.

»Du bist doch in der Redaktion dieser Kunstsendung?« fragt Zina. »Ich hab wirklich ein paar schöne Sachen bei mir stehen. Willst du sie dir nicht mal ansehen?«

»Deine Dinger ansehen, ja, möchtest du das?«

»Ja, das wär schön. Und wenn sie dir gefallen, bringst du's ganz groß, abgemacht?«

»Ja, ja, das hat die Kleine heute nacht auch gesagt!« entgegnet der Kunstkenner und prustet eine Wolke feiner Whiskytröpfchen aus. »'tschuldige, ich konnte mich nicht mehr halten!«

»Weißt du was, du gibst mir deine Karte, und ich ruf dich nächste Woche an, okay?«

»Darf ich dich tätowieren?«

Kerstens zieht einen Filzstift aus der Hosentasche und schreibt ihr eine Nummer ins Dekolleté. Es kitzelt, Zina kichert, sie hat ihre Beute wieder fest im Griff.

Wenn die »Frau mit den Fischen« sehen könnte, würde sie jetzt zu ihren Füßen die ganze Gesellschaft in Hufeisenform zusammensitzen sehen. An der einen Seite Johan, der sich nicht entspannen kann und mit einem Rest von Wachsamkeit auf der Stuhlkante hockt. Neben ihm der Direktor, die Flasche unter dem Stuhl. Er ist rundum zufrieden.

In der Mitte Lisa, flankiert von Peter und Paul. Sie schiebt ihren Stuhl ein wenig zurück und gibt sich stillen Beobachtungen hin. Sie sieht, wie Ellens Blick stets zu der Ecke des Saals schweift, in der Zina steht und sich lachend mit dem Journalisten unterhält. Rechts von ihr ihre Freundin Alma, die sich den ganzen Nachmittag nicht von ihrem Platz gerührt hat. Sie starrt über den Kreis hinweg zum Eingang des Saals.

»Jetzt ein Lagerfeuer, das wär's«, sagt Paul.

»Junge, denk an meine Versicherungsprämie!«

Der Direktor angelt die Flasche unter dem Stuhl hervor und füllt Johans Glas.

»Los, wir erfinden eine Geschichte! Jeder muß reihum ein Stück erzählen. Oma muß anfangen!«

Ellen lächelt ihrem Sohn zu. Hinter ihm sieht sie ein vielleicht zwanzigjähriges Mädchen, eine junge Frau mit schlankem Hals und ebenmäßigem Gesicht. Mit ihren langen, staksigen Beinen bewegt sie sich, als liefe sie zum erstenmal auf hohen Absätzen. Es ist kein Stuhl für sie da, und plötzlich ist sie verschwunden.

»Liebe Leute«, sagt der Direktor, »bleibt ruhig noch ein Weilchen hier sitzen, von mir aus die ganze Nacht. Und laßt euch das Essen schmecken!«

»Komm doch mit«, murmelt Johan, »wieso mußt du eigentlich weg?«

»Hab morgen Sitzung, tausend Dank für die Einladung, aber ich kann heute abend nicht. Gnädige Frau, es war mir ein Vergnügen!«

Alma bckommt einen Händedruck, die jüngeren Damen

einen Kuß, die Jungen ein freundschaftliches Schulterklopfen. Johan begleitet ihn bis zum Durchgang. Der Direktor umarmt ihn und überreicht ihm feierlich die halbleere Whiskyflasche. Seine eiligen Schritte verhallen im Eingangssaal.

»Komm, setz dich zu uns«, sagt Johan im Vorübergehen halbherzig zu Zina. »Wir trinken noch einen, bevor wir gehen. Kerstens, brauchst du noch was?«

Lisa hört plötzlich ein merkwürdiges Geräusch. Sie schaut in die Runde. Johan hat sich wieder gesetzt. Dong, dong, dong, dong! Ist es ihr eigener Herzschlag? Sie versucht, die Schultern zu lockern. Ganz locker zu sitzen. Den dumpfen Schlägen folgt ein schleifendes, scheuerndes Geräusch. Sie dreht sich halb in ihrem Stuhl um und sieht Oscar in den Saal kommen, fast völlig versteckt hinter einem grauen Lattenrost.

Alma will etwas sagen, aber es kommt kein Laut hervor. Die ganze Gruppe sitzt plötzlich wie versteinert da.

Es ist irgend etwas Schlimmes passiert, denkt Ellen, er hat seine Brille verloren, und er blutet.

Oscar sieht niemanden an. Sein Blick ist auf »Die Frau mit den Fischen« gerichtet, mit seiner mannshohen Last geht er direkt darauf zu, erklimmt das Podium, an der Wade hat er eine tiefe, blutige Schramme. Er zieht den Lattenrost zu sich hinauf, dreht ihn mühsam um und lehnt ihn gegen die Wand, neben Johans Meisterstück. In einer Ecke hat das Bild ein großes Loch. Die Leinwand wabert noch ein wenig nach, als Oscar zurücktritt. Zwei Gemälde nebeneinander auf dem Podium.

Zina schwant Böses. Weg hier! Sie spürt mit untrüglicher Sicherheit, daß sie und zweifellos auch ihr Gesprächspartner sich verdrücken sollten. Sie stupst den Journalisten sanft mit der Hüfte an: »Ich weiß ein Plätzchen, wo wir uns ungestört unterhalten können. Komm mit, dann zeig ich dir was!«

Sie stellt sich vor ihn hin und bückt sich, um etwas an ihrem Schuh in Ordnung zu bringen. Für einen Moment hängen ihre Brüste frei in ihrem grünen Rahmen. Um Kerstens ist es geschehen. Er ist zu benebelt, um noch mitzubekommen, daß er die wohl pikanteste Kunstpremiere des Jahres verpaßt, aber er ist gerade noch nüchtern genug, um es zu genießen, daß er mit der Freundin des Helden abschwirrt. Er dreht sich um und läßt sich von Zina ins Schlepptau nehmen. Über die Schulter schaut sie zu Johan zurück: Ich tue es für dich und für die Kunst!

Ein Taxi, Witzchen, Vorspielgeplänkel. Mit dem Kopf in ihrem Schoß fällt der ausgezählte Berichterstatter auf dem Rücksitz sofort in tiefen Schlaf; mit dem wird sie keine Probleme haben, sie muß morgen früh raus.

Im großen Saal herrscht eisiges Schweigen. Das harte weiße Licht kommt von überallher. Zwei Gemälde nebeneinander auf dem Podium. Und sieben Menschen, die ihre Augen darauf gerichtet haben. »Die Frau mit den Fischen« hat eine Schwester mit blondem Haar und schwarzer Samtjacke bekommen. Sie hat eisblaue Augen und einen wunderschön geformten Mund mit schmalen Lippen. Im Arm hält sie eine riesige geräucherte Makrele. Unter dem schwarzen Samt schaut ein langer Rock mit golden aufschimmernden Falten hervor.

Die nackten kleinen Füße der Frau stehen auf einem Holzboden. In die Dielen sind Buchstaben und Ziffern geritzt: Steenkamer 1945, Alma mit Makrele.

Mein Gott, wie ich diesen Fisch haßte. Ich sollte ihn unbedingt genau so festhalten, und dabei wußte ich, daß ich damit meine schönste Jacke ein für allemal verderben würde. So ein Gestank geht nie mehr raus. Samt kann man nicht waschen. Was ich nicht alles probiert habe. Seife. Fleckenwasser. Eau de Cologne. Der Ärmel hatte schließlich Ringe, die nicht mehr weggingen.

Alma warf die Jacke weg; der elende Fischgestank ging einfach nicht raus. Und dann der Hunger! Charles kam mit einem großen, in Zeitungspapier gewickelten Paket nach

Hause geradelt. Auf dem Tisch löste er die Verschnürung: einen so großen Fisch hatte sie noch nie gesehen, er hatte graue und goldene Wellen auf der Haut und glänzende runde Augen. Auf der Zeitung waren Fettflecken, ihr lief das Wasser im Mund zusammen. Alma mußte ihr Abendkleid anziehen und Modell stehen. Innerlich weinend vor Hunger stand sie stundenlang da, mit dem Fisch an ihrer Brust.

Er hatte ihn bei einem Fischhändler eingetauscht, dessen armseligen Kahn oder Frau oder Hund er porträtiert hatte. Kunst gegen Fisch.

Als Alma ihn kurz hinlegen durfte, versuchte sie mit einer Gabel die fetten Fleischstückchen herauszupulen. Charles fing an zu toben, daß sie die Rückenlinie verderbe; ob sie denn von allen guten Geistern verlassen sei, sie vernichte sein Werk! »Dann mach den Fisch als erstes«, rief sie, »bring diesen Rücken auf die Leinwand, und dann sehen wir weiter.« Kochend vor Wut standen sie stumm in dem kalten Zimmer. Nach zwei Tagen war der Fisch fertig. Ein fetter, runder Rücken. Alma nahm den Fisch aus und füllte Teller um Teller, endlich. Sie stopfte die Haut mit Heu aus der Kochkiste aus und stand noch wochenlang mit der verrottenden Fischhaut im Arm da. Der zerlumpte Fisch wurde nachts auf den Balkon gestellt, mit einer Waschschüssel drüber.

Daß sich die Nachbarn nie über den Gestank beschwert haben! Nie wieder habe ich eine so große Makrele gesehen. Das bin ich, mit dem makellosen, blassen Gesicht und der geraden Haltung. Ich.

Immer noch Stille im Saal. Oscar steht wie festgenagelt vor dem Podium. Johan erhebt sich. Er wirft das Whiskyglas auf den Boden. Ein Hagel von Scherben, die verläßliche Ankündigung drohenden Unheils.

»Mensch, verdammt, Oscar.«

Seine Stimme klingt seltsam gepreßt. Langsam wendet Oscar den Kopf und blinzelt in Johans Richtung.

»War es dir immer noch nicht genug, du neidischer Schleicher, bist du in der Zeitung noch nicht deutlich genug gewesen? Mußt jetzt auch noch bei Nacht und Nebel weitermachen! So ein Miesmacher, ein neidischer kleiner Scheißer!«

Je mehr Johan in Fahrt kommt, desto mehr spannen sich seine Muskeln an. Das Tempo wird beschleunigt, das Trommelfeuer seiner Beschimpfungen putscht ihn auf. Er kommt auf den regungslos dastehenden Oscar zu, erst langsam und drohend, dann immer schneller. Er packt seinen Bruder an der Kehle und schüttelt ihn.

Oscar japst nach Luft, sein abwehrendes Strampeln ist nicht gesteuert, sondern scheint irgendwie vom Rückenmark auszugehen. Johans Reaktionsvermögen ist durch den Alkohol beeinträchtigt, er läßt sich durch eine plötzliche Veränderung in Oscars Haltung überraschen und lockert für einen Moment seinen Griff.

Oscar beginnt wie wild mit den Armen zu rudern wie ein Ertrinkender. Unglücklicherweise trifft er dabei Johans Nase. Johan schlägt den Arm vors Gesicht und krümmt sich. Nun setzt Oscar zu einem Sprint an, zum blinden Lauf eines Maulwurfs. Im selben Moment hat Alma sich erhoben.

Streit. Die Jungen zanken sich. Weglaufen ist nicht gestattet, die Sache ist noch nicht ausgefochten. Alma geht auf Oscar zu und versucht ihn am Ärmel festzuhalten. Aber er stößt sie beiseite und stürmt zum Durchgang, durch den ersten Saal, die Treppe hinunter. Alma fällt. Der Stock liegt noch unter ihrem Stuhl.

Schöne Pose, denkt Johan. Herrlich, dieses Grau und Silberblau zu dem bläulichblassen Gesicht. Die Stellung der Beine verrät, daß von Laufen keine Rede sein kann, ein doppelter Stillstand, wunderbar. Herrje, Blut auf meinem Anzug. Wenn meine Nase gebrochen ist, schlag ich ihn zusammen, ich bringe ihn um, diesen biederen kleinen Scheißer.

Verstohlen befühlt er hinter dem blutverschmierten Taschentuch seine Nase: Es scheint alles in Ordnung. Aber alles tut weh.

Lisa schiebt die Glasscherben beiseite und kniet sich neben Alma. Atmung, Pupillengröße, Puls, Stellung der Gliedmaßen. Horchen, fühlen, riechen, sehen. Die Bewußtlosigkeit ist nicht tief, Alma kommt schon wieder zu sich. Das rechte Bein ist auf unnatürliche Weise verdreht. Nicht anfassen, nicht bewegen. Furchtbar, was sich da drinnen abspielen muß: Knochensplitter, die sich durch die Knochenhaut bohren, gerissene Blutgefäße, deren Inhalt sich in einen dafür nicht vorgesehenen Raum ergießt, Nerven, die überlastet werden, Chaos und Auflösung. Ob sie wohl ein Korsett trägt, muß ich das aufmachen? Lisa tastet vorsichtig Almas Bauch ab und läßt die Hand abwärts wandern. Feucht. Die blaue Seide färbt sich dunkel vor Nässe, und ein beißender Uringeruch steigt auf. Jetzt sieht sie auch, wie der Urin sich langsam zwischen den Beinen der alten Dame ausbreitet.

»Ich kann es nicht aufhalten«, flüstert Alma, »es kommt einfach.«

Den ganzen Nachmittag nicht zur Toilette gegangen, natürlich. Volle Blase. Keine Kontrolle mehr wegen der Schmerzen. Was für ein Gestank. Wie ernüchternd. Wie hoffnungslos.

Peter ist hinausgerannt; noch während er die Treppe hinunterläuft, ruft er nach dem Pförtner: ein Krankenwagen, Notruf, wir brauchen einen Arzt!

Als er unten angekommen ist, hat der Pförtner den Telefonhörer schon in der Hand.

Paul sitzt neben Alma auf dem Fußboden. Er hält ihre Hand und sagt ihr was ins Ohr.

»Macht nichts, Oma. Es wird alles wieder gut. Wir fahren ins Krankenhaus. Ich begleite dich. Du hast etwas gebrochen. Das wird schon wieder.«

Lisa hat ein Handtuch geholt, das sie Paul reicht. Er legt es zwischen Almas Beine und tupft den Urin auf.

Ellen sitzt noch immer wie angenagelt auf ihrem Stuhl und starrt auf die Bilder. Sie registriert das Geschehen, schottet sich aber dagegen ab, sobald sie die Hilfstruppen herbeispringen sieht. Selbst schuld. Wenn man seine Kinder derart mißhandelt und verkorkst, braucht man sich nicht zu wundern, daß man dafür bestraft wird. Wie gemein von mir. Zum Glück sind Peter und Paul da. Johan tut nichts. Alma zieht mit ihrem gebrochenen Bein die ganze Anteilnahme auf sich. Aber wer hier wirklich um Fassung ringt, ist Johan. Plagiat. Ohne daß er es wußte.

Beim Vater auf den Schoß. Er auch, er also auch! Ellen sieht Johan an. Er ist mit seiner Nase beschäftigt, mit den Flecken auf seinem Oberhemd, und kickt die Glasscherben zu seinen Füßen weg. Er kann es nicht ertragen, wenn ihm etwas weh tut, seine Nase nimmt seine ganze Aufmerksamkeit in Anspruch. Den noch verbleibenden Rest verwendet er darauf, Oscar zu verfluchen.

»Irgend jemand muß im ›Karpfen‹ anrufen und absagen«, sagt Paul.

Lisa läuft nach unten, froh, daß sie sich bewegen kann. Ein Unglücksfall in der Familie, leider. Die alte Dame. Nein, nicht tot. Man wünscht gute Besserung. Seltsame Floskel. Jetzt eine Zigarette. Ein Schnaps wär auch nicht schlecht. Nein, jetzt lieber nicht.

Der Krankenwagen ist gekommen und steht mit geöffneter Heckklappe und blinkender Warnleuchte vor dem Gebäude. Zwei kräftige Männer in weißen Overalls ziehen die Trage heraus. Der ältere von beiden hat einen mächtigen Schnurrbart, einen dicken Bauch und eine kahle Stelle auf dem runden Kopf.

»Eine alte Dame. Gefallen«, sagt der Pförtner.

»Nimm am besten gleich die Luftmatratze mit, Sjon, sonst mußt du zweimal laufen.«

Sjon nimmt ein leuchtend oranges Plastikpäckchen aus dem Wageninneren und legt es auf die Trage. Der Pförtner geht den Männern voran zum Lastenaufzug.

Der Mann mit dem Schnurrbart stößt beim Betreten des Eingangssaals, der noch voller Gläser und Flaschen steht, einen anerkennenden Pfiff aus.

»Ob sie uns noch ein Pils einschenken, Sjon? Dahinten wird es wohl sein, also los, hätt sie halt nicht Fußball spielen sollen!«

Mit Karacho schieben sie die Trage in den Saal, wo Johan und Ellen sich immer noch gegenübersitzen. Zwischen ihnen liegt die gefallene Frau mit einem Enkel zu jeder Seite.

»Und hier kommt der Eismann!« versucht Sjon es mit einem Scherz. Er verhallt in der Stille.

»Oma«, sagt Paul, »die Sanitäter vom Krankenhaus sind da, um uns zu holen. Wir gehen jetzt.«

»Aber ich kann nicht laufen, Kind, sie müssen mich tragen. Du bleibst doch da, ja?«

»Du kommst auf ein Bett, das haben sie mitgebracht.«

»Liegend?«

Alma sperrt die Augen auf. Über sich sieht sie ein gutmütiges rundes Gesicht mit einem rotbraunen Schnurrbart. Die Barthaare stehen steif ab wie bei einer alten Spülbürste.

»Hören Sie mich? Kann sein, daß da drinnen etwas aus dem Leim gegangen ist. Deshalb packen wir Sie jetzt schön fest ein, denn Sie dürfen sich nicht bewegen.«

Sjon zeigt Alma das orange Päckchen und faltet es auseinander.

»Eine Art Luftmatratze. Wie beim Zelten. Wird druntergeschoben. Ums Bein gewickelt. Und dann geht das Ganze in die Luft.«

»Du mußt das richtig erklären, Sjon. Du jagst einem ja einen Heidenschrecken ein mit deinem In-die-Luft-Gehen.«

Er schiebt das Plastik ganz vorsichtig unter Alma hindurch, wobei er ihr verletztes Bein nur leicht vom Boden hebt. Sjon kniet auf der Matte und hält Almas Bein in der ursprünglichen Stellung. Den Uringeruch scheinen die beiden Retter nicht zu bemerken.

»Und jetzt wickle ich es oben herum, dann umschließt es Ihr Bein. Nachher ziehe ich den Stöpsel raus, und dann bläht sich das auf, wie eine Luftmatratze. Ganz um Ihr Bein herum, schön fest. Ein Gipsbein aus Luft sozusagen.«

Leim, Zelten, in die Luft gehen? Alma hat abgeschaltet. Krampfhaft preßt sie Pauls Hand. Augen zu.

Die orange Matratze wächst zu einem regelrechten Rettungsboot an, in dem fest verankert das Bein liegt. Vorsichtig schieben sie das Boot auf die Tragbahre. Paul holt Almas Arme an Bord. Sie wird hochgehoben und auf das Rollgestell gelegt.

»Mam, wir fahren mit ins Krankenhaus. Kommst du später auch nach? Oder soll ich anrufen?«

»Ja«, sagt Ellen, »oder nein. Ich weiß es nicht. Ich ruf an, in einer Stunde oder so. Wenn du bleibst. Ihre Tasche, nimm ihre Tasche mit.«

»Und der Stock? Was passiert damit?«

»Den nehm ich mit.«

Sjon vorn, Schnurrbart hinten, Peter und Paul rechts und links. Alma liegt blaß und mit geschlossenen Augen auf der Trage, mit silbergrauen Gurten festgezurrt. Wie grell das Licht ist, fast wie an einem Sommertag. Im Ruderboot mit Charles, schaukelnd im Schilf. Wo sind die Fische, er hatte doch Fische für mich gefangen? Alles ist weg, nirgendwo mehr zu sehen. Warum sagt er nichts, warum ist er den ganzen Nachmittag so still gewesen? Nicht reden, dann beißen sie nicht, du verjagst sie, still! Er starrt auf den Schwimmer. Er will weg. Ich muß aus dem Boot, ich muß im Gras liegen, wo der Boden fest ist und sich nicht mehr bewegt.

Ich muß die Fische ausnehmen, sonst verderben sie. Das Messer, ich werde sie aufschlitzen und die Eingeweide herausholen, auf die Gallenblase achten, wenn man die drinläßt, wird der Fisch ungenießbar. Vom Kopf bis zum Schwanz mache ich sie auf, in einem Zug. Das Messer trudelt in die Tiefe.

Ein Gast aus Luft

Ich habe es *getan*, ich habe es *getan*, ich habe es *getan*!

Im Rhythmus dieses Gedankens läuft Oscar durch die Straßen. Da die Betonung mal auf den rechten, mal auf den linken Fuß fällt, hat sein Gang etwas Sprunghaftes, wie ein schneller, vorwärtsstürmender Tanz. Seine halbblinden Augen nehmen das Licht aus den Schaufenstern als weißgelbe Streifen und die Passanten als schwarze Unterbrechungen dieses Musters wahr. Er hat es getan.

Was habe ich *getan*? Versehentlich meinem Bruder die Nase gebrochen und meine Mutter umgerannt. Aber es ist geschehen. Und ich habe es getan. Das hätten sie nicht gedacht, o nein, sie dachten, Oscar würde schon brav sein und sich fügen. Aber falsch gedacht!

Jetzt werde ich mir endlich ein Aquarium zulegen. Sie wollte keine Tiere im Haus. Gut, einverstanden bei Hunden und Katzen. Ein Hund, der einem seine sabbernde Schnauze aufs Hosenbein legt. Der knurrt, wenn man sein Zimmer betritt. Eine Katze, für die jeder nur bewundernde Blicke hat, obwohl man selbst sie am liebsten aus dem Fenster werfen würde. Eine Katze, die einem unvermittelt auf den Schoß springt und ihre Krallen durch den Stoff hindurch in die Haut schlägt, dreckige Krallen, mit denen sie gerade noch in dem stinkenden Katzenklo unter der Anrichte gescharrt hat. Schier ohnmächtig werden vor Ekel, mühsam den Brechreiz unterdrücken und mit dem Mut der Verzweiflung die Hand unter den Katzenbauch schieben, sie hochheben und in zu großer Höhe loslassen. Die Finger riechen nach Katze, man wischt sie heimlich am Polster des Sofas ab. Nein, keine Hunde, keine Katzen. Aber ein einfaches Fischglas mit klarem Wasser und weißen Steinchen? Ein Goldfisch ist das allersauberste Tier, er tut beim Schwimmen ja nichts anderes als sich zu waschen. Ich würde ihn jeden Tag zur gleichen Zeit füttern, er würde mich kennen und an die Oberfläche steigen, wenn ich mich nähere. Auf meinem Schreibtisch soll er stehen, unter der Lampe.

»Dann kannst du nicht mehr vernünftig arbeiten«, sagt Alma. »Das lenkt ab, so ein Tier vor deiner Nase. Nein, auf gar keinen Fall, denk dir was anderes aus für deinen Wunschzettel.«

Ja, stundenlang dem Fisch zusehen. Wie er sich vom Wasser waschen läßt. Seinen glatten Leib mit dem Schuppenpanzer. Wenn er frißt, kommt das verdaute Futter wie ein schwarzer Eisengarnfaden wieder heraus. Vielleicht nach einer Weile noch einen dazukaufen, einen kleineren, um mitzuerleben, wie der Fisch mit den älteren Rechten den Neuankömmling beiseite schiebt und warten läßt, bis er selbst genug gefressen hat. Vielleicht würde der Alte den Neuen auch beißen, es sind ja Raubtiere. Sie fressen alles.

»Ein Aquarium muß man saubermachen. Und wer macht das dann wohl?« fragt Alma sofort vorwurfsvoll. »Außerdem fängt es bestimmt an zu lecken, das Glas springt und sechzig Liter Wasser laufen aus. Sechzig Liter!«

Johan wollte einen Hund. Wahrscheinlich, um ihn herumkommandieren zu können. Aber zum Glück hat er keinen bekommen. Nicht meine Schuld. Alma hatte das Kommando. Keine Widerrede möglich. Bis auf heute. Die Hinterlassenschaften ihres Ehemanns habe ich ihr unter die Nase gehalten. So, daß sie hinsehen *mußte*. Nun ist er wirklich weg. Das Oberhaupt der Familie, der Mann im Haus. Ich. Jetzt werden sie mich endlich ernst nehmen. Er blutete. Sie fiel. Sie werden mich umbringen. Sie werden mir nicht zuhören, sie lassen mich gar nicht mehr ins Haus!

Oscar spürt ein Kribbeln im Magen. Er bleibt stehen und schüttelt sich.

Ob Ellen noch mit mir reden wird? Nein, sie hält doch immer zu Johan. Wenn ich bei klarem Verstand gewesen wäre, hätte ich es nie gewagt. Wenn Bolkestijn erzählt, was ich getan habe, bin ich auch meine Arbeit los. Der Konservator, der in ein Gemälde tritt! Der Eigentum des Museums durch den Regen schleift. Ohne zu überlegen!

Ruhig jetzt, ganz ruhig! Nachdenken. Keetje, ob die noch, ob ich da noch, oder ist die auch …? Enttäuscht natürlich, ich habe sie ziemlich abrupt stehenlassen. Sie hat mir geholfen, und ich habe sie alleingelassen. Wenn sie hört, was ich getan habe, wie ich ihre Hilfe mißbraucht habe, wird sie mir die Tür vor der Nase zuschlagen. Wo wohnt sie überhaupt? Keine Ahnung. Ganz ruhig jetzt. Immer der Reihe nach. Ich muß weg. Sie lauern mir vor meiner Haustür auf. Nein, nicht nach Hause! Wohin dann? Zum Hafen. Wenn sie mich anquatschen, tue ich so, als wenn ich taub wäre. Oder besser noch taubstumm. Da hocke ich dann auf einem Stuhl und starre vor mich hin. Aber ohne Brille! Und ohne Geld.

Oscar beschleunigt seine Schritte. Die Hose flattert ihm um das zerschundene Bein, und in der Tasche klimpern die Schlüssel.

Vielleicht kann ich auf dem Dachboden vom Museum schlafen! Dorthin verirrt sich kaum mal jemand, und wenn doch einer kommt, hört man das. Aber wie komme ich hinein? Sie verhaften mich! Ich muß die Schlüssel loswerden, wenn sie die bei mir finden, ist das Beweismaterial, daraus drehen sie mir einen Strick. Ich muß sie loswerden! Ich muß hier weg. Weiterlaufen. Es ist so diesig. Werde ich beobachtet? Sie hocken in den Fenstern, das merke ich ganz genau. Die Frauen sitzen in ihren schönsten Kleidern in den Fenstern, sie ticken an die Scheibe und rufen mich – aber wenn ich stehenbleibe, taucht plötzlich der Ehemann auf und schlägt mir mit der Handkante ins Genick. So läuft das. Aber ich fall nicht drauf rein! Ich seh nicht hin. Auch wenn sie ganz lieb tun, auch wenn sie sagen: Komm doch mal her, Schätzchen!

Ich muß das Bein verbinden. Mit meinem Oberhemd. Mich kriegen sie nicht so schnell, o nein! Bald habe ich einen Bart, mit dem Rasieren ist jetzt Schluß. Wenn sie mich zur Gegenüberstellung vorführen, geht Almas Blick über mich hinweg. Nein, das ist nicht mein Sohn. Mein Sohn läuft nicht im Anzug ohne Oberhemd herum. Den Landstreicher da können Sie ruhig wieder freilassen, das ist er nicht. Und außerdem ist mein Sohn Brillenträger.

Die Abstände zwischen den Straßenlaternen sind größer geworden, und das spärliche Licht fällt jetzt auf Reedereien, Bürogebäude und Lagerhallen. Eine Brücke führt über das Wasser zu einer dunklen Insel mit aufgegebenen Werften. Kaputte Zäune und halb eingestürzte Gebäude. Das Ende der Stadt. Oscar drosselt sein Tempo. Ein stechender Schmerz in seinem Bein läßt ihn humpeln. Je dunkler und ruhiger es um ihn herum wird, desto tiefer und langsamer holt er Luft.

Hier werden sie ihn nicht suchen. Hier ist er sicher. Er läuft über Gleisanlagen an einem Kai entlang. Das Wasser glitzert. Es hat aufgehört zu regnen. Zu seiner Linken steht eine Reihe von Holzschuppen mit überhängendem Dach. Darunter ist hier und da eine dunkle Erhebung zu erkennen: schlafende Stadtstreicher. Niemand ruft ihm hinterher, er kann tun und lassen, was er will. In einiger Entfernung sieht er den Schein eines Feuers. Darauf geht er zu. Trocknen. Sitzen. In Sicherheit.

Das Gebäude hat drei Stockwerke. Es ist ein Lagerhaus mit Türen anstelle von Fenstern. Vor jeder Tür befindet sich eine breite Ladeplattform, und auf jeder dieser Plattformen hat sich ein Stadtstreicher häuslich eingerichtet, mit zusammengefalteten Pappkartons als Unterlage und Plastiktüten als Vorratsbehältern. Eine schmale Feuerleiter an der Vorderseite ermöglicht den Zugang. Im obersten Stock ist nur ein einziger Platz belegt. Es zieht dort stärker als unten, und das Dachsims schützt nur unzulänglich vor den Unbilden des Wetters. Am Kai sitzen ein paar Gestalten um ein Feuer. Ein Mann mit Eisenzähnen hebelt die Kronenkorken von den Flaschen und spuckt sie klimpernd auf die Steine. Eine in Decken gewickelte Frau schiebt die Latten einer Apfelsinenkiste ins Feuer und sieht andächtig zu, wie die aufgedruckten Buchstaben verkohlen. Als Oscar mit schleppenden, unregelmäßigen Schritten zum Feuer kommt, wird ihm Platz gemacht. Das Eisengebiß reicht ihm eine Flasche Bier. Oscar trinkt und spürt seinen Durst. Er setzt sich neben die Feuerfrau und atmet auf.

Die Frau beginnt einen Pappkarton in Stücke zu reißen. Das Eisengebiß legt eine Hand auf ihren Arm und macht eine Kopfbewegung in Oscars Richtung: »Laß, darauf kann der Professor schlafen! Das gibt ne feine Matratze ab.«

Oscar ist gerührt. Sie sorgen für ihn, er gehört dazu.

»Haste ne Decke, Professor? Nee? Mußte Plastik nehm' mit Zeitung drunter, is sogar noch wärmer. Ham wir noch in Vorrat.«

Die Feuerfrau nickt. Sie legt die Pappe beiseite und wirft statt dessen nasse Zweige aufs Feuer, Stück für Stück. Es qualmt. Von oben ertönt ein unverständlicher Schrei.

»Scando will'n Schlückchen«, sagt das Eisengebiß. »Wer spielt den Ober?«

Ein kleiner, magerer Mann, nein, ein Junge ist er noch, klettert mit einer geöffneten Flasche in der Linken wieselflink die Leiter hinauf. Oscar schaut zu. Ein Riese hebt langsam die Hand, hält die Flasche hoch und prostet dem Neuankömmling zu. Oscar errötet und hebt seinerseits die Flasche.

Die Flammen sind ausgegangen. Die Frau ist mit dem

Kopf auf dem Reisigbündel eingeschlafen. Einzige Lichtquelle ist jetzt eine gut zwanzig Meter entfernte Laterne; sie läßt die Zähne vom Eisengebiß funkeln.

»Hopfen«, sagt der Mann. »Bier ist aus Hopfen. Komm, wir genehmigen uns noch eins, Professor. Bier ist gesund, davon versteh ich was. Hier, nimm, für dich.«

Oscar richtet sich halb auf, um die Flasche über die schlafende Feuerfrau hinweg anzunehmen. Die Schlüssel klimpern in seiner Tasche. Mein Gott. Die Schlüssel. Ich muß sie loswerden. Vergessen. Am besten gleich.

Wankend läuft Oscar in Richtung Wasser, er hört die kleinen Wellen an die Kaimauer schlagen. Es riecht nach Öl.

Er zieht den schweren Schlüsselbund aus der Hosentasche. Ein Schlüssel bleibt mit dem Bart in der Naht hängen. Oscar zieht und zerrt daran, es muß jetzt sein, sofort. Plötzlich löst sich der Schlüssel, Oscar verliert das Gleichgewicht und kippt vornüber ins Wasser, den Schlüsselbund fest umklammert. Er spürt sofort die Kälte. Die vollgesogene Jacke hindert ihn, die Arme zu bewegen. Er läßt die Schlüssel los. Die Beine sind viel zu schwer, sie wollen sinken. Kleine Wellen klatschen ihm ins Gesicht, sobald er nach Luft schnappt. Wasser, Wasser. Mit Kleidern ins Wasser im Hallenbad des Sportvereins. Wie einem die Kälte in die Hose kroch, wie das Wasser an den Schuhen zog. Ich war so erschrocken, daß ich ganz vergaß, mich zu bewegen, und im grünen Chlorwasser unterging. Die Fugen zwischen den Kacheln waren Wellenlinien, die ich fasziniert anstarrte. Der Haken! Metall in meinem Nacken, ein Stahlring, der mich an die Oberfläche riß, Fräulein Ada stand am hohen Beckenrand. Beine wie Säulen, und darüber ein riesenhafter, weiß eingehüllter Leib, der in ein Gesicht überging, das nur eines ausdrückte: Macht.

»Du da. Was habe ich gesagt? Anziehen – spreizen – schließen. Finger über Wasser. Aufpassen.«

Die Scham. Sie hören es. Alma und Johan auf der Tribüne.

Fräulein Ada kann mit Blicken töten, man muß ihren Augen ausweichen, sonst ist man gelähmt. Wütend schlägt sie mit dem Haken aufs Wasser, patsch, patsch, patsch.

Das Messer. Ich habe die Torte umgebracht. Die von Papa. Ich habe sie mit meinem Schwert kurz und klein geschlagen. Bis nichts mehr davon übrig war. Wir haben keinen Papa, sagte ich zu den anderen Jungen, wir brauchen gar keinen Vater, meine Mutter hat ja mich! Wie sie mit ihren Vätern angaben, wie stark sie seien und was sie alles könnten: Motorradfahren, so viel Pommes kaufen, wie man nur essen wollte, Einbrecher fangen. Alles Quatsch. Ich habe immer auf Alma aufgepaßt, ich wollte, daß sie zufrieden war. Meistens war sie böse, dann bekam sie ihren Strichmund, und ich wußte, daß ihr etwas nicht paßte. Aber was? Ich konnte diesen Mund nicht wegbekommen. Johan brachte sie zum Lachen. Ich habe ihr ins Gesicht getreten. Wenn nicht im guten, dann eben im bösen. Unabsichtlich absichtlich. In den Ohren ein immer stärker werdendes Rauschen. Töne. Mein ein und alles. Sie machen Musik für mich, ich muß zuhören, eine Melodie, die sich auf und ab bewegt wie der Meeresspiegel, ein Chor, Meeresmusik, wir sind am Strand, direkt am Wasser, dort, wo der Sand hart und grobkörnig ist, braun, schwarz, weiß. Da kommt Johan, er hat gerade erst laufen gelernt auf seinen dicken Beinchen. Er rennt auf mich zu. Ich breite die Arme aus und gehe in die Hocke. Er reckt die pummeligen Babyfäustchen hoch, mit denen er seine Schätze umklammert: eine Muschel, eine Handvoll Sand. Seine Augen leuchten, Schaum spritzt über unsere Füße. Er quietscht vor Wonne, während er auf mich zuhoppelt: Osser, komm-mal, kuck-mal, kuck-mal, Osser!

Lächelnd schwebt Oscar auf ihn zu.

Nach der Aufregung mit dem Krankenwagen hat der Pförtner die Beleuchtung heruntergedreht.

Johan und Ellen liegen fast schon in ihren Museumsstühlen. Von der Wand starren die beiden Fischfrauen – die nackte und die schwarzgekleidete – in den Saal hinein. In dem schwachen Licht ähnelt der Fußboden einem Strand bei Ebbe, die Glasscherben glitzern wie das Perlmutt von Muscheln, und in den Wasserpfützen liegen angespülte Gegenstände: ein Schal, ein schmutziger Teller, ein vergessener Spazierstock.

»Ich habe keinen Finger für sie gerührt«, sagt Ellen. »Genausowenig wie du. Wie ich sie da so liegen sah, dachte ich nur: Nein.«

Eine neue Zigarette aus dem Päckchen, das neben ihr auf dem Stuhl liegt. Keine Lust, einen Aschenbecher zu suchen. Dem Rauch nachblicken, den Kopf auf das weiche Rückenpolster zurückgelehnt. Das Päckchen fragend Johan hinhalten, der den Kopf schüttelt.

»Tagelang habe ich mich um sie gekümmert, ihr bei der Garderobe und ihrer Frisur geholfen. Seltsam, daß dann auf einmal das Maß voll ist. Unsere Jungen sind ein wahres Wunder an Verständnis. Wenn sie wieder zu Hause ist, wird sie uns triezen bis aufs Blut mit ihren Forderungen und ihrem Dreingerede. Sie wird uns keine ruhige Minute mehr lassen. Mit oder ohne künstliche Hüfte. Was hat sie da phantasiert? Daß Charles sie wieder an sein Herz drücken würde?«

»Ha! Daß sie ihm ihren Stock zwischen die Beine stecken würde, meinst du wohl! Noch mehr Volk, das man aufhetzen und gegeneinander ausspielen kann. Siehe Oscar. Aber seit meinem vierten Lebensjahr war ich immer der Stärkere, und hab immer gewonnen. Bis auf heute. Dieser Scheißkerl. Schlägt mir die Nase blutig mit seiner schlappen Hand. Und dann abhauen, der Schisser.«

»Er konnte nichts sehen, seine Brille war weg. Und er war vollkommen daneben. Hast du ihn eigentlich gern gehabt, als du klein warst?«

»Ihn gern gehabt? Diesen Wurm? Diesen Schleimer? Ich *hasse* ihn, diesen verdammten Heimlichtuer. Was meinst du denn, was das Ganze soll, dieses Herumgeschleife von Bildern? Warum macht er das wohl, hinter meinem Rücken? Weil er mich fertigmachen will! Und da soll ich ihn gern haben? Schundartikel über mich schreiben, mir die Vernissage vermasseln – na, hör mal, das kann ich mir doch nicht bieten lassen. Zina ist gerade noch rechtzeitig mit diesem Kerstens abgezogen. Das hätte sonst einen ziemlichen Wirbel gegeben. Ich wäre ganz gewaltig auf die Schnauze gefallen, und Oscar hätte erreicht, was er wollte. Sie hat sofort kapiert, daß da was im Busch war. Und er hatte derart einen in der Krone, daß er ihr total auf den Leim gegangen ist, der geile Sack. Zu blöd und zu besoffen, um was zu raffen. Zum Glück.«

Johan reibt sich über die Augen und versinkt noch tiefer in seinem Stuhl.

»Dein Kleid ist übrigens toll, weißt du das?«

Ellen nickt. Ein Erschöpfungskleid, ein Schlachtfeldkleid. Paßt gut zu seiner Nase.

»Immer hat er mit Alma herumgemauschelt. Er tat, was sie sagte, und hockte ständig bei ihr. Wenn man nach *ihr* schaute, traf man *ihn*. Dieses ewige Schleimen und Lamentieren. Eigentlich hat er jetzt zum erstenmal selber was getan, und noch dazu etwas, womit er alle auf die Palme gebracht hat. Eine echte *Tat*! Und zum erstenmal haben alle auf ihn geschaut. Und dann verdrückt er sich einfach, der Feigling. Mann, bin ich wütend. Wütend, wütend, wütend!«

»Ihr seid alle verrückt. Gefährliche Irre. Ausnahmslos. Wie angespannt Oscar ist, spüre ich jedesmal, wenn ich neben ihm in der Oper sitze. Ich brauche ihm nur ein Pfefferminz anzubieten, und er schießt förmlich von seinem Stuhl hoch vor Schreck.«

»Ellen?«

»Ja?«

»Denkst du noch oft an Saar?«

Ellen seufzt. Eine Frage, auf die es keine Antwort gibt. Ja, immerzu. Nein, nie. Ohne ständig an sie denken zu müssen, habe ich sie immer bei mir. Ich kann nicht aufhören, Mutter einer toten Tochter zu sein. Das ist eine Verfassung. Ein Zustand. So bin ich. Ich, das bin ich nur mit ihr, mit der Lücke, die sie hinterlassen hat.

Johan hat in einem für seine Verhältnisse ungewöhnlich selbstkritischen Ton weitergeredet.

»Ich weiß, du hattest damals nicht viel von mir. Ich konnte das einfach nicht ertragen, ich wollte alles hinter mich bringen. Ich wollte meine Arbeit machen. Du hast mich so runtergezogen mit deiner Trauer.«

Ellen hört ermüdet zu und weiß nicht recht, ob sie sich überhaupt auf das Thema einlassen will.

»Ich hab dich im Stich gelassen, damals. Und deswegen hast du dich von mir getrennt.«

»Schon *vor* Saar hat es nicht mehr gestimmt zwischen uns.«

Ellen hat sich erhoben. Woher dieser plötzliche Energieschub? Mit kleinen Schritten läuft sie zwischen den Stühlen hin und her. Das Glas knirscht unter ihren Schuhsohlen, und ihr rotes Kleid schiebt sich als dunkler Fleck vor Johans Bilder.

»Komm zu mir zurück, Ellen.«

Wie bitte? Was redet er da?

»Das ist doch erbärmlich, wie du jetzt lebst – diese miese kleine Wohnung mitten in der Stadt, und wie du dich in diesem Scheißjob abrackerst. Es war ein Irrtum. Warum fangen wir nicht noch einmal von vorn an? Wem mußt du denn was beweisen mit deiner Selbständigkeit?«

Mit aller Macht die Zeit anhalten, zurückdrehen. Manchmal geschieht etwas, von dem man denkt: Das ist nicht mehr zu leugnen, von jetzt an wird alles anders, das kann nie mehr ungeschehen gemacht werden. Eine Beleidigung, ein Verlassenwerden, eine Wunde. Am Morgen danach erwacht man viel zu früh, schaut erstaunt auf den Wecker und versteht die Zeiger nicht.

Ellen seufzt. Warum reden wir über unsere gescheiterte Ehe und nicht über das, was wirklich ansteht? Warum erkennt er nicht, was mit den beiden Frauen los ist, an der Wand dort?

Nach dem Telefonat in der Pförtnerloge ist Lisa zu den Toiletten gegangen. Wie eine Schlittschuhläuferin segelt sie durch den spärlich beleuchteten Gang. Bei jedem Schlenker faßt sie sich an die Hüften und dirigiert ihre Füße mit äußerster Präzision. Wenn nicht alles so traurig wäre, würde sie jetzt singen, eine Walzermelodie. Der strohgelbe Blazer schwingt über ihrem Hintern hin und her.

Sie schaltet das Licht in dem gekachelten Raum an und stellt sich, immer noch hin- und herwiegend, vor den Spiegel. Läßt Wasser über Hände und Handgelenke laufen. Merkt, daß sie muß. Danach dicht mit dem Gesicht an den Spiegel heran. Ein Gespräch unter vier Augen.

Was willst du jetzt, Hannaston? Nach Hause? Dich dem Ganzen entziehen? Morgen klingelt der Wecker wieder in aller Frühe. Abends mußt du zum Flughafen, um deine Familie abzuholen. Danach wird es noch Stunden dauern, bis du ins Bett kommst. Ein langer Tag. Du brauchst dringend Ruhe.

Oder willst du vielleicht in diesem komischen Palast hier bleiben? Du mußtest bei der vergifteten bösen Stiefmutter knien, du hast der Prinzessin Gesellschaft geleistet, und, wer weiß, vielleicht mußt du nachher noch den Prinzen trösten. Also bleiben.

Lisa lacht sich im Spiegel zu. Wenn man kein Ritter ist, sondern nur ein Page, muß man das Beste aus der Rolle machen. Wie gern hätte sie die Energie und die Überzeugtheit Johans gehabt, wie gern hätte sie als Heldin im Scheinwerferlicht gestanden. Aber es ist nicht so und wird auch nie so werden. Sie ist anders. Daß sie nicht vom hohen Roß fallen kann, weil sie nie darauf gesessen hat, ist noch der geringste Trost; weitaus befriedigender ist der Umstand, daß sie bei ihrer Arbeit grenzenlose Gelegenheit zum Beobachten und Spekulieren hat. Eltern und Kinder. Das Kind muß den Vater ermorden und die Mutter erschlagen. Aber wie steht es mit dem Kindsmord? Was empfindet das Kind, das als Futter für die Eltern herhalten muß? Wenn Messer und Gabel auf den Tisch gelegt werden? Wenn die Eltern erwartungsvoll Platz genommen haben. Dann legt sich das Kind gekrümmt wie eine Forelle gehorsam zwischen Messer und Gabel. Und wartet still ab, bis ihm das Fleisch Faser für Faser von den Knochen gezogen wird.

Lisa sieht und hört den Lebensgeschichten anderer zu, mit unersättlicher Neugier und stiller Verwunderung. Wie machen Menschen das, leben? Und vor allem: Wie parieren sie den Treffer, wie rappeln sie sich nach dem Nackenschlag wieder auf, wie finden sie den Fluchtweg in einem verschlossenen Haus?

Da oben spielt sich eine Geschichte mit unbekanntem Ausgang ab, eine Geschichte, die danach schreit, beobachtet zu werden.

Als Lisa die Treppe heraufkommt, reden Johan und Ellen mit deutlich erhobener Stimme. Lisa hält im Gehen inne. Sie will das Gespräch nicht unterbrechen. Und weggehen will sie auch nicht. Was nun? *S'asconde sotto la tavola*, schrieb Da Ponte. Lisa gehorcht einem jahrhundertealten Theatergesetz, sie hockt sich unter das Getränkebüfett, versteckt sich hinter den herabhängenden Tischtüchern. Von dem Gespräch dringt kaum etwas zu ihr durch; sollten die Sprecher sich jedoch entfernen, würde sie dem einen oder anderen nachgehen. Oder beiden. Oder auch nicht.

Johan hat sich ebenfalls erhoben und sieht sich zusammen mit Ellen die Bilder an.

»Es ist verdammt noch mal exakt dasselbe, siehst du?

Dieselbe Haltung, derselbe Gesichtsausdruck, dieselbe Plazierung und Funktion des Fisches! Dasselbe Format! Nicht zu glauben, unvorstellbar.«

Er geht in die Hocke, um die Signatur auf dem Werk seines Vaters zu studieren. Ellen ist verblüfft, wie entspannt er dabei wirkt. Warum ist er nicht rasend vor Wut, verzweifelt, am Boden zerstört?

»Von vorn anfangen! Deinen verfressenen Sangesbruder mußt du dann natürlich schießen lassen. Das ist sowieso nichts für dich, so eine Operettenbeziehung. Ich mach Schluß mit Zina. Ich will nur noch mit dir zusammensein.«

Johan kommt auf sie zu und legt den Arm um sie. Wortlos schmiegt sich ihr Körper an den seinen, legt sie den Arm um seine Taille, paßt sich ihr Schritt dem seinen an. Langsam schlendern sie so an den Wänden entlang. Die Kinder sind aus dem Haus. Wir haben nur noch uns.

»Was bedeutet dieses Bild für dich?«

»Leinwand, Farbe, Lachs. Makrele.«

»Nein, im Ernst. Es kann doch nicht sein...«

Seine Zunge legt die ihre lahm. Sein ganzer Körper umgarnt und fesselt sie. Hände auf ihrem Hintern, in ihrem Nacken, auf dem geheimen Fleck an der Schädelbasis. Diesem Überfall kann sie nicht widerstehen. Augen zu. Mitmachen. Die Hände unter sein Jackett, unter sein Hemd schieben. Haut. Die haarige Stelle oberhalb der Pobacken. Mein Gott, dieses Lied sitzt in den Knochen.

Seine Zunge in ihrem Ohr. Sein Flüstern: »Scht, scht. Ich will nur noch mit dir schlafen. Hat gar nichts zu bedeuten. Hör auf damit. Es ist nur ein Bild. Alles nicht so schlimm.«

Doch, doch, es ist schlimm. Es ist ein Bild, das alles zunichte macht, das einen kleinen Jungen aus dir macht. Mitleid. Ich habe fast Mitleid mit ihm. Auf der Stelle ist alles Feuer erloschen. Die beiden Tänzer hören jeder nur noch auf die eigene Musik, und das ist ihren Bewegungen sofort anzumerken. Der Eroberer umarmt nicht mehr sein willfähriges Opfer, sondern eine Trösterin.

»Du mußt es als kleiner Junge gesehen haben.«

»Jetzt hör doch mal auf mit diesem Quatsch. Wir können zusammen nach Siena oder nach Florenz gehen, wenn du diesen blöden Job aufgibst. Nächste Woche!«

Ellen legt beschützend die Arme um seinen Kopf. Über das dunkle Haar hinweg sieht sie die Bilder. Ihre Augen sind feucht, und ihre Stimme klingt gerührt.

»Johan.«

Der Kopf an ihrer Brust läßt sich nicht trösten. Johan hat die Knöpfe des roten Kleides aufgerissen und den BH heruntergezogen. Er beißt in ihre Brustwarzen, zieht mit der Zunge eine besitzergreifende Spur um jede Brust, bläst über die zarte Haut an der Achsel.

Aber Ellen reagiert nicht. Seine zerschundene Nase registriert keinerlei Erregung an den Achselhaaren. Seine Lippen signalisieren ihm keinen Temperaturanstieg der von ihm bearbeiteten Haut, und ihre Brustwarzen härten sich nicht in seinem Mund. Er richtet sich auf, packt sie bei den Schultern und schüttelt sie.

Ellen knöpft sich das Kleid zu, dreht sich langsam um und geht zur Treppe. Vorbei. Erleichtert? Noch nicht. Nachher vielleicht. Alma im Krankenhaus besuchen. Oscar anrufen. In den eigenen vier Wänden wohnen. Lisa, mit Lisa sprechen. Laufen. Von Johan weglaufen. So geht das.

Lisa unter dem Tisch sieht Ellens Füße am Getränkebüffet vorbeigehen. Jetzt. Die Entscheidung. In den Saal hinein, um den angeschlagenen Helden zu verarzten? Oder der Freundin nach, um gemeinsam, Arm in Arm, davonzugehen und dieses nervenaufreibende Drama hinter sich zu lassen? Jedenfalls das Tischtuch beiseite schieben und in Bewegung kommen.

Endlich allein. Die Frauen mit ihren Vorwürfen und Ansprüchen und ihrer ewigen Einmischerei eine nach der anderen zur Tür hinausbefördert. Das Pochen im Kopf kündigt Kopfschmerzen an, die Beine sind schwer, und in den Eiern zieht's gewaltig. Mit der Hand das noch leicht erigierte Glied an seinen Platz in der Seidenunterhose zurückverweisen. Sich strecken, gähnen, auf die Zehenspitzen stellen – umdrehen.

Ja, eine Makrele und zwei Lachse. Die Gleichartigkeit ist schön. Ich hab genau dasselbe entworfen und umgesetzt wie er. Schlimm?

Nein, so fühlt es sich nicht an. Im Gegenteil, ich bin stolz darauf, ich habe es gut gemacht. Genau wie er. Er hat es mir vorgemacht, und ich habe ihm nachgeeifert, so gut ich konnte. Es ist phantastisch geworden. Er wird zufrieden sein, wenn er es sieht.

»Ganz toll hast du das gemacht, Junge, es sieht genauso aus wie meins. Und jetzt ab ins Bett, es ist schon dunkel. Kannst du deinen Pyjama allein anziehen? Deine Schuhe zieh schon mal hier aus, dann helfe ich dir mit den Schnürsenkeln. Wenn ihr im Bett seid, komme ich euch noch gute Nacht sagen.«

Seine Hand in meinem Haar. Ein Kuß. Alma klappert in der Küche mit Töpfen herum. Oscar läuft hinter mir die Treppe hinauf. Wird er mir die Beine wegziehen? Nein. Er geht langsam und macht ein mürrisches Gesicht.

»Bist du böse, Osser?«

Der große Bruder schüttelt den Kopf. Er hilft Johan, die Hemdhose zu suchen und den Pullover auszuziehen. Zum Glück, denn das ist manchmal schwierig, weil der Kopf steckenbleibt und die Arme in die umgedrehten Ärmel verstrickt sind, und sosehr man auch zieht und zerrt, man kommt weder vor noch zurück, und wenn man schreit, kriegt man Wolle in den Mund. Oscar zieht die Arme aus den Ärmeln und schiebt den Pullover vorsichtig über mein Gesicht. Dann sitzen wir auf unseren Betten und horchen. Papa ist jetzt auch in der Küche. Wenn ich groß bin, will ich einen richtigen Pyjama, so einen wie Oscar und Papa haben. Einen Anzug aus Stoff mit Knöpfen. Hilft Papa beim Geschirrspülen? Sie reden immer lauter, man versteht jedes Wort.

»Du hast die Wahl. Entweder du machst Schluß mit dieser Schlampe, oder ich gehe.«

»Sie ist keine Schlampe, sie ist eine sehr begabte Künstlerin. Und singt wie ein Engel.«

»Das ist mir egal. Ich laß mir das nicht gefallen. Ich koch dir doch hier nicht deine Terpentinlappen aus und führe dir den Haushalt, während du diese singende Hure besteigst. Ohne mich. Du hast die Wahl.«

»Es ist deine eigene Schuld. Ich bekomme nur bissige Bemerkungen von dir zu hören, du willst mich einsperren, ich ertrage das nicht mehr, Alma, ich will nicht mehr.«

Klirrend landet ein Teller auf dem Fußboden.

»Er will nicht mehr! Er erträgt es nicht mehr und heult sich am Busen seines Opernnilpferds aus!«

»Ja, ja, ja! Weil du immer was zu meckern hast und nur noch Stunk machst, und wenn ich Geige spiele, stampfst du die Treppe hoch. Wenn ich mit dir essen gehen möchte, ist dir übel, und wenn ich mit dir schlafen möchte, hast du Kopfschmerzen.«

Das Geschrei verlagert sich auf den Flur, von wo aus es noch deutlicher zu hören ist, und geht über in ein erbittertes Scharren und Keuchen.

»Laß mich los! Ich gehe!«

»Nein, wir reden darüber! Im Wohnzimmer!«

»Gib den Mantel her, ich will weg! Jetzt!«

»Alma! Willst du vielleicht die Kinder im Stich lassen?«

»Das war für dich noch nie ein Hinderungsgrund! Schöner Vater, der die Hälfte seiner Zeit bei einer Hure im Bett liegt. Für mich gibt es hier nichts mehr zu reden. Schluß.«

Die Haustür knallt zu. Etwas später: leises Scherbenklirren. Charles fegt den Fußboden auf. Ein Plopplaut: Er schenkt sich ein Glas ein.

Die Jungen haben ihr Nachtzeug angezogen. Ohne die Zähne zu putzen, sind sie schweigend in ihre Betten gekrochen. Johan hat noch seine Socken an. Er wagt Oscar nicht zu fragen, was los ist, ob Alma zurückkommt, warum Papa nicht nach oben kommt. Beide liegen sie stockstreif im Bett, auf dem Rücken, mit weit aufgerissenen Augen.

Was ist eine Hure? Kennt Papa wirklich ein Nilpferd? Ob er mit einem Zirkus mitgefahren ist? Ist Mama deswegen böse? Ob viele Teller kaputt sind? Und wo ist Mama hingegangen? Ob sie ihren Mantel jetzt anhat?

Wenn ein Auto durch die Straße fährt, dringen Lichtflecken durch den Vorhang, die wie eine Spielzeugeisenbahn durchs ganze Zimmer wandern. Es ist ganz lange still. Dann hören die beiden leise ein klingelndes Geräusch, gefolgt von einem Rattern. Charles telefoniert.

»Leo? Es ist soweit. Du würdest mir einen großen Gefallen tun, wenn du mir helfen könntest. – Ja. Hinten auf dem Fahrrad, einer fährt, und der andere hält sie fest. Dann müßte es gehen. Es ist kein Wind heute abend. – Ja. Ich deponiere sie bei dir. – Bis nachher.«

Schritte auf der Treppe. Die Tür öffnet sich, Charles kommt herein. Das Licht vom Flur macht ihn zu einer großen dunklen Figur mit Goldrand.

»Kommt mal mit in mein Zimmer. Ich möchte euch etwas zeigen.«

Oscar in seinem gestreiften Pyjama stapft barfuß über den Sisalboden. Johan in seiner Hemdhose folgt ihm. In Charles' Zimmer brennt die Stehlampe. Charles trägt den schwarzen Pullover mit den gelben Streifen, den Malerpullover, und darüber die bequeme Jacke, die nach Tabak und Vater riecht.

Als die Kinder im Zimmer sind, macht er das Deckenlicht

an. Oscar bleibt an der Tür stehen, lehnt sich gegen den Türrahmen und sieht seinen Vater mit ängstlichem Gesicht still und unverwandt an.

»Ich möchte, daß ihr euch alles gut anseht und es nicht vergeßt. Weil ich die Bilder jetzt wegbringen muß. Genau anschauen, damit ihr euch dran erinnern könnt, wenn ich nicht mehr da bin.«

Oscars Wangen werden kreideweiß. Er wagt nicht zu fragen (»Gehst du weg, Papa? Wann kommst du wieder? *Kommst du wieder? Wohin gehst du?*«). Johan sieht seinen Bruder kurz an; wenn wirklich etwas wäre, würde Oscar sicher den Mund aufmachen; aber alles ist gut, und am schönsten ist, noch aufbleiben zu dürfen so spät. Wie oft haben sie in ihrem Zimmer wachgelegen und darüber geredet, wie es wäre, lange aufzubleiben – die ganze Nacht, dabeisein zu können bei dem, was die Erwachsenen machen. Sie würden erst schlafengehen, wenn es dunkel wäre, wenn es draußen still geworden wäre, wenn alle anderen längst zu Bett gegangen wären. Jetzt ist es soweit, Charles redet nicht vom Zubettgehen und von Schlafenszeit für Kinder. Sie dürfen seine Erwachsenendinge sehen. Warum aber ist das jetzt nicht schön? Es *muß* doch spannend sein, es ist doch Nacht und sie müssen noch nicht schlafen.

Johan schiebt seine kleine Faust in Charles' Hand und läßt sich führen. Gegen jede der vier Wände seines Arbeitszimmers hat Charles ein Bild gelehnt. An der rechten Seite steht Herr Bramelaar. Er schabt am Hals einer noch nicht fertigen Geige. Mit unglaublicher Genauigkeit hat Charles die gekrümmten Holzspäne gemalt, die auf der Werkbank liegen. Freundlich schaut der Geigenbauer von seiner Arbeit auf. Die großen Hände liegen liebevoll auf dem Instrument.

»Er ist mein bester Freund«, sagt Charles. »Wenn ich ihn nicht hätte! Er hat mir beigebracht, wie man mit einer Bratsche singen kann. Ich wollte ihn bei der Arbeit malen. Er hört nicht auf, bis es perfekt ist. Das müßt ihr lernen: Im voraus bedenken, wie es werden soll, und dann so lange dabeibleiben, bis es genau richtig ist.«

Oscar hat einen kurzen Blick auf das Bild geworfen, er begreift sehr gut, was Charles gesagt hat, denn er ist ganz vernarrt in Bramelaar und die herrlichen Töne, die aus den Geigen kommen. Papas bester Freund, klar. Aber eigentlich will er nur noch seinen Vater ansehen, sich fragen, ihn fragen, ob Alma zurückkommt, ob Kinder ohne Eltern wohl zur Schule dürfen, ob er allein gut für Johan sorgen kann? Oscar spürt, daß er gleich furchtbar weinen muß, aber das traut er sich jetzt nicht.

Direkt gegenüber von Oscar steht ein besonders großes Bild an der Wand. Es ist Alma mit einem Fisch in den Armen.

»Ist er tot?« fragt Johan.

»Es ist ein geräucherter Fisch. Er ist schon ganz lange tot. Ich will, daß ihr lieb zu eurer Mutter seid.«

Oscar ist steif vor Angst. Es ist *wahr*, er geht weg! Wenn Alma zurückkommt (aber wann?), werde ich alles tun, was sie sagt, alles, damit sie niemals böse zu werden braucht. Die Kohlen aus dem Keller holen, das kann ich gut. Und Johan zur Schule bringen, aufpassen beim Über-die-Straße-Gehen. Abtrocknen kann ich auch schon. Wenn sie zurückkommt. Vielleicht ist das alles ja auch gar nicht wahr. Aber warum benimmt sich Papa dann so merkwürdig?

Johan steht atemlos vor dem Kunstwerk. Schließlich seufzt er und hebt seine kleine Hand, um über den Rücken der Makrele und die prächtigen goldenen Falten von Almas Rock zu fühlen. Mit großen Augen folgt er den Linien der Figuren und macht unwillkürlich Almas Haltung nach.

Neben der Tür steht ein breites Bild mit einem mächtigen schwarzen Dampfschiff. Gelbe Bullaugen, Abschied nehmende Menschen am Kai.

»Fährst du mit dem Schiff, Papa?«

Charles hat wieder Johans Hand genommen.

»Du mußt fleißig malen, Junge. Jeden Tag. Und immer ein bißchen besser. Erst überlegen, und dann los. Du kannst es doch schon gut.«

Jetzt kommen sie zu Oscar, neben ihm steht die vierte Leinwand, ein Apfelbaum mit einem grauen, zerfaserten Stamm. Es ist ein Baum, der sehr müde aussieht und schon viele, viele Jahre alt ist, viel älter als Papa oder Tante Janna, vielleicht so alt wie der Weihnachtsmann, unendlich alt. Auf dem Bild ist es gerade Herbst geworden, im Gras unter dem Baum liegen lauter gelbe Blätter.

Der Baum hebt seine Äste hoch, aber sie sind so schwer, daß er es kaum schafft. An jedem Ast hängen bestimmt hundert Äpfel, kleine gelbe Äpfel, die wie Sterne leuchten, fröhliche, unbekümmerte Äpfel an einem traurigen Baum, der beinahe nicht mehr kann.

»So ist es«, sagt Charles. »Genau so.«

Er legt eine Hand auf Johans Schulter und die andere in Oscars Nacken.

»Und jetzt gehen wir zu Bett. Schön schlafen. Nicht mehr aufstehen. Es ist schon spät.«

Johan läuft, plötzlich vor Müdigkeit taumelnd, über den Flur, die goldene Makrele schimmert vor seinen Augen.

Oscar sieht in das Gesicht seines Vaters: Warum, wie jetzt weiter, was ist bloß los, erklär es mir, erzähl, sag etwas, Papa, Papa! Charles drückt den Jungen mit den dürren Beinen und der unbeholfenen Motorik kurz an sich. Oscar riecht den Farbgeruch des gelbschwarzen Pullovers, den trostreichen Geruch der Jacke. Die Tränen sitzen ihm direkt hinter den Augen, aber er ist schon groß, er weint nicht.

»Gut für sie sorgen, ja? Das kannst du doch schon.«

Aber wo ist sie denn? Kommt sie zurück? Wo soll ich sie suchen?

»Die Telefonnummer von Tante Janna steht auf einem Zettel neben dem Telefon. Du weißt doch, wie's geht?«

Oscar nickt. Zuerst wählt man die Nummer mit der Null davor und dann die andere Nummer. Danach hört man das Telefon am anderen Ende der Leitung läuten. Wenn jemand abnimmt (Mama!), sagt man seinen Namen. Man kann auch Hallo sagen, das Wort gehört zum Telefonieren. Aber wenn man nicht sprechen kann, so wie jetzt, wenn die Kehle wie zugeschnürt ist, was macht man dann? Charles hat Johan zugedeckt und ihm einen Kuß gegeben.

»Auf Wiedersehen, mein lieber Junge. Mal schön. Vergiß die Goldfarbe nicht, dann wird's schon werden.«

Jetzt ist Oscar an der Reihe. Er liegt vollkommen steif in dem klammen Bettzeug. Mit vor Schreck geweiteten Augen sieht er, wie Charles die Decke ein wenig hochzieht, ihn kurz ansieht, seltsam den Mund verzieht, aus dem Zimmer geht und hinter sich die Tür schließt.

Auf dem Flur schiebt Charles Sachen herum, trägt etwas ganz langsam nach unten und kommt dann schnell wieder die Treppe hinaufgerannt. Man denkt: Jetzt kommt er herein und sagt, daß alles nur Spaß war, daß alles wieder gut ist, Mama ist auch wieder nach Hause gekommen, und niemand geht weg, nie. Aber er öffnet nur die Tür zu seinem Zimmer und schleift wieder etwas Großes über den Flur. Er flucht leise, und man hört etwas gegen die Wand stoßen.

»Verdammt, so wird das nichts. Ich brauche eine Schnur. Und die Decken.«

Es klingt, als würden Holzpaletten die Treppe hinuntergeschoben: tschung, tschung – zu schwer zum Tragen.

Dann klingelt es. Oscar sitzt sofort aufrecht im Bett. Er flüstert: »Bist du wach?«

Auch Johan ist vom Klingeln geweckt worden.

»Ist das Mama?«

Nein, denkt Oscar. Mama klingelt nicht, die kann selbst aufschließen. »Komm, wir schauen mal.«

Das Fenster zwischen ihren Betten steht einen Spaltbreit

offen. Vorsichtig öffnet Oscar beide Fensterflügel. Die Jungen postieren sich rechts und links vom Mittelpfosten, hängen sich über die Fensterbank, den Vorhang wie einen Schleier hinter ihren Köpfen.

Auf der Straße ist nichts zu sehen. Es ist eine windstille Nacht, die Straßenlaternen brennen wie Kerzen, und die Schatten der Bäume bewegen sich nicht. Die Haustür öffnet sich. Sie sehen die Locken von Herrn Bramelaar. Sein Kopf liegt wie eine schwarze Kugel auf dem großen runden Körper. Papa kommt auch nach draußen. Sie tragen etwas Großes, einen Tisch ohne Beine oder eine riesige Schultafel. Es sind die Bilder. Papa hat sie in die graue Decke gewickelt, die immer in seinem Zimmer liegt, und mit Schnur zusammengebunden.

Herr Bramelaar seufzt und stöhnt. Er reibt sich die Hände, als er das Paket einen Moment absetzen darf.

Papa holt sein Rad. Ganz vorsichtig stellen sie das Paket quer auf den Gepäckträger. Die Fußstützen am Hinterrad sind noch ausgeklappt. Papa hat die Bratsche auf dem Rücken. Herr Bramelaar faßt Papa kurz bei der Schulter und sagt etwas, was sie nicht verstehen können. Papa schüttelt den Kopf, greift zum Lenker und läuft los. Herr Bramelaar geht auf der anderen Seite neben ihm her und hält das Paket fest. Man sieht sie langsam zur Straßenecke laufen, und dann ist nur noch kurz Papas Kopf zu sehen, bis auch er hinter den Häusern verschwindet.

Ganz still ist es im Haus. Oscar schließt das Fenster wieder bis auf einen Spalt. Vielleicht ist es ja so still, weil die Erwachsenen schon schlafen. Vielleicht würde Alma nach oben rufen, wenn Johan zum Pipimachen hinausginge. Vielleicht könnte man nach unten gehen, um eine Scheibe Brot zu holen, dann würden sie sagen, nein, kommt nicht in Frage, du kannst morgen wieder was essen. Vielleicht.

Wenn es so still ist, merkt man nichts davon, daß alle weg sind.

»Osser?«
»Ja?«
»Darf ich zu dir ins Bett?«

Oscar atmet aus. Zum Glück *fragt* er nichts, keine schwierigen Fragen, auf die man sich eine Antwort ausdenken muß, weil man sie nicht weiß, zum Glück stellt er keine Fragen, die einen zum Weinen bringen.

»Nimm dein Kissen und komm.«

Oscar schlägt die Decke zurück und rutscht an die Wand, macht Platz für den kleinen Bruder, der mit Kissen und Teddy neben dem Bett steht.

Johan ist noch klein, aber trotzdem kann er schon ein wenig trösten.

»Wir sind zusammen, nicht Os?«

»Ja, Johan, wir sind zusammen.«

Johan nimmt die Hand seines Bruders und kuschelt sich dicht an ihn. Oscar merkt, wie kalt er ist, er muß wieder warm werden.

»Wir schlafen jetzt, nicht Os?«

»Ja. Und morgen gehen wir nach unten. Dann rufen wir an. Bei Tante Janna. Ich kann die Nummer lesen. Das machen wir.«

»Ich helf dir.«

»Gut.«

Als Johan seine Augen schließt, sieht er das Bild vor sich. Alma schaut ein wenig streng, aber so ist sie. Der Fisch leuchtet, als ob es ein Zauberfisch wäre, als ob sein Bauch Licht geben würde. Er liegt zufrieden in Almas Armen. Der Vater ist weggegangen, er ist um die Ecke gebogen, war auf einmal weg. Einfach weg.

Johan fröstelt. Ich sollte gehen, was mache ich hier eigentlich noch. Aufstehen, Mantel an, ab nach Hause.

Er bleibt in dem breiten Stuhl direkt gegenüber den beiden Gemälden sitzen. Hier sitzenbleiben und warten. Warten? Was passiert? Ja. Warten. Ich lasse meine Füße einfach nebeneinander auf dem Boden stehen. Sie stehen gut dort. Meine Hände auf den Armlehnen. Nicht mehr bewegen. Ich warte. Der Gastgeber kann nicht weggehen, bevor nicht alle Gäste dagewesen sind.

Unten im Eingang schlägt eine Tür. Ist das Ellen, die weggeht? Hat sie sich in der Toilette ausgeheult, ist sie dageblieben, um sich das Gesicht zu waschen und zu überlegen, was sie tun soll? Oder Lisa, die endlich beschlossen hat, zu gehen?

Johan sitzt mit geschlossenen Augen da. Weht da ein Hauch von feuchter Luft herein? Ist jemand hereingekommen und bewegt sich mit langsamen Schritten die Treppe herauf? Vielleicht ein Mann mit einem gelbschwarzen Malerpullover unter dem offenstehenden Mantel. Er keucht ein wenig vom Treppensteigen und hüstelt höflich, um auf sich aufmerksam zu machen.

»So, mein Junge. Du hast es also geschafft. Fabelhaft. Dein Meisterstück.«

Die Frauen schieben sich übereinander und werden zu einer Alma, die Ellen ähnelt. Die goldene Makrele hat einen Silberglanz. Andeutungsweise ist im Vordergrund der Umriß eines Lachses zu sehen, und die Klinge eines Filetiermessers blinkt durch die gelblichen Rockfalten hindurch. Johan seufzt. Wie schön. Nun ist ihm schon weniger kalt, und er fühlt seinen Körper wieder. Er sieht, daß seine Hände auf zwei schweren Armen ruhen. Der Stuhl ist höher geworden, und eine behagliche Wärme überträgt sich auf Hintern und Oberschenkel. Er riecht Terpentin und Tabak. Jetzt den Kopf an den Wollpullover lehnen, die starken Arme umgeben dich wie ein schützender Hag: Alles ist gut.

Anna Enquist
Die Erbschaft des Herrn de Leon

Roman. Aus dem Niederländischen von Hanni Ehlers.
214 Seiten. Gebunden

Der Erfolg der Pianistin Wanda Wiericke ist undenkbar ohne ihre Liebe zur Musik. In ihr fühlt sie sich aufgehoben, sicher und geborgen, doch zugleich ist sie auch eine Flucht: zurück in die Zeit der unbeschwerten Klavierstunden bei Herrn de Leon, bevor die deutschen Besatzer den jüdischen Musiker verschleppten, oder aus aller Zeit heraus, dorthin, wo man nicht sprechen muß, sondern nur spielen. Wunderbar feinfühlig erzählt Anna Enquist die Geschichte der begnadeten Pianistin, von ihren Möglichkeiten, ihren Grenzen.

»*Nach ihrem Roman* Das Meisterstück *nähert sich der neue Roman nun einem* wahren Meisterstück. *Ein genau konstruiertes Portrait der Pianistin ... von bestechendem kompositorischen und erzählerischen Raffinement.*« Süddeutsche Zeitung

»*Enquist beherrscht die Kunst des Erzählens wie die große Pianistin ihre Klaviatur ... ein zweites Meisterstück: so ernst wie das halbe Leben – und so beschwingt wie die andere Hälfte.*« Das Sonntagsblatt

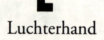

Luchterhand

Margriet de Moor im dtv

»Ich möchte meinen Leser genau in diesen zweideutigen
Zustand versetzen, in dem die Gesetze der
Wirklichkeit aufgehoben sind.«
Margriet de Moor

Erst grau dann weiß dann blau
Roman · dtv 12073

Eines Tages ist sie verschwunden, einfach fort. Ohne Ankündigung verläßt Magda ihr angenehmes Leben, die Villa am Meer, den kultivierten Ehemann. Und ebenso plötzlich ist sie wieder da. Über die Zeit ihrer Abwesenheit verliert sie kein Wort. Die stummen Fragen ihres Mannes beantwortet sie nicht.

Der Virtuose
Roman · dtv 12330

Neapel zu Beginn des 18. Jahrhunderts – die Stadt des Belcanto zieht die junge Contessa Carlotta magisch an. In der Opernloge gibt sie sich, aller Erdenschwere entrückt, einer zauberischen Stimme hin: Es ist die Stimme Gasparo Contis, eines faszinierend schönen Kastraten. Carlotta verführt den in der Liebe Unerfahrenen nach allen Regeln der Kunst.

Rückenansicht
Erzählungen · dtv 11743

Doppelporträt
Drei Novellen · dtv 11922

»De Moor erzählt auf unerhört gekonnte Weise. Ihr gelingen die zwei, drei leicht hingesetzten Striche, die eine Figur unverkennbar machen. Und sie hat das Gespür für das Offene, das Rätsel, das jede Erzählung behalten muß, von dem man aber nie sagen kann, wie groß es eigentlich sein soll und darf.«
Christoph Siemes in der ›Zeit‹